KB105823

서른세 번의 만남,

백석과 동주

서른세 번의 만남,

백석과 동주

김응교 지음

아카넷

일러두기

1. 백석 시집『사슴』 필사본 원본은 현재 연세대학교 윤동주문학관에 있다. 윤동주 필사본의 사진 사본 3편(「모닥불」「가즈랑집」「여우난곬족」)을 윤동주기념사업회에서 제공받았다. 깊이 감사드린다.

2. 인용한 백석 시들의 현대문은 필자가 결정한 본이다. 백석은 낭송을 의식하여 때로는 낭송 단위로 띄어쓰기도 했다. 되도록 원문을 살린 현대문으로 표기하되 백석의 독특한 띄어쓰기는 그대로 두려 한다.

3. 윤동주 시를 설명하면서 저자의 저서『처럼-시로 만나는 윤동주』(문학동네, 2016)를 수정하여 서술한 부분이 있다. 백석 시와 비교하면서 인용이 필요한 내용은 부분 수정하여 넣었다.

4. 이 책의 내용을 설명한 저자의 강연 영상이 유튜브〈김응교TV〉에 실려 있다. 각 장이 끝나는 부분에 나와 있는 유튜브 영상 제목을 검색하여 참조하면 내용을 이해하는 데 도움이 된다.

5. 백석 시 원문이나 평안도 사투리는 아래 단행본을 참조했다.

이동순, 「백석 시의 어휘정리」,『백석시전집』, 창작과비평사, 1987.

김재홍 편저,『한국 현대시 詩語辭典』, 고려대학교출판부, 1997.

한국민속사전편찬위원회 편저,『한국민속대사전』, 민중서관, 2001.

이경수 등 현대시비평연구회,『다시 읽는 백석』, 소명출판, 2014.

고형진,『백석 시의 물명고-백석 시어 분류 사전』, 고려대학교출판부, 2015.

6. 이 책 3쇄를 내면서 수정 추가한 부분이 있다. 백석과 자야 사랑이 과장된 측면이 있고, 일제 조선총독부의 재산이었던 길상사가 신비화 된 문제가 있다는 이동순 교수의 증언을 105면에 넣어 수정했다. 백석과 자야에 대한 증언은 3쇄본 이후 자료를 참조해 주시면 한다.

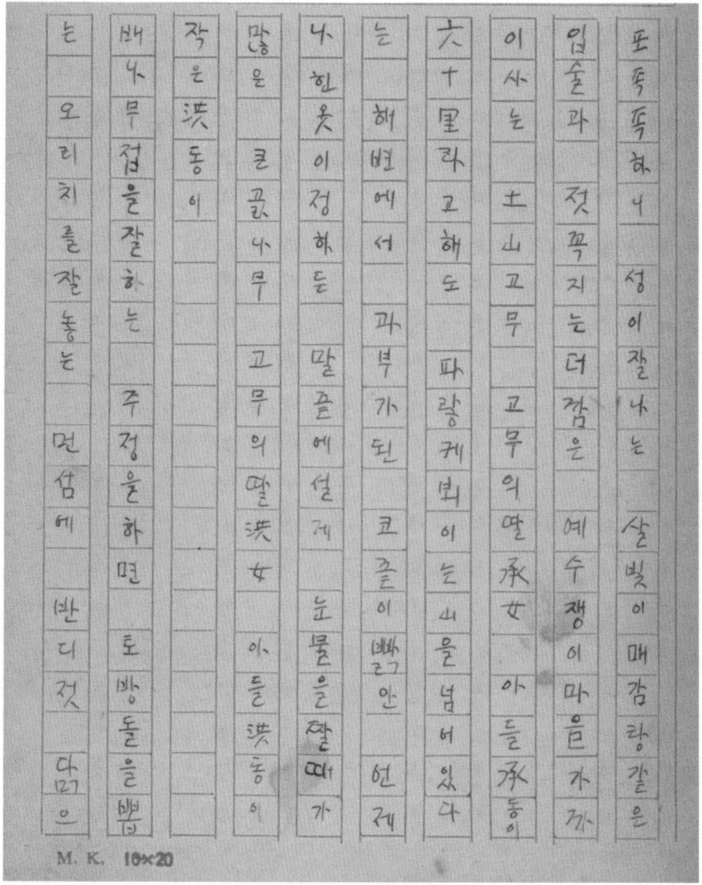

2

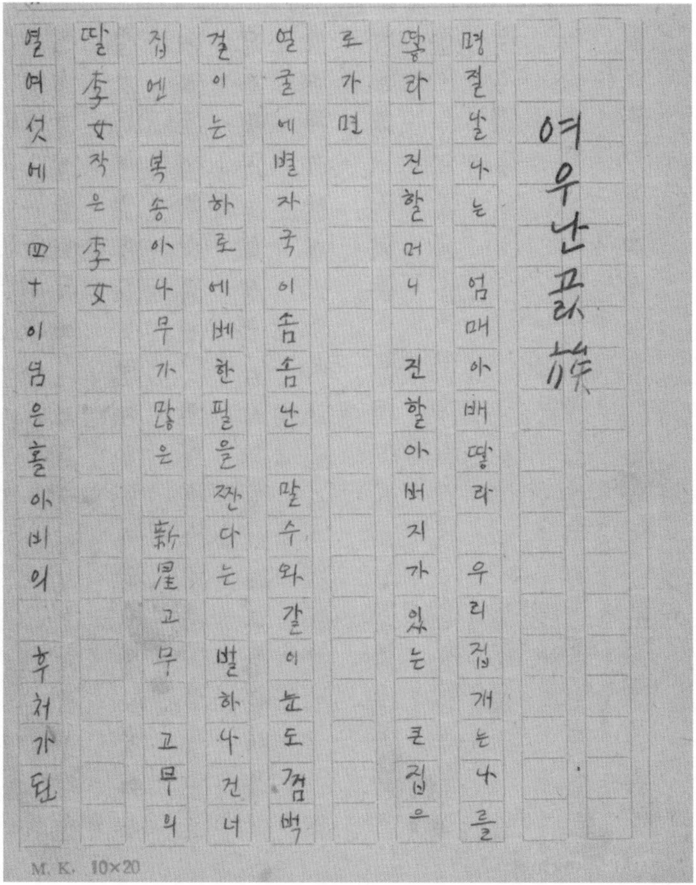

1

백석의 시 「여우난곬족」을 필사한 윤동주의 원고

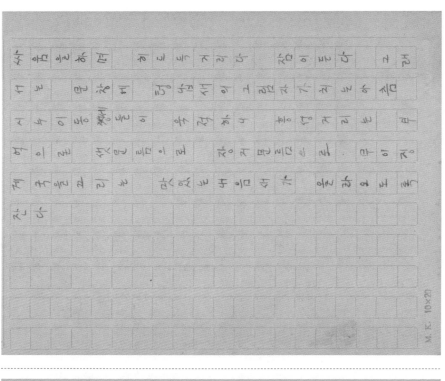
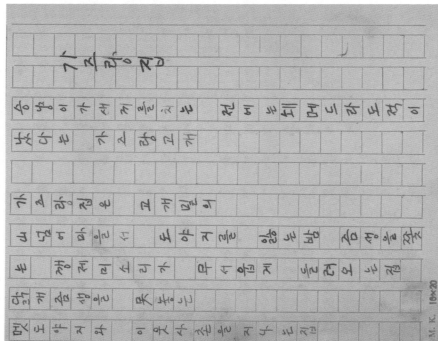

백석의 시 「가즈랑집」을 필사한 윤동주의 원고…

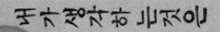

백석, 「내가 생각하는 것은」, 《여성》, 1938년 4월호. 사진 제공: 소명출판사 박성모 대표

나와 나타샤와 흰당나귀

白 石

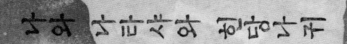

가난한 내가
아름다운 나타샤를 사랑해서
오늘밤은 푹푹 눈이 나린다

나타샤를 사랑은 하고
눈은 푹푹 나리고
나는 혼자 쓸쓸히 앉어 燒酒를 마신다
燒酒를 마시며 생각한다
나타샤와 나는
눈이 푹푹 쌓이는 밤 흰당나귀타고
산골로 가자 출출히 우는 깊은 산골로 가 마가리에 살자

눈은 푹푹 나리고
나는 나타샤를 생각하고
나타샤가 아니 올 리 없다
언제 벌써 내속에 고조곤히 와 이야기한다
산골로 가는 것은 세상한테 지는 것이 아니다
세상 같은 건 더러워 버리는 것이다

눈은 푹푹 나리고
아름다운 나타샤는 나를 사랑하고
어데서 흰당나귀도 오늘밤이 좋아서 응앙응앙 울을 것이다

鄭玄雄 畵

3부 어진 사람들, 디아스포라

1

왜 필사했을까

- 백석 「청시」와 발터 벤야민

나달나달한 원고지에 글씨가 쓰여 있다.

글씨를 보면 쓴 사람의 인격이 보인다. 정성스럽게 쓰든, 흘려 쓰든, 한 인간의 영혼이 맑게 보인다.

팔십여 년 전 한 학생이 시집 한 권을 필사하고 있었다. 웬만한 책은 모두 구입했으나, 이 시집은 100부만 출판했기에 쉽게 구할 수 없었던 모양이다. 왜 남의 시를 필사할까. 무람없는 태도로는 절대 필사할 수 없다. 겸허하게 공경하는 마음의 채비가 있어야 필사할 수 있다.

그 학생은 일단 펜을 검은 잉크에 찍어 원고지 한 장 한 장, 시 서른세 편을 필사한다. 마치 시험공부 하는 듯 꼼꼼히 메모한다. 꼭 마음속에 새겨 놓고 싶은 갈망 때문이겠다. 또박또박 원고지에 쓰며 자신의 심비(心碑)에 새겨 넣고 싶기 때문일 것이다.

필사하고 나서 붉은 색연필로 이런저런 생각을 메모해둔다. 자기 생각과 어떻게 다른지 가늠해보고 싶기 때문이려나. 필사에 그치지

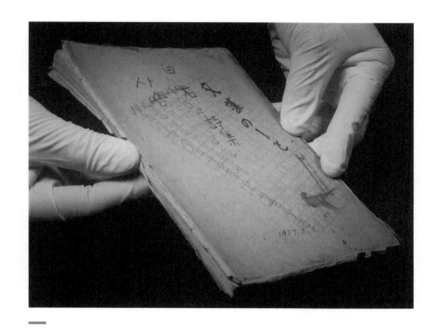

백석 시집 『사슴』을 윤동주는 필사한다. 표지 아랫 부분에 1937년 8월 5일이라고 필사한 날이 쓰여 있다. KBS TV 〈불멸의 윤동주〉(2017)의 한 장면.

않고 그 시를 다시 분석하던 그는 어떤 생각을 했을까.

여름이지만 새벽의 서늘한 공기가 그의 방을 채웠던 날, 그는 표지를 만들고 필사본을 완성한 날을 표지 아래에 쓴다. 1937. 8. 5.

발터 벤야민, 필사는 걷는 여행이다

발터 벤야민은 『일방통행로』(1928)에서, 책읽기를 여행하는 사람이 풍경을 바라보는 방식에 비유했다. 첫 번째는 국도로 직접 걸어가는 방식이고, 두 번째는 비행기를 타고 풍경을 내려다보는 방식이다.

국도는 직접 걸어가는가 아니면 비행기를 타고 그 위를 날아가는가에 따라 다른 위력을 보여준다. 텍스트 역시 그것을 읽는지 아니면 베껴 쓰는지에 따라 그 위력이 다르게 나타난다.

비행기를 타고 가는 사람은 자연 풍경 사이로 길이 어떻게 뚫려 있는지를 볼 뿐이다. 그에게 길은 그 주변의 지형과 동일한 법칙에 따라 펼쳐진다. 길을 걸어가는 사람만이 그 길의 영향력을 경험한다.

비행기를 탄 사람에게는 단지 펼쳐진 평원으로만 보이는 지형도, 걸어서 가는 사람에겐 돌아서는 길목마다 먼 곳, 아름다운 전망을 볼 수 있는 곳, 숲속의 빈터, 전경 들을 불러낸다. 마치 전선에서 지휘관이 군인들을 불러내듯이.

마찬가지로 베껴 쓴 텍스트만이 텍스트에 몰두하는 사람의 영혼에 지시를 내린다. 이에 반해 텍스트를 읽기만 하는 사람은 텍스트가 원시림을 지나는 길처럼 그 내부의 새로운 풍경을 알 기회를 갖지 못한다.

그냥 텍스트를 읽는 사람은 몽상의 자유로운 공기 속에서 자아의 움직임을 따라갈 뿐이지만, 텍스트를 베껴 쓰는 사람은 텍스트의 풍경들이 자신에게 명령을 내리기를 기다리기 때문이다. 따라서 중국에서 필경사(筆耕士)는 문자문화의 비할 바 없는 보증인이며, 필사, 즉 베껴 쓰기는 중국의 수수께끼를 푸는 열쇠다.

– 발터 벤야민, 「중국산 진품들」, 『일방통행로』(길, 2007), 16~17면. 밑줄은 인용자

밑줄도 치지 않고 그냥 책을 읽는 것은 비행기에서 풍경을 내려다보는 것이다. 빠른 속도로 눈으로 읽기만 하면 놓치는 풍경들이 너

무 많다. 빠른 글 읽기는 비행기를 타고 그 위를 날아가는 사람처럼 '겉읽기'에 불과하다.

반면 천천히 읽으며, 책의 문장을 필사하는 것은 그 지역의 문화를 체험하는 것과 같다. **"길을 걸어가는 사람만이 그 길의 영향력을 경험"**하는 것이다. 골목골목을 들어가며 냄새도 맡고 싸우는 사람들 욕설도 듣는 것이야말로 진짜 여행법이다. 글을 필사하는 독서법이 바로 길을 걸어가는 여행법이라는 비유다.

백석 시를 베껴 쓴 윤동주는 **"베껴 쓴 텍스트만이 텍스트에 몰두하는 사람의 영혼에 지시를 내린다"**는 말을 체험했을까. **"베껴 쓰기(die Abschrift)"**야말로 **"문자문화의 비할 바 없는 보증인"**이라고 벤야민은 강조했다. 백석의 텍스트를 베껴 쓴 윤동주의 영혼에 백석 시는 어떤 지시를 내렸을까.

안타깝게도 윤동주는 젊은 나이에 먼 여행을 떠났다. 그가 남긴 필사본은 가족들이 소중하게 보관했다. 한 권뿐인 필사 시집을 보관하기 위해 그가 졸업한 연세대학교에서는 복사본을 만들어놓았다.

연세대 중앙도서관 특수자료실에 들어간 나는 복사본조차도 부서질까 조심스럽게 넘겨본다. 팔십여 년 전, 필사본을 거의 원본과 같은 수준으로 복사하여 제본한 시집이다. 시집 한 권을 옮겨 적고 메모한 손길을 느낀다.

방언의 마술사 백석을 필사한 윤동주

지금 고등학교 3학년생쯤이라고나 할까.

스무 살, 이제 막 청년이 되려는 사내아이가 종일 도서관에서 원고지에 뭔가 옮겨 쓴다. 사내아이는 백석 시집 『사슴』 전체를 정성스레 한 편 한 편 원고지에 옮겨 적는다. 필사한 다음에는 붉은 색연필로 시를 읽은 느낌을 쓴다.

영화 〈동주〉를 보면, 러닝타임 11분에 《동아일보》 신춘문예에 당선된 송몽규가 시무룩해 있는 동주에게 백석 시집 『사슴』을 권하는 장면이 나온다. 윤동주가 백석 시집을 읽은 사실을 영상으로 남긴 귀중한 장면이다.

기억에 남는 장면이지만 사실과 맞지 않는다. 송몽규가 신춘문예 당선 소식을 들은 때는 1934년 12월 24일경이다. 사실 『사슴』은 1934년이 아니라, 2년 뒤인 1936년 1월에 출판되었다. 사실과 다르지만 제한된 러닝타임에 몰아서 넣으려니 그럴 수밖에 없었을 것이다. 윤동주가 백석 시를 좋아했던 사실을 관객에게 알린 그 장면을 고맙게 평가하고 싶다.

1936년 1월에 출판된 백석의 시집 『사슴』에 대한 평론가들의 호불호는 극명히 갈렸다. 100부 한정판으로 출판된 『사슴』을 구하지 못했을까. 구할 수 있었다면 사서 장서로 보관했을 것이다. 고등학생 나이에 윤동주는 두터운 최현배의 『우리말본』이나 『정지용 시집』을 구입해 읽고 또 읽었다. 두 권 모두 연세대 중앙도서관에 보관돼 있다. 『사슴』을 구할 수 없었던 윤동주는 도서관으로 간다.

1935년 봄, 3학년을 마칠 즈음, 그는 불현듯 고국에의 유학을 꿈꾸고 겨우 아버지의 승낙을 얻어 평양 숭실중학교에 옮기었습니다. 그의 습작집으로 미루어 평양시절 1년에 가장 문학에의 의욕이 고조된 듯합니다. 이즈음 백석시집 『사슴』이 출간되었으나

100부 한정판인 이 책을 구할 길이 없어 도서실에서 진종일을 걸려 정자로 베껴내고야 말았습니다. 그것은 소중히 지니고 다닌 모양으로, 지금은 나에게 보관되어 있습니다.

– 윤일주, 「선백(先伯)의 생애」, 윤동주 시집, 『하늘과 바람과 별과 시』(정음사, 1955).
　밑줄은 인용자

　윤동주는 1937년 8월 5일 『사슴』을 도서관에서 필사하여 표지까지 손수 그려서 책으로 만든다.

　나는 이 책에서 두 시인의 삶과 작품 전체를 다룰 생각은 없다. 두 시인이 서로 연관된 부분, 더 정확히 말하면 동주가 백석에게서 배운 부분, 인유(引喩)한 부분을 대상으로 글을 쓰려 한다.

　* 유튜브 〈동주가 필사한 백석의 짧은 시〉 참조.

1부

아잇적 기억과 고향

여우난곬族

명절날 나는 엄매아배딸아 우리집 개는 나를

땋라 진할머니 진할아버지가 있는 큰집으

로 가며

얼굴에 별자국이 솜솜난 말수와 같이 눈도 껌벅

걸이는 하로에 베한필을 짠다는 발하나 건너

집엔 복송아나무가 많은 新里고무 고무의

딸 李女 작은 李女

열여섯에 四十이 넘은 홀아비의 후처가 된

M. K. 10×20

2

꿩이랑 까치랑
장난치는 산울림

– 백석 「청시」 「추일산조」, 윤동주 「산울림」

필사와 평가의 예, 청시

「청시」는 시집 『사슴』(1936)에 수록된 작품이다. 한문 제목 '청시(靑柿)'는 아직 익지 않은 푸른 감이다. 떫은 맛 나는 감이다. 4부로 이루어진 시집 『사슴』의 각 부에는 제목이 붙어 있다. 1부는 '얼럭소 세끼의 영각', 2부는 '돌덜구의 물', 3부는 '노루', 4부는 '국수당넘어'이다. 「청시」는 3부 '노루'에 실려 있다.

별 많은 밤
하늬바람이 불어서
푸른 감이 떨어진다 개가 짖는다

– 백석, 「청시」 전문

3행의 짧은 소품이다. 감이 익기 전 청시 상태에서 바람 때문에 떨어지는 순간을 쓴 소품이다. 홍시로 익어야 하는데 떫은 상태로

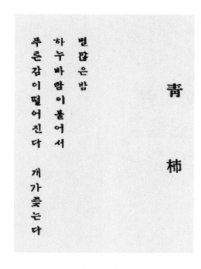

떨어진 상황이다. 딱딱한 청시가 툭 떨어지자, 하늘에 별빛이 반짝반짝 빛나는 밤에 개가 짖는다. 시인은 별과 개를 연결시키려 한다. **"별 많은 밤"**이라는 시각적인 이미지, **"개가 죽는다(짖는다)"**라는 청각적인 이미지는 어떻게 연결되었을까.

"하누바람(하늬바람)이 불어서/푸른감이 떨어진다"라는 구절이 별과 개 사이에 있다. 서풍인 하늬바람 부는 가을날 푸른감 떨어지는 소리에, 개가 깜짝 놀라며 짖는 밤이다. 윤동주는 이 시의 미세한 연결고리를 예민하게 잡아낸다.

"개가 죽는다"는 끝 문장에 윤동주는 **"결구에서 작품을 살리었다"**라고 붉은 색연필로 썼다. 만약 "개가 짖는다"라는 구절이 없다면, 이 시는 새롭게 살아나지 못했을 것이다.

바람이 불어 푸른 감이 떨어지자, 소리에 민감한 개가 짖는다. 작은 누리와 작은 누리가 연달아 반응한다. 원문을 보면 띄어쓰기에 상관없이 문장 네 개가 붙어 있다. 마치 작은 누리들의 연쇄현상이 시각적으로도 붙어 있는 듯하다. 백석이 직접 교정보았을 초판본 『사슴』에도 띄어 쓰지 않고 붙여 썼다. 백석 시 「모닥불」을 설명할 때 쓰겠지만, 백석의 의도는 낭송할 때 이대로 끊어서 읽어달라는 요구일 것이다. 당연히 이 시를 읽을 때는 호흡 쉼표를 네 번 넣어 읽어야 한다.

별많은밤
하누바람이불어서
푸른감이떨어진다
개가죽는다.

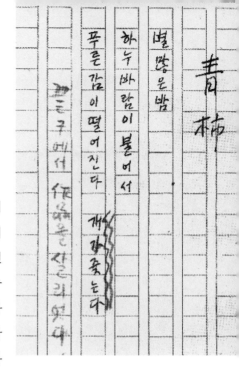

'별밤에→하누바람 불자→바람에
흔들린 푸른감이 떨어지고→감 떨어
지는 소리에 개가 놀라 짖는' 연쇄현
상이다. 백석 시에는 우주의 작은 누
리가 움직이면 또 다른 작은 누리가
연쇄적으로 반응하는 정동(情動) 현상
이 일어난다. 그냥 반응하는 것이 아
니라, 작은 누리도 감정의 느낌[情]을 가지며 움직이는[動] 것이다.

　백석 시 「청시」에는 우주적 상상력이 충만하다. 윤동주는 백석 시
에 나타나는 우주적 움직임, 우주적 화합, 우주적 정동에 공감하지
않았나 싶다. 「청시」를 필사하고 난 4년 뒤인 1941년 11월 5일, 윤
동주는 「별 헤는 밤」을 쓴다. 이 시에는 별, 하늘, 달 등 우주적인 상
징과 이미지들이 많이 등장한다. 윤동주가 좋아하는 백석 시에도 천
상(天上)의 이미지가 등장한다. 별과 우주와 인간이 하나 된 우주적
연결고리를 보여준다.

백석 「추일산조」와 동주 「산울림」

　시는 짧으면 짧을수록 독자에게 더 깊게 생각하게 한다. 동주가

백석 시에 여러 번 밑줄 치고 자기 식으로 새롭게 시를 창작한 예가 「산울림」이다. 우선 백석의 「추일산조」를 읽어보자.

아침볕에 섶구슬이 한가로이 익는 골짝에서 꿩은 울어 산울림과 장난을 한다.

산마루를 탄 사람들은 샛꾼들인가
파-란 하늘에 떨어질 것같이
웃음소리가 더러 산밑까지 들린다

순례중이 산을 올라간다
어젯밤은 이 산절에 재가 들었다

무리돌이 굴러나리는 건 중의 발굼치에선가
　　― 백석, 「추일산조(秋日山朝)」

'섶구슬'은 구슬댕댕이나무의 작은 열매를 말한다. 섶구슬 열매가 익는 골짝(곬작)에서 꿩의 울음이 메아리치는 것을 **"꿩은 울어 산울림과 장난을 한다"**고 표현하고 있다. 이 문장에 윤동주는 붉은 색연필로 "좋은 구절(句節)"이라고 표기했다. 동주는 왜 이 문장에 유난히 두껍게 붉은 칠을 했을까. 아주 재밌는 조응이 아닌가. 꿩이 울자 그 소리를 듣고 산골짝이 호응하듯 맞받아 울린다. 그 산울림을 시인은 "장난을 한다"고 표현했다. 꿩이 산울림과 장난하는 상상, 독특한 상상 아닌가.

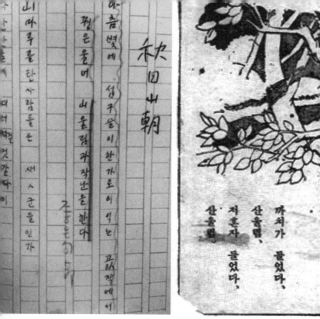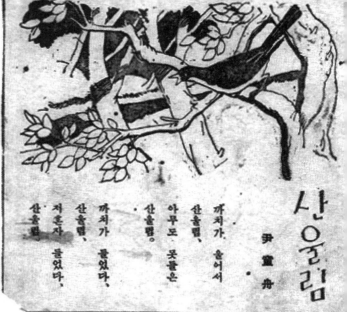

"샛꾼"은 새꾼으로, 나무꾼을 말한다. 산에서 나무꾼들 웃음소리가 난다. 명랑하고 시끌벅적한 새꾼의 모습과 대비하여, 순례중이 조용히 산에 오르는 모습이 등장한다. "이 산절에 재가 들었다"고 하는데, '재(齋)'는 명복을 빌기 위해 부처에게 드리는 공양을 말한다. "무리돌"은 산중턱에서 한꺼번에 굴러내리는 자갈을 뜻한다. 산에 오르는 중의 발꿈치에 밀려 무리돌이 굴러내리는 것을 **"중의 발꿈치에선가"**라며 산뜻한 여운으로 마무리한다.

눈에 뜨이는 것은 동주가 붉은 색으로 두껍게 칠한 부분이다. "산울림과 장난을 한다"는 바로 그 밑줄 친 문장에서 '산울림'이라는 단어를 떼어 동주는 시 한 편을 썼다.

1938년 윤동주는 동시 네 편 「산울림」 「애기의 새벽」 「햇빛·바람」 「해바라기 얼굴」을 쓴다.

까치가 울어서
산울림,
아무도 못들은
산울림.

까치가 들었다,
산울림,
저혼자 들었다,
산울림.

– 윤동주, 「산울림」(1938.5) 전문. 《소년》 1939년 3월호에 발표

「산울림」은 백석 시집 『사슴』을 필사하고 1년 뒤에 쓴 작품인데, 이 시에서 백석 시 「청시」와 비슷한 연쇄반응이 일어난다. '까치가 울어→산울림이 일어났는데→아무도 듣지 못한다.' 반대로 '까치가 산울림을 들었는데→까치만 듣고 아무도 듣지 못한다'. 까치와 산울림은 아무도 모르게 둘이서만 듣고 반응한다는 독특한 상상이다.

잠깐 여기서 우리는 멈칫한다. 까치와 산울림이 '장난'하는 놀이는 꿩이 산울림과 '장난'하는 백석 「추일산조」에 나오는 구조와 같지 않은가. 시의 착상이 유사하고, 새 이름이 나오고 '산울림'이라는 단어가 나오는 동일성을 볼 때, 동주의 「산울림」은 백석의 「추일산조」를 읽은 뒤 영향 받은 작품이 아닐까.

「산울림」은 까치의 소리만 울리는 고요하기 이를 데 없는 소품이다. 세상과 **"저 혼자"** 만나는 단독자의 모습, 그 연쇄현상은 이미 윤동주 시 「나무」에서도 볼 수 있다.

나무가 춤을 추면
  바람이 불고
나무가 잠잠하면
  바람도 자오

– 윤동주 「나무」(1937) 전문

이 시에서도 나무가 춤을 추자 바람이 연쇄반응을 일으킨다. 연쇄반응을 일으키는 주체가 윤동주 시에는 확실히 있다는 것이 중요하다. 「산울림」에서는 그 주체가 까치이고, 「나무」에서는 그 주체가 나무다.

「산울림」은 『소년』 1939년 3월호에 윤동주(尹童舟)라는 필명으로 발표된다. 윤동주가 쓴 동시 중·후반기에 속하는 작품으로 이후 동시를 쓰는 동주(童舟)가 아닌, 본명 '시인 윤동주(尹東柱)'로 작품을 발표한다.

더 이상 동시를 쓸 수 없을 정도로 그에게 부정적 세계관이 증폭되었기 때문일까. 성인(成人)으로서 '詩人 尹東柱'는 동시가 아닌 시에서도 백석 시와 교류한다.

백석과 윤동주, 두 시인은 어떻게 시를 쓰기 시작했을까. 윤동주는 백석에게서 무엇을 배우고 무엇을 극복하며 새롭게 창작했을까. 논문 몇 편으로 담을 수 없어 책 한 권으로 담아본다. 두 시인의 고향 이야기부터 시작해보자.

* 유튜브 〈동주가 필사한 백석의 짧은 시〉 참조.

3

평북과 북간도
커뮤니타스

−백석 「정주성」 「고향」, 윤동주 「고향집」

정주성은 어떤 곳일까.

일본 유학을 다녀온 백석은 허물어진 정주성을 찾아간다. 실로 오랜만에 찾은 곳이지만 그에게 정주성은 특별한 의미가 있다.

기억하기 싫지만 기억하지 않을 수 없는 비극이 서려 있는 성곽 주변에 새 몇 마리가 푸드득 솟구쳐 오른다. 커다란 새 한 마리가 어두운 골짜기로 사라진다. 백석은 멈칫한다. 몇 문장을 메모한다. 며칠 후 그날 떠오른 착상으로 시 한 편을 완성한다.

이후 윤동주는 백석이 발표한 「정주성」을 필사한다. 「정주성」은 시집 『사슴』에서 스물아홉 번째 시로 뒷부분에 실려 있다. 백석이 맞춤법을 무시하고 자기 식으로 쓴 띄어쓰기를 동주는 그대로 살려서 필사했다.

「정주성」과 홍경래의 난

평안북도에 있는 정주성은 1812년 홍경래의 난이 처참하게 실패했던 성이다. 백석은 정확히 100년 후인 1912년 7월 1일 평안북도 정주군 갈산면 익성동에서 태어났다. 백석은 자신의 고향 정주를 소재로 쓴 첫 시 「정주성」을 1935년 8월 31일 《조선일보》에 발표한다.

산턱 원두막은 비었나 불빛이 외롭다
헌깊 심지에 아즈까리 기름의 쪼는 소리가 들리는 듯하다

잠자리 조을던 무너진 성터
반딧불이 난다 파란 혼(魂)들 같다
어데서 말 있는 듯이 크다란 산새 한 마리 어두운 골짜기로 난다

헐리다 남은 성문이
한울빛같이 훤하다
날이 밝으면 또 메기수염의 늙은이가 청배를 팔러 올 것이다.
– 백석, 「정주성」 전문

"산턱"은 산 정상과 산허리 사이의 조금 평평한 곳이다. 옛적에 밤

이면 등불 아래 기름통에 "헌겊"을 넣어 불을 붙였다. 헌겊은 **"아즈까리 기름"**을 빨아올리며 미세한 불을 밝힌다. 그때 기름이 졸아드는(쪼는) 소리를 백석은 독자에게 전한다.

　이어 잠자리, 반딧불, 산새 한 마리가 나온다. 낮에는 잠자리가 무너진 성터에서 존다. 그만치 고요하고 거니는 사람도 드물어 한적한 풍경이다. 그 성터에 밤에는 반딧불이 날아다닌다. 밤에 날아다니는 **"반딧불"**은 **"파란 혼(魂)"** 같다고 한다. 화자는 정주성에서 죽은 셀 수 없이 많은 중음신들을 호명하고 있다. '혼'이라는 단어를 백석은 어떤 때 썼을까. 한때 백석과 가장 가깝게 지냈던 자야 여사는 '혼'에 대해 이렇게 설명했다.

　　시는 충신의 혼이 있어야 해요. 한용운의 시에는 있는데 대부분 막걸리에 물탄 거같이 밍밍해. 난 백석을 당시 풍속도를 그려낸 애국자로 봐요. 어려운 시절에 영문학을 버리고 조선문학을 하고, 평안도 토속언어를 남긴 게 충신의 혼이에요. (중략) 이시카와를 존경해서 본명이 백기행인데 필명에 석자를 넣은 것 같아. 팔베개를 하고 그 사람 시를 많이 읽어줬어요. 하지만 백시인은 창씨개명을 거부해 만주의 한 회사에서 「화이어(fire, 해고-인용자)」당하고, 말이 없는 사람인데도 일본인이 한국말 없앤다는 얘기를 들으면 성을 발칵 냈어요.

　　- 류시화, 「류시화 시인이 만난 '백석 연인' 김자야 씨」, 《경향신문》, 1997.12.29. 밑줄
　　　은 인용자

이 글에서 자야 여사는 백석의 본명이 백기행이었다고 밝힌다. 자

야 여사는 백석이 **"평안도 토속언어"**를 남긴 문사라고 상찬한다. 평안도 방언의 속성을 잘 살려낸 백석은 내용과 조화를 이루어 독특한 작품을 남겼다. 자야 여사가 **"충신의 혼"**으로 글을 썼다는 백석의 언어는 바로 평안북도 정주지역에서 형성된 것이다.

도대체 정주성에서는 무슨 일이 있었기에 밤중에 날아다니는 **"반딧불"**을 **"파란 혼(魂)"** 같다고 썼을까.

다음 구절에 해석의 단초가 보인다. **"어데서 말 있는 듯이 크다란 산새 한 마리 어두운 골짜기로 난다"**는 표현에서 말은 언어를 뜻할까. 말 못 하고 죽은 혼들의 억울한 마음을 대신하듯, **"말 있는 듯이 크다란 산새 한 마리"**가 날아오른다. 산새 한 마리는 억울한 영혼들을 달래주는 존재일까. 이 말[馬]은 짐승으로 봐야 맞다. 어디에 말이 있는지 히히힝, 말 울음소리가 들리자 푸드득 큰 산새 한 마리가 치솟는 상상이다. 과연 무슨 일이 있었기에 말이 생각났을까.

정주성은 홍경래 난의 마지막 격전지다. "평안, 함경 두 도에는 300년간 높은 벼슬을 한 자가 없다"(『택리지』)는 차별 정책, 여진족이 살았던 국경 지역이라는 혐오의 시선에 평안북도 사람들은 시달려야 했다. 과거시험을 쳐도 낙방을 거듭했던 홍경래뿐만 아니라, 평안도 사람들은 모두 조선시대의 주변인들이었다.

마침내 1812년 1월 31일부터 5월 29일까지, 홍경래 난이 일어났다. 홍경래의 봉기군은 여러 지역에서 빠르게 승리한다. 지방수령의 보좌관인 향임(鄕任)들과 상인, 농민 그리고 토호세력이 홍경래의 난을 지원했기 때문이다. 민초들도 반란이 일어나자마자 성문을 내부에서 열어주는 등 적극적으로 호응했다. 4개월 동안 정주는 부패한 중세사회에 저항했던 민초들의 해방구였다. 그 정주에 다시 관군이

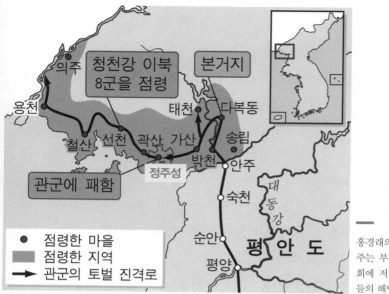

홍경래의 난 당시 정주는 부패한 중세사회에 저항했던 민초들의 해방구였다.

들어와 5개월간 격렬한 전투가 이어진다. 1812년 4월 19일, 관군은 광부들을 시켜 성 아래 굴을 파서 1800근의 화약을 터뜨려 정주성을 무너뜨렸다. 홍경래는 이날 총탄에 맞아 전사하고, '반역죄인 우두머리'로 참수되어 목이 내걸렸다. 성을 보수하지도 못한 채 얼마 뒤 관군도 아닌 왜군이 들어온다. 홍경래의 난은 봉건 권력을 교체하려는 반란이었으나, 토지개혁 신분개혁 등 봉건제도를 뒤엎을 대안을 제시하지는 못했다.

그 **"헐리다 남은 성문"** 근처를 백석이 거닐다가 이 시를 썼을까. 백석이 홍경래 난을 시로 썼다는 암시는 밤에 되살아오는 영혼 같은 반딧불과 장군이 탄 말 울음 소리로 연상할 수 있다. 저물녘 백석이 정주성을 배회하다가 반딧불과 솟아오르는 산새를 보고 홍경래 난을 떠올렸을 수도 있다. 백석의 고향 선배이며 오산중학교 선배였던 김소월도 정주성을 노래한 「물마름」을 썼다.

그 누가 기억(記憶)하랴 다북동에서

피물든 옷을 입고 외치던 일을

정주성(定州城) 하룻밤의 지는 달빛에

애그친 그 가슴이 숫기 된 줄을.

물 위의 뜬 마름에 아침이슬을

불붙는 산(山)마루에 피었던 꽃을

지금에 우러르며 나는 우노라

이루며 못 이룸에 박(薄)한 이름을.

— 김소월, 「물마름」, 『진달래꽃』(1924). 밑줄은 인용자

소월은 1915년 입학 후 3·1운동으로 학교가 폐쇄된 1919년까지 김억과 조만식에게 배웠고, 세상을 떠난 뒤 시집이 나왔다. 홍경래가 참수당한 이후에도 '홍경래는 죽지 않고 살아 있다'는 민간신앙이 **"다북동에서"** 비롯되었다. 다북동은 어디일까.

지금도 평안도에서는 무슨 일을 맹렬히 떨쳐 일으킬 때는 "다북동을 일으킨다"고 한다. 홍경래가 혁명의 불길을 든 것이 가산 다북동이기 때문에 하는 말이다. 고구려가 망한 후 천 년 무너진 역사를 그 불에서 한 번 고쳐 다듬어내나 하고 기다렸던 노릇이 그만 실패되고 만 것이 그들은 못내 한스러웠던 것이다. 그래 말마다 '다북동'이요, 모여 앉으면 홍경래였다.

— 함석헌, 「남강·도산·고당」, 『인간혁명』(한길사, 2016). 밑줄은 인용자

시집과 함석헌 선집에는 '다북동'으로 나와 있지만 사실 홍경래가

거사를 몰래 도모한 곳은 다복동(多福洞)이다.「물마름」의 배경 역시 "하룻밤의 지는 달빛"이 있는 시간이다. 소월은 홍경래 난에 참여했던 인물들을 "물 위의 뜬 마름에 아침이슬을 /불붙는 산(山)마루에 피었던 꽃"이라고 비유하며 "지금에 우러르며 나는 우노라"라고 통탄한다.

"헐리다 남은 성문"이라는 구절은 이 시의 서글픈 정조를 대표한다. 국경에 가깝고, 홍경래 난을 겪은 뒤 식민지의 고초를 겪고 있는 무너진 정주 지역, 이를 확대하여 조선을 생각하면, 이 표현은 위로에 가깝다. 정주성에서 체포된 2983명 중 1917명은 4월 23일, 목이 잘렸다. 살아남은 10세 이하의 남아와 여자는 모두 노비로 전락했다.

"한울빛같이 흰하다"고 썼기에 마지막 연에서 어떤 희망을 암시한다고 읽으면 지나친 해석일까. 왜냐하면 앞에 "헐리다 남은 성문이" 있기 때문이다. 성문 둘레가 많이 허물어져 하늘이 흰히 보이는 상황인 것이다. 다행히도 백석은 절망스런 삶에 약간 독특한 웃음거리를 흘려놓는다. "메기수염의 늙은이"라는 구절이다. 메기수염은 코밑에서 길게 자라 양쪽이 동그랗게 말린 수염이다. 유럽의 배 나온 관리들이 멋으로 말아올린 수염 모양을 하고 청배를 팔러 온다는 것이 우습기도 하다. 이처럼 현실이란 희망만 있거나, 반대로 절망만 있는 것이 아니다.

허물어진 성벽처럼, 삶에는 뻔한 연속성만 있는 것이 아니다. 질기게 이어지는 연속성 속에 예상치 못한 불연속의 순간이 있는 것이 인생이다. 고향의 한 단면을 백석은 이 짧은 시에 몰락과 연민으로 담아낸다. 그 헛헛한 마음은 23세 백석의 심정이기도 했을 것이다.

'정주'라는 지명은 다른 시에서도 나온다. 만주로 가기 전에 잡지사에 보낸 「목구」(《문장》, 1940. 2) 4연을 보자.

내 손자의 손자와 나와 나의 할아버지와 할아버지의 할아버지와 할아버지의 할아버지의 할아버지와 …… 수원백씨(水原白氏) 정주백촌(定州白村)의 힘세고 꿋꿋하나 어질고 정 많은 호랑이 같은 곰 같은 소 같은 피의 비 같은 밤 같은 달 같은 슬픔을 담는 것 아 슬픔을 담는 것

목구는 나무로 만든 그릇을 말한다. 목구는 유구한 역사의 **"슬픔을 담는 것"**이라고 백석은 두 번 반복해 썼다. 바로 앞 문장인 **"내 손자의 손자와 나와 또 나의 할아버지와 할아버지의 할아버지와"**라는 표현에 주목해야 한다. 한반도에 살아온 모든 사람을 뜻한다. 수원백씨와 정주백촌은 자신의 선조를 그 예로 인용했을 뿐이다. 그러니 백석이 정주 사람을 지칭하는 것은 단순히 좁은 의미로 정주에서 사는 사람이 아니라, 한민족 전체로 확장시켜 생각해야 한다. 그 사람들을 **"꿋꿋하나 어질고 정 많은 호랑이 같은 곰 같은 소 같은 피"**로 표현한다. 목구는 조선 사람의 과거와 현재 그 슬픔을 담는 종요로운 그릇이다.

　백석은 전통을 파괴하는 총독부의 근대화에 맞서 '목구(木具)'를 내놓으며 좀 더 거대한 역사를 제시한다. 옛것에서 깊은 역사를 찾아내는 백석의 시도는 24년 뒤 시인 김수영에게도 살아난다. "**요강, 망건, 장죽, 종묘상, 장전, 구리개, 약방, 신전, / 피혁점, 곰보, 애꾸, 애 못 낳는 여자, 무식쟁이, / 이 무수한 반동(反動)이 좋다**"(「거대한

뿌리」, 1964)라고 김수영은 거대한 역사의 뿌리를 보잘것없는 것들로
제시한다.

북관이라는 고향

백석은 1934년 귀국하자마자 조선일보사에 입사하여 방응모 사
장의 비서역할을 했고, 이후 출판부에 근무하다가 1936년에는 함
흥 영생여자고등보통학교 교원으로 임용된다. 1938년 4월 함경남
도 지역인 북관(北關)에서 시 한 편을 쓴다. 1938년이니 함흥에서 지
낸 지 만 2년이 되는 때, 영생고보에서 영어를 가르치던 26세의 교
사가 쓴 시다. 제목이 「고향」이다. '고향'이라는 단어는 소리내어 읽
기만 해도 울림을 주지만, 제목치고는 너무도 흔하다. 「고향」은 얼마
나 흔하고, 뻔한 감상을 떠올리게 하는가. 과연 백석이 어떻게 시를
풀어갈지 궁금하다.

나는 북관에 혼자 앓아 누워서
어느 아침 의원을 뵈이었다.
의원은 여래같은 상을 하고 관공의 수염을 드리워서
먼 옛적 어느 나라 신선 같은데
새끼 손톱 길게 돋은 손을 내어
묵묵하니 한참 맥을 짚더니
문득 물어 고향이 어데냐 한다.
평안도 정주라는 곳이라 한즉
그러면 아무개 씨 고향이란다.
그러면 아무개 씨 아느냐 한즉

의원은 빙긋이 웃음을 띠고
막역지간이라며 수염을 쓸는다.
나는 아버지로 섬기는 이라 한즉
의원은 또다시 넌지시 웃고
말없이 팔을 잡아 맥을 보는데
손길은 따스하고 부드러워
고향도 아버지도 아버지의 친구도 다 있었다.

– 《삼천리 문학》 2호, 1938. 4.

변두리인 북관에서 홀로 떠돌다 병이 든 '나'는 석가의 얼굴에 관운장처럼 수염을 길게 기른 의원을 만난다. 의원이 고향을 물어 대화해보니, 정주에서 "아버지로 섬기는 이"를 그가 잘 안다 하여, 우연히 병원에 갔다가 아버지와 아버지 친구를 떠올렸다는 짧은 이야기다.

첫 행에서 **"나는 북관에 혼자 앓아"**라는 구절에 나타나듯, 백석은 자기가 사는 평안도 정주 땅을 북쪽 국경으로 인식하고 있다. 병원에서 나누는 대화인데 병명이 안 나온다. 그저 **"혼자 앓아 누워서"** 견디다가 의원을 찾아간다.

"의원은 여래같은 상을 하고 관공의 수염을 드리워서" (3행)라며 시인은 독자를 천천히 판타지로 안내한다. 의원의 얼굴은 부처님인 '여래(如來)'의 얼굴이고, 게다가 삼국지에서 긴 칼을 휘두르는 관운장 관공(關公)의 수염을 하고 있다. 의원은 부처의 자비심과 관운장의 위엄을 갖춘 존재로 보인다.

"묵묵하니 한참 맥을 짚더니" 의원은 화자에게 고향이 어디냐고 묻는다. 왜 느닷없이 고향을 물었을까. 평안도 말씨 때문일 것이다. 화자는 "**평안도 정주**"라고 답한다. 홍경래 난 이후 반골 성향이 강한 정주는 오산학교를 중심으로 민족주의 운동이 이어졌다. 조만식, 이승훈, 함석헌 선생이 가르쳤고, 시인 김억, 김소월, 화가 이중섭, 목사 한경직 등이 오산학교를 다녔다.

화자가 정주 출신이라 하자마자 극적 전환(dramatic situation)이 이루어진다. 이어서 "**아무개 씨 아느냐**"고 의원이 묻는다. 나는 그분을 "**아버지로 섬기는 이**"라고 답한다. 이 대답이 실은 명확하지 않다. 실제 육친의 아버지란 뜻인지, 아니면 아버지만큼이나 친애하고 섬기는 분이라는 뜻인지 명확하지 않다. 다만 육신의 아버지를 "아버지로 섬기는 이"라고 대답하는 건 여간 어색하지 않다. 그냥 "제 아버님이십니다"라고 답해야 하지 않을까. 어느 뜻으로 해석하건, 이제 의원과 환자였던 관계는 "고향도 아버지도 아버지의 친구"도 있는 관계로 확장된다.

백석의 아버지 백시박(白時璞)은 사진사였다. 뒤에 「여승」「흰 바람벽이 있어」를 설명할 때 쓰겠지만, 백석 시에 그림이나 사진, 영상이 펼쳐지는 듯한 효과는 아버지 어깨 너머로 사진이나 환등기를 보면서 체득한 것이 아닐까.

"아버지의 친구"는 당시 《동아일보》 정주 지국장을 하다가 《조선일보》를 인수했던 방응모(方應謨, 1883~1950?)일 가능성이 크다. 그는 백석의 일본 유학을 돕고, 백석의 아버지를 《조선일보》 사진부에 채용했던 인물이다. 9대 사장이었던 방응모 사장은 1883년 1월 3일 평안북도 정주군에서 태어났고, 백석의 아버지 백시박과는 같은 정주 출신 동향(同鄕)이었다(정효구 편저, 『백석』, 문학세계사. 1996. 172면). "아버지로 섬기는 이"는 계초 방응모 사장으로 생각하는 편이 자연스럽겠다. 조만식이 이 시에 나오는 "아버지의 친구"라는 설이 있는 데, 조만식은 평안남도 강서 출신이기에 맞지 않는다.

사실 이때부터 백석과 《조선일보》와의 관계는 이어진다. 백석은 1930년 《조선일보》 신년 현상문예에 단편소설 「그 모(母)와 아들」을 발표하여 등단하고, 1934년 《조선일보》 장학금으로 일본에 유학하고, 돌아와 《조선일보》에 취직한다.

'고향'이라는 제목의 작품이라면 루쉰의 소설 『고향』을 떠올릴 수 있다. 정지용의 「향수」와 「고향」도 있다. **"그곳이 차마 꿈엔들 잊힐리야"**를 반복하는 「향수」는 그 독특한 정서를 잊을 수 없다. **"고향에 고향에 돌아와도 / 그리던 고향은 아니러뇨"**로 시작하는 정지용의 「고향」은 직설적으로 몰락해가는 고향을 전한다. 백석의 「고향」은 정지용이 쓴 두 편의 시와 전혀 다르다. 두 인물의 대화에서 우러나오는 정감으로 고향을 회감(回感)시키는 독특한 방식의 작품이다.

"넌지시 웃고 / 말없이 팔을 잡아 맥을 보는데 / 손길은 따스하고 부드러워"라는 과장하지 않은 표현이 은근히 따스하다. 진맥(診脈)→ 웃음 → 대화→ 고향(근원)→ 아버지를 떠올리면서 화자는 외로움까지 치료 받는다. 두 사람의 대화는 고향 정주에서 공감을 이루며, 세대 간의 갈등도 넘어서서 무람없이 행동하지 않는 예의를 보여준다.

윤동주의 명동마을과 함경도

1935년(19세) 9월 1일 은진중학교 4학년 1학기를 마친 윤동주는 문익환과 함께 평양 숭실중학교로 전학했지만, 편입시험에 실패하여 3학년에 들어간다. 그렇지만 일제가 강제로 지시하는 신사참배를 견딜 수 없었다. 이 학교 저 학교를 전전하던 이 무렵 그의 시에서 디아스포라 이민자의 모습이 등장한다.

헌짚신짝 *끄을고*
　나여기 왜왔노
두만강을 건너서
　쓸쓸한 이땅에

남쪽하늘 저밑에
　따뜻한 내고향
내어머니 계신곳
　그리운 고향집

－ 童詩 「고향집－만주에서 부른」, 1936.1.6. 20〜21면. 밑줄은 인용자

　이 시에는 두만강을 건너 북간도로 온 선조들의 이야기가 담겨 있다. 화자의 고향은 **"남쪽하늘 저밑"**에 있는 **"따뜻한 내 고향"**이다.

　윤동주는 이 시를 평양 숭실중학교에 다닐 때 썼다. 시인 자신을 화자로 생각하면 당연히 내 고향은 명동마을이어야 하지만, 여기서 내 고향은 **"남쪽하늘 저밑"**으로 나온다. 윤동주의 전체 글에서 고향을 명동마을로 명기한 문장은 없다. **"어머니는 멀리 북간도에 계십니다"**(「별 헤는 밤」)라고 그리워는 했지만, 윤동주는 남쪽 고향을 언급한다.

　먼저 이 시의 화자를 윤동주가 아니라 남쪽에서 만주로 간 조선인으로 생각해볼 수 있겠다. 정체성을 형성하면서 살려고 애쓰는 디

아스포라들의 아픔을 쓴 시로 본다면, **"따뜻한 내 고향" "남쪽하늘 저 밑"**이라는 표현은 만주로 이주했던 이주민들, 혹은 이주해 있던 조선인 문인들의 일반적인 '향수'로 이해할 수 있겠다. 이들이 남쪽 고향을 그리워하는 마음에 공감하며, 윤동주가 자신의 원적지인 남쪽을 절실히 그리워하는 마음을 보여준 작품으로 읽을 수 있다.

윤동주가 생각하는 남쪽은 어디였을까.

평양 숭실중학교 재학 시절 썼기에 평양 지역이나 한반도 어느 곳을 생각할 수 있다. 윤동주에게 평양보다 더 친밀한 내면적 고향은 함경도가 아닐까.

윤동주가 이민 4세대 자손이라는 사실을 생각한다면 **"내 어머니가 계신 곳"**이라는 표현에서 **"내"**는 윤동주가 아니다. 윤동주에게 **"내 어머니 계신 곳"**은 남쪽이 아니라 북쪽 용정이다. **"헌 짚신짝 끄을고"** 여기에 온 화자 **"나"**는 이민 4세대인 윤동주가 아니라 윤동주의 증조할아버지를 표현한 것으로 보아야 할 것이다. 함경북도에서 명동마을로 이주했던 조상들과 간도 이주민을 생각하며 쓴 작품이다.

19세기 말, 함경도와 평안도에 기근이 닥치자 조선 사람들은 국경을 넘어 간도와 연해주 등으로 이주하기 시작했다. 1917년 12월 30일, 북간도 간도성 화룡현 명동촌에서 태어난 윤동주의 증조할아버지는 함경도에서 오신 분이었다. 1886년 윤동주의 증조부 윤재옥(1844~1906)은 42세의 나이로 아내와 4남 1녀를 이끌고 고향땅 함경도 종성 맞은편 자동으로 이주하여 부지런히 농토를 일구어 부농이 되었다.

연희전문에 입학했을 때 사귄 친구 강처중은 함경도 원산 출신이었다. 대학 4학년이었던 1941년 5월, 하숙집을 찾다가 누상동 9번

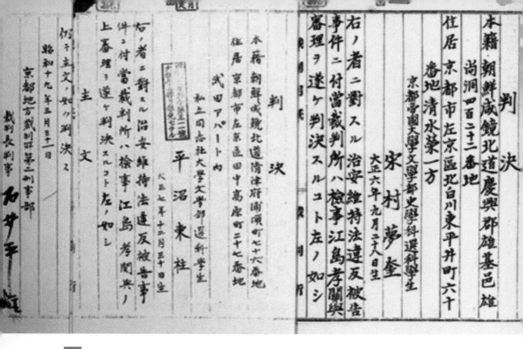

윤동주와 송몽규 판결문에 '본적 함경도'라고 명확히 쓰여 있다. 윤동주의 본적은 '함경북도 청진'이고, 사건 당시 살고 있던 곳이 '교토시(京都市)'였으며, 윤동주가 일본에서 사용한 이름은 '히라누마 도주(平沼東柱)'로 기록되어 있다.

지의 집주인인 소설가 김송을 만났을 때, 윤동주가 그 집을 택했던 이유 중의 하나는 김송이 함경도 사투리를 썼기 때문일지도 모른다.

명동마을에 이주해온 사람들은 대부분 함경도 회룡과 종성에서 온 이주민들이었다. 명동마을 사람들은 "밥 먹었슴까"(밥 먹었습니까) 라며 "~니"를 빼고 발음하는 함경도 말투로 대화했다. 영화 〈동주〉 에서도 송몽규 등을 비롯한 명동마을 사람들, 그리고 친구 강처중은 함경도 말투를 쓴다.

윤동주의 여동생인 윤혜원과 남편 오형범이 해방 후 연변 생활을 정리하고 1947년 함경도 청진에서 6개월 정도 살았던 사실도 윤동주 가족이 품고 있던 함경도를 향한 본래적인 애향심을 보여준다 하겠다.

1948년 윤동주 시집을 낼 때 정병욱은 윤동주 시인의 함경도 사투리를 서울 표준어로 바꾸었다. 가령 윤동주가 동시 「봄」(1936.10)에서 "고양이는 / 가마목에서 갸릉갸릉"이라고 쓴 부분을 "고양이는 / 부뜨막에서 가릉가릉"이라고 써서 함경도 사투리는 없애고, "갸릉갸릉"이 주는 좀 더 생생한 의성어를 단순하게 바꾸어버렸다. 윤동주 시에 나오는 함경도 사투리를 서울말로 바꾸어버린 1948년 판본부터 지금까지 윤동주 시집들은 가장 기초적인 실증주의를 외면했다. 윤동주를 서울 사람으로 만들어버린 윤동주 시집들은 그의 함경도 말투를 다시 살려내야 한다.

변두리 커뮤니타스, 평안도·명동마을·함경도

백석은 장소 이름으로 시 제목을 정한 작품이 많다. 「정주성」「가즈랑집」「정문촌」「외가집」「통영」「북방에서」「짜오탕에서」「남신의주 유동 박시봉방」 등 장소 이름을 시 제목으로 자주 정하곤 했다. 정주는 백석에게 사투리를 선물로 준 곳이다. 백석의 시에는 평안북도 사투리가 넘쳐난다. 백석은 평안도 토속 언어를 몸에 습득하고, 곧 고향을 떠난다.

물론 오산중학교에서 받은 교육에서도 중부방언의 영향을 어느 정도 받았을 것이다. 동향 선배 김소월보다 10년 아래였던 백석은 고향인 정주에서 오산중학교를 거쳐 19세인 1930년 일본 도쿄에 간다. 일본 모더니즘과 신학의 본산인 아오야마[青山] 학원 영문과를 수료하면서, 약 4년 동안 외지생활을 마치고 귀국한 것은 1935년이었다.

윤동주에게 고향은 시에서 명확히 나오지 않는다. 북간도 명동마을에서 동주는 끊임없이 **"남쪽 하늘"**을 그리워한다. 막상 경성에 도착해서 연희전문을 다니면서 동주는 **"어머니는 북간도에 계십니다"**라고 쓰지만 '고향 북간도'라고 쓰지는 않았다. 일본에 유학 가서는 **"육첩방은 남의 나라"**라고 거부한다. 동주에게 고향은 종교적인 순례자의 영원히 도착할 수 없는 목적지이기도 했다.(김응교, 「만주 디아스포라, 윤동주의 고향」, 『한국문화연구』, 2012)

백석에게 평안도 정주는 성이 허물어진 슬픔의 땅이다. 동주에게 명동마을은 볼쉐비키의 폭력에 쫓겨 한밤중에 용정으로 이사해온, 당시 겉으로 보기에는 실패한 유토피아 공동체였다. 식민지 조국을 상징하는 함경도는 말할 필요도 없다. 그러나 그들은 끊임없이 정주와 함경도 사투리를 시에 살려내며 사라진 공동체를 시에서 복원했다.

공동체를 뜻하는 일상적인 커뮤니티와 구별하여, 특별한 연대성이 지속되는 공동체를 '커뮤니타스(communitas)'라고 한다. 빅터 터너(Victor W. Turner)는 비극이라는 문지방을 넘어선 사람들이 만들어내는 의례와 자치와 치유의 공동체를 커뮤니타스라고 명명했다. 가령 프랑스 혁명 시기의 파리 공동체를 우리는 '파리 커뮤니타스', 광주민주화항쟁 때 광주 시민이 일군 평화공동체를 '광주 커뮤니타스'라고 할 수 있겠다(김응교, "비극을 넘어선 '연대의 인류학'", 《한겨레신문》, 2020. 5.8).

백석은 평안도 정주를, 동주는 명동마을과 함경도를 단순히 패배

한 변두리로 보지 않았다. 두 시인은 평안도 사투리와 함경도 사투리로 비극을 이겨내는 '커뮤니타스'를 시에서 되살려냈다. 그 '변두리 커뮤니타스'에서 허물어진 것, 천한 것, 쓰잘 데 없는 것, 죽어가는 것들을 향한 연민을 습득했다.

* 유튜브 〈백석 '정주성'과 홍경래 난〉, 〈백석 '고향', 변두리 커뮤니타스〉 참조.

4

가즈랑집을 좋아하는
아이 백석

- 백석 「가즈랑집」

코미디도 이런 코미디는 없다. 믿을 수 없겠지만 실화다.

시인 임○, 시인 정○용, 소설가 이○준, 소설가 한○야 등등 작가 이름을 ○○으로 표기하던 시대가 있었다. 1970년대 내가 공부했던 국어 교과서나 참고서에는 시인 임화, 시인 정지용, 소설가 이태준, 소설가 한설야 이름에 ○○을 넣어 표기했다. 북쪽에서 활동하는 작가라는 이유 때문이었다.

사실 나는 백석이라는 이름을 고등학생 때 들어본 기억이 없다.

1988년 북한문학에 대한 해금 이후 백석의 시는 이제 중고등학교 교과서에 수편이 실려 있으니, 그 자리는 확실하다. 7차 고등학교 『문학』교과서 18종에 수록된 백석의 시는 「여승」7종, 「남신의주 유동 박시봉방」4종, 「여우난곬족」3종, 「고향」1종이다. 이후 설명할 「여승」이 교과서에 가장 많이 실려 있다.

사라졌던 걸작 시집 『사슴』은 우리에게 다시 다가왔고, 시집에 실린 첫 시 「가즈랑집」이 제일 먼저 독자를 반겼다.

무당 할머니와 평안도 다리굿

시집의 첫 시 「가즈랑집」에는 무당이 주인공으로 등장한다. 백석의 고향인 평북 정주에 '가주령고개'가 있었다는 해설도 있다(송준, 『시인 백석.1』, 흰당나귀, 2012. 40면). 백석이 어린 시절 자주 가던 가즈랑고개라는 곳에 살던 할머니 이야기다. 그 할머니는 무당이다. 현대 시집에서 첫 시에 무당 할머니의 이야기를 놓은 것은 꽤 드문 일이다. 이제 「가즈랑집」 전편을 읽어본다. 이 시의 띄어쓰기는 음율을 고려한 시인의 의도적인 표기이니 원문 그대로 옮긴다.

옛 시를 현대문이 아니라 옛날 문장으로 읽으면 불편하다. 불편하지만 현대문이 아니라 원문을 그대로 옮기는 까닭은, 원문을 봐야 백석이 얼마나 낭송을 중시했는지 알 수 있기 때문이다. 원문을 보면 띄어쓰기를 무시하고 백석이 호흡에 따라 붙인 문장을 볼 수 있다. 쉽게 낭송할 수 있도록 호흡에 따라 끊어 놓은 듯하다.

승냥이가새끼를치는 전에는쇠메듦도적이났다는 가즈랑고개

가즈랑집은 고개밑의
山넘어마을서 도야지를 잃는밤 즘생을쫓는 깽제미소리가 무서웁게 들려오는집
닭개즘생을 못놓는
멧도야지와 이웃사촌을지나는집

예순이넘은 아들없는가즈랑집할머니는 중같이 정해서 할머니가 마을을가면 긴담배대에 독하다는막써래기를 몇대라도 붗이라

고하며

　간밤엔 섬돌아래 승냥이가왔었다는이야기
　어느메山곬에선간 곰이 아이를본다는이야기

　나는 돌나물김치에 백설기를먹으며
　넷말의구신집에있는듯이

　가즈랑집할머니
　내가날때 죽은누이도날때
　무명필에 이름을써서 백지달어서 구신간시렁의 당즈께에넣어
수영을들었다는 가즈랑집할머니
　언제나병을앓을때면
　신장님달런이라고하는 가즈랑집할머니
　구신의딸이라고생각하면 슳버졌다

　토끼도살이올은다는때 아르대즘퍼리에서 제비꼬리 마타리 쇠
조지 가지취 고비 고사리 두릅순 회순 山나물을하는 가즈랑집할
머니를딸으며
　나는벌서 달디단물구지우림 동굴네우림을 생각하고
　아직멀은 도토리묵 도토리범벅까지도 그리워한다

　뒤우란 살구나무아레서 광살구를찾다가
　살구벼락을맞고 울다가웃는나를보고

미꾸멍에 털이멫자나났나보자고한것은 가즈랑집할머니다

찰복숭아를먹다가 씨를삼키고는 죽는것만같이 하루종일 놀지
도못하고 밥도안먹은것도
가즈랑집에 마을을가서
당세먹은강아지같이 좋아라고집오래를 설레다가였다
— 백석, 「가즈랑집」 전문(『사슴』, 선광인쇄주식회사, 1936)

가즈랑고개는 백석이 어린 시절을 지낸 정주군 덕언면 내동과 백
미동 사이에 있는 고개라고 한다. 이 가즈랑고개 아래 외딴 곳에 사
는 무당 가즈랑집 할머니가 시의 주인공이다. 승냥이와 쇠메(묵직한
쇠토막에 구멍을 뚫고 자루를 박은 쇠망치)를 든 도적의 무서운 이미지에 이
어 마을의 돼지를 도둑맞는 구체적인 사건이 나타난다. 상황은 더
무서워진다. 떼를 지어 다니며 사람과 동물을 기습하는 승냥이가 우
는 무서운 밤이다. 멧돼지 같은 야생동물이 자주 출몰하는 깊은 산
중에서, 돼지를 잃어버린 마을 사람들은 짐승을 쫓으려고 깽제미(꽹
과리)를 친다. 시에 등장하는 승냥이, 멧도야지, 곰은 밤에 등장하여
무서움을 환기시키는 동물들이다.

특히 2연은 시행이 4행으로 나뉘어, 여러 사건이 벌어지는 어수
선한 분위기를 잘 전달한다. 2연의 2행 4행 끝을 '~집'이라는 단어
로 맺어 통일된 느낌을 준다.

3연은 "예순이 넘은 아들 없는" 할머니에 대한 묘사가 주를 이룬
다. 홀로 살면서 서글픈 운명 따위는 아랑곳하지 않는 할머니를 중
[僧]에 비유하면서 깨끗한 성품을 가졌다고 한다. 독한 막써래기(거

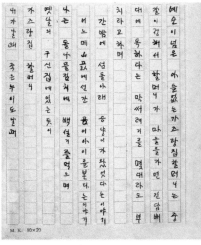

시집 『사슴』에 실린 첫 시 「가즈랑집」을 필사한 윤동주의 육필 원고

칠게 썬 엽연초) 담배를 피워 올리는 할머니는 마을을 둘러싼 잡귀 잡신들을 회유하고 이웃 어린것들에게 닥쳐올 불의의 재앙을 막아주는 헌신적인 인물이다.

할머니는 평소에 마을의 어린아이들에게 재미있는 이야기를 들려주기도 한다. "간밤엔 섬돌(집채의 앞뒤에 오르기 위해 만든 돌층계인 '섬돌'의 평안도 사투리) 아래 승냥이가왔었다는이야기/어느메山곬에선간곰이 아이를본다는이야기"(3연) 따위를 재미있게 해준다. 바로 이 대목은 시의 형식상 특이한 모습을 보이고 있다. 3연에서 또 한 칸을 떼어 독립된 2행으로 돋아 보이고 있기 때문이다. 바로 두 행의 '이야기'에 대한 간단한 묘사는 무당 할머니와 '나'를 이어주는 내용이다. 그녀는 신과 인간의 중간자이며, 마을 사람들의 생명과 재산을 보호하기 위해 없어서는 안 될 절대적인 존재이다.

여기에서 무당 가즈랑집 할머니에게서 몇 가지 평안도 무당의 특성을 볼 수 있다. 첫째, 무당 할머니를 "중같이 정하다"고 표현하는 대목은 평안도 무당의 한 속성을 드러낸다. 백석의 시에는 종종 무속과 불교가 습합된 표현이 나온다.

붓두막이 두길이다
이 붓두막에 놓인 사닥다리를 자박수염난 공양주는 성궁미를
지고 오른다.
한말 밥을 한다는 크나큰 솥이
외면하고 가부틀고 앉어서 염주도 세일 만하다

화라지송침이 단채로 들어간다는 아궁지

이 험상궂은 아궁지도 조앙님은 무서운가보다.

— 백석, 「고사(古寺)」 1~3연(《조광》 1937.10)

시인은 1, 2연에서는 불교적 이미지를 서술하다가, 3연에서 "험
상궂은 아궁지도" 부엌신인 "조앙님"을 무서워한다며, 교묘하게 무
속을 습합시키고 있다. 물론 본래 한국 굿과 불교가 서로 습합된 특
성을 보이고 있으나, 특히 평안도의 다리굿은 불교적 성격이 강하
다. 그래서 최길성은 '평양 다리굿'에 대해 이렇게 말한다.

무가의 내용은 불교적 색채가 강하고 처음 서 있는 무녀가 바라를
들고 장구를 치는 조무와 주고받는 식으로 진행된다. 선 무녀의
무가에 따라 조무는 나무아미타불을 받이로서 부른다. 수왕굿 무
가는 처음에 '가봅시다. 극락으로 가봅시다'라는 내용으로 시작하
여 널리 알려진 회심곡을 삽입하여 부르고서는 저승을 가게 되는
필연과 슬픔을 구송한 다음에 심판을 받아 지옥을 면하고 극락으
로 가게 된다. 열수왕의 인도를 받아 저승에 들어간다고 하여 수
왕(十王)굿이라 한다. 무가의 내용이나 굿의 명칭에는 모두 불교의
영향이 강하게 느껴진다.

— 최길성, 「평양 다리굿」, 『한국인의 恨』(예진, 1991) 211면

평안도 다리굿 중에, "아헤에 에헤에야, 에헤 나무아미타불"이라
며 염불 외듯 노래하면서 굿당을 도는 〈다릿발세경〉은 '도량' 또는
'화청(和請)'이라고 불리는 불교의식과 너무도 흡사하다(최홍순, 「평안도
의 무속 '다리굿'」, 『북한』, 북한연구소, 1985. 156~158면). 바로 이러한 평안

도 굿의 특성이 백석 시에 드러나는 것이다.

둘째, 가즈랑집 할머니는 마을을 살피는 어머니다. 할머니는 나와 누이를 위해 이름을 써서 귀신한테 수양(收養, 데려다 기른 딸이나 아들)을 들인다. 몸에 병이 들어 아플 때는 귀신한테 받는 시달림이라 한다. 아이가 태어나거나 사람이 죽었을 때 넓적한 무명필을 일정한 길이로 잘라 이름을 써놓는 것은 평안도 무당의 풍습(김수남 사진집, 『평안도 다리굿』, 열화당, 1985, 52~63면)이다. "내가 날 때 죽은 누이도 날 때"라고 썼으니 백석의 누이가 일찍 죽지 않았나 싶은데, 다른 시에서도 비슷한 증언이 나온다.

나를 생각하든 그 무당의 딸은 내 어린 누이에게
오리야 너를 한 쌍 주드니
어린 누이는 없고 저는 시집을 갔다건만
오리야 너는 한 쌍이 날아가누나

— 백석 「오리」에서

집집마다 대청도리 위 한 구석에 조그마한 널빤지로 선반을 매고 걸립(乞粒) 귀신을 모시는 '구신간시렁' 위에 놓인 '당즈께'(당세기, 고리버들이나 대오리를 길고 둥글게 엮은 작은 고리짝)에 태어난 이와 죽은 이의 이름표를 넣는 가즈랑집 할머니는 타고난 평안북도 무당이다.

본래 무당이란 접신자의 역할을 한다. 무당이 없으면 신을 만날 수 없는 것이다. 그래서 무속에서는 반드시 무당을 거쳐 신을 만나는 과정을 만들었고, 그것을 굿이라고 한다. 도표로 표시하면 다음과 같다.

동네사람(단골)은 굿이나 무당을 거치지 않고서는 절대세계(신)를

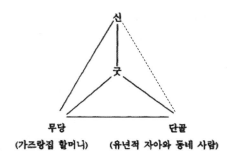

신

굿

무당   단골
(가즈랑집 할머니)   (유년적 자아와 동네 사람)

만날 수 없다. 가즈랑집 할머니는 삶의 밑바닥을 살아가는 천덕스런 존재이면서, 동시에 마을에 질병이 퍼지거나 재앙이 닥쳐오면 접신자(接神者)로 군림하게 된다.

셋째, 무당인 가즈랑집 할머니는 음식과 축제의 달인이고, 무속 세계는 놀이와 연관된다. 4연에 "나는 돌나물김치에 백설기를먹으며" 가즈랑집 할머니를 생각하는데, 돌나물김치와 백설기를 준 이가 무당 가즈랑집 할머니인지 아닌지는 분명치 않다. 하지만, 그 음식을 먹을 때 할머니를 생각하게 된다는 연상관계는 분명하다. 그래서 6연에서 많은 산나물들을 떠올리는 것이다. 백석 시에서 무속은 거의 음식과 결부된다.

> 내일같이명절날인밤은 부엌에 쩨듯하니 불이 밝고 솥뚜껑이 놀
> 으며 구수한 내음새 곰국이 무르끓고
> －「古野」에서

그의 시에는 늘 무속과 민속적인 특성이 어우러지면서, 거기에

는 어김없이 먹을거리가 등장한다. 인간만 먹는 것이 아니다. 무속의 신들도 먹고 마시는 일과 돈을 좋아한다. 사실 음식상을 잘 차려 놓고 "모든 신들, 굿당에 오십소사"라며 청배굿부터 시작하는 것이 평안도 굿이다(김수남, 『평안도 다리굿』, 열화당, 1985, 18~19면). 집계에 따르면 백석의 시에는 음식물만 무려 150종이 나온다. 백석은 어린 시절의 미각(味覺)을 중요한 시적 요소로 쓴다. 어릴 적의 미각 체험은 어른이 되어서도 잊지 못할 하나의 자극인 것이다. 그것과 함께 백석은 옛이야기와 놀이 등을 연결시킨다. 그의 다른 시에서 평안도 다리굿의 전형적인 춤동작이 나오기도 한다.

> 아랫ㅅ마을에서는 애기무당이 작두를 타며 굿을 하는 때가 많다
> ─「三防」에서

무속이나 주술성(呪術性)이 전혀 거슬리지 않고 오히려 앙증맞기만 하다. '애기무당'과 같은 영매자(靈媒者)의 접신술(接神術)이 친밀하게 느껴진다. 작두에 올라타 망인의 한을 풀어 저승으로 보내려는 의식은 평안도 다리굿의 전형적인 연출 중의 하나다.

공포와 샤머니즘으로 회상하는 유년 시절

「가즈랑집」에 등장하는 아이, 곧 유년 화자는 무서움을 느끼고 있다. 그가 사는 곳은 쇠망치를 든 도적이 나타나고 승냥이가 새끼를 치는 음산한 곳이다. 이렇게 백석의 유년의식은 공포에서 출발한다. 유년 화자에게는 공포스러웠던 시간이 성인이 된 후에는 아름답고

즐거웠던 추억과 그리움으로 존재한다.

① 아베는 타관 가서 오지 않고 山비탈 외따른 집에 엄매와 나와 단 둘이서 누가 죽이는 듯이 무서운 밤 집 뒤로는 어늬 山골짜기에서 소를 잡아먹는 노나리꾼들이 도적놈들같이 쿵쿵거리며 다닌다

—「고야(古夜)」1연

② 나는 이 마을에 태어나기가 잘못이다
  마을은 맨천 구신이 돼서
  나는 무서워 오력을 펼수 없다

—「마을은 맨천 구신이 돼서」(《新世界》 3권 3호, 1948년 5월호)

③ 여우가 주둥이를향하고 우는집에서는 다음날 으레 흉사가있다는것은 얼마나 무서운 말인가

—「오금덩이라는곧」3연

유년기의 출발은 '무서운 밤'(①)에 있다. 소를 잡아먹는 밀도살꾼인 '노나리꾼'들이 도적놈들처럼 쿵쿵거리며 다가오는 듯한 무서운 밤이다. 고요한 밤중에 "쿵쿵" 소리는 무서움을 증폭시킨다. 또한 어디에 가든 귀신이 있는 무속의 세계(②)이다. 주술의 전통이 고스란히 살아 있는 원형적인 공간 '오금덩이라는 곳'(③)에서 시인은 삶의 현장을 충실히 재현하면서, 유년 화자의 시점을 빌려 "얼마나 무서운 말인가"라고 감정을 표현하여 심정적인 동조를 보이고 있다.

하지만 이 모든 무서움은 어릴 적 상상일 뿐, 독자는 이 무서움으로 인해 아름다운 상상의 세계를 체험하게 된다.

「가즈랑집」에서 유년 화자는 과거 체험의 전달자나 관찰자의 입장에 서 있다. 백석의 많은 시들이 유년 화자를 택하고 있으나, 어린이를 대상으로 쓰인 것은 아니다. 그보다는 성인 독자들을 유년 시절의 보편적이고 원형적인 삶 속으로 빠져들게 하여 잊고 있었던 과거의 시간을 되살게 한다.

「가즈랑집」의 어린 주인공처럼, 백석의 유년기 기억은 시를 모호하게 하는데, 이것은 오히려 시의 상징적 특성을 높이는 결과를 빚고 있다. 가령, 2연의 "닭개즘생을 못놓는 / 멧도야지와 이웃사촌을 지나는집"에서 "닭개즘생을 못놓는(놓아 기르지 못하는)" 주체가 누구인지 알 수가 없다. 주체가 생략된 채 '멧도야지'를 수식한다. 3연은 행위의 주체가 모호하다. "할머니가 마을을 가면 긴담배대에 독하다는 막써래기를 몇대라도 붙이라고하며"에서 "막써래기를 몇대라도 붙이라고" 하는 행위의 주체가 할머니인지 마을 사람인지 분명치 않다. 4연에서 첫 행 "나는 돌나물김치에 백설기를먹으며"에서는 백설기를 먹는 시점이 현재인지 아니면 과거의 가즈랑집 할머니를 구신의 딸이라고 생각할 때인지 모호하다.

유년기의 기억이 정확하지 않기 때문이 아닐까. 백석 시의 문맥적 혼란은 이같이 과거를 기억하는 과정에서 오는 혼란일 수도 있다. 과거를 나열하려고 할 때 현재와 과거가 혼재되어 잘 정리되지 않는 혼동된 상태를 그대로 드러낸 것이 아닐까. 이러한 모호성이 오히려 시의 상상력을 풍성하게 한다.

6연에는 봄을 배경으로 여러 산나물이 열거된다. 유년 화자는

'아래쪽에 있는 진창으로 된 펄'인 아르대즘퍼리에 가서 제비꼬리(식용 산나물 이름), 마타리(1~1.5미터로 작은 노란 꽃이 피는 식용 다년초), 쇠조지, 가지취, 고비, 고사리, 두릅순, 회순 등 온갖 나물을 따는 할머니를 따르고 있다. 화자는 즐겨 먹던 먹거리, 즉 물구지우림(물구지의 알뿌리를 물에 담가 쓴맛을 우려낸 음식), 둥글레우림(둥글레풀의 어린 잎을 물에 담가 쓴맛을 우려낸 음식), 도토리묵, 도토리범벅 등을 나열한다. 풍물을 나열하는 의식에는 훼손되지 않는 토속적 세계의 원형을 되살리어 보존하려는 의도가 깔려 있다. 이 세계는 그에게 마음의 풍요로움과 정겨움을 주는 대상이자, 마을 사람들이 집단적으로 함께 즐겼던 세계다.

7연과 8연에서도 공동체로 확산되는 이미지들이 나열되고 있다. 광살구(너무 익어 저절로 떨어져버린 살구), 곡식가루에 술을 쳐서 미음처럼 쑨 '당세'를 먹고 취한 강아지처럼 좋아라 하고, 집의 울 안팎(집오래)을 설레는 모습 속에 우리는 단순한 풍습의 복원이 아닌, 원초적이고 건강한 삶의 실감을 떠올리는 것이다. 또한 민족의 근원적인 원형에서 떠나지 못하고 좋아하며 설레는 한 아이를 본다. 그 문장에서 아이였을 때의 순간을 그리워하는 백석이 실루엣처럼 겹친다.

* 유튜브 〈단편영화, 백석 '가즈랑집', '여승'〉 참조.

5

버선본 만드는
동주 어머니

– 윤동주 「버선본」

어머니와 누이로 회상하는

한 인물에게 어머니가 끼친 영향은 중요하다. 하물며 한 작가에게
어머니가 끼친 영향은 당연히 중요하다. 윤동주 시에서 '어머니'는
어떻게 등장할까. 윤동주 작품 중에 많이 주목받지 못한 「버선본」이
라는 작품이 있다.

어머니!
누나 쓰다버린 습자지는
두었다간 뭣에 쓰나요?

그런 줄 몰랐더니
습자지에다 내 버선 놓고
가위로 오려
버선본 만드는 걸.

어머니!
내가 쓰다버린 몽당연필은
두었다간 뭣에 쓰나요

그런 줄 몰랐더니
천 위에다 버선본 놓고
침 발라 점을 찍곤
내 버선 만드는 걸.

– 윤동주, 「버선본」, 1936. 12.

'버선본'이란 무엇일까. 버선은 옛날 양말이다. 반닫이 안 깊숙한
서랍에서 할머니의 유물로 찾은 버선본을 보았거나 어머니가 누렇
게 변색한 버선 모양 한지에 뭐라고 글씨를 써두고 보관해둔 종이
뭉텅이를 본 독자들이 계실까?

모든 부분이 곡선인데, 맵시를 내기 위해 발끝을 살짝 하늘로 치
켜 올린 것이 특색이다. 한국의 미학 중 하나는 '날기[飛]'의 미학인
데, 버선이야말로 발부리 부분을 살짝 올려 맵시를 냈다.

발 모양과 크기를 재고 본을 뜨기 위해 한지에 그려놓은 그림을
'버선본'이라 한다. 사람마다 발 크기나 모양이 다르기에, 한 집안에
서도 식구별로 버선본을 따로 만들어야 한다. 버선본은 대부분 한지
로 만들었다. 한지는 질기고 오래 보관할 수 있었다. 버선본에 자식
의 복을 비는 구절을 써놓기도 했다.

화자는 어머니에게 누나가 쓰다 버린 습자지를 버리지 않고 두는
이유를 묻는다, 어머니는 습자지에다 내 버선을 놓고 가장자리를 따

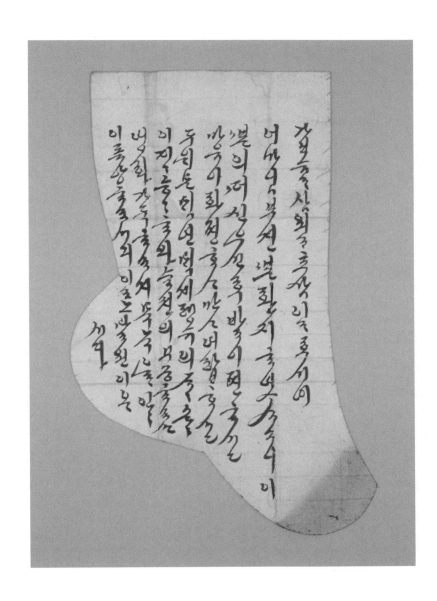

윤동주의 소년 시절이었던 1934년으로 추정되는 '갑술년 어머니 버선본', 국립한글박물관 제공

라 그린다. 습자지란 한지가 귀하던 시절 글씨 쓰는 연습을 하던 종이다. 가위로 습자지에 그려진 버선 모양을 오려 버선본을 만든다.

내가 쓰다 버린 몽당연필을 버리지 않고 두었다가 뭣에 쓰는지 묻는다. **"천 위에다 버선본 놓고"** 몽당연필에 **"침 발라"** 버선 모양대로 천에 점을 찍는다. 그 선을 따라 홈질 박음질을 한다. 솜을 두고, 안팎을 뒤집어 인두로 꼭꼭 누르면 그럴듯한 버선이 만들어진다.

"내 버선 만드는 걸"이라는 구절에는, 어머니의 사랑이 표현되어 있다. 옛날 어머니들은 한평생 버선을 만들었다. 가족 누군가의 버선이 해지면 어머니들은 버선본을 찾아 다시 버선을 만드셨다. 빛바랜 버선본은 어머니 사랑의 증표였다.

기술적인 작법이 안 보일 듯 보인다. 고등학교 1학년쯤 나이의 윤동주는 변칙적인 반복법을 썼다. 1연과 3연에서는 첫 행에 **"어머니"**, 마지막 행에 **"두었다간 뭣에 쓰나요?"**가 반복된다. 2연과 4연에서는 첫 행에 **"그런 줄 몰랐드니"**, 마지막 행에 **"만드는 걸"**이 반복된다.

사람마다 발 크기와 모양이 다르니, 버선 모양도 각각이다. 남의 버선은 빌려 신지도 못한다. 사람마다 그 발 모양대로 버선본을 만들고, 버선본 모양대로 천을 잘라 꿰매 버선을 만들었다. 옛날엔 버선이야말로 귀중한 선물이었다. 시집간 딸이 부모님 버선본을 떠가서 부모님 생신 때 버선을 만들어 보냈다. 가족 중 누군가 귀양가거나, 옥살이하거나, 변방에 병사로 가면, 버선을 만들어 보내기도 했다.

윤동주는 바로 그 사랑의 증표를 시로 썼다. 지금은 기성품으로 양말이 나오니 잘 모르지만, '버선본'이야말로 어머니의 사랑이 녹아 있는 결정적 사물이라 할 수 있겠다. 시는 짧지만 생활과 사랑이 녹아 있는 수작이다. 다른 시 「어머니」를 보자.

어머니!
젖을 빨려 이마음을 달래여주시오.
이밤이 작고 설혀 지나이다.

이아이는 턱에 수염자리잡히도록
무엇을 먹고 잘앗나이까?
오날도 힌주먹이
입에 그대로 믈려있나이다.

어머니
부서진 납인형(人形)도 슬혀진지
벌서 오램니다

철비가 후누주군이 나리는 이밤을
주먹이나 빨면서 새우릿가?
어머니! 그어진손으로
이울음을 달래여주시오.

— 윤동주, 「어머니」, 1938.5.28.

제2습작시집에 실린 이 시를 윤동주는 1938년 5월 28일에 썼다. 턱에 수염자리가 잡혔으나 주먹이나 빨면서 아직 삶에 자신이 없는 화자가 등장한다.

"수염자리 잡히도록"이란 표현을 볼 때 시의 필자는 열네 살 정도일까. 애어른인데도 아직도 "흰 주먹", 즉 밥이 입에 그대로 있다는 뜻일까. 4연에서 **"주먹이나 빨면서"**라는 표현을 볼 때 주먹이나 빠는 어린 모습으로 상상할 수도 있겠다. 중요한 것은 배고파 우는 것이 아니라, 정신적인 고갈을 보여주는 모습으로 해석해야 하겠다.

이제는 **"부서진 납인형"**을 갖고 놀 아이가 아니다. **"철비가 후줄근히 내리는 이 밤"**에 아들은 엉엉 울고 싶을 정도다. 철비는 철 따라 내리는 비를 말한다. 현실이 쇠(鐵)처럼 차가운 비 같다는 비유로도 읽힌다. 어머니의 **"그 어진 손으로 이 울음을 달래"** 달라고 기도하는 마음이다.

기도문식의 간절한 종결 어미로 쓰여 있다. 질문하면서 '~나이까?'라고 쓰고, 추측이나 의향을 물으면서 '~리까?'라고 썼다. 단순한 서술을 나타내는 종결 어미가 아니어서 정성스럽다. 묻는 형식으로 뻔한 사실을 새롭게 인식하게 하는 설의법(設疑法)이다.

어른으로 성장해가는 과정이 얼마나 고통스러웠는가를 보여주는 성장시다. 윤동주는 연희 전문 1학년 때, 무사안일하게 살아가지 않고 어머니를 그리면서도 자기성찰을 했다.

6

평안도 방언과
근원적 힘

-백석 「여우난곬족」

무당년, 사이비 무당, 무당질 같은 거친 표현을 들어본 적이 있는지.
정신없고 문제가 많은 여자를 비하할 때 '무당년'이라 하거나, 종
교인을 비난할 때 '사이비 무당'이라고 한다. 정확하지 않은 말을 하
면 '무당질'이라고 한다. '무당년'이나 '무당질' 같은 표현은 무속인
을 얕잡아 표현한 속어들이다. 샤머니즘이 '나쁘고 사악한 것'으로
사람들 뇌리에 박혀 있다.

사실 한국인의 무의식에는 샤머니즘이 가득 차 있다. '신명난다'
는 말은 노래방에서 정신없이 뛰어노는 상태를 말하는 것이 아니
다. 겉으로는 질서정연해 보이지만, 무의식 속에 질서라고 할 만치
한국인은 신명나게 생활한다. '신난다', '신바람', '신통력', '신들렸
다'라는 말이 있듯이, 우리 내면에는 신(神)의 힘이 있어야 뭔가 해낼
수 있다는 무의식이 있다.

한국 문화에서 샤머니즘은 독특한 의미를 지닌다. 유럽의 토테미
즘이나 태평양 주변의 애니미즘과 달리, 시베리아계의 샤머니즘은

나름의 독특한 문화를 낳았다. 세계에서 샤머니즘이 예술의 영역에 서나마 그 모습 그대로 남아 있는 나라는 한국이 아닐까.

러시아나 중국과 북한 같은 공산국가에서는 미신을 타파한다는 목적으로 샤머니즘을 억압했다. 소련과 몽골의 샤먼들은 공산화되는 과정에서 학살당했다. 소련의 흐루시초프는 무당을 대중이 보는 가운데 헬리콥터에서 떨어뜨려 죽이기도 했다. 몽골에서는 무당들을 집단으로 죽여 철로 아래 묻기도 했다. 몽골 울란바토르에서 내가 만났던 샤먼은 아파트에서 낮은 목소리로 주문을 외웠다. 사회주의 사회에서 들키면 안 되기에 작은 목소리로 주문을 외우는 것이 굳어져버린 것이다. 일본에서 샤머니즘은 불교와 섞여 급격히 신토이즘으로 변했다. 원시적 무속이 신사(神社)로 철저하게 형식화되었다. 일본과 달리, 미얀마 등 동남아시아 지역에서 샤머니즘은 도교 혹은 애니미즘과 섞였다.

여러 지역의 샤머니즘의 흔적을 비교할 때, 한국의 무당은 여전히 세계적으로 거의 드물게 원형을 보존하고 있다(崔吉城, 「日韓のシャーマニズム」·学習院國際交流基金ワークショップ發表文, 1999.10.11.). 당연히 한국인에게는 아직도 샤머니즘이 무의식 깊이 남아 있다.

서정주 시에 자주 나오는 샤머니즘적 상상력, 조정래의 『태백산맥』 첫 장면에 나오는 소화라는 샤먼 등, 한국 문학 작품에는 무당들이 많이 등장한다. 그만치 한국인은 자기도 모르게 샤머니즘에 공감하고 있는지도 모른다.

백석이 시에 샤머니즘을 내세우는 까닭은 그가 태어나고 자란 평안도 지역의 특징이기도 하지만, 작품을 전하기 위한 수단으로도 중요한 항목이라는 사실을 시인이 알았기 때문일 것이다. 그 대표적인

윤동주가 필사한 백석의 시 「여우난곬족」은
마치 한 편의 단편영화를 보는 듯한
판타지의 공간을 제공한다.

시로 「가즈랑집」과 더불어 「여우난곬족」을 들 수 있겠다.

「여우난곬족」과 평안도 샤머니즘

사람이 일상적으로 생각하는 현실세계를 넘어 다른 세계를 넘나
드는 샤머니즘의 세계관은 본래부터 시와 닿아 있다. 현실세계를 넘
는 초월의 세계를 표현하기 위해서는 '시적 상상력'이 필요하기 때
문이다. 열거법이 제대로 쓰인 「여우난곬족(族)」을 보자. 길지만 아
침, 낮, 저녁, 밤, 새벽으로 이어지는 명절의 하루를 복원한 이 명작
을 그냥 지나칠 수 없어 전문을 현대문으로 인용한다.

　　명절날 나는 엄매 아배 따라 우리집 개는 나를 따라 진할머니
　진할아버지 있는 큰집으로 가면

　　얼굴에 별자국이 솜솜 난 말수와 같이 눈도 껌벅거리는 하루에
　베 한 필을 짠다는 벌 하나 건너 집엔 복숭아나무가 많은 신리(新
　里) 고무 고무의 딸 이녀(李女) 작은 이녀(李女)
　　열여섯에 사십(四十)이 넘은 홀아비의 후처(後妻)가 된 포족족하
　니 성이 잘 나는 살빛이 매감탕 같은 입술과 젖꼭지는 더 까만 예
　수쟁이 마을 가까이 사는 토산(土山) 고무 고무의 딸 승녀(承女) 아
　들 승(承)동이
　　육십리(六十里)라고 해서 파랗게 뵈이는 산을 넘어 있다는 해변
　에서 과부가 된 코끝이 빨간 언제나 흰 옷이 정하든 말끝에 섧게
　눈물을 짤 때가 많은 큰골 고무 고무의 딸 홍녀(洪女) 아들 홍(洪)동

이, 작은 홍(洪)동이

배나무접을 잘하는 주정을 하면 토방돌을 뽑는, 오리치를 잘 놓는 먼 섬에 반디젓 담그러 가기를 좋아하는 삼춘 삼춘 엄매 사춘 누이 사춘 동생들

이 그득히들 할머니 할아버지가 안간에들 모여서 방안에서는 새 옷의 내음새가 나고

또 인절미 송구떡 콩가루찰떡의 내음새도 나고 끼때의 두부와 콩나물과 볶은 잔디와 고사리와 도야지 비계는 모두 선득선득하니 찬 것들이다

저녁술을 놓은 아이들은 외양간섶 밭마당에 달린 배나무 동산에서 쥐잡이를 하고 숨굴막질을 하고 꼬리잡이를 하고 가마 타고 시집가는 놀음 말 타고 장가가는 놀음을 하고 이렇게 밤이 어둡도록 북적하니 논다

밤이 깊어 가는 집안엔 엄매는 엄매들끼리 아랫간에서들 웃고 이야기하고 아이들은 아이들끼리 윗간 한 방을 잡고 조아질하고 쌈방이 굴리고 바리깨돌림하고 호박떼기하고 제비손이구손이하고 이렇게 화대의 사기방등에 심지를 몇 번이나 돋우고 홍게닭이 몇 번이나 울어서 졸음이 오면 아랫목싸움 자리싸움을 하며 히드득거리다 잠이 든다 그래서는 문창에 텅납새의 그림자가 치는 아침 시누이 동세들이 욱적하니 흥성거리는 부엌으론 샛문 틈으로 장지문 틈으로 무이징게국을 끓이는 맛있는 내음새가 올라오도록 잔다

제목 '여우난곬족'은 여우가 자주 출몰하는 골짜기 부근에 사는 일가 친척들 이야기라는 의미다. 「가즈랑집」에 등장하는 화자처럼 이 시에서도 어린아이 '나'가 이야기를 이끄는 화자다.

1연에는 명절날 아침에 엄마 아빠와 함께 큰집으로 인사 가는 어린 '나'가 등장한다. 「가즈랑집」에서 마지막에 등장하는 그 개일 것 같은 **"우리집 개"**가 또 등장한다. 진(親)할머니, 진(親)할아버지가 사는 큰집에 가면 별별 사람이 다 산다.

2연에는 명절날 낮에 각처에서 모인 친척들이 등장한다. 한 명 한 명 어떻게 살아왔는지, 어디서 사는지, 그 후손들 이야기를 나열한다. 첫 문장부터 응축되어 있어, 차분히 풀어 읽어야 한다. 천연두 흉터 자국인 '별자국'이 나고, '말할 때마다'(말수와 같이) 어리숙하게 눈을 껌벅거리는데도 우직하게도 "하루에 베 한 필을 짠다는" 들판(벌) 건너 신리라는 마을에 사는 **"신리 고무(고모)"**의 딸 이녀, 작은 이녀(李女)를 처음 묘사한다. '이녀'라고 부르는 것은 평북 지역에서 아이들을 부를 때의 호칭이다. 딸에게는 성 뒤에 '~녀'를, 아들에게는 '~동이'를 붙인다.

다음은 승녀와 승동이의 어머니인 토산 고모를 설명한다. 토산 고모는 열네 살 때 홀아비 후처로 들어가 예민한 성격이기에 **"포족족"**하다. 입술은 엿을 고거나 메주를 쑨 솥을 씻은 끈적끈적한(매진) 진한 갈색의 **"매감탕(매진 감탕)"** 빛깔이다. 젖꼭지는 그 입술보다 더 까맣다고 한다. 승녀와 승동이가 사는 동네는 예수쟁이들이 많이 사는 마을 가까이에 있는 토산이라는 동네다.

세 번째 인물은 남몰래 많이 훌쩍이면서도 늘 옷을 깨끗이 입었는지 **"코끝이 빨간 언제나 흰 옷이 정하던"** 큰골 고모와 딸 홍녀, 아들

홍동이와 동생 홍동이가 등장한다.

　배나무 접붙이기(배나무접)를 잘하면서도, 주정하면 괜히 집 지붕에서 떨어지는 물을 받는 토방돌(섬돌)도 뽑고, 그러면서도 오리 잡는 갈고리 모양의 도구 '오리치'를 잘 놓고 밴댕이젓(반디젓)을 잘 담그는 삼촌, 삼촌엄매, 사촌누이, 사촌동생들이 등장한다.

　3연은 명절날 저녁 풍경이다. 지금까지 등장한 나, 이녀와 작은 이녀, 승녀와 승동이, 홍동이, 작은 홍동이, 사촌 동생들이 **"새옷의 내음새"** 풍기며 인절미 송구떡 등 온갖 요리 냄새가 풍기는 곳에 가득 득실거린다.

　4연은 저녁 식사 이후에 명절 밤을 지내는 풍경이다. 온 친척들이 **"밤이 어둡도록 북적하니"** 노는 풍경이 나온다. 엄마(엄매)들은 엄마들끼리 아랫간(아르간)에서 웃고 떠든다. 숨바꼭질(숨굴막질), 허리를 잡고 길게 늘어서서 상대방의 꽁댕이를 잡는 '꼬리잡이' 놀이도 하며 아이들은 아이들끼리 재밌게 논다.

　이후는 밤에서 새벽을 거쳐 아침에 이르는 풍경이다.

　놀고 떠들고 먹다가 나무나 놋쇠로 만들어 등잔을 얹는 기구인 **"화대의 사기방등"** 심지에 불을 몇 번 붙이고, 새벽닭(홍게닭)이 몇 번 울 때까지 히드득거리다가 잠이 든다. 문창에 처마의 안쪽 지붕인 '텅납새'의 그림자가 치는 아침에, 시누이 동서들이 부엌에서 국을 끓인다. 샛문 틈으로, 장지문 틈으로 민물새우에 무를 넣고 끓인 **"무이징게국을 끓이는 맛있는 내음새가"** 올라올 때까지 아이들은 잔다.

　이 시는 한민족이 어떻게 명절을 지내는지, '아침→낮→저녁→밤→새벽→아침'으로 명절의 아침을 생생하게 전한다. 방금 '생생하게 전한다'고 쓸 수 있는 느낌은 어디서 올까. 무엇보다도 이 시에서 백석은 모두 현재형 동사를 썼다. '논다', '잠이 든다', '잔다' 등 현재형 동사는 마치 현재 영상을 보는 듯한 착각에 빠지도록 독자를 현재 속으로 안내한다.

현재형 동사로 시인은 활기 있고 건강한 공동체의 모습을 복원하고 있다. '건강한 공동체'의 근원은 무엇일까. 중요한 것은 독자가 이 시를 읽을 때 풍요로움 이면에, 형용하기 어려운 원시적인 힘을 느낀다는 사실이다.

주목해야 할 것은 나열 방법이다. 비슷한 단어를 나열하는 방법은 사설시조나 민요, 특히 무가에서 늘 나오는 반복법이다. 특히 2연에서 상황을 나열하는 방법이나, '고무, 삼촌', '~녀', '~동이' 등 같은 어휘를 반복하여 흥겨운 리듬을 느끼게 한다. '여우난곬족'이라는 제목부터 마치 한 편의 단편영화를 보는 듯한 판타지의 공간을 제공한다. 풍요로운 우애가 넘치는 친족들의 하루는 마치 제의(祭儀)의 시간으로 보인다.

평안도 방언과 무가(巫歌)의 수사학

언어학자 김영배 교수는 「백석 시의 방언에 대하여」(『平安方言研究』,태학사, 1997)에서 백석 시의 평안도 사투리에 대해 몇 가지 특징을 발표했다.

첫째, 1927년 15세 이후 고향을 떠난 뒤 오랜 외국생활과 타향살이를 통해 다른 방언의 영향을 입게 되었다는 사실을 밝혀냈다. 평안도 방언이라면 구개음화되지 않은 어휘를 써야 하는데 백석은 동화된 표준어를 쓴다. 예를 들면, '딜'(寺)이라고 써야 평안도 방언인데 백석은 '절'이라고 쓴다. 또한 '떨어딘다', '가디 않은'이라고 써야 평안도 방언인데 백석은 "떨어진다", "가지 않은"이라고 쓴다. 이러한 현상은 백석이 평안도를 떠나 다른 지역에 많이 살았기 때문에 중부 지역 말투를 쓰고 있는 것이다. 반면에 ㄷ구개음화는 쓰지 않았지만, 중부방언에 동화되지 않은 표기를 어두(語頭)에 그대로 썼다. 예를 들면 '옛말의'라고 써야 할 때 "넷말"(4연)이라고 써서 평안도 방언을 그대로 표기하고 있다.

둘째, 백석은 작품을 쓸 때 1937년에 제정된 「표준어 사정」을 따르고 있다. 가령 「가즈랑집」 1연에서 "쇠메듩도적"이란 표현은 '쇠메를 든 도적'으로 풀 수 있겠다. '~를 든'을 '듩'으로 표기한 것은 ㄷ, ㅅ, ㅈ, ㅎ은 물론 겹받침을 모두 제대로 표기했던 당시 통일안을 그대로 따랐던 것이다. 이는 시집 『사슴』을 낼 무렵에 그가 조선일보 신문기자였다는 사실과 무관치 않다.

셋째, 백석은 시에서 평안도 방언을 용언보다 체언에 더 많이 썼다. 유년기의 체험을 용언보다 음식 이름 등의 체언에 의지하여 살려내고 있으니, 당연히 체언에 평안도 사투리가 많이 쓰였던 것이다. 백석 시에서 평안도 사투리는 주로 체언에 쓰이면서 평안도 맛을 나게 하고, 용언은 표준어와 다른 지역 표현에 따라 비교적 읽기 쉽게 쓰였다는 것을 확인할 수 있다. 평안도 사투리로 쓰인 명사의 의미를 확인하면서 마치 수수께끼를 풀어가듯 시 읽는 재미를 체험할 수 있다.

백석 시가 평안도 방언을 고스란히 살려냈다고들 하지만, 사실은 다른 지역 사람들이 읽기 쉽도록 시인이 중부지역 언어와 섞어 쓴 것을 알 수 있다. 필자가 평안북도 출신인 김영택 노인(80세)에게 백석 시를 읽어달라고 부탁했을 때, 노인은 백석 시를 모두 평안도 사투리로 읽기는 어색했다 하며, 음식 이름 같은 명사에만 평안도 방언이 있다고 했다. 백석은 평안도 방언을 새롭게 계승했다고 볼 수 있겠다.

백석 시에는 열거법이 돋아 보인다. 이러한 열거법을 백석은 어디서 익혔을까. 의도적으로 배우지 않았더라도, 어떤 과정을 통해 육화(肉化)했을까. 백석이 즐겨 사용한 반복적 열거 기법은 판소리 사설과 유사하고, 운문·산문의 혼합적 기법은 창과 아니리가 교차하는 특징을 닮았다고 고형진 교수는 밝혔다. 또 특정 장면을 강화·확장시킨 서사적 시 양식도 판소리의 서사구조와 비슷하다고 제시했다. 시의 상황에 따라 어휘와 문장을 반복 나열하여 다양한 의미를 창출한 백석의 시는 사설시조와 판소리의 미학과 접맥돼 있다는 것이 그의 분석이다. 각 장면이 장황한 서술과 묘사로 강화·확장돼 있는 독특한 서사적 양식도 판소리의 서사구조와 깊이 맞닿아 있다고 고형진 교수는 강조했다(고형진, 「백석 시와 판소리의 미학」, 2004년.).

백석 시에 판소리와 비슷한 표현방식이 있다는 분석은 충분히 동의할 만하다. 다만 평안도와 만주 지역을 중심으로 살았던 백석이 과연 남부지역을 중심으로 생겨난 판소리를 얼마나 육화시킬 수 있었을까. 여기서 더 궁금한 것은 열거법이 무속의 서술방식과 어떤 관계가 있을까 하는 점이다.

판소리의 원형에 대해서는, 김동욱 『한국가요의 연구』(을유문화사, 1961), 서대석 「판소리의 형성과 삽의」(『우리문화』,우리문화연구회, 1966) 등에서 주장하는, 무가(巫歌)에서 발생했다는 '무가발생론'이 학계에서 인정받고 있다. 가령 「춘향전」의 경우, 억울하게 죽은 춘향의 원을 풀어주기 위한 '해원굿'이 '소리굿'이란 중간 전환 과정을 거쳐

'판소리극'으로 양식적인 전환을 했다는 것이다. 물론 굿에서 판소리가 나왔다고 단순하게 생각하면, 그 전개과정의 다양한 요소를 무시하는 결과를 빚는다. 그래서 3단계 성립설인 '춘향굿'이 '춘향소리굿'을 거쳐 판소리 '춘향소리극'으로 발전적 변모를 이룩했다(설성경, 『춘향전의 통시적 연구』, 박이정, 1994, 42~51면)는 주장도 있다. 외적인 연희양식이나 발성법에서 차이를 보이나 그 표현방식이나 내용에서 보면 무가(巫歌)와 판소리가 유사하다는 것은 무리 없는 통설로 받아들여지고 있다. 백석 시가 판소리와 유사한 이유는, 판소리 자체가 무가와 비슷한 표현양식을 가졌기 때문이 아닐까. 필자는 백석 시를 판소리와 비교하기보다는 무가와 비교하는 것이 타당하다고 본다.

백석의 시에서 너무도 다양한 무속적 내용이 나온다는 것을 염두에 둘 때, 백석의 시는 무당의 무가, 그중에서도 평안도 무가와 비교 검토해야 할 것이다. 「목구」 「귀농」에서도 무당이 부르면 어울릴 만한 열거법이 나온다.

구신과 사람과 넋과 목숨과 있는 것과 없는 것과 한줌 흙과 한점 살과 먼 옛 조상과 먼 훗자손과 거룩한 슬픔을 담는 것
 ─「목구」에서

수박이 열면 수박을 먹으며 팔며
감자가 앉으면 감자를 먹으며 팔며
까막까치나 두더쥐 돗벌기가 와서 먹으면 먹는대로 두어두고
 ─「歸農」에서

백석의 시는 무가와 많이 닮아 있다. 먼저 단어를 열거하되 앞 단어를 받아서 조금씩 변화를 주면서 열거하는 방식이 닮았다. 무가에서도 이런 대목은 많이 나타난다.

내 딸이야 내 딸이야 두우 두두 내 딸이야
하늘에서 뚝 떨어졌나 땅에 불끈 솟았드냐
어디를 갔다가 예 왔느냐 두우 두우 내 딸이야

    – 조동일, 『구비문학의 세계』(새문사, 1980), 229면

평안도 등 한반도 여러 곳에서 나타나는 서사무가 「바리데기」의 한 구절이다. 여기서는 병든 부모를 찾아 버림받은 딸들이 등장하는데, 무당들이 딸을 호명할 때는 이렇게 여러 모양으로 반복하면서 열거한다. '딸'이라는 단어를 "두우 두두 내 딸"로 계속 부르는 주술성(呪術性)은, 단어가 변화되면서 예술성으로 변화되고 있다. 무가에서 '딸'이란 단어가 자리를 바꿔가며 의미가 변하듯이, 백석 시에서는 '고무', '동이', '사촌'이라는 단어들이 조금씩 바뀌면서 나열된다. 대조되는 두 의미를 짝을 지어 열거시키고 있다. 명사와 동사를 반복하면서 열거하고 있다. 「동해안무가」의 지신굿에서 나오는 대목을 비교해보자.

명태치기 배는 명태도 많이 잡고
잇까 배는 잇까도 많이 잡아주고
대명태야 소명태야 대잇까야 소잇까야
대고등어 소고등어 대수치 소수치

그 담에는야 대광어 소광어 대문어 소문어
울고간다 우래기 골고간다 골래기
삼치 얼기 모두 다
대청아 소청아 대숭어 소숭어
대모 매도미 소도미 모두 잡을지라도
날치 갈치 수치 물치 온갖 고기 다 잡드라도
고기란 고기는 이 군안으로 다 점지하야
니집 내집 물론하고 집집마다
고기도 풍년을 시켜주고

— 조동일, 앞의 책, 228면

이 무가는 고기를 많이 잡게 해달라는 구절로 이루어졌다. 잡히게
해달라는 기원, 곧 주술(呪術)을 위해 구체적인 형상으로 고기 이름
을 많이 열거한다. 백석의 시에는 동치미국, 댕추가루, 명태창난젓,
맨모밀국수 등 음식 이름이 많이 등장한다.

　무가에 나오는 "명태치기 배는 명태도 많이 잡고/잇까(イカ, 오징어)
배는 잇까도 잡아주고"라는 대조열거법과 백석 시의 "수박이 열면
수박을 먹으며 팔며/감자가 앉으면 감자를 먹으며"(「귀농」)라는 대목
은 명사의 반복과 동사의 변형이라는 점에서 흡사하다. 또한 "대명
태야 소명태야"라며 대소(大小)를 대비시키는 것은 백석 시에서 "귀
신과 사람과 넋"을 대비시키는 것과 유사하다. 대명태든 소명태든,
혹은 귀신이든 사람의 넋이든, 거기에는 주술과 예술의 의미가 모두
담겨 있다. 또한 인용된 무가 6행의 "울고간다 우래기 골고간다 골
래기"는 물고기 이름에 동음이의어를 붙이는 일종의 말장난인데, 백

석의 시에도 의성어 의태어가 많이 쓰였다.

> 디먹디먹 눈을 밟으며 <u>터벅터벅</u> 흙고 덮으며
> <u>사물사물</u> 햇볕은 목덜미에 간지로워서
> (중략)
> 집웅에 바람벽에 울바주에 볕살 <u>쇠리쇠리</u>한 마을을 가르치며
>
> −「歸農」,《朝光》1941.4에서

「귀농」의 한 대목만 보아도 의성어인 "디먹디먹", "터벅터벅"과 의태어인 "사물사물", "쇠리쇠리한"이라는 말장난이 나오고 있다. 빈번한 의성어와 의태어의 사용도 무가와 비견될 수 있다. 이러한 나열은 듣는 이들에게 생생한 현장감을 주려는 의도에서 나타나는 것이다. 그래서 김열규는 "무당의 공수가 흔하게 지니기 십상인 이 문체징표는 필경 백석의 시문학이 간직하고 있는 신화창조적인 융합의 세계가 형식으로 시각화된 것이라고 말해도 좋을 것이다"(김열규, 「신화와 소년이 만나서 일군 민속시의 세계 − 백석의 시집 『사슴』에 부쳐」, 1990, 193면)라고 했는데, 좀 더 분석적인 연구가 필요한 대목이다.

평안도 공동체와 심전개발

백석 시에는 기독교 이미지가 거의 나타나지 않고, 무속 샤머니즘과 민속사상이 습합된 상태가 많이 나타난다. 백석의 시집 『사슴』에만 보아도 무속적 시편이 많다.

무당이 작두 타며 굿을 하고(「삼방」), 어디선가 서럽게 우는 무당집

이 있고(「미명계(未明界)」), 신에게 소리 내어 간구하는, 비난수하는 모습이 있는가 하면(「오금덩이라는 곳」), 애기무당이 등장하는 「산지(山地)」가 있다.

시집에 실린 33편의 시 중에 무속이 소재나 주제로 나오는 시는 6편이다. 시집 『사슴』 이후에도 무당의 딸이 등장하는 「오리」, 백석의 출생과 관련된 태몽으로 국수당고개가 등장하는 「넘언집 범 같은 노큰마니」, 작품 전체가 '귀신과의 일상화'를 말하고 있는 「마을은 맨천 구신이 돼서」 등에서 샤머니즘적인 특성이 나타난다. 또한 무당이나 굿이 등장하지 않는 많은 시에도 샤머니즘적 세계관은 백석 시의 중요한 발상 중 한 가지로 작용하고 있다.

백석 시의 민속적인 특징을 논한 논문들은 있지만, 그의 시에 담긴 샤머니즘적 요소를 집중해서 논한 연구는 아쉽게도 그리 많지 않다. 평안도 사투리와 풍습들이 풍성한 그의 시를 김열규 교수는 '민속시'(김열규, 앞의 글)로 분류하기도 했다. 김열규는 백석 시 전체에 내장된 민속적인 원형(原型)을 논했다. 다만 구체적 분석이 아니라 시도에 그친 것이 아쉽지만, 백석 시의 샤머니즘적 원형에 대해 가장 깊이 있게 지적한 글이라고 생각된다.

연구자들은 백석 시의 초기와 후기에 나타나는 무속적인 특성을 지적한다. 백석 시에서 무당이 나오면 대부분 유년 화자가 등장한다.

백석의 시에 담긴 평안도 무속의 복원을 당시 일제의 시각에서 본다면 어떠했을까. 1935년에 조선총독부에서 제창한 '심전개발정책(心田開發政策)'이 떠오른다.

"심전(心田)"이란, 생활의 근저가 될 만한 바른 신념을 갈고 닦는다는 일본어인데, 심지(心地), 심성(心性)이라고도 한다. 이 정책은 "국체명징(國體明徵)에 따라 조선의 농촌사회에서 전통성의 중심에 있는 미신(迷信) 대신에 일본의 의사전통성(擬似傳統性)인 국체관념을 위치시키려고 하는 시책"(靑野正明, 「朝鮮總督府の神社政策—1930年代を中心に—」·《朝鮮學報》 제160집, 1996. 126면.)이었다.

결국 이 정책의 목표는 조선인을 '일본인화(Japanization)'하는 것이었다. 이 정책을 실행하려고, 1935년 4월 총독의 자문기관인 중추원이 우가키 카즈시게[宇垣一成] 총독의 의뢰에 의해 17명의 신앙심사위원회(信仰審査委員會)를 구성한다. 여기에는 당시 경성제국대학 교수였던 아키바 다카시[秋葉隆] 외에 조선사편수회 위원인 최남선과 이능화도 포함되어 있었다. 그들은 1936년 2월에『신전개발에 관한 강연집』을 발간하였다. 이들의 연구 과제는 조선의 민간신앙을 어떻게 하면 만세일계(萬歲一系)의 천황제와 신사참배에 융화시키는가 하는 문제였다.

> 무격(巫覡)도 본시로 거슬러 올라가 경시멸시해서는 안되고 또 현재의 민간신앙 문제라고 하더라도 함부로 박멸소탕해야 할 것이 아니라, 그 처리는 신중을 필요로 한다고 여겨진다.
> ― 崔南善, 「朝鮮の固有信仰」, 朝鮮總督府中樞院, 『心田開發に関する講演集』, 1936, 2면.

언뜻 보면 조선의 민간신앙을 존대하는 것 같지만, 실은 조선의 고유 신앙이 일본의 천신(天神)과 연관되어 있다는 논리를 배경으로 하고 결국 이러한 시각에서 조선의 "고신도(古神道)"를 새로이 인식시켜 그 인식을 강화시키는 것이야말로 "조선을 정말로 일본으로 만드는 것이며 조선인에게 정말로 일본인이 되는 길을 열어주는 것"이라고 강조하였다. 이능화 역시 "조선과 일본이 친척관계에 있으며 일본이 조선을 양자로 맞이하였다"라며, 조선인이 일본의 신을 섬기는 것이 심전개발의 "원칙"(李能和, 앞의 책, 52면.)이라고 제시했다. 이러한 시기에 백석이 시에서 최남선이나 이능화의 논리를 담아냈다면 그의 시는 단순한 친일 시로 추락했을 것이다. 그는 일본의 신토[神道]와 관계없이 평안도민의 공동체 의식만을 시에 담아낸다.

「가즈랑집」에서 시적 자아는 할머니가 "구신의 딸이라고 생각하면 슬퍼졌다"고 한다. 사라져가는 것에 대한 뚜렷한 정서 표출을 느낄 수 있다. 이때 "생각하면"이라는 표현은 감정의 직접적인 표출을 억제하는 과정이다. "슬펐다"고 했을 때, 그 느낌은 직접적이라기보다는 공감에 의한 정서로 나타난다.

시집 『사슴』에서 유년 화자가 등장하는 시 일곱 편을 살펴보자. 「가즈랑집」에서는 가즈랑 '집'이 중심이 된다. 이외에 '큰집'을 배경으로 고모, 삼촌, 사촌 형제들의 이야기가 펼쳐지는 「여우난곬족」, '큰집'을 배경으로 엄마, 막내 고모가 중심인물로 나오는 「고야」, '큰집'을 배경으로 삼촌, 사촌, 할아버지가 중심인물로 등장하는 「고방」, 집과 산을 배경으로 아배와 내가 등장하는 「오리 망아지 토끼」 등이 모두 '집'을 모티브로 하고 있다.

백석의 유년 화자는 집단성에 주목하고 있다. 샤머니즘 자체가 집단성을 중시하는 면이 있다. 일반적으로 무속은 모든 절차가 개인에 의해서 이루어지지 않고 집단적 행위로 이루어지며, 개인의 안녕만을 위해 베풀어지기보다는 반드시 '가족'이나 '집'이라고 하는 집단 관계 속에서 개인의 문제를 보고 있다(김인회, 『韓國. 巫俗思想硏究』, 집

문당, 1993, 182면). 백석의 유년 화자는 샤머니즘의 공동체 정신과 함께 집단성으로 향하고 있다.

샤머니즘은 백석의 시에서 평안도 촌민들의 일상과 생활철학을 반영하는 중요한 시 창작적 요소 중에 하나로 작용한다.

재미있는 사실은 백석이 무속의 의례보다는, 무속의 유희성이나 화합하게 하는 역할을 시의 소재로 삼고 있다는 점이다. 무속의례 중의 하나인 이른바 '베 가르기'는 백석의 시에서 나타나지 않는다. 베 가르기란, 주로 서울지방의 지노귀굿에서 무녀가 베나 무명천을 길게 잡아 늘이고 가슴으로 가르는 의례를 말한다. 길게 늘인 것을 '길' 또는 '다리'라고 하여, 길가르기, 다리굿이라는 명칭을 쓰기도 한다. 서울지방 무속에서는 베를 가르는 데 비하여, 황해도나 평안도 지방 무속에서는 흔히 베를 자른다. 평안도 다리굿에서 무녀가 사자를 대신해서 "저 세상에서 온 길을 나는 간다. 그 온 길이 어디일까. 극락으로 나는 간다"(임석재, 장주근, 『관서지방무가』, 무형문화재지정자료, 제24호, 1996)고 하는 것으로 보아 베가 길을 상징하는 것을 알 수 있다. 그런데 백석은 이러한 무속의례에 집착하기보다는 무속의 놀이적 기능을 통해 화합적인 측면에 집중하고 있다는 것이 특이하다.

이렇게 볼 때, 백석은 아름다운 공동체의 복원을 위해 무속적 요소를 시에 담았다. 그러나 이것이 곧 일본의 심전개발정책에 동요하지 않은 시대적 반항이라고 단언하기는 어렵다. 어떻게 보면 해석에 따라서는 교묘한 타협으로 비추어질 수도 있는 대목이다. 그러나 그것 역시 뚜렷한 증거는 없다. 다만, 백석이 유년 화자를 통해 만물이 화합하는 원형의 세계를 보이고 있고, 이러한 원형의 세계에서 사람과 사람, 사람과 사물 또는 혼령이 동등하게 한데 어울려 교감하며, 근대문명을 충분히 경험했던 시인으로서 이렇게 전근대적인 풍속의 재현에 열중한 것은 다분히 의도적이었을 것이 확실하다는 사실이다. 다만 시로 보았을 때, 백석 시의 비합리성·방언주의·여성주의는 합리성·표준어주의·남성주의로 대표되는 근대적 제국주의에 대한 소극적인 부정일 수 있다.

이제 정리해보자. 백석 시 「가즈랑집」의 가즈랑집 할머니는 무속과 불교가 습합된 평안도 굿의 특성을 잘 보여준다. 접신자(接神者)이면서도 마을의 온갖 궂은일을 도맡아 처리하는 치료사이며 최고의 요리사다.

공포를 느끼는 유년 화자는 「가즈랑집」 「여우난곬족」과 함께 거의 모든 시에서 나타난다. 어릴 적 무서움은 현실에서는 아름다운 추억으로 회감되며, 또한 맛의 기억이 유년기의 과거체험을 불러일으키는 매체가 된다는 것을 보았다, 유년기 기억은 시를 모호하게 하는데, 이것은 오히려 백석 시를 읽을 때 풍성히 상상하게 하는 기능을 하고 있다.

백석 시의 평안도 방언은 1927년 15세 이후 고향을 떠난 뒤 오랜 외국생활과 타향살이를 통해 새로운 표현 방식을 얻는다. 표기를 보면 1937년에 제정된 「표준어 사정」을 거의 따르고 있다. 백석은 시에 평안도 방언을 용언보다 체언에 더 많이 썼다.

백석의 시에 담긴 평안도 무속의 복원은 아름다운 공동체의 형성과 화합공동체의 정신만을 담아내고, 일본의 심전개발정책에 동요하지 않았다는 사실을 확인했다. 결국 「가즈랑집」 「여우난곬족」의 유년 화자를 통해 시인은 만물이 화합하는 원형의 세계를 보이고 있다. 백석의 이러한 시적 태도는 근대와 제국주의의 지배에 대한 부정의 방법일 수 있다.

백석 시의 무속적 특징은 그의 연인이었던 자야의 증언에 의해 더욱 확실하게 고증된다.

전형적인 산골출생으로서, 그의 어머니는 몸이 허약한 아들의 수명 장수를 기원하려고 강, 바위, 스무나무 따위에 비난수하는 치성에 열심이었다고 한다. 그러니까 백석은 어린 시절 온통 전통적인 무속 샤머니즘의 환경에 둘러싸여 성장했던 것으로 보인다.

– 이동순, 「백석, 내 가슴 속에 지워지지 않는 이름– 子夜 여사의 회고」, 《창작과비평》, 복간호, 1988.

백석은 샤머니즘을 받아들이면서 어떤 추상적인 세계나 혹은 언어 자체의 아름다움에 치중한다기보다는, 샤머니즘을 통하여 평안도 공동체를 실감나게 살려낸 시인이다.

7

감자 먹는 사람들

- 백석 「내가 이렇게 외면하고」 「초동일」
- 동주 「굴뚝」 「무얼 먹고 사나」
- 빈센트 반 고흐 〈감자 먹는 사람들〉

맛은 유년기의 과거체험을 아름답게 회감(回感)시킨다. **"나는 돌나 물김치에 백설기를먹으며 / 넷말의구신집(무당집)"**(「가즈랑집」)에서 돌나 물김치와 백설기를 이어질 산나물보다 앞서 내세운 것도 재미있다. 백석 시에는 많은 음식물이 나오는데 가장 많은 빈도를 보이고 있는 것은 떡과 국수이다. 떡은 전체 시편 중에 11편(11.2%)에 나오며, 국수의 빈도 수는 7편으로 7.1%를 차지한다(김영익, 『백석 시문학 연구』, 충남대학교 출판부, 2000, 206면).

떡의 종류는 인절미(「여우난곬族」), 송구떡, 조개송편·달송편·쥔두기송편(「古夜」), 송구떡(「고방」「七月 백중」), 기장차떡(「노루」「月林장」), 감자떡(「饗樂」), 떡국(「杜甫나 李伯같이」) 등 12종류가 나타난다. 중요한 것은 이 떡들이 모두 명절날 유년 화자와 함께 등장한다는 사실이다. 국수와 떡과 나물, 과일뿐만 아니라 생선도 나온다. 생선 요리가 나오는 대표적인 시 「내가 이렇게 외면하고」를 보자.

내가 이렇게 외면하고 거리를 걸어가는 것은 잠풍 날씨가 너무 나 좋은 탓이고

가난한 동무가 새 구두를 신고 지나간 탓이고 언제나 꼭 같은 넥타이를 매고 고은 사람을 사랑하는 탓이다

내가 이렇게 외면하고 거리를 걸어가는 것은 또 내 많지 못한 월급이 얼마나 고마운 탓이고

이렇게 젊은 나이로 코밑수염도 길러보는 탓이고 그리고 어느 가난한 집 부엌으로 달재 생선을 진장에 꼿꼿이 지진 것은 맛도 있다는 말이 자꾸 들려오는 탓이다

— 백석, 「내가 이렇게 외면하고」, 《여성》 3권 5호, 1938.5.

2연으로 구성된 이 시는 단순하게 묻고 대답하는 구조다. "내가 이렇게 외면하고 거리를 걸어가는 것"은 무엇 때문일까 묻고, "~탓 이다"라고 답하는 형식이다.

반복되는 질문이 조금 특이하다. **"내가 이렇게 외면하고"**라는 질문 이 1,2연 앞에 나온다. "외면하고"는 '대상을 보거나 마주치기 꺼려 져 얼굴을 피하고'라는 뜻이다. 백석은 세상에서 자기를 구속하는 것들을 외면했다. **"산골로 가는 것은 세상한테 지는 것이 아니다/세상 같은 건 더러워서 버리는 것이다"**(「나와 나타샤와 흰 당나귀」), **"세상같은건 밖에나도 좋을것같다"**(「선우사」) 같은 구절은 여러 시에서 나온다.

백석은 자기를 인정하지 않는 권력이나 제도, 세속적 명리를 외면 했다. 저 따위 것들을 외면하는 까닭은 다른 것들이 더 재미있고 행 복해 보이기 때문이라는 식이다.

백석을 행복하게 하는 것들은 "~탓이다"라는 답으로 1연에서 세 가지, 2연에서 세 가지 등 모두 여섯 가지가 나온다.

첫째, 날씨 탓이다. 잔잔하게 부는 '잠풍' 바람이 너무 좋은 탓이다. 날씨가 흐리면 우울하고 짜증나고, 화창하면 기분도 밝아진다.

둘째, 친구 외모 탓이다. 가난한 친구가 새 구두를 신은 탓이다. 내가 아니라, 친구 그것도 **"가난한 동무가"** 새 구두를 신으면 동무의 생활이 피었다는 증거이니 즐겁다고 한다.

셋째, 사랑 탓이다. 언제나 같은 넥타이를 매고 고운 사람을 사랑하는 탓이다. 누군가 사랑할 수 있는 대상이 있다는 사실은 얼마나 행복한가. 오래 묵은 넥타이를 반복해서 매도 내 외모야 어떠하든 **"고은 사람을 사랑하는"** 기쁨이라 한다. **"고은 사랑"**이라는 표현은 평범한 표현인데, 이 눌변이 전체 흐름과 어울려 오히려 낯설게 보인다. 이 평범한 사랑이야말로 더러운 세상을 이겨나갈 힘이다.

2연에서도 세 가지 이유가 같은 방식으로 나온다.

첫째, 월급 탓이다. 내게 **"많지 못한 월급"**이지만 그래도 먹고 살 수 있고, 독립해서 살 수 있으니 행복하다.

둘째, 콧수염 탓이다. 내가 젊은 나이에 코밑수염도 길러볼 수 있으니 행복하다. 이 부분은 익살스럽기도 하다. 사실 백석이 실제 콧수염을 길렀는지 모르나 백석 사진 중에 콧수염을 기른 사진은 없다. **"이렇게 젊은 나이로 코밑수염도 길러보는"**이라는 구절은 백석의 소망일 수도 있다. 노인만이 콧수염을 기르는 게 아니라, 젊은 시절에 콧수염을 길러본다는 상상만으로도 행복하다고 한다.

셋째, 맛있는 음식 탓이다. **"달재 생선을 진장에 꼿꼿이 지진 것"**을 먹을 수 있으니 행복하다고 한다. 달재는 '달강어'의 평안도 방언이다. 진장은 '진간장'을 줄여 쓴 말로, 검정콩으로 쑨 메주로 담가 까만빛이 나는 간장을 말한다. 유별난 일본식 왜간장도 아니고, 그저 오래 묵은 재래식 간장이다. 달재 생선을 진장에 지지면 마치 과자처럼 바삭바삭하거나 **"꼿꼿"**해진다.

이 시는 백석이 함흥 영생여고보에서 영어를 가르칠 때 쓴 작품이다. 달재 생선 요리는 백석이 자주 가던 식당이나 술집 요리일 수 있다. 달재 생선은 가시가 많은데, 오히려 가시 많은 인생을 묵상하며 먹을 만치 즐거웠나 보다. 달재 생선 요리는 '진간장'이라는 후각과 **'꼿꼿이 지진 것'**이라는 시각이 동시에 독자의 정동(情動)을 자극한다.

백석이 행복을 느끼는 이유들을 보면, 도시 문화나 식민지 문화에서 느끼는 행복은 거의 없다. 백석은 도시적인 행운이 아니라, 어찌 보면 너무도 사소한 변두리나 농촌이나 어촌의 일상에서 행복을 만끽한다. 그의 행복에는 음식이 빠지지 않는다.

백석과 윤동주의 감자

– 백석 「초동일」, 윤동주 「굴뚝」 「무얼 먹고 사나」

백석 시 「초동일」을 윤동주가 옮겨 쓴 필사본이 있다. 북방에 살았던 백석이나 윤동주의 시에는 겨울 이야기가 많다.

흙담벽에 볕이 따사하니
아이들이 물코를 흘리며 무감자를 먹었다
돌덜구에 天上水가 차게

복숭아나무에 시라리타래가 말러갔다.

— 백석, 「초동일(初冬日)」

초동일(初冬日)은 겨울에 들어가는 입동 무렵을 말한다. 무감자는 고구마, 돌덜구는 돌절구, 천상수는 빗물, 시라리타래는 시래기를 엮은 타래를 뜻한다. 단 4행으로 된 짧은 시지만 그 풍경은 명징하다.

주목할 구절은 윤동주의 필사본에서 "그림 같다"고 밑줄 친 구절이다.

"아들들이 물코를 흘리며 무감자를 먹었다."

원래 백석 시집을 보면 "아들들"이 아니라 "아이들"이다. 윤동주가 옮겨 쓰면서 잘못 옮긴 것으로 보인다. 윤동주의 상상 속에서는 감자 먹는 이가 "아들들" 남성이다. 그래서 윤동주는 **"감자를 굽는 게지 총각애들이"**(「굴뚝」)라며 감자 먹는 남자로 표현한 것이 아닐까. 윤동주가 감자에 대해 쓴 동시 두 편 「굴뚝」 「무얼 먹고 사나」는 《카톨릭소년》 1937년 3월호에 실렸다. 백석 시 「초동일」이 든 시집 『사슴』은 1936년 1월에 출판되었다. 윤동주가 『사슴』에 실린 「초동일」을 보고 시를 썼을 가능성이 있다.

이제까지 백석 시 두 편을 읽을 때 윤동주가 **"그림 같다"**고 한 느낌을 공유할 수 있다면, 대단히 미적 감각이 있는 독자가 아닐까 싶다. 백석 시는 윤동주가 **"그림 같다"**고 썼듯이 이미지가 선명하다.

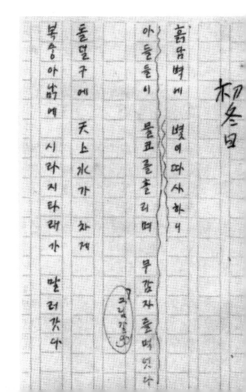

윤동주 시에는 감자 구워 먹는 산골 사람들 모습이 나온다. 북간도에서 태어나고 자란 윤동주가 식사 때 많이 먹었던 음식 중의 하나가 감자였을 것이다. 「굴뚝」에는 감자 먹는 사람들 모습이 눈에 보이는 듯하다.

산골짜기 오막살이 낮은 굴뚝엔
몽기몽기 웨엔 연기 대낮에 솟나

감자를 굽는 게지 총각애들이
깜박깜박 검은 눈이 모여 앉아서
입술에 거멓게 숯을 바르고 옛이야기 한 커리에 감자 하나씩.

산골짜기 오막살이 낮은 굴뚝엔
살랑살랑 솟아나네 감자 굽는 내.

– 윤동주, 「굴뚝」 전문

산골짜기 오막살이에서 총각애들이 감자 구워 먹는 풍경이다. 연기에 그을렸는지 깜빡깜빡 검은 눈에 입술은 숯이 묻어 꺼멓다. **"옛이야기 한 커리에 감자 하나씩"**에서 '커리'는 '켤레'라는 뜻으로 강원, 경남, 충청, 평북, 함경도에서 쓰는 방언이다. 켤레는 신발이나 버선처럼 두 짝을 하나로 세는 단위를 말한다. 한 커리(켤레)에 감자 하나씩이란 뜻은 무엇일까. 한 명이 말하고, 다른 한 명이 짝을 지어 답할 때마다 감자 하나씩 먹는다는 뜻일까. '감자', '깜빡깜빡', '검은', '거멓게'라며 계속 'ㄱ'으로 연결되는, ㄱ 발음이 주는 이미지도 독특하다.

바닷가 사람
물고기 잡어먹고 살고

산골엣 사람
감자 구어먹고 살고

별나라 사람
무얼 먹고 사나.

– 윤동주, 「무얼 먹고 사나」

「무얼 먹고 사나」 3연에서 갑자기 별나라 사람은 "무얼 먹고 사나"라는 의문형으로 끝난다. 이상하게도 분명 시인은 비현실적인 질문을 하는데, 이 시는 현실을 생각하게 한다.

혹시 죽어간 사람들을 생각했던 것이 아닐까. 윤동주가 자란 명동마을에는 1920년 봉오동 전투에 개입하거나 독립운동으로 죽은 어른들이 적지 않았다. 안중근도 명동마을에 머물렀다가 이토 히로부미를 암살하러 하얼빈에 갔다. 윤동주는 나중에 자신이 묻힌 동산교회 묘지도 거닐며 별나라로 간 사람들을 떠올렸을 것이다.

반 고흐의 감자

두 편의 공통점은 감자 먹는 사람들이 등장한다는 사실이다. 문득 윤동주가 좋아했던 빈센트 반 고흐의 〈감자 먹는 사람들〉이 생각난다. 윤동주가 사망한 뒤 그의 하숙집에는 반 고흐 화집, 서간집, 일기

집이 남아 있었다고 한다.

고흐가 〈감자 먹는 사람들〉을 그린 때는 누에넨(Nuenen)에서 (1884~1885년) 보낸 겨울로 본다. 그 무렵 4월에는 전통적인 기법으로 대형 캔버스에 그림을 그렸다. 고흐는 먼저 개별 대상과 자세를 드로잉과 유채 습작으로 그린 다음 전체 구성을 유채로 스케치하고 작품의 마무리에 들어갔다.

고흐는 완성된 〈감자 먹는 사람들〉을 오랜 친구인 반 라파르트에게도 석판화로 보낸다. 걸작을 제작했다는 확신 때문에 고흐는 작품을 본 라파르트의 부정적인 반응을 받아들이지 못했다. 라파르트는 고흐의 그림이 예술의 규범을 모두 훼손했다고 생각했다. 그러나 고흐는 이 작품을 통해 가난이 비참함이나 인생의 실패로 여겨지는 세상 속에서, 정직한 삶의 밝은 표현으로서 가난의 긍정적인 모습과 건실한 삶을 살아가는 노동계급의 떳떳하고 당당한 삶을 드러내고 있다. 그래선지 고흐는 이 그림에 대해 자신 있게 호평했다.

> 언젠가는 〈감자 먹는 사람들〉이 진정한 농촌 그림이라는 평가를 받을 것이다. … 나는 〈감자 먹는 사람들〉이 아주 좋은 작품이 되리라 믿는다. … 너도 이 그림이 독창적이라는 걸 확실하게 알게 될 것이다.
>
> – 고흐, 1885년 4월 30일 편지.

모든 생활을 고상하게 표현했던 당시의 풍조와 비교하면 이 그림은 고흐가 가난한 농부들에게 베푼 '감자 성찬식'이다.

고흐는 그림에서 강조할 감자와 딸의 머리 부분을 밝게 조명하고 있다. 지겹디지겨운 감자와 딸의 미래를 밝게 축복하는 의미일까. 후세 연구자들은 이를 고흐가 좋아했던 화가 렘브란트의 영향이라고 말한다. 고흐는 렘브란트를 마치 성경의 권위처럼 생각하곤 했다. 고흐가 남긴 편지에는 렘브란트에 대한 극찬이 자주 등장한다.

고흐가 스스로 극찬했던 〈감자 먹는 사람들〉을 윤동주가 보았는지 확인할 길은 없다. 보았다 하더라도 그만치 공감했는지는 더욱 오리무중이다. 윤동주가 반 고흐 책들을 갖고 있던 때는 1942년 일본 유학 시절이기에 시기도 맞지 않는다. 숭실중학교에 다닐 때 평양에 있는 갤러리에 가곤 했다는 증언을 볼 때, 동주가 이 그림을 봤을 수도 있으나, 그것 역시 추측일 뿐이다.

고흐, 〈감자 먹는 사람들〉

맛의 정체성

동주의 혀도 늘 강 건너 조선반도로 향하고 있다. 맛뿐만 아니라, 그의 고향의식은 고향에 대한 기억을 회감(回感)시키는 여러 사물에 의해 되살아난다.

감자를 굽는 풍경과 냄새에 의해 고향이 회감되기도 하고, 반대로 "울 언니 바닷가에서 / 주어온 조개껍데기 / …… / 여긴여긴 북쪽 나라요 / 조개는 귀여운 선물 / 장난감 조개껍데기 // ……. / 아롱아롱 조개껍데기 / 나처럼 그리워하네 / 물소리 바다물 소리"(「조개껍질」)처럼 고향에 없는 조개껍데기에 의해 고향에 대한 그리움을 융기(隆起)시키기도 한다.

고향을 바라는 그의 모성회귀본능은 현재 만주에서 살지만 조선인의 정체성을 끊임없이 추구하는 태도에서도 볼 수 있다.

大同江 물로끄린국,

平安道 쌀로지은밥,

朝鮮의 매운고추장

— 윤동주, 「식권(食券)」, 1936.3.20.

짧은 메모처럼 보이지만, 대동강, 평안도, 조선이라는 단어를 볼 때 평양 숭실 시절 때 썼던 시로 추정된다. 기숙사 생활을 하면서 '식권'을 내고 식사했던 윤동주의 생활을 떠올릴 수 있는 소품이다.

윤동주 시에는 백석 시만치 다양한 음식이 등장하지는 않는다. 다만 '감자'라는 소재는 윤동주에게 잊지 못할 소재였음이 분명하다.

* 유튜브 〈동주가 필사한 백석의 짧은 시〉 참조.

8

슬픔을
이겨내는 슬픔

– 백석 「여승」

　힘들거나 외로울 때 홀로 슬픈 영화를 보면 이상하게 위로가 될 때가 있다. 어떤 시를 읽으면 잘 만든 흑백영화 한 편을 극장에서 혼자 보는 듯하다. 최고의 백석 시 열 편을 선정하라고 한다면 파리한 단편영화 같은 「여승(女僧)」을 건넬 것이다. 윤동주가 필사하고 메모했던 백석의 시 「여승」은 영화를 보는 기분이다.

　여승(女僧)은 합장(合掌)하고 절을 했다.
　가지취의 냄새가 났다.
　쓸쓸한 낯이 옛날같이 늙었다.
　나는 불경(佛經)처럼 서러워졌다.

　평안도(平安道)의 어늬 산(山) 깊은 금덤판
　나는 파리한 여인(女人)에게서 옥수수를 샀다.
　여인(女人)은 나 어린 딸아이를 따리며 가을 밤같이 차게 울었다.

섶벌같이 나아간 지아비 기다려 십 년(十年)이 갔다
지아비는 돌아오지 않고
어린 딸은 도라지꽃이 좋아 돌무덤으로 갔다.

산(山)꿩도 섧게 울은 슬픈 날이 있었다
산 절의 마당귀에 여인(女人)의 머리오리가 눈물방울과 같이 떨어
진 날이 있었다

1연은 여승의 현재 모습이다. 여승과의 첫 만남이라고 자습서에
나오는데, 첫 만남이 아니다. '나'는 여승을 본다. 얼마나 오랫동안
산 생활을 했으면 여인에게서 산나물 **"가지취의 내음새가"** 났을까.
여승의 **"쓸쓸한 낯이 옛날같이 늙었다."**라는 진술에서 **"옛날같이"**라
는 구절을 볼 때 '나'는 전에도 여승을 본 적이 있다. 옛날에도 늙어

보였다는 표현이다. 윤동주는 **"옛날같이 늙었다"**는 구절에 붉은 색 연필로 선을 그어 표시했다.

"나는 불경처럼 서러워졌다"는 마지막 행은 무슨 뜻일까. 불경 읊는 소리를 들으면 서럽다고 하는 노인의 말을 들은 적이 있다. '불경=서러움'은 불심이 깊은 사람이 느낄 수 있는 심성이 아닐까. 시는 시가 해석해야 한다. 불경처럼 서럽다는 이유는 이제 2연부터 나온다.

2연부터 회상이다. 금광의 일터인 '금점판'에서 나는 여인을 처음 봤다. 김유정 소설 「금 따는 콩밭」에서 보듯 금점판은 돌흙을 물로 쓸어내며 금가루를 골라내는 곳이다. 화자는 몸이 마르고 핏기가 없는 **"파리한"** 여인에게서 옥수수를 샀다. '나'는 오래 전에 여인에게서 옥수수를 샀었다. 아빠 없는 아이가 얼마나 우는지 여인은 아이를 차게 때린다. **"가을밤같이 차게 울었다"**에는 시각 촉각 청각이 나온다. 백석은 공감각을 잘 이용했던 시인이다.

3연은 여인의 비극적 삶이다. '섶벌'은 일벌의 옛 표현이다. 노다지에 희망을 건 남편이 집 나간 지 10년이 지났다. 아빠를 그리워하던 **"어린 딸은 도라지꽃이 좋아 돌무덤으로 갔다"**는 표현은 비극적으로 아름답다. 죽었다고 쓰지 않고 백석은 도라지꽃이 좋아 돌무덤으로 갔다고 살짝 죽음을 암시한다. **"돌무덤으로 갔다"**고 쓰고 한 연이 끝난다. 다음 텅 빈 한 행이 아이를 잃은 여인의 설명 못할 치명적인 아픔을 침묵으로 보여준다.

4연이 출가하는 장면을 보여준다. **"산꿩도 섧게 울"**었다고 하는데, 산꿩이 지저귀는 것을 서럽게 운 것으로, 혹은 기쁘게 노래하는 것으로 느끼는 것은 듣는 자의 감정일 뿐이다. 여인의 울음을 산꿩 울음으로 청각화시킨 것이다. 그렇다고 단순한 감정이입은 아니다. 백석 시에서 자주 나오는 온 우주, 온 누리가 서로 화답하는 지경이다. **"슬픈 날이 있었다"**에서 슬픈 날은 여인이 목숨 대신 머리를 밀어버린 날이다.

그녀의 삭발식은 웅장한 예식으로 치러지지 않았다. 마당의 한쪽 귀퉁이, 마당귀에서 그녀는 **"머리오리가 눈물 방울과 같이"** 떨어지는 삭발식을 한다. 머리카락과 눈물이 함께 떨어졌다. 머리카락을 밀어버리며 속세와 인연을 끊어버린 것이다. 여인은 목숨을 끊지 못하고 대신 머리카락을 자르고 여승이 된다.

마지막까지 읽으면 1연의 **"불경처럼 서러웠다"**가 이해된다. 그녀의 서러운 삶 자체가 불경인 것이다. 지독하리만치 서러운 삶을 살아온 여승이 읊는 불경은 얼마나 서러울까. 가지취 냄새, 금점판, 섶벌 등 낯선 우리말이 보석처럼 빛난다. 무엇보다도 한 편의 영화를 보는 듯하다.

영화〈박하사탕〉은 첫 장면에서 주인공이 과거로 다시 "돌아갈래!"를 외치며 철도에서 자살하는 장면으로 시작한다. 영화는 이후 왜 주인공이 자살에 이르렀는지 과거의 순간들을 한 갈피씩 보여준다. 백석 시 「여승」은 영화〈박하사탕〉 같은 구조다.

연과 연 사이에 비어 있는 한 행은 마치 씬(Scene)이 바뀌는 듯하다. 빈 한 행은 장면전환 이전에 여인의 상황을 깊이 성찰하게 한다. 1연이 끝나면 여승이 왜 서러운지 생각하게 된다. 2연이 끝난 빈 한 행에는 가을밤같이 차게 우는 울음소리가 공명하는 듯하다. 3연 뒤의 빈 한 행에는 아이의 죽음, 그 고통이 침묵으로 가득하다. 연과 연 사이 빈 한 행이 더 많은 이야기를 담고 있다. 여백의 아름다움이라 할까. 빈 한 행 안에 숨어 있는 시간들이 묵묵히 빛난다.

백석이 「흰 바람벽이 있어」에서 몽타주 기법을 사용했다면, 「여
승」에서는 현재 장면에서 과거의 옛 기억이나 순간을 재현시키는
플래시백(Flashback) 기법을 보여준다. 시간 순으로 쓰면, 2연⇒3연
⇒4연⇒1연의 흐름이다.

황당한 것은 이 시를 해석하는 자습서 내용이다. 「여승」은 중학교
3학년부터 고등학교 3학년 교과서, 공무원 혹은 언론사 시험에 자
주 나온다. 해설서 중 몇 개는 여인의 비극은 일제 때문이라고 설명
한다. "여승은 우리 민족이고 민중이다"라는 해설은 공감하기 쉽지
않다. 시험문제에서 이 시에 대한 답은 "4연 12행으로 우리 민족의
설움을 압축해놓았다" 혹은 "일제시대의 비극적 삶을 고발하고 있
다"라니, 너무 지나친 해석을 강요하는 것이 아닐까. 일제시대 때 해
체된 가족의 아픔, 디아스포라(Diaspora)의 상처쯤으로 해석하는 것
이 가깝지 않을까.

남편은 실종, 아이는 사망했고, 자신은 쇠약하여 파리하지만 가까
스로 산꿩과 벗하며 이겨내는, 불경처럼 서러운 여인의 삶을 응축한
명작이다. 백석 시에는 명랑성이 돋보일 때가 많은데, 이 시는 슬픔
으로 가득하다. 인간의 운명은 얼마나 얼마나 신산(辛酸)한가. 슬픔을
이겨내는 슬픔은 얼마나 서러운가.

* 유튜브 〈단편영화, 백석 '가즈랑집', '여승'〉 참조.

2부

현해탄 건너

방응모《조선일보》사장이 이심회(장학회) 회원들을 자택으로 초대하여 찍은 사진. 가운데 앉은 이가 방응모, 왼쪽부터 노보희, 방재윤, 방중현, 노의근, 백석, 김승범, 정근양, 이갑섭.

* 이 사진의 저작권 관련하여 추후 확인이 되는 대로 저작권 이용의 절차를 밟겠습니다.

9

일본 유학과
길상사

백석이 시를 쓴 공간에 다가가면 백석과 백석의 시를 이해하는 데 도움이 되지 않을까.

1930년부터 1934년까지 도쿄에 유학했던 그는 고국으로 돌아와 1934년부터 1936년까지 서울에서 《조선일보》 기자로 일한다. 1936년 4월부터 1938년 12월까지 함흥의 영생고보 교사로 재직했던 백석은 1939년 1월부터 12월까지는 다시 《조선일보》에 입사하여 서울에서 지내다가, 1940년 1월 이후 만주 지역에서 거주했다.

만주 지역에서 거주했던 시기가 중요한 이유는 광복 뒤 남쪽으로 오지 않고 평양문단에 머무는 배경과 이어지기 때문이다. 만주시절 백석에 대해 상당히 의미 깊은 연구가 있다. 아쉽게도 백석이 지낸 공간 연구에서 만주시절과 달리 일본은 배제되어 왔다.

1935년 시인으로 등단하기 전 1930년부터 1934년 3월까지 4년간 도쿄 아오야마 학원에서 공부하고 돌아온 백석에게 일본 체험은 어떤 의미가 있을까. 논의에 앞서 간단하게 백석의 일본 유학 시절을 기록하면 다음과 같다.

1930년(19세) 1월에《조선일보》신춘문예에 「그 母와 아들」로
1등 당선, 4월에는《조선일보》방응모의 장학금으로 일본 도쿄의
미션대학인 아오야마 학원[靑山学院] 영어사범과에 입학한다.
1931년(20세) 5월 15일 아오야마 학원 교회에서 세례를 받는다.
1933년(22세) 5월 3학년 당시 도쿄의 주소지는 '東京 吉祥寺
1875番地'였다.
1934년(23세) 3월 아오야마 학원을 우등으로 졸업, 귀국 후《조
선일보》교정부 기자로 근무,《조선일보》에서 발행하던 여성지
《여성》의 편집을 맡는다. 「조이스와 애란문학」 등 틈틈이 번역 산
문을 발표한다.

도쿄 유학을 마친 이후 백석의 시에 일본은 그림자처럼 나타난다.
그의 시 곳곳에 은밀히 일본이란 기호가 숨어 있다. 흔히 알려져 있
는 위 연보가 확실한 사실인지 다시 확인해야 하고, 새로운 사실은
추가해야 한다. 그 사실이 백석의 작품과 어떤 관계가 있는지, 실증
적 자료가 백석과 일본의 관계를 드러내는 방식이 되어야 하겠다.
백석은 일본의 식민지 시절에 태어나, 삶의 반을 일본 식민지 아
래에서 보냈다. 더욱이 그는 일본에 유학을 다녀왔다. 그런데 이에
대한 연구는 그리 많이 진행되지 않았다. 이 글에서는 '백석과 일본'
이란 관계에서 가능한 한 의미를 추출해보려 한다.
첫째, 아오야마 학원 유학시절 백석의 자취를 살펴본다.
둘째, 일본에서 백석이 읽었던 독서 체험을 살펴본다.

셋째, 백석 시에 일본이 어떻게 나타나는지 살펴본다.

넷째, 백석 시와 일본 시인의 다양한 관계를 비교한다.

다섯째, 백석 시가 이후 일본어로 어떻게 번역되어 왔는지 비교한다.

모두 검토해보고 싶지만, 이 문제만 따로 단행본으로 내야 할 만치 분량이 만만치 않은 문제다. 이 글에서는 첫 항목만 집중해서 살펴보려 한다.

길상사와 기치조지

1930년 《조선일보》 신춘문예에 단편 소설 「그 모(母)와 아들」이 당선되어 등단한 백석은 그해 계초 방응모 장학생으로 선발됐다. 그는 이 장학금으로 그해 도쿄의 아오야마[青山] 학원 영어사범과에 입학해 1934년(쇼와9) 3월 6일 졸업한다. 백석의 아오야마 학원 시절에 대해 확인해봐야 할 사실은 아직 많다.

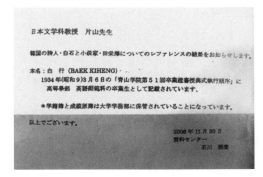

카타야마 히로유키 교수가 소장한 백석의 졸업 관련 증명서를 곽형덕 선생(현 명지대 교수, 2006년 와세다 대학 박사과정)이 필자에게 전해주었다. 여기에 감사를 표한다.

첫째, 백석이 거주하던 집 주변에 대한 현장 조사다. 당시 백석은 '도쿄 길상사(吉祥寺) 1875번지'에 살았다. '길상사'를 일본어로 읽으면 '기치조지'다. 소화 12년(1937년) 1만분의 1 지도를 보면 이미 기치조지 지역에는 도로와 열차가 잘 정비되어 있다. 당시 논이 많지만, 월세가 저렴했던 이 지역에는 외국 유학생들이 많이 살았다. 「조선프로레타리아동경지부」라는 표찰을 단 기관지《예술운동》(1927년 11월호, 편집·발행자·인쇄자 김두용) 창간호를 낸 주소지도 이 지역인 '東京府 下吉祥寺 2554'였다(김윤식,『임화연구』, 문학사상사. 1989년. 107면). 이미 전차가 정비되어 있어, 백석은 전차를 타고 시부야까지 가서 학교까지 걸어갔으리라.

무엇보다도 흥미로운 점은 백석을 평생 마음에 두었던 자야 여사의 호가 길상화(吉祥花)라는 점이다. 그리고 그녀가 남기고 간 요정자리에 지어진 절 이름이 바로 길상사(吉祥寺)다. 필자가 8월 22일 길상사 사무실에 방문하여 절 이름의 유래를 알아보았다.

이에 대해 류시화 시인이 자야 여사와 인터뷰한 내용에 다음과 같은 대목이 나온다.

류 시인이 "백석의 일본 도쿄 아오야마(청산)학원 유학시절 주소가 길상사 1875번지"라고 일러주자 김씨는 "이게 무슨 인연인가"라며 놀라워했다. 길상사 청학스님도 "길상사는 중국에 있는 절 이름을 따서 법정스님이 프랑스에 세운 절이었다"고 말했다.
– 류시화, 「류시화 시인이 만난 '백석 연인' 김자야 씨」,《경향신문》 1997.12.29.

1936년 함흥에서 기생 생활을 하다가 백석과 운명적으로 만났고,

잡지 《삼천리》에 수필을 기고하고, '문학기생'으로 1953년 중앙대 영문과를 졸업한다. 1천억대 대원각을 사회에 헌납하여 화제가 되었던 김자야(본명 김영한)의 증언은 의미 깊다 하겠다.

다만, 최초의 『백석 시전집』을 펴내고 오랫동안 자야 여사를 인터뷰 한 이동순 교수는 백석과 자야에 얽힌 과장된 풍문에 우려한다. 이 교수가 자야 여사에게 들은 증언을 요약하면 다음과 같다(페이스북 2021년 8월 23일).

현재 길상사 자리는 왕조 말기 친일 매국노 아무개의 별장이었다가, 일제에게 패망하자 조선총독부에 헌납되어 안가(安家)로 사용됐다. 일본의 왕족이나 정객들이 조선을 방문할 때 여러 날 묵어가는 은밀한 장소였다. 광복 후 그곳은 다시 미군정청 관할로 넘어가 방첩대(CIC)가 설치되었다가, 미군정 3년이 끝나고 자유당 정부가 이를 인수한다. 자유당 정부의 실력자였던 모씨는 이곳 부동산 문서를 자신이 소지하고 있다가 첩실 진향에게 이별의 정표로 넘겨준다. 이 자리에 진향은 1970년대부터 요정 대원각(大苑閣)을 연다. 따라서 길상사를 안내하는 표지판에 "1955년 바위 사이 골짜기 맑은 물이 흐르는 성북동 배밭골을 (자야가) 사들여"라는 설명은 자야의 증언에 따르더라도 거짓이다. 백석과 자야 사이의 사랑도 과장된 측면이 있다는 것이 이 교수의 판단이다.

친일청산에 해당하는 대원각이 길상사로 바뀌고, 교묘하게 백석을 끌어들여 길상사가 미화되고, 법정의 무소유를 앞세웠을 가진 자의 온갖 권모술수가 드러나는 이야기라며 이동순 교수는 아쉬워한다. "길상사와 백석 시인은 전혀 무관하다"는 것, "엄밀한 정의에 의하면 길상사는 국가귀속재산이다"라는 것이 이동순 교수의 결론이다.

둘째, 아오야마 학원에서 어떤 수업을 어떤 교수에게서 들었는지 확인할 성적표를 찾는다면 작가론 연구에 크게 도움이 될 것이다. 무엇보다도 당시 아오야마 학원의 전체적인 분위기도 살펴보아야 한다. 다행히 아오야마 학원에서 확인해줘서, 1934년 3월 6일 졸업한 것으로 나온다. 그러나 언제 일본에 가서, 언제 입학했고, 졸업 후 귀국은 언제 했는지 확실히 밝혀지지 않았다.

셋째, 백석의 기독교 체험에 대한 자료 분석이다. 1874년에 창립된 아오야마 학원은 세 가지 원류에 의해 형성된 학교였다.

> 아오야마 학원 창립의 기초를 놓은 미국 감리교회 감독교회의 일본 전도는 재정상 다른 교파보다 늦어 1873년(메이지 6년)에 시작되었다. 일본 전도는 교육사업과 연결되어 진행되어, 일본의 뛰어난 두뇌, 유수한 인재, 기독교의 가르침에 눈뜬 사람들과 협력하여, 메이지 10년대에 걸쳐 그 성과라고 할 만한 세 개의 학교가 도쿄와 요코하마에 건설되었다. 세 개의 학교는 메이지 7년에 창립한 여자소학교, 메이지 11년에 창립한 경교학사(耕教學舍), 메이지 12년에 창립한 미카이[美會] 신학교이고, 이 세 학교들이 하나로 합쳐 우리 아오야마 학원을 형성한 것이다."
> ― 學校法人靑山學院, 『靑山學院100年 1874-1974』, 孝親堂書房, 1975. 1면

감리교 정신에 근원을 둔 「아오야마 교육방침」은 "그리스도 신앙에 기초한 교육을 목표로, 신 앞에서 진실하게 살고, 진리를 겸허하게 추구하며, 사랑과 봉사의 정신을 갖고, 모든 인간과 사회에 대해 책임을 다하는 인간 형성을 목표로 한다"는 것이다. 그리고 학교 창

립정신인 「아오야마 스쿨 모토」는 "너희는 세상의 소금이니…… 너희는 세상의 빛이라"라는 마태복음 5장 13~16절이다.

백석이 세례받은 것으로 알려져 있는 아오야마 학원 내 교회의 정식 이름은 '미도리가오카 교회[緑岡教会]'였다. 1930년대에 아오야마 학원 예배당에서 예배드리던 이 교회는 이후 일본기독교단 '교도 교회[経堂教会]'와 합동하여 현재 '교도미도리가오카 교회[経堂緑岡教会]'로 개칭되었다.

1931년(20세) 5월 15일 아오야마 학원 교회에서 세례를 받은 것으로 알려져 있다. 필자가 아오야마 학원 대학교무처에 연락하고 이에 관계된 곳에 연락한 바, 안타깝게도 백석의 세례 증명서나 기록은 확인할 수 없다는 답신을 받았다.

현재 아오야마 학원 대학 안에 아오야마 교회는 없어졌다. 대학 내 종교센터가 있어 연락해 보니, 본부 자료센터에서 보관하고 있다 하여 자료신청을 했는데 자료가 '교도미도리가오카 교회[経堂緑岡教会]'에 모두 이전되었다고 했다. 2009년 5월 담임목사 마츠모토 토시유키[松本敏之]에게 연락하여 자료를 요청했고 다음과 같은 답신을 받았다.

"아오야마 교회는 아오야마 학원이 생길 때부터 예배당에서 예배 드렸다고 합니다. 1930년대에 백석이란 시인은 그 교회에 다녔을 것입니다. 그런데 1960년대에 이르러 학교측과 예배 보는 교회 사이에 복잡한 관계가 있었다고 들었습니다.

학교측에서 '아오야마'라는 이름을 쓰지 말아 달라고 하여, 학교 밖으로 나가 아오야마 교회라는 이름을 쓰지 못했습니다. 학교 앞 동네 이름인 '미도리가오카'라는 이름을 붙여 미도리가오카 교회로 이름을 바꾸었습니다. 예배 드릴 장소가 없어서 몇 년간 떠돌다가 공동체가 해체되고 남은 신도들과 1969년 '교도교회[経堂教会]'와 합동하여 현재 '교도미도리가오카 교회'로 이름을 바꿨습니다. 이때 아오야마 교회의 자료는 거의 전해받지 못했다고 합니다. 현재 1930년대 아오야마 교회 자료는 전혀 없습니다."

필자가 확인한 바로는, 백석이 다닌 교회는 아오야마 학원이 인정한 대학 내 교회가 아니라, 학교 안의 공간을 빌려 썼던 교회를 다녔다는 사실뿐이다.

백석이 아오야마 학원을 다니던 시절, 곧 쇼와 7년(1932년)은 '창립 50주년 기념'이 되는 시기였다. 이 시기에는 학교 정문에 아치가 세워지고, 1923년 9월 1일 관동대진재 때 파괴되었던 캠퍼스가 완전히 복구(「青山学院の歴史」『青山学院100年 ; 1874~1974』·學校法人青山学院, 1975)되어 근대식 대학 캠퍼스가 완성되었다.

아오야마 학원뿐 아니라 그 전에 백석이 재학했던 오산고보도 김소월, 함석헌 등을 배출한 기독교 명문교였다. 아오야마 학원 이후에 귀국하여 재직했던 영생고녀 역시 서구 편향적인 기독교 계통 학교였다.

줄곧 기독교 계통 학교를 다녔는데도 백석은 시에서 왜 서구적이며 기독교적 범주를 연상시키는 상상을 철저히 배제했을까. 시집 『사슴』에서 우리는 오히려 반서구적이며, 반근대적, 반기독교적인 샤머니즘의 세계를 만난다. 백석은 서구문명의 세례 속에서 오히려 전통으로 돌아왔다.

* 유튜브 〈일본과 백석 '해빈수첩'〉 참조.

10

판타지와 평안도 사투리

- 백석 「해빈수첩」

"환상(幻想)은 어떤 망설임 동안만 계속된다."
- 츠베탕 토도로프

환상을 만들어내는 과거에 대한 기억은 시를 위한 좋은 재료다. 시인은 기억으로 '시적 환상'(the poetic fantasy)을 직조해낸다. 독자는 시적 환상으로 들어가는 입구에서 망설인다. 여행을 가더라도 망설임 혹은 설렘이 없다면, 그 여행은 이미 실패한 여행이다. 그 망설임 혹은 설렘은 시적 환상에 입성(入城)하기 위해 반드시 필요한 자세다. 어쩐지 믿기 어렵고, 낯설고, 이상하고, 축축하고, 불편하고, 설렘을 일으키는 반응이 독자에게서 일어나야 그 텍스트는 환상성을 일으킨다. 이러한 망설임과 설렘이 읽을 때마다 그리고 읽고 난 뒤에도 독자의 마음에 계속 머문다면, 그 시는 걸작(傑作)이라 할 수 있겠다.

토도로프는 환상이 발생하려면 이 '망설임(hesitation)'이 반드시 필요하다고 보았다. '망설임'이 사라지는 순간 환상도 사라진다. 토도로프는 환상이 일어나려면 세 가지 조건이 있어야 한다고 했다. 즉 판타지를 만들어내려면 첫째 망설임이 있어야 하고, 둘째 동일화가 일어나야 하며, 셋째 그것은 시적 해석이나 우의적인 해석을 거부해야 한다고 토도로프는 썼다. 마지막에 '시적 해석'을 거부해야 한다는 말에서 '시적(poetic)'이란, 18세기 이전 정형시를 말한다. 따라서 정형시처럼 상상을 규제하는 억압을 거부해야 한다는 뜻이다(토도로프, 『환상문학 서설』, 한국문화사, 1995, 133면).

옆방에 뭔가 이상야릇(uncanny, Umheimlichkeit)하거나, 놀랍거나(marvelous) 혹은 성스러운(the sacred) 뭔가가 있을 법한 두근거리는 갈망이 판타지다. '판타스틱'하다는 말은 뻔한 일상에서 벗어나 완전히 다른 세계(l'Autre total)를 추구하는 욕망을 뜻한다. 이때 망설임은 주저함, 불안함, 설렘 혹은 프로이트가 썼던 '두렵고 낯선 것(Das unheimlich)'으로 생각할 수도 있겠다. 60세를 넘긴 프로이트는 아래 문장을 남겼다.

두려운 낯설음의 감정은 여자의 자궁이 인간이 태어난 옛 고향(Heimat)을, 다시 말해 우리 모두가 태초에 한 번은 머물렀던 장소를 상기시키기 때문에 생긴다. 흔히 우스갯소리로 우리는 '사랑의 향수병(Heimweh)'이라고 말하지 않는가? 어떤 이가 잠을 자면서 꿈속에서조차 "여기는 내가 잘 아는 곳인데, 언젠가 한 번 여기에 살았던 적이 있었는데"라며 장소나 풍경에 대해 생각을 할 때 이 꿈에 나타나는 공간이나 풍경은 여인의 자궁이나 어머니의 품으로 대치해서 해석할 수 있다. 두려운 낯설음의 감정은 따라서 이 경우에도 자기 집(Das Heimishe)인 것이다. 그것은 아주 오래된 것이지만 친근한 것이고, 친근한 것이지만 아주 오래 전의 것이다. Unheimliche(두려운 낯설음)의 접두사 un은 이 경우 억압의 표식일 것이다.

— 프로이트, 「두려운 낯설음(Das Unheimliche)」(1919), 『예술, 문학, 정신분석』(열린
책들, 1996), 440면.

프로이트는 불안하고 낯선 것(Uncanny)은 판타지와 이어진다고
했다. 어머니의 뱃속에, 그 자궁(子宮) 안에 있을 때, 죽은 듯하지만
인간은 가장 편한 상태로 탄생을 준비한다. 인간은 자궁 안에 있던
시기를 동경하는 무의식을 갖고 있다고 프로이트는 추론했다. 모성
회귀본능(母性回歸本能)이라 하기도 하는데, 프로이트는 이러한 지향
성에서 무한한 판타지가 발생한다고 보았다. 카를 구스타프 융의 표
현을 빌리면 "인간 집단 무의식의 원형으로 회귀하고 싶어하는 욕
망"을 의미한다. 프로이트식으로 말하면, 가장 편한 상태인 엄마 뱃
속에 들어가 있는 상태로 돌아가고 싶어 하는 모성회귀본능의 한 형
태라 할 수 있다.

어머니의 자궁이라는 무(無)의 세계, 결핍의 세계를 통해 무한의
환상을 꿈꾼다는 프로이트의 견해를 예술기법으로 이용한 예는 적
지 않다. 가령 애니메이션 〈원령공주〉(もののけ姫)에서 주인공 아시타
카는 방랑을 떠나는 숲길에서, 〈센과 치히로〉에서는 터널을 통과하
여 온갖 신들과 마주친다. 〈해리포터〉에서 플랫폼을 통해 마법 학교
의 환상으로 떠나는 장면, 〈나니아 연대기〉에서 루시가 들어가는 장
롱이 판타지의 궁전에 입궁하는 순간이다. 히치콕 영화 〈새〉에서 여
주인공이 자동차로 가도 될 집을 나룻배를 타고 건너가는 장면, 역
시 히치콕 영화 〈사이코〉에서 언덕 위에 있는 집으로 올라가는 층계
들은 모두 판타지로 들어가는 터널이다.

현실적인 배경에서 초현실적인 것이 느닷없이 나타날 때 환상이 펼쳐진다. 환상의 힘은 견고하게 보였던 현실의 안정성을 뒤흔든다. 밥 먹으면서 보면 체하기 쉬운 끔찍한 영화 〈박쥐〉(2009)는 그리스어 'phantasia'가 현실의 법칙을 뛰어넘어 초현실적인 극도의 쾌락을 지향하는 단어라는 사실을 붉은 피로써 보여준다.

'소문자a'로 상징되는 '무한-결핍' '텅 빈 곳'에 주목하던 라캉이 후기에 했던 말을 빌리자면, 상처와 환상의 줄임말인 '증환(症幻)'과도 연관된다.

슬라보예 지젝은 『삐딱하게 보기』에서 라캉의 증환 이론을 들어, 미술 속의 환상, 추리소설에서의 증환, SF소설과 영화에서의 증환, 히치콕 영화의 증환, 포르노그라피의 증환을 분석했다. 환상적인 영화는 SF, 공포(horror), 포르노그라피 등의 장르 영화로서, 환상문학의 경우처럼 관객을 매혹함과 동시에 경악하게 만든다. 이 책에서 지젝은 마지막으로 '형식적인 민주주의'의 환상을 해체하여 실체를 보도록 조언한다. 환상은 부조리한 시대의 상처를 감추기도 한다.

이 장에서는 이러한 환상의 개념으로써 백석의 일본시를 보려 한다. 특히 토도로프가 말한 환상의 세 가지 단계에서, 앞부분인 두 가지 단계, 즉 망설임이 백석 시에서 어떻게 나타나는지, 동일화가 어떻게 나타나는지 보려 한다. 프로이트의 환상에 대한 방법론으로도 백석의 일본시를 살펴보자.

이국(異國)이라는 것은 작가나 독자에게 환상을 일으킬 수 있는 낭만적인 단어다. 백석은 어떤 시인보다도 유년기 과거의 시간을 시적 환상으로 승화(昇華)시키는 데에 성공한 시인이다. 이제 그는 과거의 시간뿐만 아니라, 이름만 들어도 환상적인 자극이 발동되는 일본이라는 기호를 시의 재료로 하여 일본 기행시를 발표했다. 숨겨져 있던 그의 시는 이제 중고등학교 교과서에 몇 편이 실려 있고 많은 연구가 발표되었지만, 아직 연구되어야 할 사항이 적지 않다.

앞에서 1934년(쇼와9) 3월 6일의 「아오야먀 학원 제51회 졸업증서수여식집행순서」에 고등학부 영어사범과를 졸업했음을 증명서와 함께 밝혔고, 백석이 거주하던 '도쿄 길상사(吉祥寺) 1875번지'에 대한 현지조사도 보고했다. 백석이 다니던 아오야마 학원에서는 《시와 시론》의 후손인 《문학》이 발간되었는데 거기서 제임스 조이스 등 심리주의 작가들 책을 백석이 읽었을 가능성이 있다.

귀국한 뒤, 백석은 1934년 1월부터 외국문학을 소개하여 8월에는 「죠이쓰와 愛蘭文學」(1934.8.9~10.12)을 번역 소개했다. 애란(愛蘭)은 '아일랜드'를 음역해 이르던 말이다. 아일랜드 문학을 통해 백석이 모국어와 지방성이 중요하다는 것을 깨달았을 것이라고 추정해 본다.

백석의 시에서 일본이 등장하는 시는 그리 많지 않다. 4년 동안 타지에서 생활했다면 그 체험과 감정을 분명 시로 남겼을 법한데, 백석 시에서 일본을 배경으로 한 글은 현재 세 편만 볼 수 있다.

「해빈수첩」, 《이심회(以心會)》, 창간호, 1934.
「가키사키[柿崎]의 바다」, 시집 『사슴』, 1936.
「이즈노쿠니 미나토[伊豆國湊] 가도(街道)」, 《시와 소설》, 1936.3.

일본기행시 세 편을 분석한 글을 과문한 탓인지 필자는 확인할 수 없었다. 다만 필자가 참조한 글은 「해빈수첩」에 대해 최초의 해설을 쓴 최원식의 해제「'해빈수첩(海濱手帖)' 해제」(2003), 「가키사키 [柿崎]의 바다」에 대한 고형진의 「「시기의 바다」해설」(『백석 시 바로 읽기』, 2006), 그리고 이숭원의 『백석을 만나다』(태학사, 2008)의 해설 이다.

백석과 일본 시인의 관계

백석과 일본 시인의 관계는 남기택, 「백석과 아쿠타가와-동화적 상상력을 중심으로」(《어문연구》, 어문연구학회, 2001.12) 등 몇 가지 귀 한 연구가 있다. 제일 먼저, 백석 시에서 일본 시인의 영향을 읽은 시인은 박귀송(朴貴松)이었다. 박귀송은 백석의 시「고야」에 대하여 1936년《신인문학》3월호 신춘시단시평에서 다음과 같이 평했다.

기다가와 후유히고[北川冬彦]의 시집에서 이러한 수법을 거쳐 서 나온 시를 읽은 기억이 난다. 그러나 시어(詩語)와 보통어를 무 엇보다도 엄정하게 선역(選譯)해야 할 이러한 시에 있어서「고야(古 夜)」에서 사용한 언어는 너무 그 '고야(古夜)'라는 상(想)과는 먼 곳 에 있는 것이다. 그러나 우리 시단(詩壇)에 있어서 하나의 특수한 작풍(作風)을 보인 시인이 백석 씨였다.

기다가와 후유히고는 1900년에 태어난 일본의 시인이면서 영화 비평가로 일본의 시단에서 신산문시 운동을 전개했던 시인이었다. 평론가 박귀송은 그의 특이한 산문시 스타일에서 백석의 시「고야 (古夜)」와 유사성을 발견했던 것이다.

다음은 백석과 이시카와 다쿠보쿠(石川啄木, 1986~1912) 시의 관계를 소개한 이동순 선생의 「흙 속에 묻혀 있던 백석」이 있다. 이동순은 자야 여사의 증언을 인용하여 이시카와 다쿠보쿠의 작품을 백석이 심취했었다고 서술한다.

　한때 백석 시인의 정인(情人)이었던 김자야(金子夜) 여사의 증언에 의하면 백석은 일본 유학시절 이시카와 다쿠보쿠의 시에 매우 심취했었다고 한다. 유학생활을 마치고 귀국한 뒤에도 백석은 마음이 산란할 때마다 이시카와의 시를 읽으면서 평정을 이루었다고 한다. 백석의 본명은 백기행(白夔行)이며, 백석(白石)이란 이름은 필명이다. 이 필명에서의 '석(石)'이란 글자도 자신이 너무 존경하던 시인 '이시카와(石川)'에서 한 글자를 따왔을 정도였다고 하니 정신적 스승에 대한 흠모의 정이 어떠하였으리라는 것을 가히 짐작하게 한다.

이와 같은 진술 이후 이동순은 백석과 이시카와 다쿠보쿠 문학의 동질성을 몇 가지로 예시한다(이동순, 「시인 백석과 그의 정신적 스승 이시카와 다쿠보쿠」, 《월간조선》, 1999.4). 첫째 고향을 소재로 한 작품이 많을 뿐 아니라 고향 이미지의 변용이 거의 대지에 뿌리박은 원초적 모성의 이미지로 나타나고 있다는 것이다.

둘째, 두 사람의 작품 모두에 가난한 사람, 삶의 고통 속에 허덕이는 서민들이 등장한다는 점이다. 폐병 앓는 엄마와 그 아들인 고학하는 소년, 가난한 목수와 그의 아내, 여행 가방을 무릎에 얹고 전차에서 졸고 있는 떠돌이 여인, 마굿간의 병든 말, 대장간의 백치아이, 숲 속 외딴 집의 노인, 홀아비로 살고 있는 친구, 주막집 외진 구석에서 접시를 닦는 가련한 여인, 둥그런 실꾸리 굴려가면서 양말을 짜고 있는 여인 등이 이시카와 다쿠보쿠의 시에 등장하는 주요 인물들의 모습이다. 이러한 민중적 군상이 백석의 시에서는 주막집의 왁자지껄한 떠돌이 장사꾼들, 결핵을 앓고 있는 객줏집 딸의 창백한 얼굴, 달밤에 목매어 죽은 수절과부, 남편과 딸을 잃어버리고 여승이 된 가련한 여인, 일본인 주재소장 집에서 식모 살던 소녀 등의 쓸쓸한 광경으로 나타난다.

셋째, 일본의 전통적 단가가 지닌 고답적이고 관념적인 제한성을 구체적 생활 속으로 끌어내려 본격적 생활 단가를 이룩한 이시카와 다쿠보쿠의 성과에 커다란 감동을 받은 백석은 한국의 전통적 사설시조 양식에서 새로운 창조와 계승의 가능성을 발견하려고 시도했던 것 같다고 이동순은 지적한다.

성실한 연구는 백석의 시를 입체적으로 보는 데 도움을 준다. 한편 이런 동일성은 사실 이시카와 다쿠보쿠가 아니더라도, 일본의 다른 시인에게서 얼마든지 찾아 볼 수 있다.

백석, 이즈 반도에 가다

일본에서 쓴 백석의 글 세 편은 모두 이즈 반도[伊豆半島]를 다니며 쓴 작품이다. 이즈 반도는 일본 혼슈[本州] 시즈오카 현[靜岡縣]에 있는 반도로, 태평양 쪽으로 60킬로미터가량 뻗어 나와 있다. 1854년 미국의 매슈 C. 페리 제독의 함대가 정박했던 곳으로, 이곳을 통해 미국이 일본에 입항하게 되어, 나중에 일본 주재 미국 총영사관의 첫 번째 사무소가 들어섰다.

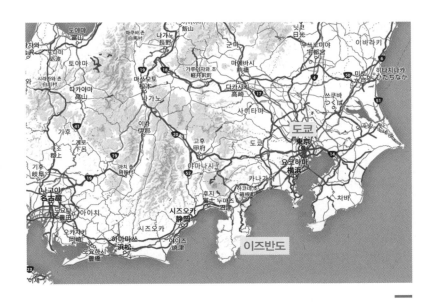

이즈 반도는 일본 혼슈 시즈오카 현에 있는 반도로서
겨울 날씨가 따뜻해 수많은 관광객이 몰려든다.

후지[富士] 화산대에 속해 있기에 이즈 반도에는 온천이 많고 겨울 날씨가 따뜻해 수많은 관광객이 몰려든다. 특히 아타미[熱海]·이토[伊東]·슈젠지[修善寺] 온천이 유명하다. 지도로 보면 도쿄 신주쿠에서 이즈 반도까지는 약 90킬로미터 정도 된다. 도쿄 역에서 자동차나 전철로 가면 두세 시간이면 도착할 수 있는 거리다.

도쿄에서 가까운 위치에 있고 겨울에도 따뜻하여, 수학여행과 회사 연수로 유명한 지역이다. 지도를 보면 오른쪽 상단에 도쿄가 있고, 왼쪽 하단에 아래로 뻗은 반도가 바로 이즈 반도다. 그리고 이즈 반도 남단에 「가키사키[柿崎]의 바다」라는 시의 배경인 가키사키 시가 있다.

1980년대 버블 시대 이후 이즈 반도는 사양기에 접어든 관광지로 알려져 있지만, 백석이 일본에 유학하던 1930년대에는 온천과 따뜻한 바다, 남방의 야자수를 만끽할 수 있는 최고의 관광지였다. 백석은 최고의 관광지를 여행하며 작품을 남겼다.

「해빈수첩」, 백석이 일본에서 쓴 첫 글

"종양처럼 퍼진 말들을 태워 없애고
외래어 하나를 은빛 나는 갈비뼈처럼 집어넣는다."
— 발터 벤야민

「해빈수첩」은 아오야마 학원을 졸업하던 1934년 귀국 직전에 쓴 것으로 보인다. 1934년 3월 22일 발행된 《이심회》회보에는 부록으로 회원약력이 실려 있는데, 백석은 "1934년 3월 동경청산학원 고등학부 영어사범과 졸업예정"으로 적혀 있다. 「해빈수첩」이 수록된 1934년판 《이심회》(후에 《서중회》로 발전) 창간호는 《조선일보》 중흥주계초 방응모 선생의 장학회 회원들이 만든 회보다.

이 글을 썼던 1934년 3월에 23세의 백석은 아오야마 학원을 우등으로 졸업, 귀국 후 《조선일보》 교정부 기자로 근무하고, 《조선일보》에서 발행하던 여성지 《여성》의 편집을 맡는다. 백석은 귀국하기 전 유학 당시 이즈 반도의 해변을 배경으로 쓴 「개」 「가마구(까마귀)」 「어린 아이들」이라는 세 편의 짧은 글로 이루어진 산문 「해빈수첩(海濱手帖)」을 발표했다. 이 「해빈수첩」을 《조선일보》 논설위원이었던

유경환 시인이 찾아냈고(「백석 미공개 산문 발굴」,《연합뉴스》2002. 11.10.),
이후 최원식 교수가 문장 전체를 풀고 해제를 달아 발표했다.

「해빈수첩」 말미에 '미나미이즈 가키사키 해빈(南伊豆枾崎海濱)'이
라고 적어, 이 산문을 쓴 곳이 일본 동경 근처 이즈 반도 남단에 있
는 가키사키(枾崎) 해안이라고 밝힌다. 이렇게 볼 때,「가키사키[枾
崎]의 바다」「이즈 코쿠슈[伊豆國湊] 가도(街道)」는 바로「해빈수
첩」과 같은 시기에 이즈 반도를 여행했던 체험을 쓴 글로 추측된다.
「해빈수첩」에 처음 글로 실린「개」전문을 현대어로 바꾸어 읽어
보자.

저녁물이 끝난 개들이 하나둘 기슭으로 모입니다. 달 아래서는
개들도 뼉다귀와 새끼 똥아리를 물고 깍지 아니합니다. 행길에서
걷든 걸음걸이를 잊고 마치 밀물의 내음새를 맡는 듯이 제 발자국
소리를 들으려는 듯이 고개를 쑥-빼고 머리를 처들고 천천히 모
래장변을 거닙니다. 그것은 무엇이라 없이 칠월강변의 칠게를 생
각하게 합니다. 해변의 개들이 이렇게 고요한 시인이 되기는 하늘
에 쏘구랑별들이 자리를 바꾸고 먼 바다에 뱃불이 물길을 옮는 동
안입니다.

산탁 방성의 개들은 또 무엇에 놀라 짖어내어도 이 기슭에서 있
는 개들은 세상의 일을 동딸이 짖으려 하지 아니합니다. 마치 고
된 업고를 떠나지 못하는 족속을 어리석다는 듯이 그리고 그들은
그 소리에서 무엇을 찾으려는 듯이 무엇을 생각하는 듯이 우뚝 서
서 고개를 들고 귀를 기울입니다. 그들은 해변의 숭엄한 철인들입
니다.

밤이 들면 물속의 고기들이 숨구막질을 하는 때이니 이때이면 이 기슭의 개들도 든덩의 벌인 배 위에서 숨구막질을 시작합니다. 그들은 그들의 일이 끝나도, 언제까지나 바다가에 우둑하니 서서 주춤거리며 기슭을 떠나려 하지 아니합니다. 저 달이 제집으로 돌아간 뒤에야 조금의 들물에게 무슨 이야기나 있는 듯이.

제목 '해빈(海濱)'은 일본어로 해변(海邊)의 동의어다. "~로 모이다"를 "~로 몽이다"로 적는 등 1930년대 당시 표기법이 보인다.

당시 표기를 현대문으로 고쳐 읽어보자. 저물녘 어촌 마을의 개들이 바닷가에서 어슬렁거린다. 산턱에 있는 산성 쪽에서 개들이 짖어도, 바닷가에서 노니는 개들은 세상 일에 덩달아 짖지 않는다. 백석은 바닷가의 개를 "해변의 숭엄한 철인(哲人)"으로 비유한다. 한적한 바닷가에 우뚝 서서 들물(밀물)과 이야기하는 개의 모습은 바로 이국에 와 있는 외로운 백석 자신의 모습이 아닐까. **"새끼 똥아리를 물고 깍지 아니합니다"**라는 말은 새끼를 꼬아 만든 똬리('똥아리'는 평안도 방언)를 물어뜯지(깍지) 않는다는 말이다. **'쏘구랑별'**은 볼품없이 작은 별, **'산탁'**은 산턱, **'방성'**은 방어하는 성곽을 뜻하는 방성(防城)일 성싶고, **'숨구막질'**은 숨바꼭질, **'든덩'**은 둔덕, **'들물'**은 밀물의 평안도 사투리다. 백석은 일본을 배경으로 쓰면서도 평안도 방언을 계속 사용한다.

여기서 우리는 의문부호를 달아야 한다. 어떻게 과거의 기억, 그것도 일본이라는 공간을 회상하면서, 일본어가 아닌 한국어 그것도 사투리를 넣었는가 말이다. 방금 설명한 평안도 사투리를 보면 모두 명사다. 동사는 잘 쓰지 않는다. 미리 말해두지만 백석은 조선이 아닌 일본 풍경을 묘사하면서도 평안도 사투리를 주로 명사로 쓴다.

본래 백석은 일상에서 일본어를 쓰지 않으려 애썼다. 일본어를 의도적으로 쓰지 않으려 했던 백석을 보자.

> 그는 일본말을 써야 할 때, 거기에 바꿔 쓸 수 있는 우리말을 애써 생각하는 것 같았다. 보통 담화 때는 주로 표준말을 썼지만, 그의 억양은 짙은 평안도 말씨였다. 무슨 일로 기분이 상했거나 친구들과 담소를 나눌 때, 그는 야릇한 고향 사투리를 일부러 강하게 쓰는 습관이 있었다.
>
> – 이동순, 「白石, 내 가슴 속에 지워지지 않는 이름 – 子夜 여사의 회고」, 앞의 책, 1998.

백석은 일본어만 사용하는 식민지 본국에서 4년간 유학생활을 했다. 물론 그가 태어나고 자란 식민지 조선도 일본어 문화권이었다. 그러나 그의 시에서는 일본어가 아니라 평안도 사투리가 주된 역할을 하고 있다. 일본 문화 속에서 살았으나, 일본어적인 표현에서 자유로웠던 백석 시에서 소위 '현해탄 콤플렉스'를 찾아보기는 어렵다. 그렇다고 백석이 이육사 같은 항일시나 윤동주 같은 다짐의 시를 쓴 것은 아니다. 그렇지만 백석은 분명 세태의 거친 흐름에 초연했던 인물이었다.

발터 벤야민은 좋은 글을 쓰려면 "종양처럼 퍼진 말들을 태워 없애고 외래어 하나를 은빛 나는 갈비뼈처럼 집어넣는다"(「종합병원」, 『일방통행로』)고 썼다. 문장을 쓸 때 때때로 느닷없는 외래어 삽입은 "은빛 갈비뼈"처럼 낯설고 화사한 환상을 자극시킨다. 글 쓰는 과정을 「종합병원」 수술실처럼 표현한 이 문장은 글쓰기의 한 비법을 살짝 보여준다.

일본 풍경을 쓰려면 사물과 풍경을 일본 단어로 써야 할 터인데, 백석은 능글맞게 평안도 사투리를 연방 삽입한다. 백석의 글쓰기는 발터 벤야민이 말했던 외래어 쓰기와 비슷한 분위기를 띠고 있다. 일본이라는 시의 공간에서 평안도 사투리는 은빛 갈비뼈처럼 낯설게 빛난다.

네 단락으로 구성된 「개」는 1단락부터 해변에 모이는 개들을 전혀 새롭게 그린다. "멋이라없이"(=무에라없이. 딱 집어서 얘기할 수 없으나 어쩐지) 해변으로 모여드는 개들이 "고요한 시인이 되기는 하늘에 쏘구랑별(조그만 별)들이 자리를 바꾸고 먼 바다에 뱃불이 물길 옮는 동안"이라는 구절은 한 줄의 시적 응축미를 보여준다.

두 번째 단락에서 "무엇에 놀래 짓어대"는 다른 지역 개들과 달리, 해변의 개들은 잡다한 세상일에 짖으려 하지 않는다. 무엇인가 골똘히 생각하듯 귀를 기울이는 해변의 개들을 백석은 "해변의 숭엄한 철인들"이라고 썼다.

세 번째 단락에 이르면, 물속에서 고기들이 "숨구막질"(숨바꼭질)하듯이 해변의 개들도 숨바꼭질을 하고, 네 번째 단락에는 좀처럼 해변을 떠나지 않는 개들을 그려낸다.

「해빈수첩」에는 백석 특유의 향토적이고 서정적이면서도 모더니즘 풍의 세련된 언어감각이 유감없이 나타난다. 세련된 감각을 백석은 '개', '까마귀', '어린 아이들'이란 소재에 전혀 새롭게 보여준다. 최원식은 이 글을 산문이 아니라 '산문시'라고 이름 붙일 가능성에 대해 독자에게 묻고 있다. 이 글은 산문과 산문시의 묘한 경계선에 놓여 있다. 이 글이 시라면 백석에 대한 연보, 그리고 그의 시세계는 다시 정리되어야 한다.

이 글이 1934년에 발표되었으니, 1935년 8월 31일《조선일보》에 발표된 「정주성」에 앞선 등단작으로 보아야 할까. 그러나 첫째 분명한 것은 시인 자신이 이 글을 시로 생각하고 보내지 않았을 것이라는 사실이다. 둘째, 시인은 이 글을 첫 시집 『사슴』에 넣지 않았다. 시인 자신이 내놓을 만한 시로 생각하지 않았다는 것이다. 셋째, 이 글을 당시 시관으로는 시로 볼 수 없었다. 결국 백석 자신에게 이 글은 시로 완성되어가는 중간 과정의 형태로 생각되었기 때문에 시집 『사슴』에 담지 않았을 것이다. 넷째, 후대의 연구자들은 이 글을 시로 평가하지 않고 있다. 김재용이 엮은 『백석 전집』(실천문학사, 2003)은 이 글을 '산문' 편에 넣었다. 김문주·이상숙·최동호가 엮은 『백석문학전집 2』(서정시학, 2012), 고형진이 엮은 『정본 백석 소설·수필』은 이 글을 '수필'로 분류했다. 이 글을 시로 완성되기 전 단계의 글로 판단하거나 수필로 읽을 수 있지만, 산문시로도 충분히 읽을 수 있는 작품이다. 장르로 규정할 수 없는 작품, 기존의 틀을 배반하고 무시하는 작품은 얼마나 숭엄한가.

* 유튜브 〈일본과 백석 '해빈수첩'〉 참조.

11

이즈의
금귤

— 백석 「가키사키의 바다」 「이즈노쿠니 미나토 가도」

가키사키의 바다, 과거 속에 현재의 구원이 있다

일본에서 4년을 머물고, 일본에 대해서 쓴 시는 왜 하필 이즈 반도를 배경으로 한 해변마을 풍경이었을까.

이것은 시인 자신의 고향인 정주(定州)가 작은 포구이기도 한 사실과 시인이 교사 생활을 하던 곳도 함흥 바닷가 연안이라는 사실과 무관하지 않다. 자신도 모르게 바닷가 풍경에 관심을 갖지 않았을까. 1936년 1월에 발표된 시집 『사슴』에 실린 「가키사키의 바다」를 현대문으로 고쳐 읽어보자.

저녁밥 때 비가 들어서
바다엔 배와 사람 흥성하다

참대창에 바다보다 푸른 고기가 꿰이며 섬돌에 곱조개가 붙는
집의 복도에서는 배창에 고기 떨어지는 소리가 들렸다

이즉하니 물기에 누굿이 젖은 왕구새한자리에서 저녁상을 받은
가슴 앓는 사람은 참치회를 먹지 못하고 눈물겨웠다

어둑한 기슭의 행길에 얼굴이 해쓱한 처녀가 새벽달같이
아 아즈내인데 병인(病人)은 미역 냄새 나는 댓문을 닫고 버러지
같이 누웠다
─「柿崎의 바다」, 전문(시집『사슴』, 1936)

4행으로 이루어진 이 시의 1행은 저물녘 항구의 풍경을 담고 있
다. 저녁이나 저물녘이라고 하지 않고, **"저녁밥 때"**라고 표현한다. 단
순한 시간의 의미를 넘어 밥 지어 먹는 공동체를 느끼게 한다. 백석
은 가키사키 항구의 어촌에 저녁밥 때가 될 무렵, 비가 내려 더 이상
바다에서 작업할 수 없는 어부와 배가 포구로 돌아오고, 조용했던
항구에 배와 사람으로 분주하고 흥성(興盛)한 풍경을 짧은 2행에 구
체적으로 담고 있다. 1연에서 풍경을 담는 예는 그의 다른 시 「흰 바
람벽이 있어」나 「남신의주 유동 박시봉방」 등에서 자주 볼 수 있는
백석의 습관이다.

2연은 돌아온 배에서 내려지는 해물(海物)을 구체적으로 그려내면
서 항구의 정취를 생생하게 살려낸다. **"바다보다 푸른 고기"**라는 단
어는 싱싱한 생선을 떠올리게 한다. 참대를 뾰족하게 깎아 만든 참
대창에 푸른 바다보다 더 푸른 고기가 꿰어져 있다. 원문에는 **"께이
며"**라고 쓰여 있는데 그 원형은 "께우다"이고 물건을 맞뚫리게 찔
러서 꽂아놓는다는 사투리다. 집에 오르내릴 수 있게 놓은 돌층계인
섬돌에, 곱조개가 달라붙은 집의 복도에 고기 떨어지는 소리가 들린

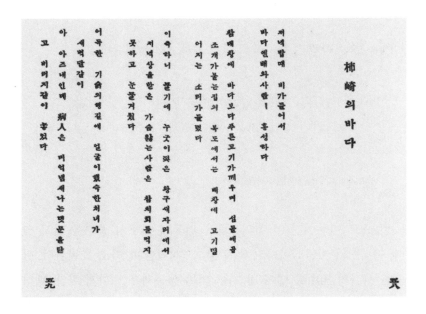

다. 여기서 백석은 시각적 효과(푸른 고기, 곱조개)와 더불어 청각적 효과(고기 떨어지는 소리)를 구사하며 시를 입체적으로 직조한다.

「가즈랑집」에서 1,2연은 풍경을 묘사하고, 3연에서 주인공인 무당 할머니가 등장하는데, 「가키사키의 바다」의 3연에서도 비로소 이 시의 주인공이 등장한다. 3연에서 꽤 늦은 시간에(이슥하니) 물기가 마르지 않은 누굿이(눅눅하게) 젖은 왕골자리(왕구새자리)에서 저녁상을 받고도 참치회를 먹지 못하는 "가슴앓는사람"이 나온다.

일본 그것도 이즈 반도라는 '낯설고 기이한'(Das Unheimliche) 풍경 속에서 백석 시인은 토도로프가 말했던 '동일화'를 독자에게 요구하고 있다. 그 동일화를 요구하는 미끼로, 독자의 무의식에 내장되어 있는 조선 고유의 평안도 사투리가 작용하기도 한다.

4연에서 해쓱한 얼굴의 처녀가 초저녁(아즈내)인데 "미역냄새 나는 덧문을 닫고 버러지같이" 자리에 눕고 마는 것이다. 여기서 새벽달과 아즈내는 시간상 부딪치면서 미묘한 판타지를 만든다. 저녁인데 새벽 같은 상황이다. 아니 저녁인지 새벽인지 구분이 잘 안 가는 시간이다. "아즈내" 앞에 "아"라는 감탄사는 "아즈내"라는 첫 단어의 "아" 음과 부닥쳐 미묘한 효과를 불러온다. '아직 초저녁도 안 된 시간이라는' 안타까움일 수도 있고, 초저녁이건만 벌써 몸져눕는 이에 대한 슬픈 탄식일 수도 있다. 뒤에 **"버러지같이 누웠다"**라는 표현으로 이어져 은근히 슬프다. 이 시의 주인공은 을씨년스럽도록 병에 시달린 두 명의 환자인 것이다.

이 시는 일본을 배경으로 하지만, 제목 외에 특별히 일본이라는 이국적 풍경은 전혀 나타나지 않는다. 일본에서 오히려 한국의 기억이 되살아 회감(回感, Erinerrung)되는 풍경으로 나타나고 있다. 일본의 방 돗자리인 다타미[疊み]라고 해야 어울릴 자리에, 백석은 왕골의 껍질이나 띠 등을 엮어서 만든 **"왕구새자리"**라는 평안도 사투리를 두었다. 초저녁이라는 뜻의 **"아즈내"**라는 평안도 사투리가 이즈 반도와 어울리지 않게 자리잡고 있다. 백석이 일본의 풍물을 그려내면서도 평안도 사투리를 썼던 이유는 무엇일까. 단순히 외래어를 넣었을 뿐일까. 단순히 색다른 묘미를 불러일으키기 위해서였을까.

백석 시 「모닥불」에서 보듯이, 과거의 상처에서 인간의 따뜻한 가능성이 나온다는 강력한 믿음이 시집 『사슴』에 깔려 있다. 백석은 「모닥불」에서 그 상처의 상징을 '몽둥발이'라는 이름에 담고 있다. 이런 의미에서 이 시는 그의 다른 기행시 「통영」과 비교될 수 있겠다.

「가키사키의 바다」를 쓸 때 백석의 몸은 일본에 있었지만 그의 영혼은 과거 자신이 경험했던 공동체 속에 있었다는 사실이 이러한 표출방식을 통해 드러나는 것이다. 발터 벤야민의 말에 따르자면, 과거의 기억 속에서 희미한 힘이라는 '메시아적 순간'(「역사철학테제」2번, 『역사철학테제』)을 믿는 방식이라 할 수 있겠다. 사투리를 통해 과거속에 숨어 있는 아름다움을 백석은 시에서 반복해서 드러낸다. 그리고 그것은 주변인(周邊人, The marginal)에 대한 관심과 함께 나타난다. 백석은 하찮고 외로운 주변인에 대한 관심을 잊지 않는다.

핼쑥한 처녀는 **"불쌍하니도 버려진 몽둥발이"**(「모닥불」)이며, 저 멀리서 나의 고독을 바라보는 갈매나무(「남신의주 유동 박시봉방」)이며, 더 이상 돈을 꿀 처지가 없는 백석이 장터에서 친구로 바라보는 조개들(「가무래기의 樂」) 같은 **"맑고 가난한 친구"**들일 것이다. 이 지점에서 백석 시는 토도로프의 환상과 결별하며 급속하게 현실로 돌아온다.

이즈 반도 항구, 금귤의 맛

이즈노쿠니 미나토[伊豆國湊] 카이토[街道]는, 이즈 반도[伊豆國]에 있는 항구를 지나가는 도로를 말한다. 지도를 보면 해안선을 따라 돌고 있는 도로가 바로 미나토 카이토, 즉 해변도로이며, 이 시의 배경이다.

시인은 항구 혹은 포구를 지나는 도로에서 해변의 풍경을 그려내고 있다. 어디 시골 새아씨와도 함께 옛날 모양(옛적본)의 휘장마차를 타고 먼 바닷가로 가는 백석의 모습이 나타난다. 금귤이 누렇게 익

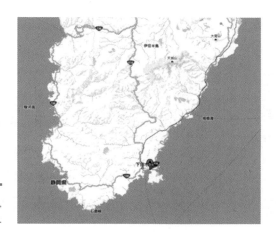

해안선을 따라 미나토 카이토,
즉 해변도로가 보인다.

은(늘 한) 마을과 마을을 지나며, 금귤을 먹는 시인의 모습도 나타난
다. 이 시도 원 시는 사진으로 올리고, 현대문으로 인용해본다.

> 옛적본의 휘장마차에
> 어느메 촌중의 새색시와도 함께 타고
> 먼 바닷가의 거리로 간다는데
> 금귤이 늘 한 마을 마을을 지나가며
> 싱싱한 금귤을 먹는 것은 얼마나 즐거운 일인가
>
> ─「이즈노쿠니 미나토[伊豆國湊] 가도(街道)」 전문(《시와 소설》, 1936.3)

백석 시에서 금귤이 나온 글은 이 작품밖에 없다. 실제로 금귤은
이즈 반도의 특산물이다. 금귤(한국식품과학회 엮음, 『식품과학기술 대사전』,
광일문화사, 2004.)은 준인과류(準仁果類)로 당도가 높아 잼으로 이용하
거나 술을 담그기도 한다. '금감'이라 하며 원산지는 중국이다. 껍질

伊豆國湊街道

옛적본의 翠帳錦屛에
어느때 촌중의 새새악시와도 함께라고
머ー나 바닷가의 거리로 쳐단느데
금귤이 눌 한 마을마을 지나가며
싱싱한 금귤을 먹는것은 얼마나 즐거운일인가

째 식용하며, 향기롭고 시면서 약간 쓴맛이 있다. 열매가 길쭉한 것을 긴알귤, 둥근 것을 둥근알귤·동굴귤이라고도 하고 겨울철 기침에 좋다. 한국에서는 제주금귤이 유명하다. 북방에서 자란 백석이 "**마을마을을 지나가며 / 싱싱한 금귤을 먹는 것은**" 환상적 기행이 아닐 수 없다.

그의 기행시 중에 바닷가를 배경으로 한 시는 위 두 작품 외에 「통영」「바다」「삼천포」「함주시초(咸州詩抄)」 등이 있다.

백석의 다른 기행시도 그렇듯이, 그 지역의 독특한 분위기를 재구성하는 내용을 읽을 수 있는데, 특히 그 지역에서 사는 사람의 삶에 주목하는 것이 백석이 쓴 기행시의 한 특징이다. 나그네 혹은 여행객이면서도 백석은 그곳에 살고 있는 사람들이 얼마나 그 여건에 적응하며 살고 있는가를 역동적으로 살려내고 있다.

두 시 모두 유학을 마칠 무렵에 갔던 여행에서 얻은 작품일 수 있다. 4년 동안 살았던 일본에 대해 시 두 편만 남겼다는 것은 이상스러울 정도다. 가령 단순히 몇 주 거쳐 간 곳에서도 그가 발표작의 30%에 해당되는 기행시를 남겼던 것에 비교하면 일본에 대한 시를 남기지 않은 것은 놀라울 정도다. 그가 일본어를 쓰지 않으려고 애를 썼을 정도로, 일본어에 대해 거리를 두고 모국어를 그리워했기 때문이기도 할 것이다. 백석은 일본 체험을 시로 쓰면서 일본 특유의 이국적 정서를 살려내지 않고 오히려 조선적인 정서를 회감(回感)시킨다.

백석은 이즈 반도 특유의 관광상품인 온천, 원숭이, 요시다 쇼인 [吉田松陰, 1830~1859] 전시물, 남방의 아름다움이 넘치는 야자수의 절경, 성기(性器) 박물관 같은 풍경들을 그의 일본기행시에 전혀 담지 않았다. 백석 시를 이국주의 취미라고 비판한 임화의 말대로라면, 백석은 자신의 일본기행시에서 이국주의에 따라 일본의 풍경을 암시하는 일본어나 일본어 사투리를 많이 넣어야 한다. 물론 그의 시에서 일본어나 일본에 대한 표현이 전혀 나오지 않는 것은 아니다. 일본어에 대한 몇 가지 표현이 나오기는 하지만, 그것은 시에서 그리 중요한 위치를 점하지 않는다.

백석은 「통영」이라는 제목으로 시 세 편을 썼다. 그중 두 편에 일본어에 대한 표현이 나온다. 뒤에 「모닥불」을 설명할 때 쓰겠으나,

일제시대 통영항의 모습을 담은 사진(사진 제공: 소명출판 박성모 대표)

낭송할 때를 염두에 두어 백석은 단어를 묶어서 썼다. 그 표현을 그대로 살려 원문을 인용한다.

> 녯날엔 통제가(統制使)가있었다는 낡은항구(港口)의처녀들에겐
> 녯날이가지않은 천희(千姫)라는 이름이많다.
> 미역오리같이말라서 굴껍지처럼말없이 사랑하다죽는다는
> 이천희(千姫)의 하나를 나는어늬오랜객주(客主)집의 생선가시가
> 있는 마루방에서 맞났다.
> ─「통영」부분《조광》1권 2호, 1935.12)

"녯날이가지않은 천희(千姫)"라는 말은 무슨 뜻일까. 옛날이 가지 않았으니까, 옛날 느낌이 아직도 남아 있는 천희라는 이름으로 풀이된다. 왜 그녀는 미역줄기(미역오리)처럼 말랐고, 굴 껍질(굴 껍지)처럼 말 없이 사랑하다 죽는 인물일까. **"천희(千姫)라는 이름"**에 여러 해설이 있다. 당시 유행하던 이름(이동순)이라고도 하는데, 백석은 다른 글에서 실제 인물처럼 썼다.

> 나의 정다운 것들 가지 명태 토루 꾀추리 질동이 노랑나비 바구
> 지꽃 메밀국수 남치마 자개집섹이 그리고 천희(千姫)라는 이름이
> 한없이 그리워지는 밤이러구나.
> ─ 백석, 「야우소회」부분《조광》, 1938.10)

사실 일본을 아는 사람이라면 천희라는 이름에서 '센히메'라는 공주 이름이 떠오를 성싶다. 센히메 하면 효고 현의 히메지 성을 떠올

릴 수 있다. 히메지 성 곳곳에 그녀의 흔적이 있으며 특히 성내 누각 중에는 남편과 그의 시아버지이자 히메지 성주이기도 했던 혼다 타다마사[本多忠政]가 만든 화장루와 정원도 있다. 센히메는 도쿠가와 이에야스[德川家康]의 손녀이자 2대 장군 히데타다[秀忠]의 딸이다. 7세 되던 해에 토요토미 히데요시[豊臣秀吉]의 아들 히데요리[秀賴]에게 시집을 가나 오사카 성 전투에서 남편을 잃고 팔자도 사납게 19살에 과부가 된다. 또는 천 명의 사내를 상대했다고 해서 센히메(千姬)라고 불렀다는 말도 있다. 첫 번째 남편 이후 두 번째 남편도 7개월 만에 저승으로 쫓아버린 센히메는 말년에 불문에 들어가 제 명을 못 살고 스러져 간 남자들을 위해 명복을 빌었다고 한다.

집집이 아이만한 피도안간 대구를 말리는곳
황화장사령감이 일본말을 잘도하는곳
처녀들은 모두 漁場主한테시집을가고싶허 한다는곳

– 「통영」 부분《조선일보》, 1936.1.23)

"피도안간 대구"라는 표현도 재미있다. 핏기도 가시지 않은 싱싱하고 아이만 하게 큰 대구를 말리는 곳이 통영이란다. 통영에도 일본인들이 많이 들어와 살았다. "황화장사"란 '황아장수'의 원래 말로 집집마다 찾아다니며 자질구레한 일용 잡화를 파는 사람을 말한다. **"황화장사령감"**이란 늙수그레한 황아장수 영감을 말한다. 일본인을 상대로도 장사를 하기 때문에 무식해 보이는 황아장수 영감도 일본말을 썩 잘했을 것이다. **"일본말을 잘도 하는 곳"**이라는 표현은 당시 통영에 대한 사회 배경과 관계있다. 19세기 말에 마산이 개항을 해서 일본인과 러시아인이 들어와 시가지를 형성했다. "한산도 옆이건 만 오카야마 촌(岡山村)"(《동아일보》 1938. 7. 4)에는 일본인 73가구가 이 주해 살았다.

조선 속의 일본 풍물이 등장하지만, 정반대로 일본 풍경을 쓴 시 속에는 조선 평안도 사투리를 겹쳐 넣는다. 필자는 백석이 쓴 일본 기행시가 단순히 일본어를 많이 쓰지 않았다는 것을 말하려는 것이 아니다. 그것은 임화가 백석 시를 이국주의 취미라고 지적했던 판단 을 부정하는 희미한 흔적들이다. 임화가 백석 시에 대해 이국취미라 고 비판한 것은 지나친 비평이라고 나는 생각한다.

사투리와 주변인의 환상

환상에 생명을 주는 것은 '망설임'이라고 토도로프는 썼다. 이 글 에서는 백석이 어떠한 방식으로 우리에게 시적 환상을 제공하고 있 는지 살펴보려 했다. 이제 백석의 일본 기행시가 갖고 있는 환상성 을 정리해보자.

세 편 모두 이즈 반도를 배경으로 썼다. 이즈 반도는 백석이 거주 하던 기치조지나 아오야마 학원이 있는 시부야에서 교통편이 편리 한 관광지다. 더 중요한 것은 이즈 반도라는 낯선 땅의 지명(地名)이 갖는 환상성이다. 세 편 모두 일본어 지명을 제목으로 써서, 제목으 로 독자를 설레게 한다. 가보지 못한 낯선 지명의 제목 앞에서 독자 는 망설이게 된다.

도표에서 토도로프가 반대했던 '시적'인 것은 18세기 이전의 정 형시를 의미한다. 토도로프가 주장한 '환상성'의 '망설임'과 '동일

	츠베탕 토도로프	백석의 일본기행시
1	망설임	시의 제목을 모두 낯선 이즈 반도의 지명으로 써서, 가보지 못한 이들이 시 앞에서 망설이며 주저(hesitation)하게 만든다.
2	동일화	일본 풍경을 시화(詩化)하면서 일본어로 써야 할 사물들을 평안도 사투리로 써서, 조선인 독자들이 읽을 때 '동일화'가 일어나도록 한다.
3	'시적'이거나 우화적인 것을 거부	토도로프가 생각했던 정형시의 억압에서 백석은 자유롭다. 백석은 현실과 완전히 유리된 환상이 아니라, 주변화된 주변인(周邊人, The marginal)을 생각하게 만드는 '현실적 판타지'를 쓴다.

화'는 단순한 사전적 의미를 넘어서는 것을 내포하고 있는데 이 글은 지나치게 일반화시켰다는 지적을 피할 길이 없다. 이 문제는 일본기행시뿐만 아니라, 백석 시 전체에 스며 있는 환상성을 설명할 때 더욱 설득력 있을 것이라고 필자는 생각한다. 그래서 다음 기회에 백석 시 전체에 숨어 있는 환상성을 분석해보려 한다.

일본 풍경을 시화(詩化)하면서 일본어로 써야 할 사물들 이름을 평안도 사투리로 써서, 조선인 독자들이 읽을 때 '동일화'가 일어나도록 하는 방식은 사실 백석의 다른 모든 시에서 작용하고 있다. 백석이 쓰는 수많은 사물의 이름들, 수많은 음식의 이름들 등은 바로 환상의 '동일화'가 일어나는 시발점이 된다. 물론 서정시 자체가 시인과 시와 독자의 자기동일성을 기반으로 하는 것인 바, 이 동일화라는 지점에서 백석 시의 환상성은 융기(隆起)되는 것이다.

백석 시는 환상시(幻想詩)라 할 수는 없지만, 환상적인 요소를 시에 적절히 이용하여 환상적인 미학으로 현실의 쓸쓸함을 느끼게 하는 시라고 할 수 있겠다.

백석의 시는 김종한, 김소운, 김시종, 오오무라 마스오가 일본어로 번역했다. 이들이 백석을 소개하는 문학적 태도는 각자 차이가 있다. 역자의 정치적 입장에 따라 단어 하나의 번역에 차이를 가져온다. 백석 시의 일본어 번역에 대한 정밀한 비교가 필요하다.

* 유튜브 〈일본과 백석 '해빈수첩'〉 참조.

12

백석은 왜
아일랜드 문학을 소개했을까

아일랜드의 하얀 흑인들

유럽의 중심부에서 떨어져 있는 섬나라 아일랜드에는 아름다운 절경이 많다.

아무도 손대지 않은 자연 그대로의 풍광이 있건만, 영국이나 프랑스나 이탈리아의 관광지에 비해 그만치 주목받지 못하고 있다. 단지 더블린 사람들이 턱없이 친절하고, 소매치기가 없어 배낭여행이나 어학연수 하기 쉬운 곳으로 알려져 있다. 머피스를 비롯한 아일랜드 흑맥주와 제임슨 같은 아이리시 위스키 등 양조장 기행을 떠나는 술꾼도 있지만, 이 섬나라가 얼마나 끔찍한 기근과 학살을 겪었는지 아는 이는 그리 많지 않다.

> 우리들의 옛 조국의 땅은 더 이상
> 노예와 폭군이 없으리라
> 오늘 밤 우리는 위험의 절벽을 넘는다

아일랜드 때문이라면, 기쁨이든 슬픔이든 오라
포성과 총성이 울리는 가운데
우리는 전사의 노래를 부르리라

아일랜드 국가 〈전사의 노래〉를 들으면 식민지에서 벗어나려 투쟁해온 전사들의 행진이 들리는 듯하다.

1167년 아일랜드를 침략한 잉글랜드는 이후 800여 년 동안 아일랜드인을 괴롭혔다. 1542년 잉글랜드의 헨리 8세는 아일랜드를 완전히 정복했다. 이후 가톨릭에서 성공회로 개종할 것을 강요하며 학살에 학살을 거듭했다. 1798년 프랑스 혁명에 영향을 받아 아일랜드인들은 독립전쟁을 일으켰지만 실패하여 더욱 탄압받는다. 1840년대에 감자의 숙주에서 전염병이 발생하여, 대기근과 염병으로 수백만 명이 병사했다. 아일랜드인은 1916년 4월 부활절 봉기 이후, 1919년 1월에 아일랜드 독립전쟁을 일으켰다.

대기근과 학살을 피해 셀 수 없이 많은 아일랜드인들이 탈출하여 유럽과 미국으로 이주했다. 아일랜드 작가 제임스 조이스의 『더블린 사람들』에 나오는 저 슬픈 그늘은 바로 이러한 배경 때문이다. 헨리 데이비드 소로의 『월든』이나, 카프카 장편소설 『실종자(아메리카)』에 나오는 '하얀 흑인' 노동자들이 바로 아메리카로 탈출한 아일랜드인들이다. 일본 유학을 마치고 귀국한 백석은 설움과 비극이 서린 아일랜드 문학을 번역하여 소개한다. 왜 그랬을까.

백석이 소개한 아일랜드 문학

백석은 아오야마 학원 영문학과에서 공부했다. 아오야마 학원에서는 《시와 시론》의 후손인 《문학》을 발간하면서 올더스 헉슬리와 제임스 조이스 등 심리주의 작가들과 함께 브르통과 아라공 등 대륙 쪽의 과격파 모더니스트들을 앞장서 소개했다. 여기서 모더니즘을 공부한 백석은 귀국하여 유럽 문학을 번역하고 소개한다. 귀국하여 백석이 1934년 1년간 《조선일보》에 번역하여 소개한 유럽 문학은 다음과 같다.

① 5월 16~19일 「이설(耳說) 귀ㅅ거리」
② 6월 20~25일 「임종(臨終) 체홉의 六月」
③ 8월 10일~9월 12일 「죠이쓰와 愛蘭文學」

①은 미리암 엔쓰리의 『귀의 연구』의 한 장인 「귀거리」를 번역한 글이다. ②는 체호프의 임종에 관한 글이고, ③은 러시아의 비평가 마르키스의 논문이다. 아쉽게도 백석의 이러한 번역에 대해서는 거의 연구가 되어 있지 않다. 무엇보다도 눈길을 끄는 번역은 ③이다. 이 논문은 백석이 시인으로 살아가는 데에 영향을 준 것으로 보인다.

이 글은 영국의 식민 통치를 받고 있던 아일랜드[애란, 愛蘭]의 작가 제임스 조이스와 싱이 영어로 작품을 발표하면서도 애란어, 즉 아일랜드어를 의식하면서 작품을 쓴 위대한 작가였다는 사실을 소개한다. 이 글에서 백석이 주목했을 만한 내용은, 아일랜드 작가들이 모국어 특히 사투리를 중요하게 여긴 부분이다. 원문이 읽기 어려워 부분 부분 현대문으로 바꾸어 소개한다.

애란어(愛蘭語, 아일랜드어-인용자)에 의한 애란문학(愛蘭文學)은 애
란(愛蘭, 아일랜드)의 봉건씨족사회의 몰락과 같이 사멸(死滅)하고 말
았으니 그때란 바로 애란의 상류계급이 영국 식민(植民)들과 제휴
하기 시작한 때였다. 19세기의 상반기를 통하여, 애란민중(愛蘭民
衆, 아일랜드 민중)은 애란어 대신에 점점 영어를 사용하게 되었으니
이는 애란을 가톨릭교도에로의 영국개종(英國改宗)의 식민지로 삼
으려고 한 애란의 가톨릭교회의 영향으로 말미암은 것이었다. 그
리하여 애란어를 말하는 애란은 오직 애란의 극서지방에서만 보
존되었다.

- 白石, 「죠이쓰와 愛蘭文學」, 《朝鮮日報》, 1934.8.10.

아일랜드인이 모국어인 아일랜드어[愛蘭語]를 쓸 수 없다는 점에

백석이 유학할 무렵 아오야마 학원 강의동

백석은 주목한다. 또 이 글에서 주목할 점은 영어로 설교하는 것이 가톨릭교회라는 사실이다. 아일랜드어를 말하는 지역은 아일랜드의 극서지방이었다는 사실도 주목된다. 백석이 아오야마 학원 교회에서 세례를 받았으면서도, 일본의 교회가 식민지 경영에 도움을 주는 제국주의 교회이기에 반감을 가졌을 가능성이 있다.

인용문에서 강조한 부분을 당시 조선에 비유하면, 일본이 조선을 식민지 삼으려고 일본어를 강요한 나머지, 조선어를 말하는 지역은 오직 관서지역이라고 생각할 수 있겠다. 아일랜드는 식민지가 된 지 약 100년이 지나 토속어가 거의 사라지고 토속어 사용 인구가 2만 명에 불과하여, 예이츠, 싱 등이 영어로 작품을 발표했으나, 오히려 그러한 흐름에 대해 백석은 다른 견해를 내놓는 것이다. 백석의 번역문이 발표되고 2년 뒤에 발표된 임화의 글을 보면 그 내용은 더욱 깊어진다.

애란문학이 영어로 말했다는 사실을 들어 이 사실에 이의를 신입(申込)할지 모르나 그 자는 싱과 세익스피어를 동렬에 놓는 우자(愚者, 우매한 자-인용자)라고 나는 생각한다. 그리고 나는 이러한 우자에게 애란은 어떤 '나라'인가? 애란인은 얼마나 '행복'된가? 하고 묻고자 한다.

나는 이러한 우문이나 또 조선문학을 애란문학과 비교하는 파렴치한을 상대로 이야기할 백천(百千)의 문학을, 자기나라 자기지방 자기민족의 자기층의 생활과 감정은 자기의 말만이 가장 정확히 표현할 수 있는 일언을 가지고 바꾸고자 한다.

– 임화, 「조선어와 위기 하의 조선문학(7)」, 《조선중앙일보》 1936.3.20.

임화는 아일랜드인에게 강요된 영문학을 셰익스피어 문학과 비교하는 사람을 우매한 자라고 한다. 아일랜드라는 영국 식민지는 일본이 조선 등 식민지를 경영할 때 참조할 수 있는 대상이었다. 백석에게 위의 번역문은, 모국어를 지켜낸 지역이 아일랜드인에게 극서지방이었다면, 조선인에게는 관서지방이라는 사실을 깨닫게 했을 수도 있다.

또한 이 글에서 식민지 통치 아래 사는 가난한 사람들을 작품의 주제로 삼은 씬-즈를 소개하는 대목이 주목된다. 역시 현대문으로 풀어 소개한다.

그보다 선진(先進)으로는 「존-·엠·씬즈」가 있다.

「씬즈」는 일즉이 애란(愛蘭)으로부터 대륙(大陸)에 이주(移住)하여 버렸고, 그리하여 용이(容易, 쉽게-인용자)히 모든 애란적인 것으로부터 이탈(離脫)하였다. 그리 파리아(巴里兒, 파리 사람-인용자)가 되고 「보헤미안」이 되었다. 그러나 그는 이 시대(時代)의 장로(長老)요 수호자격(守護者格)인 「이-쯔」(시인 예이츠-인용자)가 그더러 애란으로 되돌아오도록 권고하기까지 그의 예술적 정열을 실을 표현에 궁(窮, 다하다)하였다.

(중략)

그는 서부애란(西部愛蘭)의 가장 문화가 낮지 못한 촌락(村落)의 전원생활(田園生活)을 그의 주제로 하여 완연히 독창적인 희곡(戲曲)을 냈다. 작중(作中)의 인물(人物)은 모두 인습(因襲)에 젖은 농부(農夫)들의 「앵글로, 아이리쉬」의 방언을 쓴다. 동작(動作)도 역시 엑조틱한 기현상(奇現象)으로 취급받는 목가적(牧歌的) 몽매(蒙昧)로 오는 낡은 인습(因襲)의 해석 아래서 된다. (중략) 「씬즈」의 그 언어에 대한 그의 적극적 교섭에 그 근원을 두었다. 이 사실은 세계주의적인 애란인의 영어에 대한 관계에 의하여 더욱 강조(强調)되고 있다. 나기는 애란인(愛蘭人)으로 낫으나, 교양은 파리아(巴里兒)로 교양받은 「씬즈」는 그와는 아무 문화적 결연(結聯)이 없는 일국(一國)의 언어로 그의 작품을 쓰지 않아서는 안되었다.

– 白石, 「죠이쓰와 愛蘭文學」,《朝鮮日報》, 1934.8.12.

'씬즈'는 누구일까. 「죤-·엠·씬즈」는 아일랜드의 극작가 존 밀링턴 싱(John Millington Synge, 1871~1909)을 말한다. 더블린 교외에서 태어난 싱은 더블린의 트리니티 칼리지를 졸업한 후 음악을 공부하러 독일에 갔으며, 다시 파리로 간 뒤 문학비평을 쓰면서 몇 해를 보내다 파리에서 예이츠를 만났다.

백석은 예이츠를 '이-쯔'라고 썼다. 예이츠는 싱의 탁월한 재능을 보고 **"그더러 애란으로 되돌아오도록 권고(勸告)"**하며 아란 섬(Aran Island)으로 갈 것을 권했다. 예이츠의 권고로 아일랜드 아란 섬에 돌아온 싱은 그 섬사람들의 생활과 언어를 낱낱이 관찰하여 명작『아란 섬』(1907년)을 냈다.

가장 낙후된 촌락의 전원생활을 작품 주제로 삼았던 싱의 태도는 백석이 관북지방의 촌락 공동체를 주제로 삼

존 밀링턴 싱

은 것과 유사하다. 무엇보다도 식민지인이라는 점에서 백석은 이들에게 관심을 가졌던 것이 아닐까. 결국 이 글은 모더니즘 원리에 관한 관심이 아니라, 자신이 태어나고 자란 식민지 촌락을 모국어로 살려낸 작가를 소개한 번역문이다.

사실 아일랜드 문학에 대한 관심은 당시 일본이나 조선 학계에서 보편적인 하나의 유행이었다. 아래 인용문은 아일랜드와 조선과의 내적 관계를 연상케 한다.

> 사람들은 자주 조선을 우리나라(일본-인용자)의 아일랜드로 비교하고 있다. 본국과 오랜 역사적 관계가 있다는 것, 고대에는 본국보다 문화와 종교에 있어서 선진국이었다는 것, 여러 차례 본국 군대의 침입을 받은 것, 인종적 관계는 대단히 가깝지만 동일하지는 않다는 것, 지리적으로 본국과 가까이 있어 경제적으로나 국방적으로 밀접한 관계가 있다는 것 등 조선과 우리의 관계를 아일랜드와 영국의 관계에 비하는 것은 결코 잘못된 것은 아니다. (중략) 우리가 아일랜드 문제를 연구하는 실제적 흥미는 우리에게 조선(그리고 만주, 대만)이 있기 때문이다.
>
> — 矢內原忠雄·「アイルランド問題の発展」,《経済学論集》, 1927.2(한상일, 『제국의 시선』, 새물결, 2004. 370면에서 재인용)

도쿄제국대학 교수 야나이하라 타다오[矢內原忠雄]는 조선과 일본이 왜 아일랜드에 주목하고 있는가를 극명하게 대립시켜 보여준다. 당시 아일랜드 문제는 동아시아 국제정세의 초점이었다. 총독부 기관지《매일신보》가 아일랜드 기사를 싣기 시작한 것은 1910년대부터였지만, 기사는 매우 간헐적으로 실렸고, 1920년부터 아일랜드 자유국성립(1922) 때까지 몇 년 동안은 그 양이 많았다. 아래 기사만 읽어봐도 당시 아일랜드에 대한 언론의 관심을 알 수 있다.

姜晟周, 「미풍에 날리는 삼색기-애란독립운동사를 읽고(3)」, 《동아일보》, (1929.10.28.)
허헌, 「세계일주기행(제3신), 부활하는 애란와 英吉利의 자태」, 《삼천리》 3, (1929.11.13.)
김동환, 「애란의 부활제 동란-애란민족운동의 일단면」 《삼천리》 8, (1930.9.)

아일랜드 독립 문제를 다루면서 은연중에 조선 독립을 비유했다는 이유로, 1928년 11월 1일 《중외일보》 주간 이상협이 신문지법 위반으로 벌금 2백 원, 필자 이정섭은 보안법 위반으로 징역 6개월에 집행유예 2년을 언도받기도 했다(이승희, 「조선문학의 내셔널리티와 아일랜드」, 『탈식민의 역학』, 소명출판, 2006. 283~239면.). 이렇게 볼 때 백석이 아일랜드에 관한 글을 번역 소개한 것은 당시 데스크나 독자들의 요구도 있었을 것이고, 그 속에서 백석 자신이 좋아하는 대목을 골라 소개했을 가능성이 크다.

백석뿐만 아니라 많은 한국 유학생들이 아일랜드 문학에 영향을 받았으며 이에 관한 논문이나 소설을 쓰기도 했다. 1919년 3.1독립운동 이후 아일랜드 문제는 민족문학 운동의 잉걸불 같은 아이콘이었다. 가령, 유치진이나 박태원도 아일랜드 문학에 깊이 영향을 받았다. 1922년 도쿄에서 조직된 토월회는 1923년 1회 공연에서 조지 버나드 쇼의 「그 남자가 그 여자의 남편에게 어떻게 거짓말을 하였나」를 공연했고, 존 밀링턴 싱의 「산골짜기의 그림자」를 「곡간영(谷間影)」이라는 이름으로 공연했다. 이하윤은 '현대시인연구' 시리즈에서 아일랜드 시인을 소개(이하윤, 「'현대시인연구' 애란편」(1~6), 《동아일보》, 1930.12.3.~9.)하기도 했다. 당시 일본어를 강요받으면서, 탈내셔널리티화(de-nationalizationi)를 당하면서 반대로 내셔널리티를 기획하려고 하는 조선의 문인들에게, 아일랜드 작가의 선택은 자기 문제와 동일했을 것이다.

* 유튜브 〈백석, 아일랜드와 제임스 조이스〉 참조.

13

열거법의
마술

– 백석 「모닥불」

모닥불 가에 둘러앉아 두런두런 이야기 나누던 추억이 누구든 하나쯤은 있으리라. 여름에는 깊은 밤 강가 모닥불 둘레에서 캠프파이어를 하거나, 겨울에는 겨울대로 꽁꽁 언 손을 녹이면서 얼굴이 후끈거리는 순간이 있다. 모닥불 둘레에 앉으면 왜 마음이 푸근해질까. 지나간 시간들, 괴로움과 설움과 고통 따위를 모두 태워버리는 환상에 빠지기 때문일까. 모닥불의 훈훈한 온기는 얼어붙은 긴장을 녹여낸다. 모닥불은 아름다운 순간을 떠올리게 하는 고마운 단어다. 한국 문학사에서 '모닥불'을 소재로 쓴 최고의 시를 꼽으라면 단연 백석의 「모닥불」일 것이다.

1980년대 말부터 주목받아온 백석에 관해서는, 연구사를 정리해야 할 만치 적지 않은 논문이 발표되어 왔다. 2000년 7월까지 백석에 관한 연구는 150여 편이 있지만, 이후 발표된 학위논문을 비롯하여 빠진 글을 합하면 160여 건에 이른다. 그런데 이중에 「모닥불」만을 집중적으로 연구한 논문은 없다.

윤동주는 백석의 시 「모닥불」을 필사하고 끝부분에 "걸작(傑作)이다"라고 썼다.

백석의 「모닥불」을 가장 먼저 주목한 이는 임화였다. 임화는 『현대조선시인선집』(學藝社, 1939. 1.1)을 만들면서, 1인 1편의 원칙에 의해 편집된 시선집에 백석의 대표작으로 「모닥불」을 선택했다. 이후 많은 논문들이 이 시를 인용해 왔지만 단편적일 뿐이었다. 이동순 교수는 「모닥불」을 "백석 시 전편을 통틀어 합일의 정신을 가장 성공적으로 밀도 있게 다루고 있는 작품"이라고 평했다(이동순, 「해설」, 『백석시전집』, 창작과비평, 1987).

백석 시의 표현방식에 대해서 분석한 주목할 만한 논문이 몇 편 있다. 박혜숙의 「백석 시의 엮음구조와 사설시조와의 관계」(1998)는 백석 시의 표현방식이 사설시조와 영향관계를 맺고 있다고 분석하고 있다. 이 논문은 백석 시와 사설시조의 엮음 형식을 비교하면서, 사설시조와 달리 백석 시만이 갖는 개성적인 표현이 있음을 밝혀낸다.

고형진의 「백석 시와 판소리의 미학」(2004)은 백석 시와 판소리를 비교하고 있다. 이 논문은 백석 시의 특징을 "평북지방의 토속어와 사투리를 시의 전면에 부각시키면서 반복과 부연, 열거로 상징되는 시의 문체로 토속적인 삶의 세계를 서술해 낸 것"이라 하면서 그가 즐겨 사용한 반복적 열거법은 판소리 사설과 유사하고, 운문·산문의 혼합적 기법은 창과 아니리가 교체하는 특징을 닮았다고 한다. 또 특정 장면을 강화·확장시킨 서사적 양식도 판소리의 서사구조와 비슷하다고 했다. 위의 두 논문은 백석이 어떤 영향을 받아 시적 개성을 창조했는가에 주목하고 있다.

이경수의 「한국 현대시의 반복 기법과 언술 구조—1930년대 후반기의 백석·이용악·서정주 시를 중심으로」(고려대 박사논문, 2002.

12)은 백석, 이용악, 서정주의 시에 나타난 반복 기법에 주목하여 1930년대 후반기 시의 언술(言述, Discourse) 구조를 밝혀낸다. 이 논문은 한국 현대시의 언술을 구성하는 방법적 원리로서 반복 기법을 유형화하는 것을 목적으로 한다. 단순히 리듬을 구성하는 언어의 반복이 아닌, 반복을 '시의 언술'을 구성하는 원리로서 접근하여 반복법 연구의 새로운 가능성을 제시한다.

이 장에서 필자는 「모닥불」에 나타난 대조적 반복의 특성을 설명하려 한다. 백석 시의 많은 미덕을 볼 수 있는 「모닥불」은 1936년 그의 나이 25세 때 낸 시집 『사슴』에 실려 있다.

백석은 시의 소재를 주변에서 찾았다. 시인은 따스한 마음으로 은은하게 애착을 가지며 주변을 관찰했다. 백석은 심상의 리듬에 따라 모닥불 속에서 타오르던 여러 사물과 상징들을 열거한다. 윤동주가 꼼꼼히 필사했던 시, 이제 「모닥불」을 원문으로 읽어 보자. 현대문이 아니라 원문을 인용하는 까닭이 있다.

　새끼오리도 헌신짝도 소똥도 갓신창도 개니빠디도 너울쪽도 집검불도 가락닢도 머리카락도 헌겊조각도 막대꼬치도 기와장도 닭의 짗도 개터럭도 타는 모닥불

　재당도 초시도 門長늙은이도 더부살이아이도 새사위도 갓사둔도 나그네도 주인도 할아버지도 손자도 붓장사도 땜쟁이도 큰개도 강아지도 모두 모닥불을쪼인다

　모닥불은 어려서 우리할아버지가 어미아비없는 서러운아이로

불상하니도 몽둥발이가된 슱븐력사가있다

— 백석, 「모닥불」 전문, 시집 『사슴』(1936), 14~15면

사투리의 열거

1연에는 여러 사물이 열거된다. 새끼줄의 긴 가닥(새끼오리)과 헌신
짝, 소똥, 그리고 갓신창도 태운다. "새끼오리"는 짚을 꼬아 줄을 만
든 '새끼'에, 실, 나무, 대 따위의 가늘고 긴 조각을 말하는 '오리'를
합친 단어다. **"여인(女人)의 머리오리가 눈물방울과 같이 떨어진 날이
있었다"**(「여승」)는 구절에서 "머리오리"도 긴 머리카락을 뜻한다.

'갓신'은 가죽신의 옛말로 '갓신창'은 소가죽으로 만든 신의 밑창
을 말한다. 갓신창을 태우면 가죽 타는 냄새가 났겠다.

개의 이빨(개니빠디)과 널판지쪽(너울쪽)과 짚검불과 상수리나무의
잎인 가랑닢(가락닢), 닭의 깃(닭의 짗)과 개털(개터럭)도 태운다. 그중에
태워지지 않을 기왓장도 있다. 혹자는 타지 않는 기왓장을 왜 태웠
는가, 특별한 의미가 있는지 문제 삼을 이도 있겠다. 일종의 '낯설게
하기'가 아닌가, 생각할 수도 있겠다. 그렇지만 시골에서 불을 피울
때 온갖 쓰레기를 다 쓸어 넣고 태워본 경험이 있는 사람에게 모닥
불 속의 '기왓장'이라는 표현은 그리 낯선 표현이 아니다. 이런 체험
을 해본 사람에게는 '기왓장'이란 단어가 들어갔기에 오히려 이 시
가 더욱 생생하게 느껴진다.

2연에서도 좀처럼 함께하기 어려운 사람들이 모여 불을 쬔다. '재
당'이란 아버지의 육촌형제인 재당[再堂叔]일 수도 있으나, 여기서
는 서당의 주인이나 향촌의 최고 어른을 말한다. '초시(初試)'란 과거

시험의 초시에 합격했던 적이 있거나, 그 정도로 한문을 깨우친 사람을 말한다. 결국 재당이나 초시는 모두 마을에서 어느 정도 존경을 받는 인물들이다. 문장(門長)늙은이란 단어에서, '문장'은 한 문중에서 항렬과 나이가 제일 위인 사람을 말한다. 이렇게 나이나 지식이 많은 '재당·초시·문장늙은이'와, 머슴이나 다름없는 더부살이 아이가 함께 불을 쬔다. 또한 새로 인연을 맺은 갓사둔과 새사위가 함께 불을 쬔다. 이들은 새로운 인생에 대한 다짐을 하는 상징이다. 큰 개와 강아지가 불을 쬐는 장면은 인간과 더불어 정답기까지 하다. 2연은 이렇게 대립적인 단어들이 대비되어 열거되고 있다.

다양한 사물과 인간들을 열거하면서, 특히 평안도 사투리를 열거하는 기법은 「여우난곬족」「고야」 등 백석 초기 시의 전면적인 특징으로 나타나고 있다. 오장환은 이러한 백석에 대해서 "詩人도 아니지만 지금은 詩도 쓰지 않는다"고 하면서, "미숙(未熟)한 나의 형용으로 말한다면은 백석 씨의 회상기는 가진 사투리와 옛이야기의 년중행사(年中行事)의 묵은 추억 등을 그것도 질서없이 그의 곳간에 볏섬 쌓듯 그저 구겨 넣은 데 지나지 않는 것이다"(오장환,「白石論」,『風林』, 1937. 11, 19면.)라고 혹평했다. 오장환의 차가운 지적은 타당한가.

백석 시의 사투리 열거법은 생생한 리얼리티를 표상(表象)한다. 나아가 공동체를 회상케 하는 강한 응집력이 있다. 오장환의 "가진(갖은) 사투리"라는 표현에는 사투리에 대한 약간의 거부감이 숨어 있다. 아닌게 아니라 평안도 사투리를 이해하지 않고는 백석 시의 핵심에 다가가기 어렵다. 그의 시는 평안도 사투리와 풍습들이 나열되어 있어 이른바 '민속시'라고 일컬을 만큼 특유의 멋을 풍긴다.

평안북도 정주군에서 태어난 백석의 시에는 평안북도 사투리가 넘친다. 먼저 그의 사투리는 생생한 리얼리티를 제공한다. 개의 이빨이라고 하지 않고 '개니빠디'라고 했기에, 널빤지쪽이라 하지 않고 '너울쪽'이라고 했기에, 가랑닢이라 하지 않고 '가락닢'이라 했기에, 독자는 평안도의 생생한 현장을 느낄 수 있는 것이다.

「모닥불」은 평안도 말에 대한 사전적인 지식이 없으면 무엇을 말하는지 공감하기가 어려울 정도로 많은 사투리들이 반복(反復, repetition)되고 열거(列擧, enumeration)된다. 백석 시에서 평안도 사투리는 자연스럽게 배치되었지만, 자연스럽게 보이기 위해서 시인은 쉽지 않은 노력을 해왔다.

> 그는 일본말을 써야 할 때, 거기에 바꿔 쓸 수 있는 우리말을 애써 생각하는 것 같았다. 보통 담화 때는 주로 표준말을 썼지만, 그의 억양은 짙은 평안도 말씨였다. 무슨 일로 기분이 상했거나 친구들과 담소를 나눌 때, 그는 야릇한 고향 사투리를 일부러 강하게 쓰는 습관이 있었다. 한 예를 들면 천정을 '턴정'으로, 정거장을 '덩거장', 정주를 '덩주', 질겁을 '디겁', 아랫목을 구태여 '아르굳' 따위로 쓰는 식이었다.
>
> – 이동순, 「白石, 내 가슴 속에 지워지지 않는 이름－子夜 여사의 회고」, 《창작과비평》, 1998년 복간호.

"우리말을 애써 생각하는 것 같았다"라는 표현처럼, 백석은 시인으로서 순간순간 평안도 사투리로 생각하고 말해보려는 치열한 훈련을 했던 것이다. 비교컨대, 서정주는 전라도 사투리로, 박목월은 경상도 사투리로, 이용악은 함경도 사투리로 독특한 시의 미학을 보여주었다. 이들에게 '향토시인'이니 '고향시인'이니 하는 표현이 훈장처럼 문학사에 기록되어 있다. 이러한 호칭을 넘어서, 백석의 사투리는 어떤 시적 공간을 겨냥하고 있다. 특히 인용한 문장에서 자야가 사투리를 '우리말'이라고 한 것은 특별한 의미가 있지 않을까.

이 시집이 나온 1936년 이후, 불과 3년 뒤부터는 모든 사물을 일본어로 호명해야 하는 창씨개명이라는 조선어의 사망시간이 기다리고 있었다. 실은 '국어(國語 = 일본어)'를 조선인에게 주입시키려는 정책은 그 이전인 1910년 조선합병이 이루어질 무렵부터 시작되었다.

1911년 조선교육령에 의해 설치된 '조선어 및 한문'이라는 과목이 있었는데, 실제로는 한문만을 혹은 한문해석을 위해 단순히 조선어를 가르치는 데에 지나지 않았다.

결국, '조선어'는 '국어(國語=일본어)' 교육을 위한 보조수단이었을 뿐이었다(이연숙, 「植民地朝鮮における'民族語抹殺政策'」, 『國語'という思想』, 岩波書店, 1996. 252면). 또한 1910년에 식민지 동화정책을 위해 작성된 「교화의견서(敎化意見書)」를 보면, 조선인을 일본인으로 '동화'시키기 어려운 네 가지 의견이 나온다. 그중에 세 번째 의견은 "그들 조선민족은 명확한 자각심을 갖고 있고" 그래서 "그 민족적 자각심은 일본민족의 동화적 감화에 최대의 장애가 된다"(이연숙, 「'同化'とはなにか」, 『國語'という思想』, 岩波書店, 1996. 259면에서 재인용.)고 지적하고 있다. 일본어를 통해 식민지인을 '동화(同化)'시키려는 시도는 아이누, 오키나와, 타이완, 조선에 시종일관되었다. 그리고 식민지인을 '일본인'으로 바꾸기 위해, 프랑스의 식민지 동화정책을 연구했던 야나이하라 타다오와 '국어'와 '국체'의 일체성을 열렬히 주장했던 야

마다 요시오[山田孝雄] 등의 연구들이 이어져 왔다. 야나이하라 타다오는 논문 「군사적·동화적인 일본과 프랑스의 식민지정책에 대한 고찰」(《國家學雜誌》 1937. 2)에서 일본어 교육의 중요성을 이렇게 지적했다.

> 타이완사람 혹은 조선사람, 아이누 혹은 남양군도 사람에게 우선 일본말을 가르치고 이를 통해 그들이 일본정신을 갖도록 해야 한다. 사회적·정치적 자유는 그들 모두가 일본어를 하고 또 일본정신을 가진 완전한 일본인이 된 다음의 일이라는 것이, 우리 식민지 원주민 동화(同化)정책의 근본정신이다.
>
> – 이연숙, 「일본어에의 절망」, 《창작과비평》, 1999년 가을. 108면에서 재인용.

일제의 식민지인에 대한 '동화정책(同化政策)'을 실행하기 위해 가장 중요한 근본은 '국어'[日本語]를 주입시키는 것이었다. 그 반대로 조선인의 민족적 자각심을 깨우치는 것, 특히 사투리를 즐겨 쓰는 방언(方言)주의는 동화정책에 맞서는 일이었다.

백석은 끊임없이 아잇적의 사물들, 동물 이름, 음식 이름, 놀이 이름 등을 조선어로 그것도 사투리로 하나하나 깨우치게 한다. 백석은 '동화적 감화에 최대의 장애'가 될 언어, 그것도 방언을 치열하게 나열한 시인이다.

1939년에 창씨개명이 시작되기 바로 몇 년 전에 고수한 백석의 방언주의는 일제의 '민족어말살정책' 앞에 내보인 시인 정신의 표상이다. 그 자신이 의도하지 않았다 하더라도, 그의 방언주의는 생생한 리얼리티와 공동체의 확인이라는 의미를 넘어 민족정신의 보존과 창조를 보여주는 것이다.

사투리의 병렬적 열거

「모닥불」은 여러 단어들이 도움토씨 '~도'와 함께 병렬적으로 열거되어 있다. 사실 열거법은 쉬운 기교로 보이나, 잘못 쓰면 도식적으로 보이고, 쓸데없고 공소(空疏)한 남발로 보이는 경우도 적지 않다. 가령, 박두진 시인은 「해」에서 열거법의 묘미를 보여준다. 또한 "아니, 절벽에서는 / 핵미사일 / 아이·씨·비·엠,/ 백 파이어, 쿠르츠, / 중성자탄 / 엠·에스 / 검정비, 푸른비, 황색비의 / 대량학살 생화학탄이 매달려 있다"(「가을 絶壁」에서)처럼 무기 이름을 무수히 열거하면서 전쟁반대를 호소하는 효과를 얻고 있다. 다만 후기 시에 가면 열거법을 너무 많이 써서 산문성이 두드러져, 조금은 허술한 모습을 보인다(김웅교, 『박두진의 상상력 연구』, 박이정, 2004, 194~202면).

김지하의 경우는 판소리 가락에 현대적인 단어를 놓아 전통의 재창조에 성공하고 있다. 가령, "예가 바로, 재벌, 국회위원, 고급공무원, 장차관이라 이름하는 / 천하흉포 오적의 소굴이렷다"며 전개되는 김지하의 「오적」은 열거법의 현대적 재창조라 할 수 있겠다. 이렇게 열거법이란 간단한 것이 아니다. 너무 공소하게 열거하면 그 시는 실패하고 만다. 사실 백석의 열거법에는 시인의 계획과 작위성이 매우 강하게 드러난다. 작위성이 지나쳐 끊어 읽어야 할 곳을 띄어쓰기로 표시한 경우도 있다.

내일같이명절인밤은 부엌에 쩨듯하니 불이 밝고 솥뚜껑이놀으며 구수한내음새 곰국이무르끓고 방안에서는 일가집할머니가와서 마을의소문을펴며 조개송편에 달송편에 죈두기송편에 떡을빚는곁에서 나는 밤소 팟소 설탕든콩가루소를먹으며 설탕든콩가루소가가장맛있다고생각한다

– 백석, 「고야」 4연에서

인용문에는 어떤 종지부나 휴지부도 없다. 이 시를 보는 것에 그치지 않고, 소리내어 읽어보면 전혀 다른 느낌이 난다. 읽다 보면 그가 의도적으로 낭독을 염두에 두고 끊어 읽어야 할 곳에 따라서 끊고 붙여 쓴 것을 알 수 있다. 시인이 끊어놓은 길이에 맞추어 읽게 되는 것이다. 그래서 백석 시를 인용하거나 연구할 때, 현대어 표기법으로 쓰인 책이 아니라 발표 당시 원문을 꼭 확인해야 한다.

「모닥불」 1연만 보더라도, 길게 열거된 사물에는 어떤 규칙이 있다. 먼저, 인간의 삶과 밀접한 온갖 사물(1연)과 이웃들(2연)의 이름이 도움토씨 '~도~도~도~도'로 조사반복(助詞反復)이 이루어지고 있다. 연결조사에는 '~과/와', '~랑' ,'~하고' 등 다양한 것들이 있지만, 그는 '~도'를 고집하여 열거하면서도 일관성을 두고, 한 단어 한 단어 분절시키고 있다. 하지만 이 시는 '~도'에서 꼬박꼬박 끊어 읽으면 안 된다. '~도'로 연결된 부분을 무조건 끊어 읽으면 시인의 의도를 무시하는 결과를 빚는다. 백석 시에는 숨겨진 내재율이 있다. 조사를 반복하며 나열시키는 기법은 백석 시에서 자주 볼 수 있다.

① 부여(夫餘)를 숙신(肅愼)을 발해(渤海)를 여진(女眞)을 요(遼)를 금(金)을,

홍안령(興安嶺)을 음산(陰山)을 아무우르를 숭가리를,

범과 사슴과 너구리를 배반하고,

송어와 메기와 개구리를 속이고 나는 떠났다.

- 「북방에서-정현웅에게」 1연

② 쌀둑과 말쿠지와 숫돌과 신뚝과 그리고 넷적과 또 열두 데석님

과 친하니 살으면서

- 「목구(木具)」에서, 《문장(文章)》, 1940.2. 148면

③ 낡은 나조반에 힌밥도 가재미도 나도나와앉아서

쓸쓸한 저녁을 맞는다.

- 「선우사(膳友辭)-함흥시초(咸州詩抄)」에서, 《조광(朝光)》, 1937.10. 212면

④ 산골집은 대들보도 기둥도 물살도 자작나무다

밤이면 캥캥 여우가 우는山도 자작나무다

그맛있는 메밀국수를 삶는 장작도 자작나무다

그리고 감로(甘露)같이 단샘이 솟는 박우물도 자작나무다

산(山)넘어는 평안도(平安道) 땅도 뵈인다는 이산(山)골은 온통

자작나무다

- 「백화(白樺)-산중음(山中吟)」 전문 , 《조광(朝光)》, 1938.3. 203면

한국어에서 주어나 목적어 뒤에는 응당 서술어가 오게 되어 있다.
또한 주격 조사나 목적격 조사가 오면 뒤에는 응당 서술어를 기대하
는 것이 읽는 이의 관성(慣性)이다. 서술어가 나오리라는 독자의 기

대를 배반하고 서술어를 숨기고 지연시킴으로, 각 항이 독립적인 성격을 유지하게 되는 것이다. 따라서 "새끼오리 헌신짝 소똥 갓신창 개니빠디"라고 쓰는 편보다 '~도'를 넣었을 때, '~도' 앞에 있는 명사를 명확히 주목하게 된다.

또한 병렬되고 있는 단어들이 모두 상황은 다르지만 연대감을 형성하고 있다는 것도 백석 시의 한 특질이다. 가령 ①은 부여와 발해와 여진이라는 공동체의 이름과 범과 사슴과 너구리 등의 동물 이름은 '북방'이라는 이름 하나로 묶여지고, ②에서 숫돌, 신뚝, 그리고 데석님은 모두 "친하게 살"아가는 일체된 존재이다. ③의 흰밥, 가재미, 그리고 나라는 세 가지는 '선우'(膳友), 즉 모두가 '음식의 친구'로 하나가 되고 있다. "자작나무다"라는 결구반복(結句反復)이 이루어지고 있는 ④에서 대들보, 기둥, 물살, 우는 산, 장작, 박우물은 모두 '자작나무'이다. 이렇게 전혀 관계없는 것처럼 보이는 존재들이 한 가지로 묶이는 것이 백석 시의 한 특징이고, 이 특징은 「모닥불」에서도 잘 나타난다.

조사로 나열되는 형태적 안정성과 일체(一體)로 모아지는 내용의 안정성은 백석 시의 특징이다. 김욱동은 "나열법(羅列法)이라고도 하는 열거법이란 무엇인가를 구체적으로 덧붙여 설명할 때 형상적으로 생동감 있게 표현할 때 주로 쓴다. 한 마디로 열거법은 문장의 어느 위치에서나 사용할 수 있지만 나열하는 낱말이나 어구 또는 문장은 반드시 논리적인 연관성을 지니고 있어야 한다"(김욱동, 『수사학이란 무엇인가』, 민음사, 2003, 236면)고 했다. 이러한 합일공동체는 「모닥불」에서 안정되게 짜인 반복의 형식과 '~도'로 연결되는 세세한 열거법에 의해 표상(表象)된다.

백석은 사투리를 열거하며 생생하게 공동체 정서를 살려낸다. 백석 시의 사투리는 만물이 화합하는 데에 확실한 현실적 기반을 제공하는 기능을 한다. 이것은 모든 인간이 염원하고 있는 이상적 세계다. 때문에 우리는 백석이 독특하게 구사하는 열거법의 매혹을 뿌리치기 어렵다.

* 유튜브 〈열거법의 마술, 백석 '모닥불'〉 참조.

윤동주가 필사한 백석 시집 『사슴』에 실린 「모닥불」 원본

모 닥 불

새끼오리도 헌신짝도 소똥도 갓신창도 개니
빠디도 너울쪽도 짚검불도 가락닢도 머리
카락도 헝겊조각도 막대꼬치도 기와장도
닭의짗도 개터럭도 타는 모닥불

재당도 초시도 門長늙은이도 더부살이아이도
새사위도 갓사둔도 나그네도 주인도 할아
버지도 손자도 붓장사도 땜쟁이도 큰개도
강아지도 모두 모닥불을 쪼인다

모닥불은 어려서우리할아버지가 어미아비없는
서러운아이로 불상하니도 몽둥발이가된 슳
픈력사가 있다

14

대조와
집중의 열거법

– 백석「모닥불」「멧새 소리」

대조적 열거

「모닥불」의 열거법에는 대조적인 규칙이 내재해 있다. 백석 시가 그저 단어를 "질서 없이 그의 곳간에 볏섬 쌓듯이 그저 구겨" 넣었다는 오장환의 평은 백석의 시를 꼼꼼히 읽지 않았다는 증거에 불과하다. 그것을 더욱 확실히 알 수 있는 것은 2연이다.

재당도 초시도 門長늙은이도 더부살이아이도 / 새사위도 갓사둔도 / 나그네도 주인도 / 할아버지도 손자도 / 붓장사도 땜쟁이도 / 큰개도 강아지도 모두 모닥불을쪼인다

인용자가 표기한 부분(/)을 나누어 읽어보자. 존경받는 어른인 재당, 초시와 비교되는 소외된 "門長늙은이"와 더부살이 아이가 대조된다. 여기서 백석이 문장 '어른'이나 '노인'이 아니라 문장 '늙은이'라고 한 점도 주목해야 한다. 노인을 '늙은이'라고 부를 때는 조금

부정적인 의미가 삽입되기 마련이다.

"늙은이가 괄시는 해도 아이들이 괄시는 안 한다", "늙은이 뱃가죽 같다", "늙은이 잘못하면 노망으로 치고 젊은이 잘못하면 철없다 한다"라는 표현처럼, 우리말에서 '늙은이'라는 표현은 다소 부정적인 뉘앙스를 갖고 있다. 또한 '늙은이'는 주류에서 소외된 인물이다. 따라서 백석이 표현한 '문장 늙은이'라는 인물은 어른이기는 하지만 존대를 못 받는 인물이었을 것이다. 하지만 그러한 늙은이도 더부살이 아이도, 사회를 이끌어가는 주류층과 함께 불을 쬔다. 사회의 주류인 '재당과 초시'도 비주류인 '門長늙은이도 더부살이 아이'도, 이렇게 대조적인 양자가 함께 불을 쬔다. 사실 2연에 나오는 인물들은 모두 평범하거나 소외받는 존재들이다. 이어서 '새사위 : 갓사둔', '나그네 : 주인', '할아버지 : 손자', '붓장수 : 땜쟁이', '큰개 : 강아지'가 대비되고 있다. 백석은 차별과 소외라는 관념을 모닥불로 태워버린다.

대조법(對照法, contrast)은 서로 상반되거나 모순되는 어구를 연결하여 대비(對比)의 느낌을 강조하는 동시에, 그 대비와 대립 자체가 또 하나의 통일을 이루게 하는 수사법이다. 은유법이나 직유법이 유사성을 찾아내는 수사법이라면, 대조법은 대립관계나 모순관계를 밝혀내는 수사법이라고 할 수 있다. 백석은 이렇게 대비와 대립물을 나열하여, 그 자체에 '하나의 통일'된 의미를 지향하고 있다. 대립되어야 할 대상물들이 '~도'라는 조사로 나란히 열거되면서 이질적인 것들이 전혀 이질적이지 않은 것처럼 보이고 있는 것이다. 이렇게 백석이 지향하고 있는 것은 서로 함께하기 어려운 인물들이 어울려 신분이나 서열이 무화(無化)되는 '화합의 공동체'이다. 이 뜻을 전하려고 그는 "비교 〉 대조 〉 대구 〉 모순" 어법 중에 가장 쉬운, 낮은 차원의 비교와 대조법을 쓰고 있다.

백석 시에서는 "소리없는 아우성"(유치환,「旗ㅅ발」) 같은 높은 차원의 모순어법(矛盾語法, axymoron)을 찾아보기는 어렵다. 그만치 그는 사람들에게 자신의 의도를 쉽게 전하고 싶었던 것이다. 그러나 이러한 대조적인 반복은 「모닥불」의 2연에 나오는 현상일 뿐, 백석 시 전체에 해당되는 사실로 일반화하기는 어렵다.

백석은 단순히 대상을 나열하는 데 그치지 않고, 하나의 공간을 창조해내려는 의도적인 리듬을 보여주고 있다. 그 리듬 안에는 누구나 다 보편적으로 경험하고 있는 원초적인 고향의 토속 세계와 그 속에서 화합된 공동체가 담겨 있다. 이만치 백석의 열거법은 의도적이고 계산된 것이다. 당대 시인인 오장환이 "질서없이 그의 곳간에 볏섬 쌓듯이 그저 구겨" 넣었다고 틀린 말을 할 정도로, 자연스럽게 그 규칙을 숨기고 눙치는 기술이 바로 백석 시의 미덕 중 하나다.

확산과 집중의 열거

「모닥불」의 열거법은 확산되면서도 한 곳으로 모이고, 모였다가 다시 확산되며, 확산과 집중을 반복하는 역동성(力動性)을 보인다. 이렇게 민속적인 세계가 불러일으키는 묘한 활기(活氣)를 우리는 백석 시에서 만나게 된다. 짧은 시 한 편을 보자.

첨아 끝에 명태(明太)를 말린다
명태는 꽁꽁 얼었다
명태는 길다랗고 파리한 물고긴데

꼬리에 길다란 고드름이 달렸다

해는 저물고 날은 다 가고 별은 서러웁게 차갑다

나도 길다랗고 파리한 명태다

문(門)턱에 꽁꽁 얼어서

가슴에 길다란 고드름이 달렸다.

― 백석, 「멧새 소리」 전문, 《여성》, 1938. 10.

이 시에 '멧새'는 나오지 않고 처마 끝에 꽁꽁 매달려 얼어붙어 있는 명태만 재현된다. 기다란데 얼기까지 했기에 더욱 파리하게 보인다. 독자는 꽁꽁 얼고, 길고, 파리하기만 한 명태의 이미지에 점점 빠져들게 된다. 그래서 제목이 당연히 명태가 될 것만 같은데, 시의 제목을 다시 보면 뜬금없이 '멧새 소리'다.

멧새는 17센티미터 정도의 크기로 언뜻 보면 참새처럼 보인다. 시베리아, 만주, 중국 등의 추운 곳에 분포해 있다. 독자들은 멧새 '소리'라는 제목을 보면서 청각적 이미지를 떠올릴 수밖에 없다. 시 자체는 흑백의 이미지로 채워져 있는데, 시를 읽고 난 뒤, 다시 제목을 보면 아침의 싸늘함을 깨는 듯한 멧새 '소리'의 청각적 효과를 떠

한국의 텃새인 멧새.

올리게 되는 것이다. 고드름과 검은 명태라는 한 장의 흑백사진, 그 탁월한 시각 효과에 갑자기 멧새 소리라는 청각 효과를 주어, 전혀 새로운 생기(生氣)를 밀어넣는다. 백석은 시각적 이미지로 확산의 열 거법을 쓰다가, 멧새 소리라는 청각 이미지로 일시에 의미를 집중시 킨다. 제목을 읽은 독자는 시각적 이미지와 청각적 이미지 사이의 공감각(共感覺) 속에 함몰(陷沒)되는 것이다.

이 시에는 1938년 영생고보를 그만두고 함흥에서 보금자리를 틀 지 못한 채, 깊은 산중에까지 떠돌이 생활을 했던 백석의 빈궁한 처 지가 엿보인다. **"나도 길다랗고 파리한 명태다"**라고 했듯이, 서울로 올라오기 전, 백석은 궁핍하기 이를 데 없었다. 같은 잡지 같은 달에 발표된 시 「가무래기의 樂」에서는 **"빚을 얻으려 나는 왔다"**는 표현이 나온다. 이어서 4행에 **"가무래기도 나도 모도 춥다"**며 자신의 신세를 뒷간거리의 가무래기(가무락조개, 가무라기, 모시조개)로 비유하는 표현까 지 나온다. 따라서 '첨아'(처마) 끝에 매달린 명태는 영락없이 추운 문 간방에 기거하는 백석 자신이었다. 백석은 얼어붙은 명태인 동시에, 멧새의 외침을 토할 수밖에 없는 쓸쓸한 존재였다.

물론 그는 곧 서울로 가서 자야를 만난다. 당시 자야 여사의 증언 에 따르면 "그 시절 우리 둘은 참으로 행복하였다"(이동순, 「白石, 내 가 슴 속에 지워지지 않는 이름—子夜 여사의 회고」, 앞의 책. 339면)고 한다. 남들 이 볼 때 학교에서 쫓겨난 명태 같은 처지일지 모르나, 백석은 창(唱) 를 잘하는 자야의 '멧새 소리'를 그리워했는지 모른다. 멧새 소리는 백석 자신일 수도 있고, 자야의 노래에 대한 그리움일 수도 있겠다. 필자가 주목하고 싶은 것은 시각적 이미지의 나열을 청각적 이미지 로 순식간에 치환시키고 응축시킬 수 있는 백석의 솜씨이다.

그는 시 속에서 동화를 이야기하다가 민담을 삽입하기도 하고, 굿 장면을 슬쩍 끼워놓기도 한다. 「가즈랑집」 「고야」 「여우난곬족」에서 산만하게 흩어져 있는 사람, 귀신, 짐승, 무당도 실은 '혼돈의 통합'을 향하고 있다. 산만하게 개인적인 체험을 얘기하고 있지만 어느덧 강하게 전체적이고 집단적인 것을 불러일으킨다. 여기에 그의 시가 갖고 있는 역동적 흡입력이 있다.

다시 「모닥불」로 돌아가자. 이 작품의 3연은 각기 의미에 따라 나누어져 있다. 1연에서는 모닥불에 타오르는 사사로운 사물들이 열거되고 '모닥불'이라는 명사로 끝난다. 2연에는 '가족 공동체'의 상징들이 함께 '모닥불을 쪼인다'는 표현으로 끝난다. 3연에서는 모닥불 속에 숨겨진 '몽둥발이의 슬픈 역사'가 나타난다.

> 모닥불은 어려서 우리할아버지가 어미아비없는 서러운아이로
> 불상하니도 몽둥발이가된 슯븐력사가있다

시집 원문을 보면 인용문처럼 3연은 띄어쓰기가 제대로 안 된 듯이 보인다. 백석이 띄어쓰기를 몰랐을까. 당시 띄어쓰기 논의가 몇 차례 있었고, 신문기자였던 백석이 띄어쓰기를 모를 리 없다. 이렇게 띄어 쓴 이유는 "우리할아버지가" 잠시 쉬고 "어미아비없는" 또 잠시 쉬고, 천천히 생각하며 읽어달라는 요구일 것이다.

여기서 우리는 상당히 서사적(敍事的) 표현에 부닥치게 된다. 백석은 시 이전에 《조선일보》에 단편소설로 등단했고 3편의 단편소설과 수필 등을 발표해온 작가이다. 그만치 그의 상상력에는 서사적인 동기가 있다. 백석 시에는 거의 모두 '이야기(Narrative)'가 있다. 주목

할 것은 3연에 '어미아비 없는 서러운 아이가' 불쌍하게도 추운날 모닥불을 쬐다가 '몽둥발이'가 된 궁핍하고도 '슬픈 역사'라는 이야기이다.

화자인 할아버지는 어버이를 여읜 '서러운 아이'로 불쌍하게 자라났다. 흔히 몽둥발이란, 손발이 불에 타버려 몸뚱아리만 남은 상태를 말한다. 그래서 '몽둥발이'는 '일가친척이 아무도 없는, 달랑 몸만 남은 고아'로 해석해왔다. 몽둥발이를 발가락이 못쓰게 되거나 오그라져서 펴지 못하게 된 발이라고 해석하여 '고아이던 할아버지가 어린 시절 엎친 데 덮친 격으로 모닥불에 화상을 입어 불구가 되었다'(유종호, 「시원 회귀와 회상의 시작」, 《문학동네》, 2002)고 유종호는 해석한다. 이 해석은 시를 더욱 생생하게 현실감 있는 풍경으로 살려낸다. 그렇다면 추운 겨울날 모닥불을 피워놓고 잠들었다가 그 '서러운 아이'의 발가락이 다 타버려 '몽둥발이'가 되었다는 이야기다. 물론 '몽둥발이'는 실제하는 인물이 아닌 불구의 역사를 상징하는 표현일 수도 있다.

다만 단정해서 시를 읽을 때, 그 상징성이 축소될 수도 있다. 그가 어떻게 하여 몽둥발이가 되었는지 그 과정은 생략되었다. 몽둥발이가 어떤 과정을 통해 몽둥발이가 되었는가, 그 과정보다 중요한 것은 몽둥발이가 체험한 **"슬픈 역사"**라는 대목에 있다.

백석은 슬픈 일기, 슬픈 팔자, 슬픈 인생이라 하지 않고, 슬픈 '역사(歷史)'라고 썼다. 한 명의 할아버지 이야기를 넘어 더 큰 담론(談論)을 겨냥하고 있는 것이다. 성급하게 민족주의를 말한다면 시가 너무 단순해진다. 그러나 분명한 것은 백석이 한 개인이나 마을을 넘어 '어미아비 없는' 할아버지의 '슬픈 역사'를 말하고 있다는 점이다. 개인사가 아니라 슬픈 '역사' 혹은 공동체의 역사를 겨냥하고 있다는 점은, 백석이 1연과 2연을 통해 재당, 초시, 늙은이, 더부살이 아이, 나그네 등 수많은 인물들을 개별적으로 열거하는 데에서 생생한 의미를 얻는다. 여기서 나라를 빼앗긴 우리의 '슬픈 역사'를 말한다고 해서 확대해석이라고 반대할 수는 없다. 그만치 백석 시는 역사적인 의미를 품고 있다. 이렇게 '몽둥발이'라는 단어는 이 시의 단조로운 '가난의 열거법'을 충격적으로 마무리하는 상징어이며, 열거법의 확산을 집중 응축시킨다. 윤동주는 1937년에 「모닥불」을 필사하고, 이듬해 1938년에 「슬픈 족속」을 썼다. 「슬픈 족속」에 나오는 '슬픈'이라는 단어는 「모닥불」에 나오는 마지막 '슬픈' 역사에서 영향을 받았을 수도 있겠다.

　백석이 「여우난곬족」에서 일가 친족 간의 화합과 신화와 현실과의 화합을 보여주었듯이 「모닥불」은 만물 화합의 높은 정신을 품고 있다. 추운 겨울일수록 비싼 장작불이 아닌 모닥불은 '슬픈 역사'를 떠올리고 상처를 위로받는 '치료의 공간'이 되는 것이다. 불꽃처럼 훈훈한 인정이 감도는 모닥불 앞에 서 있던 고아였던 할아버지의 슬픈 이야기에는 세상으로부터 버림받지 않은 속 깊은 이야기가 숨어 있는 것이다. 이때 '모닥불'이란 단순히 자질구레한 쓰레기를 태우는 소재가 아니라, 공동체의 부활을 염원하는 불길이 된다. 이렇게 백석 시는 그 형태가 단순히 확산되어 보이나, 내면적으로는 집중되어 있다. 외면과 내면의 울림을 통해, 집중과 확산의 주름을 반복하는 유기성을 보이고 있다. 시적 역동성(力動性)이 느껴지는 이유도 이러한 까닭일 것이다.

열거법의 조정

이제 백석의 열거법을 정리해보자. 「모닥불」에서 평안도 사투리는 생생한 현장감을 주는 데 쓰인다. 사투리는 민족의 원형의식을 회억(回憶)시키는 기능을 한다.

1연은 병렬적 열거법을 보여준다. 사물(1연)과 이웃들(2연)의 이름이 도움토씨 '~도~도~도~'로 조사반복(助詞反復)이 이루어지고 있다. 주격 혹은 목적격 조사가 오면 뒤에는 서술어가 온다는 독자의 기대를 배반하고 서술어의 출현을 지연시킴으로써, 각 항이 독립적인 성격을 유지하는 것이다. 또한 나열된 단어들이 모두 상황은 다르지만 연대감을 형성하고 있다는 것도 백석 시의 한 특질이다.

2연은 대조적인 언술들이 짝을 이루며 열거되고 있다. 이는 대조적인 의미의 열거를 통해 작가가 의도하는 화합의 세계를 지향하고 있음을 보여준다. 「모닥불」의 열거법은 그저 의미를 확산시키는 역할을 하는 것이 아니라, 집중시키는 동시에 확산과 응축을 오가는 역동성(力動性)이 있음을 살펴보았다.

마지막으로 백석이 열거법을 어느 때까지 썼는지 살펴보자.

보통 백석 시를 세 단계로 나누어 설명한다. 첫 시집 『사슴』을 낸 초기 문학세계(1930~1936), 『사슴』을 낸 이후의 중기 문학세계(1936~재북 이전), 그리고 북한에서 활동하며 번역과 아동문학 작품을 발표했던 후기 문학세계(재북~)로 나뉜다.

이 글에서 논했던 「모닥불」의 과다한 열거법은 첫 시집 『사슴』이후에는 급속히 줄어든다. 그의 피폐하고 우수에 찬 정신세계는 초기 시 「모닥불」과는 다른 모습으로 나타난다.

이 때 나는 내 뜻이며 힘으로, 나를 이끌어 가는 것이 힘든 일인
것을 생각하고,

　　이것들보다 더 크고, 높은 것이 있어서, 나를 마음대로 굴려 가
는 것을 생각하는 것인데,

　　이렇게하여 여러 날이 지나는 동안에,

　　내 어지러운 마음에는 슬픔이며, 한탄이며, 가라앉을 것은 차츰
앙금이 되어 가라앉고

― 백석, 「南新義州 柳洞 朴時逢方」 부분, 《學風》, 1948. 10.

　　평안도 사투리를 나열하던 초기 문체를 위 시에서는 찾아볼 수가
없다. 백석은 만주시절에 10여 편의 시를 국내의 잡지에 발표했다.
대개 40년 초부터 41년 4월까지 1년 남짓 사이에 쓴 그 시들은 역
사에 대한 가책과 회의 그리고 고향 상실감과 운명론적 세계관을 보
여준다. **"아득한 옛날에 나는 떠났다"**로 시작해서 망해가는 민족사를
슬프게 노래한 「북방에서」(1940)나 이역생활의 쓸쓸함과 망향의 그
리움이 짙게 배어 있는 「흰 바람벽이 있어」(1941), 「두보나 이백같
이」(1941) 같은 시들이 그 예다. 『사슴』에서 자기 고향 얘기를 적을
때는 독자를 대상으로 했기에 고향의 사물들을 길게 나열했을 것이
다. 그런데 자기 내면의 시로 변해가면서, 평안도 방언을 생생하게
나열하며 '우리'가 살던 공동체를 회감(回感)시키려 했던 초기 시의
창작법이 무의미하게 된 것이다. 그는 초기 시에서 점점 벗어나 더
보편적 언어로 나아간다. 자기 내면이 가장 중요한 것이었기 때문에
시인으로서 거기에 충실했다고 할 수 있겠다. 더욱 중요한 것은 그
의 열거법이 사라진 것이 아니라, 그것이 언술 속에 내면화되었다는

분석이다.

잘 알려져 있듯이, 윤동주가 쓴 열거법 중에 백석이 끼친 영향은 너무도 확실하다. 백석이 《문장》 1941년 4월호에 발표한 「흰 바람벽이 있어」의 한 구절이 윤동주의 「별 헤는 밤」의 한 구절과 비슷하다. 열거법으로 나열되어 있는 단어의 뉘앙스가 비슷하다. 백석이 "가난하고 외롭고 높고 쓸쓸"한 마음과 윤동주의 "별 하나의 추억과 사랑과 쓸쓸함"을 논하는 정조는 매우 닮아 있다. 아닌 게 아니라, 윤동주는 백석의 시집 『사슴』을 보고 놀라운 반응을 보였다. 『사슴』을 필사하면서 "생각할 작품이다", "그림 같다", "좋은 구절이다"라고 써 놓은 것을 볼 수 있다.

윤동주가 1935년 가을 평양 숭실중학교로 옮길 때, **"이즈음 백석 시집 『사슴』이 출간되었으나, 백부 한정판인 이 책을 구할 길이 없어 도서실에서 진종일을 걸려 정자(正字)로 베껴내고야 말았습니다"**(윤일주, 「先伯의 生涯」, 『하늘과 바람과 별과 詩』, 정음사, 1955)라는 증언을 보아도 알 수 있다. 백석 시의 그늘[影響]은 윤동주의 시, 나아가 현대에 이르러 신경림, 안도현, 김명인, 안상학 시인의 시 등에서도 나타난다.

백석은 언어를 나열하여 과거를 되살려내고 그 언어에 새로운 의미의 빛을 준다. 시인은 무수한 언어 창고에서 단 하나의 유일어(唯一語)를 골라, 바둑판에 바둑알 놓듯 놓아야 한다는 본보기를 「모닥불」을 통해 남겼다.

　* 유튜브 〈열거법의 마술, 백석 '모닥불'〉 참조.

15

왜 임화는
백석 시를 혹평했나

　백석의 외모를 본 사람들은 놀랐다고 한다. 시인이라기보다 연예인 같다고나 할까. 요즘 말로 하면 홍대 클럽에서 볼 수 있는 최신 패션의 청년이라고 할까. 시 쓰는 시인의 풍모라기보다는 댄스나 즐길 곱슬머리 제비족 같았던 모양이다. 백석의 시집 『사슴』은 그의 풍모와 달리 토속적 풍물을 재현하여 모더니스트 김기림을 놀라게 했다.

　녹두빛 '더블부레스트'를 젖히고 한대(寒帶)의 바다의 물결을 연상시키는 검은 머리의 '웨이브'를 휘날리면서 광화문통 네거리를 건너가는 한 청년의 풍채는 나로 하여금 때때로 그 주위를 '몽·파르나스'로 환각시킨다. 그렇건마는 며칠 전 어느 날 오후에 그의 시집 『사슴』을 받아들고는 외모와는 너무나 딴판인 그의 육체의 또 다른 비밀에 부딪쳤을 때 나의 놀램은 오히려 당황에 가까운 것이었다.

– 김기림, 「『사슴』을 안고」, 《조선일보》 1936.1.29.

김기림은 모던한 백석과 향토적인 시집 사이에서 당황한다. 모던보이 백석이 지나치면 그 주변 공기마저 바꾸었던 모양이다. 백석과 있으면 그 주변이 파리 남부, 센 강 왼쪽의 큰길가에 있는 번화가이며, 1920년대 에콜 드 파리의 중심이 된 곳으로 레스토랑, 카페, 극장 따위가 많은 몽파르나스(Montparnasse) 거리로 보일 정도였다고 한다.

'토속적'인 백석의 시는 당시 도시적 풍물 재현에 몰두했던 김기림, 정지용 등이 보여주었던 모더니즘과 전혀 다르다. 무엇보다도 백석의 시는 반(反)도시적이며, 산촌 지향적이다. 시집 『사슴』에는 33편의 시가 수록되어 있으나, 도시문명과 도시감각이 보이는 시는 단 한 편도 없다. 식민지인으로서 모국어로 작품을 썼고, 낙후된 촌락을 작품의 대상으로 삼았다는 제임스 조이스처럼, 백석도 조선어 그것도 평안도 사투리로 가난한 공동체를 시에 담았다.

에그조티즘과 모더니즘

백석이 평안도 사투리를 즐겨 쓰고, 조선의 풍물을 시에 나열하는 데에 대해 여러 평가가 있다. 마치 간장이나 고추장 팔듯이, 자기 문학을 장식하려고 조선 풍물을 과도하게 장식하는 것 아니냐는 비판도 가능할 것이다.

식민지 지식인이 지나치게 토속성을 강조하는 것에 대해 임화(林和, 1908~1953)는

시인 임화

우려했다. 먼저 **"월전(月前)에 간행된 백석 씨의 시집 『사슴』 가운데 나타는 향토적 서정시는 우리들에게 좋은 교훈을 준다"**는 임화의 글을 조금 길지만 인용한다.

『사슴』 가운데는 농촌 고유의 여러 가지 습속, 낡은 산림, 촌의 분위기, 산길, 그윽(한) 골짝 등의 아름다운 정경이 시인의 고운 감수력을 가지고 객관적으로 노래되고 있다. 백석 씨는 분명히 아름다운 감각과 정서를 가진 시인이다. 더욱이 이 시인의 방언에 대한 고려와 그 시적 구사는 전인미답(前人未踏)의 것이라 해도 과언은 아니리라.

그러나 우리들이 냉정하게 이지(理智)로 돌아갈 때 시집 『사슴』을 일관한 시인의 정서는 그리 객관적인 태도에 불구하고 어디인지 공연히 표시되지 않은 애상(哀傷)이 되어 흐르는 것을 느끼지 아니치는 못하리라.

그곳에는 생생한 생활의 노래는 없다. 오직 이제 막 소멸하려고 하는 과거적인 모든 것에 대한 끝없는 애수(哀愁) 그것에 대한 비가(悲歌)이다. 요컨대 현대화된 향토적 목가(牧歌)가 아닐까? 『사슴』의 작자가 시어상에서 일반화되지 않은 특수한 방언을 선택한 것은 결코 작자 개인의 고의(固意)나 단순한 취미도 아니다.

나는 이 야릇한 방언을 『사슴』에 표현된 작자의 강렬한 민족적 과거에의 애착이라 생각고 있다.

이 난삽한 방언은 시집 『사슴』의 예술적 가치를 의심할 것도 없이 저하시킨 것이라 믿으며, 내용으로서도 이 시들은 보편성을 가진 전조선적인 문학과 원거리(遠距離)인 것이다.

– 임화, 「문학상의 지방주의 문제」, 《조광》, 1936.10. (『임화문학예술전집 평론1』, 신두원 책임편집, 소명출판, 2009. 719~720면 재인용)

앞부분에서 임화는 시집 『사슴』을 '전인미답의 것'이라 평가하지만, 그저 '새로운 시도'라는 평일 뿐이지 "생생한 생활의 노래가 없"는 에그조티즘(exoticism, 異國主義)에 지나지 않는다는 차가운 비평이다. 이러한 지적은 그때나 지금의 백석에 대한 절대적 호평을 생각하면, 충격적이기까지 하다. 백석의 야릇한 방언은 '난삽한 방언'에 불과하며, 그것은 "예술적 가치를 저하시킨 것"이라고 지적하고, 조선적 보편성과도 떨어진다고 지적한다.

여기서 좀 더 입체적인 비평을 위해 백석보다 13년 뒤에 태어난 프란츠 파농의 시각과 비교해보자. 파농은 공교롭게도 아프리카의 신비적 샤머니즘을 작품에 나열하는, 프랑스 유학을 다녀온 아프리카 작가들의 작품에 대해 이렇게 비평한다.

신화적이고 주술적인 분위기는 내게 두려움을 안겨주며, 그것은 명확한 현실의 형태를 취한다. 나를 두렵게 함으로써 그것은 나를 내 지역 내 부족의 전통과 역사 속에 통합시킨다. 또한 그것은 나를 안심시키고 마치 신분증명서처럼 내게 특정한 지위를 부여한다. 저개발국에서 그런 초자연적 분야는 전반적으로 주술이 지배하는 공동체에서 많이 볼 수 있다.

– 프란츠 파농, 남경태 역, 『대지의 저주받은 사람들』(그린비, 2004). 76~77면

이 글에서 파농은 네그리튀드(Negritude) 운동을 주창하면서 아프

리카의 주술적 종교를 절대화하는 프랑스 유학파 원주민 지식인들을 비판한다. '네그리튀드'란 '흑인성' 또는 '흑인다움'으로 번역된다. 1930~50년대에 파리에 살던 프랑스어권 아프리카와 카리브해 출신의 작가 에메 세자르(Aime Cesaire)와 레오폴 세다르 상고르(Léopold Sédar Senghor) 등이 주창한 네그리튀드 운동은 프랑스의 식민통치와 동화정책에 저항하여 일으킨 문학운동이었다. 그들은 단순히 주술적인 내용을 작품에 담기 좋아할 뿐이라는 것이다. 그것을 통해 공동체의 일원이라고 안심한다는 것이다. 파농은 '이주자 지식인'의 글에 잘 나타나는 에그조티즘을 차갑게 비평했다.

> 그저 눈에 보이는 문화 유물 몇 가지를 아무렇게나 나열한다고 해서 식민주의가 부끄러워 안색을 붉히리라고 기대해서는 안 된다. 원주민 지식인은 문화 유물을 만들어내려고 애쓰지만, 실상 그 순간에 그는 자기 나라가 아닌 외부에서 차용한 낯선 기술과 언어를 이용하고 있다는 것을 알지 못한다. 그는 단지 그 도구들에 민족적이기를 바라는 검인을 찍는 데 만족한다. 그러나 그것으로 낯선 이국적 분위기를 제거할 수는 없다. 문화적 업적 덕분에 자기 민족에게 돌아온 원주민 지식인은 사실상 외국인처럼 처신한다. 이따금 그는 서슴없이 사투리를 쓰면서 최대한 민중에게 가까이 접근하려는 의지를 보이기도 한다. 그러나 그가 표현하는 생각과 품고 있는 선입견은 조국의 사람들이 익히 아는 실제 상황과는 아무런 공통의 요소가 없다.

– 프란츠 파농, 앞의 책, 253면

유럽인의 요구에 따라 아프리카 풍물을 나열하지만 사실 '이주민 지식인'의 글에는 아프리카 **"사람들이 익히 아는 실제 상황과는 아무런 공통의 요소가 없다"**는 비판이다. 유럽인들에게 팔아먹으려고 아프리카 풍물을 이용한다는 비판도 가능할 정도다.

인용문에서 '그'나 '원주민 지식인'이란 단어에 '백석'을 넣어 읽으면 백석 시에 대한 생각이 전혀 달라진다. 토속성의 재발견에는 오리엔탈리즘이 개입될 수 있는 것이다. 식민지 이주민의 눈으로 식민지의 원주민 문화를 바라보는 것이 아닌가 하는 혐의를 일으키는 것이다. 토속적 풍물의 나열이나 "서슴없는 사투리"까지도 실제상황과는 아무런 공통의 요소가 없다고 비판하는 파농의 자세는, 백석의 『사슴』이 에그조티즘적이라고 비판한 임화의 자세와 유사하다.

토속적인 단어만을 나열한다고 해서 민족적인 것은 아니라는 파농의 지적은 예리하다. 토속적인 단어를 나열하는 것이 모더니즘과 상반된다고만은 할 수 없다. 특히 시에서 용언은 표준어로 쓰면서, 체언은 낯선 평안도 단어를 골라 나열하는 '내적 발상법'은 '낯설게 하기'를 추구하는 모더니즘적 연상법과 닮아 있다고도 할 만하다. "모더니스트 형식의 특징은 희극적인 것과 비극적인 것, 고상한 것과 저속한 것, 평범한 것과 이국적인 것, 익숙한 것과 낯선 것을 이상할 정도로 병치한 것"(에드워드 사이드, 정정호·김성곤 역,『문화와 제국주의』, 창, 1995. 336면)이기 때문이다.

가령 백석이 평안도 방언을 쓸 때 용언은 표준어로 썼다는 사실은 그가 '죽어가는[死語化]' 방언의 운명을 알았다는 것이고, 그 반대로 체언은 평안도 사투리로 병치해서 쓴 자세에서 우리는 식민지적 모더니스트의 혐의를 느낄 수 있다. 물론 자유의식의 흐름대로 글을 썼던 제임스 조이스의 창작 방법론이 백석에게서도 보인다고 말하는 이들도 있다. 가령, 「모닥불」의 나열법을 "곳간에 마구 단어를 구겨 넣었다"라고 오장환은 비판했지만, 「모닥불」의 나열법은 비교적 계산되어 있다. 김용직은 백석의 시에서 제임스 조이스의 창작방법론인 '의식의 흐름'이 있다고 평가했다.

서북의 풍물을 시에 담아낸 백석의 시는 민족의식과 완전히 일치된 작품인가, 아니면 그저 지방문화를 관조적으로, 유학 다녀온 눈으로 본 '에그조티즘의 문학'인가, 그 답은 읽는 이의 판단에 따라 다를 수 있겠다. 임화는 백석 시에 '모더니즘적 혹은 에그조티즘적 요소'가 분명히 있다고 보았다. 그렇다고 백석을 본질적으로 식민주의적 모더니스트라고 규정하기에는 성급하지 않은가.

백석 문학의 형성

백석의 작품에서 기독교적인 상징을 찾아보기는 쉽지 않다. 굳이 말하자면 신과 우주와 인간이 완전히 화합을 이룬 공동체를 그린 정도라고 할까 싶다.

앞서 백석의 번역글을 소개하면서, 백석이 아일랜드 작가의 모더니즘적 기법을 소개한 것이 아니라, 아일랜드 작가들이 가난한 지방과 그 지방의 사투리에 주목했던 시각을 소개했다는 것을 살펴보았다. 그가 경험했던 아일랜드 문학은 그에게 모더니즘의 기술을 가르쳐준 것이 아니라, 주변인들의 방언 문학의 중요성을 일깨워주는 예가 되었다. '영어=본국어'에 '아일랜드어=아일랜드 문예운동'으로 저항했던 아일랜드의 문예운동이 백석 시에서 '조선어=평안도 사투리=(민족)공동체'로 전이된 것은 아닐까.

파농과 임화와 에드워드 사이드의 시각에 따르면, 백석은 모더니티적 시각에서 식민지인의 일상을 껍데기만 드러낸 식민지 지식인이라고 비평할 수 있겠다. 백석의 이러한 태도에 대해, '어머니 외에 백석을 가장 잘 안다'고 자부하는 자야 여사의 증언이 백석의 일본 유학 이후를 짐작케 한다.

> 시는 충신의 혼이 있어야 해요. 한용운의 시에는 있는데 대부분 막걸리에 물탄 거같이 밍밍해. 난 백석을 당시 풍속도를 그려낸 애국자로 봐요. 어려운 시절에 영문학을 버리고 조선문학을 하고, 평안도 토속언어를 남긴 게 충신의 혼이에요.…(중략)…이시카와를 존경해서 본명이 백기행인데 필명에 석자를 넣은 것 같아. 팔베개를 하고 그 사람 시를 많이 읽어줬어요. 하지만 백시인은 창씨개명을 거부해 만주의 한 회사에서 「화이어(해고)」당하고, <u>말이 없는 사람인데도 일본인이 한국말 없앤다는 얘기를 들으면 성을 발칵 냈어요.</u>
>
> ─ 류시화, 앞의 기사

자야 여사는 1936년 일본 유학을 마치고 돌아와 백석을 만났다. 금광을 하다 파산한 친척 때문에 기생이 된 자야는 함흥의 함흥관으로 갔고, 귀국해서 함흥 영생고보 교사로 갔던 백석은 그 자리에서 자야에 반해, 1939년 섣달 만주로 떠날 때까지 서울 청진동에서 자야와 지냈다. 자야 여사의 증언은 그 배경으로 말미암아 더욱 의미 있게 다가온다.

백석은 일본을 유학하면서 무비판적으로 서구 사상을 받아들이지 않았다. 겉으로는 완벽한 모던 보이였지만, 그에게 일본 체험은 오히려 그의 공동체 의식과 평안도 사투리 문학의 중요성을 더욱 강화시키는 계기가 되었다고 할 수 있다. 그러한 몰입에는 도쿄에서 유학하면서 자기도 모르게 원주민 풍물을 신기하게 재발견하는 에그조티즘 혹은 오리엔탈리즘적 태도가 개입되어 있을 가망성도 있겠다. 고향 평안도에서 백석이 체득했던 것은, 일본이나 어떠한 다른 영향에 의해 변하지 않는 원체험이었다는 사실은 분명하다. 그와 동시에 그의 시와 삶에 숨겨진 식민지 지식인의 분열된 자아도 무시할 수는 없다.

* 유튜브 〈백석과 임화, 에그조티시즘과 네그리튀드〉 참조.

16

백석의
짧은 시를 읽은 동주

– 백석 「산비」, 「비」, 「노루」 윤동주 「비둘기」「못 자는 밤」

우주적 화합, 산비

제목을 '山비'라고 쓴 것에 주목해야 한다. 그냥 비가 아니라 '산 (山)'에서 일어나는 현상을 예민하게 드러낸 작품이다. 다시 '山뽕닢' 이라 하여 산을 강조한다. '山'을 두 번 강조하면서 이 시에서 화자는 삭제된다. 시인은 화자를 없애고 '산'에서 일어나 는 일만 드러낸다.

산뽕잎에 빗방울이 친다. '친다'는 말 은 세차게 내리는 상황을 뜻한다. 시각 뿐만 아니라 청각도 자극하는 단어다. 산비가 세차게 내리는 숲에서 작은 누 리끼리의 연쇄 반응이 일어난다.

산뽕잎에 산비 빗방울이 치고, 멧비둘 기가 날아오르고, 자벌레가 멧비둘기 켠

을 본다. 이 연쇄반응은 그냥 일어나는 것이 아니라, 연결고리에서 미묘한 상상을 일으킨다. 그 고리는 산비가 내리자 많은 만물이 연이어 정동(情動)하는 상황이다.

산비가 내리자 산뽕잎이 깨어난다. 산뽕잎이 흔들리자 멧비둘기가 "낤다"라고 한다. "낤다"는 일어나다의 옛말이다. 날기 전에 일어나려는 순간을 주목하는 동사다. 멧비둘기가 일어나 날아오르려 하는 순간 자벌레가 반응한다.

위장술이 뛰어난 자벌레는 몸을 움츠렸다 폈다 하면서 나아간다. 마치 손마디로 한뼘 두뼘 길이를 재는 것 같다 하여 영어로 인치웜(inchworm)이라고 한다. 자벌레는 이동하다가 위협을 느끼면 나뭇가지에 붙어 몸을 꼿꼿하게 세워 나뭇가지인 척한다.

이 시에서 재미있는 것은 멧비둘기 켠을 보는 자벌레의 반응이다. 나무를 베어내고 남은 밑동인 **"나무등걸에서"** 위장하고 있던 자벌레가 즉각 반응한다. 위장하고 있던 **"자벌레가 고개를 들었다 멧비둘기 켠을"** 보는 까닭은 비둘기가 자기를 잡아먹을까 염려해서 하는 동작이 아닐까. 백석 시 곳곳에서 나타나는 명랑성이 돋보인다.

3행 모두 "~다"로 끝나지만 2행까지는 차분한 분위기이다. 갑자기 3행에서 호흡을 길게 하면서, 상황을 급박하게 한다. "고개를들었다 멧비둘기켠을본다"를 띄어쓰지 않고 붙여 써서, 급박하게 동시에 일어나는 상황을 표시했다. 「산비」는 우주적 상상력이 드러나는 짧은 작품으로 윤동주 시 「비둘기」를 떠올리게 한다.

안아보고 싶게 귀여운
산비둘기 일곱 마리

하늘 끝까지 보일 듯이 맑은 주일날 아침에

벼를 거두어 뺀뺀한 논에서

앞을 다투어 요를 주으며

어려운 니약이(이야기)를 주고 받으오.

날씬한 두 나래로 조용한 공기를 흔들어

두 마리가 나오.

집에 새끼 생각이 나는 모양이오.

— 윤동주, 「비둘기」 전문, 1936.2.10.

비둘기의 자식은 '귀여운' 일곱 마리다. 백석 시의 배경은 샤머니즘인데, 일요일을 "주일날"이라 썼듯이 윤동주 시의 배경은 기독교다. '뺀뺀하다'는 북한 문화어 사전에 '빤빤하다' 곧 '남은 것이 아무것도 없는 상태를 얕잡아 이르는 말'이다. **"뺀뺀한 논"**이란 벼를 거두어 남은 것이 없는 논을 말한다.

'요'는 함경도 사투리로 '모이'를 말한다. "앞을 다투어" 먹이를 모아야 할 만치 자식들을 먹이기 어려운 상태다. 두 마리 부부 산비둘기가 모이를 모아도 어려우니 **"집에 새끼 생각이 나는"** 것이다. 단순한 시 같지만 시 한 편에도 가난한 이웃을 염려하는 마음이 들어 있다.

백석과 동주의 짧은 시에 나타난 심상

좋은 시란 길이의 문제가 아니다. 시가 짧아도 어떤 감각으로 보이지 않는 것을 보이도록 상상하게 하는가, 그 기술이 시의 성공을 가름한다. 백석과 윤동주가 쓴 짧은 시를 보면, 보이지 않는 것을 보이도록 하는 시의 성공을 볼 수 있다.

> 아카시아들이 언제 흰 두레방석을 깔았나
> 어데서 물큰 개비린내가 온다
>
> ─「비」,《조광》, 1935.11.

윤동주는 이 시를 필사해놓고, 붉은 색연필로 중국어로 **"부쯔따오 [我不知道]"**, 곧 "잘 모르겠다"고 써놓았다.

「비」는 2행에 불과하지만 백석의 기교가 뛰어난 작품이다. 무엇보다도 오감(五感)이 모두 들어 있다.

첫째 행은 시각적 이미지를 보여준다. 제목이 "비"다. 비가 내리고 있는지 비가 내린 뒤인지는 시를 읽어봐야 한다. 아카시아 '들'이라고 복수로 썼으니 아카시아 나무들이 모여 있는 숲이다.

비를 맞은 하얀 꽃잎이 흐드러지게 떨어져 땅에 흰 두레방석처럼 깔렸다. 두레방석이라는 단어에서 독자는 토속적인 향취를 느낀다. **"뚜물(뜨물)같이 흐린 날"**(「쓸쓸한 길」)에서 보듯, 마음의 정조를 토속적인 사물에 비유하거나 은유하는 것은 백석의 장기다. 눈여겨볼 점은 **"깔었나"**라는 물음을 두어 독자의 상상력을 끌어들이는 솜씨다.

"흰 두레방석"을 민족의 상징으로 해석하는 이도 있다. 비가 내려 아카시아 꽃잎이 떨다가 떨어진다. 그 꽃잎들이 부질없이 사라지는 것이 아니다. 백의민족이 부서져도 공동체를 이루듯, 아카시아 꽃잎이 떨어져 흰 두레방석으로 새롭게 형성된다는 희망의 암시를 두었다는 해석이다.

둘째 행은 후각을 자극한다. 개비린내는 무엇일까. '개 + 비린내'로 해석하여 비 맞은 개털에서 나는 고소한 비린내라고 해석하기도 한다. "개터럭도 타는 모닥불"(「모닥불」) 등 백석 시에는 개가 가끔 등장한다.

> 저녁물이 끝난 개들이 하나 둘 기슭으로 모입니다. 달 아래서는 개들도 뼈다귀와 새끼똥아리를 물고 깍지 아니합니다. 행길에서 걷던 걸음걸이를 잊고 마치 민물의 냄새를 맡는 듯이 제 발자국 소리를 들으려는 듯이 고개를 쑥 빼고 머리를 처들이고 천천히 모래 장변을 거닙니다.
>
> ―'개', 「해빈수첩(海濱手帖)」 부분, 1934.

혹은 비가 내릴 때 땅에서 올라오는 비릿한 냄새, 혹은 '갯 + 비린내'로 보아 바닷물이 드나드는 때의 비린내 등 여러 해석이 있다. 백석은 "습내 나는 누긋한 방에서"(「남신의주 유동 박시봉방」)라는 표현을 쓰기도 했다.

단순히 시각과 후각을 이용한 시라서 뛰어난 것이 아니다. 1행과 2행의 연관관계를 보아야 한다. 1행에서 아카시아들이 손님을 맞이하듯 흰 두레방석을 깔았다. 그러자 손님으로 어데서 **"물큰 개비린내**

가 온다"는 상상은 밝고 명랑하다. 여기서 밝고 명랑한 것으로 끝나지 않는다. 본래 아카시아 나무 근처로 가면 달콤한 아카시아 꽃향기가 다가오는데, 빗물에 젖으면 상황은 달라진다. 냄새에 대한 느낌은 너무도 개인적인 바, 밤꽃향 같은 아카시아 꽃향기가 비에 젖으면 음침한 냄새로 바뀌기도 한다. 혹은 아카시아 꽃잎이 비에 젖어 떨어지면 그 아카시아 향은 사라지고 비릿한 냄새만 **"물큰"** 밀려온다. 이 시에서 '물'이라는 축축함을 느끼게 하는 **"물큰"**이란 단어는 상황을 더욱 강조시킨다.

백석 시의 밝고 명랑함은 역시 2행의 짧은 시 「노루」에서 볼 수 있다.

산골에서는 집터를 치고 달궤를 닦고
보름달 아래서 노루고기를 먹었다.

– 백석, 「노루」 전문

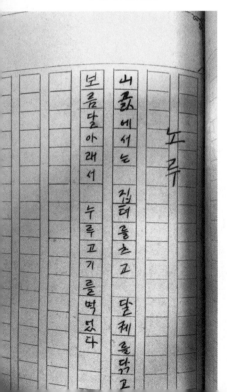

이 시에서는 촉각(觸覺)이 나타난다. 깊은 산골에서 집터를 **"치다"**라는 뜻은 땅을 파내거나 고르는 행위를 말한다. **"달궤"**는 땅을 단단히 다지는 데 쓰는 도구인 달구를 말한다. **"달궤를 닦고"**는 집 안쪽 바닥을 평평하게 다졌다는 뜻이다. 손으로 집터를 고르고, 달구로 바닥을 다지는 촉각이 느껴진다.

전기 불빛이 없어도 "보름달 아래

186

서"는 환하다. 보름달 아래서 노루고기를 먹는 모습을 간략하게 그려낸다. 노루고기를 먹는 장면은 독자의 미각(味覺)을 자극한다. 단두 줄짜리 작품들이지만, 백석 시에는 두 줄이 마치 단편영화 같은 영상 이미지를 암시(暗示)하여 독자의 상상력을 자극한다.

감각들은 서로 전염된다. 감각들은 서로 침투하며, 서로 기능한다. 시 텍스트에 있는 감각은 독자에게 침투하여 전염된다. 백석은 이 원리를 너무도 잘 아는 시인이다.

백석 시 「노루」는 윤동주의 「무얼 먹고 사나」(1936.10)를 떠올리게 한다. 이 시는 윤동주가 지금 나이로 고등학생 때 쓴 동시다.

바닷가 사람
물고기 잡아먹고 살고

산골엣 사람
감자 구어 먹고 살고

별나라 사람
무얼 먹고 사나.

– 윤동주, 「무얼 먹고 사나」 전문

바닷가와 산골에서 사람들이 무얼 먹고 사는지 염려한다. 핵심은 '별나라'라는 단어다. 죽은 사람을 뜻할 텐데, 봉오동 전투나 많은 독립운동에 참여했다가 죽은 명동마을 사람들을 떠올리지 않을 수 없다. 고통받는 조국의 현실에 가슴 아파하면서도, 비극을 맑게 표현하는 윤동주의 마음이 잘 반영된 소품이다.

짧은 시, 깊은 생각

윤동주는 생각하는 시간을 어떻게 짧은 시로 표기했는지 읽어보자.

하나, 둘, 셋, 네
· · · · · · · · · · · · · · · ·
밤은
많기도 하다.

– 윤동주, 「못 자는 밤」, 1941년 6월 추정

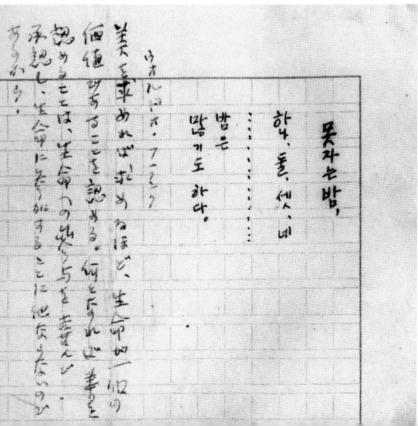

윤동주는 시 「못 자는 밤」을 쓰면서 미국 대공황 시기의 급진적인 소설가 월도 프랭크의 연설문 한 구절을 메모했다.

1941년 6월이면 윤동주가 누상동 9번지 소설가 김송의 하숙집에 거할 때였다. 불면의 밤을 많이 겪었던 모양이다. 윤동주 시 「별 헤는 밤」 등 많은 시가 밤을 배경으로 한다. 윤동주 산문 네 편 중 세 편 「달을 쏘다」 「별똥 떨어진 데」 「화원에서 꽃이 피다」는 밤에 쓴 글이다. 그의 시에서 밤은 정말 많이 등장한다. 조국을 잃은 암울한 밤이라고 한정한다면 이 시의 울림은 좁아진다.

특히 5월 31일에는 「십자가」 「눈감고 간다」를 쓰고 난 뒤, 「못 자는 밤」을 썼다. 긴장감이 최고로 고조된 「십자가」와 「눈감고 간다」에 이어 동주는 마치 숨 고르듯 시를 남겼다. 이 시는 과연 그냥 잠이 안 와서 쓴 시일까. 누상동 9번지 하숙집에서 동주는 정병욱과 함께 경성이란 도시 문화를 체험하면서도 일본 순사가 거칠게 방을 수색하는 등 위급한 상황을 경험하곤 했다. 그 시기에 잠을 못 잔다는 것은 무슨 상황일까.

윤동주 시를 연구할 때 시는 물론이고 메모한 낙서는 모두 시 해석의 열쇠가 되기도 한다. 이 시 뒤에 드물게 일본어로 쓴 메모가 있다.

미를 구하면 구할수록 생명이 하나의
가치라는 것을 인정하게 된다. 왜냐하면 미를
인정하는 것은, 생명에의 참여를 기쁘게
승인하여 참가하는 것에 다름없기에(김응교 번역)

美を求めれば求めるほど´生命が一個の
価値であることを認める°何となれば美を
認めることは´生命への参与を喜んで´

윤동주와 일본문학의 관계에 대해서 왕신영 교수가 독보적인 업적을 발표한 바 있다. 특히 이 일본어 메모가 실린 출처를 찾아낸 것은 윤동주 시의 미학을 푸는 자물쇠를 찾아낸 성과이다(왕신영, 「1940년 전후의 윤동주-'미'에 대한 천착을 중심으로」, 《비교문학》, 2010.2).

위 문장은 1935년 6월 파리에서 열린 '문화옹호 국제작가 회의'에 미국 대표로 참가했던 월도 프랭크(Waldo Frank, 1889~1967)의 연설문의 한 구절이라 한다. 왕신영 교수는 고마쓰 기요시[小松淸]가 편역한 일본어 번역본 『문화의 옹호』에 이 구절이 나온다고 밝혔다(위의 글, 156면). 중요한 사람은 번역자보다 원저자다. 윤동주가 원저자를 알고 번역서를 선택했고, 그 책에 나온 구절을 인용했을 것이기 때문이다.

월도 프랭크는 대공황 시대의 급진적 소설가였다. 반(反)군국주의자였던 그는 1917년 양심적 병역거부를 선언했고, 1929년 남부 직물 공장에서 파업 노동자를 위한 기금 마련에 참여했다. 1930년대 중반까지 프랭크는 미국 공산당(CPUSA)과 가까워졌고 1935년 4월 공산당이 조직한 미국 작가 연맹(League of American Writers) 창립대회 개막식에서 연설자로 선정되었던 대표적인 좌파 작가였다. 바로 두 달 뒤, 파리에 가서 연설했고, 그 연설문 중 일부를 윤동주가 「못 자는 밤」 끝에 인용한

미국의 소설가 월도 프랭크
(1889~1967)

것이다.

1937년 1월 월도 프랭크가 멕시코에 가서 레온 트로츠키를 만났고, 1950년대에는 쿠바의 공산사회를 찬양했던 작가라는 사실을 윤동주가 모른다 해도, 그에 대한 정보는 어느 정도 알았을 것이다.

하숙집이 수색당하는 상황에서 윤동주는 좌파 지식인의 글을 전부 메모할 수는 없었을 것이다. 그는 부분적으로 **"왜냐하면 미를 인정하는 것은, 생명에의 참여를 기쁘게 승인하여 참가하는 것에 다름 없기에**(何となれば美を認めることは, 生命への参与を喜んで, 承認し生命に参加することのほかならないのであるから)**"**라고까지만 인용했다. 여기서 "참가하는 것(参加すること)"이 과연 어디에 참가하는 것인지 명확하지 않다. 그 열쇠는 윤동주가 메모한 바로 아래 문장에 있다.

왕신영 교수가 소개한, 저 인용문 바로 아래 이어지는 문장은 윤동주의 모습을 명확하게 드러낸다.

생명을 적극적으로 신앙하는 것, 생명의 복잡하게 변하는 조화를 계시하는 것은 예술가의 유일한 기술(재주)이지만, 이것도 오늘날에 와서는 현실의 세계와 이루 말할 수 없을 만큼 부조화를 이루고 있다. 때문에 인간 생활에 대한 우리의 사랑과 시력을 더불어 강화시키기 위해서는 우리들은 예술 본래의 변하지 않고, 맑게 타오르며, 유연한 태도를 넘어 직접적인 행동으로 나갈 필요를 느낀다.(왕신영 교수의 번역을 인용자가 부분 수정했다.)
— 小松淸, 『文化の擁護』, 第一書房, 1935.11. 181면. 왕신영, 위의 글, 157면 재인용.

"참가하는 것"의 뜻은 이어지는 문장에 나온다. **"직접적인 행동으**

로 나갈 필요를 느낀다(直接的行動に出る必要を感じるのである)"는 문장
이다. 여기서 거의 같은 시기에 썼던 「십자가」의 마지막 구절이 겹
친다.

괴로웠던 사나이
행복한 예수·그리스도에게
처럼
십자가가 허락된다면

모가지를 드리우고
꽃처럼 피어나는 피를
어두워 가는 하늘밑에
조용히 흘리겠습니다.

윤동주는 "모가지를 드리우고 / 꽃처럼 피어나는 피를 / 어두워 가
는 하늘밑에 / 조용히" 흘리는 "직접적인 행동(直接的行動)"까지 고
민했을지 모른다.

이제 윤동주의 짧은 시 「못 자는 밤」에서 그가 하나 둘 셋 넷, 하
염없이 많은 밤을 잠 못 이루는 이유를 부분적이라도 이해할 수 있
겠다. 낭만적으로 잠을 못 이루는 상황도 있을 수 있으나, 바로 아래
메모한 일본어 문장을 보면, 그는 형식적인 미학을 넘어 '실천적 미
학'까지 고뇌하고 있었다고 보아야 타당할 것이다.

17

흰밤
흰 저고리

– 백석「흰 밤」, 윤동주「슬픈 족속」

아래 1907년에 찍은 사진 한 장, 뭔가 이상하지 않은가. 평양 장
대현교회에서 열린 평양여자사경회 사진이다. 왜 여인들이 모두 흰
색 수건을 쓰고 있을까. 흔히 조선 사람이 흰옷을 입는 까닭은 가난
하기 때문이라고 잘못 알고 있다. 틀린 정보다. 본래 천을 짜면 진흙

색이 된다. 그것을 희게 만들려면 많은 공정이 든다. 흰옷을 희게 보관하는 것은 더 쉽지 않다.

이태준 소설 「패랭강」에 보면, 여인들이 머리에 흰 수건을 쓰는 것은 평양 여인들의 멋이었다고 써 있다. **"흰 수건이 검은 머리를 두르고"**(윤동주 「슬픈 족속」)에 나오는 모습 그대로다. 조선인은 그야말로 백의민족이다.

1960년대 시골 장터에서 비슷한 풍경을 본 적이 있다. 여름날 산기슭에 흰옷 입은 사람이 가득했다. 서울에서 자란 나는 당혹스럽기까지 했다.

백석과 동주의 시에도 흰색이 나온다. 윤동주가 밑줄 치고 느낌을 메모한 백석의 「흰 밤」을 읽어보자.

> 옛 성(城)의 돌담에 달이 올랐다
> 묵은 초가지붕에 박이
> 또 하나 달같이 하아얗게 빛난다
> 언젠가 마을에서 수절과부 하나가 목을 매여 죽은 밤도 이러한
> 밤이었다
>
> — 백석, 「흰 밤」, 《朝光》, 1935년 11월.

화자는 폐허가 된 성터에서 떠오르는 달을 본다. 오래 묵은 초가지붕 위의 박은 가난을 이겨내려고 지붕에까지 먹거리를 키워냈던 사람들의 마음을 떠올리게 한다. 박이 커지는 과정을 보며 사람들은 큰 박이 열리기를 기대했을 것이다. 시인은 제목에 '흰' 색을 "하아얗게"라고 다시 강조한다. "빛난다"라는 구절에서 다시 희망

을 갖게 한다. 윤동주는 2행과 3행에 붉은 색연필로 밑줄을 치고, "(백석) 씨의 관찰력을 볼 수 있다"고 적어 놓았다.

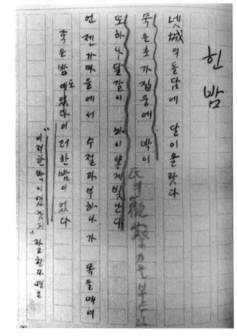

그 빛나는 기대를 마지막 4행에서 완전히 전복(顚覆)시킨다. 4연까지 읽으면 달이 밝다 못해 희게 느껴지는 밤, 달처럼 밝게 빛나는 박이 저릿하게 비극으로 다가온다. 윤동주는 마지막 구절 "이러한 밤이었다"에 밑줄 치고, "'이러한 밤이었겠지'라고 한다면은"이라고 다른 구상을 써놓았다.

수절과부는 왜 자살했을까. 시는 그 이유를 설명하지 않고 암시(暗示)만 한다.

백석 시에는 '흰'색이 많이 나온다. 흰 밤, 흰 바람벽, 흰 당나귀, 흰 구름, 국수 등 '흰 색'은 백석 시에서 여러 이미지를 만든다.

나타샤와 나는
눈이 푹푹 쌓이는 밤 흰 당나귀 타고
산골로 가자 출출이 우는 깊은 산골로 가 마가리에 살자
(중략)
눈은 푹푹 나리고
아름다운 나타샤는 나를 사랑하고
어데서 흰 당나귀도 오늘밤이 좋아서 응앙응앙 울을 것이다.

– 백석, 「나와 나타샤와 흰 당나귀」에서

오늘 저녁 이 좁다란 방의 흰 바람벽에
어쩐지 쓸쓸한 것만이 오고간다
이 흰 바람벽에
(중략)
이 흰 바람벽에
내 가난한 늙은 어머니가 있다
(중략)
이 흰 바람벽엔
내 쓸쓸한 얼골을 처다보며
이러한 글자들이 지나간다

– 백석, 「흰 바람벽이 있어」에서

어두어 오는데 하이야니 눈을 맞을 그 마른 잎새에는
쌀랑쌀랑 소리도 나며 눈을 맞을
그 드물다는 굳고 정한 갈매나무라는 나무를 생각하는 것이었다

– 백석, 「남신의주 유동 박시봉방」에서

흰색은 회화적 이미지스트인 백석 시의 특징을 잘 보여준다. 흰 당나귀, 흰 바람벽, 하이야니 눈을 맞는, 백석이 대하는 흰색은 판타지로 들어가는 환상의 색채다.

「흰 밤」의 정조는 아름다운 흰 빛의 자연과 대조되는 흰 옷을 입었을 여인의 비극이다. 잘 보면 이 시 안에는 비교가 있다. 옛 성의

돌담과 묵은 초가집이 대조를 이룬다. 밤하늘의 달과 초가지붕의 하얀 박이 화답한다. 이미 옛 성과 묵은 초가집에는 주인공이 없다. 겉으로는 서정적 아름다움이 있으나, 이 마을에는 **"언젠가 마을에서"** 목을 매달아 죽은 수절과부의 이야기가 있다.

주의해 볼 것은 '수절'과부라는 단어다. 수절과부(守節寡婦)란 남편이 죽은 후 정절(貞節)을 지키면서 혼자 사는 여자를 말한다. 외롭게 살다가 쓸쓸하게 자살한 여인의 흔적을 백석은 담았다. 옛 성(城)은 유교의 가부장적 이념을 강요하는 도그마처럼 보이기도 한다. 가부장적 시각에서 보면 '옛'과 '묵은'이란 표현은 사라졌다는 뜻이 아니라, 과거로부터 지속되어온 이데올로기로 해석할 수도 있다.

시와 관련짓지 않아도 백석(白石)이라는 이름을 보면 이름 안에 흰색이 들어가 있다. 백(白) 씨라서 흰색을 좋아했다고 한다면 억측이다. 다만 그가 여러 필명을 쓰면서 흰 백(白)자를 계속 고집했다는 점을 기억할 만하다. 그의 필명 백석(白奭)은 백 명의 사람이 더 늘어난다[늘어날 석, 奭]는 뜻을 갖고 있다.

흰색을 공동체의 상징으로 볼 수도 있겠다. 흰색은 조선의 색이기도 하다. 이 시를 조선의 죽음으로 단순하게 해석하면 시 해석의 자율성은 좁아진다. 이 마을은 폐허이며, 죽은 공동체다. 이렇게 본다면 "슬픈 역사가 있다"(「모닥불」)는 표현으로 읽을 수도 있다.

윤동주의 흰색

「슬픈 족속」을 읽어보면 윤동주의 아픔이 더욱 슬프게 다가온다. 흰색 이미지가 반복되어 강조된 「슬픈 족속」을 읽어보자.

흰 수건이 검은 머리를 두르고
흰 고무신이 거친 발에 걸리우다.

흰 저고리 치마가 슬픈 몸집을 가리고
흰 띠가 가는 허리를 질끈 동이다.

— 윤동주, 「슬픈 족속」 전문

이 시에서 1연은 흰 수건을 머리에 두른 조선 남자, 2연은 흰 저고리 치마를 입은 조선 여자의 모습이다. 윤동주는 왜 '흰'이라는 단어를 문장의 첫머리에 반복해 사용했을까. 흰 수건, 흰 고무신, 흰 저고리, 흰 띠는 한민족을 상징하는 '부분 대상(partial object)'이다. 윤동주는 네 가지 흰색 사물을 절취하여 한민족을 그려내고 있다. 시간의 흐름에서 절취된 특정 시간이나 사물은 우리의 무의식에 잠재되어 있다가 반복 생성된다. 윤동주는 의도했든 의도하지 않았든 자신의 무의식에 잠재되어 있는 흰색 사물들을 반복하여 써서 독자들에게도 주입시킨다.

정지용은 「띠」를 1926년 6월 《학조》 1호에 발표했고, 백석은 「흰 밤」을 1935년 11월 《조광》에 발표했다. 윤동주는 「슬픈 족속」을 1938년 9월에 썼다. 시간상으로 충분히 참조했을 가능성이 있다.

백석보다 윤동주는 더욱 직설적으로 백의=민족을 부각시킨다. 윤동주의 경우 '흰'색은 두 가지로 상징된다.

먼저, 선한 마음을 상징한다. "눈이 / 새하얗게 와서, / 눈이 / 새물 새물하오"(「눈」)처럼 가치판단 없이 까마득히 빈 공간을 상징하는 경우도 있지만, 검은색과 대조한 것으로도 볼 수 있다.

다들 죽어가는 사람들에게
검은 옷을 입히시오.

다들 살아가는 사람들에게
흰옷을 입히시오.

　　　－ 윤동주, 「새벽이 올 때까지」(1941. 5) 부분

1연에서 죽어가는 사람에게는 '검은 옷'을 입히고, 2연에서 살아
가는 사람에게는 '흰옷'을 입히라 한다. '검은 옷=죽음/흰옷=생명'
이라는 이항대립이 성립되어 있다. 기독교적 상징과도 연결된다. 성
령은 '하얀' 비둘기의 형상으로 나타나며 그리스도는 흰 양이다. 청
결과 순수는 압도적으로 흰색을 연상시킨다. 성경에서 인간의 죄를
씻기 위해 희생제물로 가장 많이 쓰이는 동물이 '흰' 양이다. 그런데
윤동주의 시가 독특한 점은 바로 이러한 이항대립을 "그리고 한 침
대(寢臺)에 / 가지런히 잠을 재우시오 // 다들 울거들랑 / 젖을 먹이시
오"라고 적대관계를 없애버리는 점에 있다.

흰색은 우리 민족을 상징한다. 윤동주 자신이 섬세한 품성을 갖고
있기에 여성적 이미지가 익숙했는지 흰색이 나오는 「해바라기」 「슬
픈 족속」의 등장인물은 모두 여성이다. 「병원」에서도 여성 환자가
등장한다.

　　살구나무 그늘로 얼굴을 가리고, 병원(病院) 뒤뜰에 누워, 젊은
　여자(女子)가 흰옷 아래로 하얀 다리를 드러내놓고 일광욕(日光浴)
　을 한다. 한나절이 기울도록 가슴을 앓는다는 이 여자(女子)를 찾

아오는 이, 나비 한 마리도 없다. 슬프지도 않은 살구나무 가지에
는 바람조차 없다.

　　　　　　　　　　　　　　－ 윤동주, 「병원」에서, 1940. 12.

　시에 등장하는 여자는 "흰옷" 아래 "하얀 다리"를 드러내놓고 있
다. 시집『하늘과 바람과 별과 시』의 본래 제목을 "병원"으로 하려
했던 만치 윤동주에게는 의미 깊은 시다. 그 여자가 "누웠던 자리에
누워"보며 조국의 아픔을 공유해보고자 하는 심상을 드러내기도 한
다. 그래서 도쿄에 가서도 어른거리는 "흰 그림자"를 본다. 그림자
라면 '검은 그림자'여야 하는데 윤동주의 눈에는 한국인이 연상되는
"흰 그림자"로 어른거리는 것이다.

　　* 유튜브 〈백석 '비' '노루' '추일산조'와 동주 '산울림'〉 참조.

18

가무래기와
오줌싸개의 주변인

- 백석 「흰 밤」, 윤동주 「오줌싸개 지도」 「눈」 「호주머니」

백석이 윤동주의 존재를 알았다는 흔적은 없으나, 윤동주가 백석을 좋아했다는 기록과 증언은 많다. 윤동주가 백석의 시를 좋아할 만한 요소들이 적지 않다.

시기는 서로 다르지만 백석과 윤동주는 모두 아동문학에 관심을 갖고 있었다. 백석은 1957년 4월 북한에서 동화시집 『집게네 네 형제』(작가동맹 출판사)를 출간했고, 이외에 동화시집을 많이 출판했다. 윤동주가 남긴 시는 120여 편(산문시 「투르게네프의 언덕」 포함, 제목뿐인 시 「짝수갑」 제외)이며 이 중 동시는 34편에 달한다. 연구자에 따라 「내일은 없다」 「빨래」 「가을밤」 「밤」 「비 뒤」를 동시로 분류하기도 하는데 이를 모두 포함하면 동시 편수는 39편이 된다.

두 시인은 한반도 이외에 만주와 일본에서 지냈다. 중국 고전 문학에도 영향을 받아, 백석은 도연명 등 중국 시인의 영향을 받았고, 윤동주는 맹자 등 중국 고전의 영향을 받았다.

백석과 윤동주는 모두 고향을 떠난 디아스포라 혹은 난민(難民) 의식을 갖고 있었다. 무엇보다도 백석 시에 깃든 디아스포라, 난민, 가난한 자, 고향을 떠난 자에 대한 연민이 윤동주의 마음을 끌지 않았을까. 백석 시에 숨겨져 있는 주변인(周邊人, The Marginal)에 대한 심려(深慮)에 윤동주는 깊이 공감하지 않았을까. 중심에 있는 사람이 아닌 변두리에 있는 사람을 필자는 '주변인'이라고 표현하려 한다.

칼 마르크스(Karl Marx)는 경제적으로 억압받는 계층을 프롤레타리아라고 했고, 조르조 아감벤(Giorgio Agamben)은 "살해는 가능하되 희생물로 바칠 수 없는 생명"(조르조 아감벤, 박진우 옮김, 『호모 사케르』, 새물결, 2008, 45면)을 호모사케르(Homo sacre)라고 했고, 가야트리 스피박(Gayatri Chakravorty Spivak)은 스스로의 상처를 말로 표현할 수 없는 사람들을 서벌턴(Subaltern)이라 했다. 이러한 용어들은 연구자 자신의 시각에서 보이는 인간군상에 대한 정의일 뿐이다. 마르크스는 경제적 시각, 아감벤은 정치적 시각, 스피박은 포스트 콜로니얼리즘의 시각을 보여준다. 장애인이나 정신병자 혹은 디아스포라 혹은 경계인(境界人)은 세 가지 용어 중 어떤 용어로 규정해야 할지 쉽지 않다.

주변인이란, 경제적이거나 정치적이거나 신체적이거나 지역적이거나 정신적인 모든 문제를 포괄하여, 한 공동체에 적응하지 못하여 공동체의 중심에 있지 않고 변두리에 있어 소외되어 살아가는 인물들을 말한다.

주변인이라는 개념은 미국인 사회학자 로버트 에즈라 파크(Robert E. Park, 1864~1944)가 정립했다. 그 자신이 나라 없이 떠돌아다니는 디아스포라의 처지를 이해할 수 있는 유대계 지식인이었다. 시카고대학 동료들과 그가 구축한 인간생태학(Human Ecology)은 인종, 도시, 매스컴 등 여러 제도와 공간을 연구하는 학문이다. 인간생태학의 시각에서 주변인은 문화적 잡종(cultural hybrid)의 성격을 갖고 있으며, 두 가지 문화 사이에서 어느 하나에도 통합되지 않는 사람을 말한다. 혼합적 성격을 갖고 있는 주변인은 때때로 일관성 있는 행동을 하지 못하는 경우가 많다. 가령 미국에 이주한 아프리카 흑인이나 뮬라토(흑백 혼혈인)도 미국 사회에 적응하기 힘든 주변인이다. 로버트 에즈라 파크는 주변인들은 차별을 겪지만, 두 영역을 아는 넓은 시야와 많은 정보로 결정하는 판단력이 새로운 것을 창조할 수 있다고 강조했다.

시에서 주변인의 모습은 '소외(疏外)된 존재'로 나타난다. 개인이 속한 사회와 통합되지 못하는 처지, 그 심리상태가 '소외'된 상태다. 소외란 인간성을 박탈당하여 비인간화되고 물질문명에 예속되는 것이며, 인간의 존엄성과 가치마저 상실되어가는 현상이다. 개성은 말살되고 창의성은 고갈되어 인간이 상품화되고 교환의 대상이 되는 소외현상은 개인이 사회와 단절된 상황을 뜻한다. 소외는 계급의 소외, 물질의 소외, 성의 소외, 지역차별의 소외, 문화의 소외 등 다양하게 일어난다.

이 글에서는 백석과 윤동주가 시에서 주변인을 어떻게 표현했는지 주목하여 살펴보려 한다. 백석과 윤동주는 어떻게 소외된 존재를 형상화했는지 그 차이도 드러내려 한다.

시 「남신의주 유동 박시봉방」은 백석의 시가 대부분 유년기에 대한 회상을 대상으로 하고 있는 데 반하여, 1930년대 후반기의 자기 삶을 반추하고 있는 시다. 이 시야말로 주변인의 소외된 심리상태를 가장 잘 드러낸 수작이라 할 수 있겠다.

어느 사이에 나는 아내도 없고, 또,

아내와 같이 살던 집도 없어지고,

그리고 살뜰한 부모며 동생들과도 멀리 떨어져서,

그 어느 바람 세인 쓸쓸한 거리 끝에 헤메이었다.

바로 날도 저물어서,

바람은 더욱 세게 불고, 추위는 점점 더해오는데,

나는 어느 목수(木手)네 집 헌 삿을 깐,

한방에 들어서 쥔을 붙이었다

이리하여 나는 이 습내나는 춥고, 누긋한 방에서,

낮이나 밤이나 나는 나 혼자도 너무 많은 것 같이 생각하며,

딜옹배기에 북덕불이라도 담겨오면,

이것을 안고 손을 쬐며 재위에 뜻없이 글자를 쓰기도하며,

(... 중략...)

내 어지러운 마음에는 슬픔이며, 한탄이며, 가라앉을 것은

차츰 앙금이 되어 가라앉고,

외로운 생각만이 드는때쯤 해서는,

더러 나줏손에 쌀랑쌀랑 싸락눈이 와서 문창을 치기도 하는 때도 있는데,

나는 이런 저녁에는 화로를 더욱 다가끼며, 무릎을 꿇어보며,

어니 먼 산 뒷옆에 바우섶에 따로 외로이 서서

어두어 오는데 하이야니 눈을 맞을, 그 마른 잎새에는

쌀랑쌀랑 소리도 나며 눈을 맞을,

그 드물다는 굳고 정한 갈매나무라는 나무를 생각하는 것이었다.

−「南新義州 柳洞 朴時逢方」, 《학풍》(1948. 10)에서

첫 번째 단락(1~8행)은 가족들과의 이산, 쓸쓸한 거리에 외톨이가된 적막한 디아스포라의 처지가 전개된다. 방랑의 극단 절박한 심정이 나타나 있다. 첫 행의 **"어느 사이에"**라는 첫 단어는 충격적이다.

두 번째 단락(9~19행)은 습기로 가득 찬 목수네 집 문간방에서 많고도 많은 시간과 싸워가면서 고독과 대결하는 갈등하는 심리가 나타난다. **"이리하여"**(9행)는 운명론적 체념이다.

세 번째 단락(20-32행)은 **"그러나"**로 시작한다. 이 연결어 하나로시는 극적 전환을 이루고 갈매나무라는 상징물로 향한다. 모든 것을 운명으로 돌리고 일체를 체념해버린 채 문창을 치는 싸락눈 소리와 밖에서 눈을 맞고 서 있는 갈매나무를 생각하는 것이다. 눈은 처절한 운명처럼 **"쌀랑쌀랑 싸락눈"**으로 내린다. 그런데 이러한 매몰찬운명의 눈을 갈매나무는 **"하이야니"**, **"쌀랑쌀랑"** 소리까지 내면서맞는다. 비교컨대 북한에서 백석이 쓴 시를 보면, 눈은 당에서 베푼은총의 상징으로 쓰였다. **"이 여인의 마음에도 눈이 내린다/ 잔잔하고 고로운 그 마음에, / 때로는 거센 물결치는 그 마음에 /……/ 뒤에서 밀고 앞에서 당시는 당의 은총이"**(「눈」,《조선문학》, 1960.3)

서정적 자아를 완전히 회복한 삶(=갈매나무)으로 표현하는 데 눈은중요한 역할을 하고 있는 것이다. 첫 단락은 방랑과 고독, 둘째 단락은 부끄러움의 자아와 운명론적 체념, 셋째 단락은 갈매나무로 상징되는 의지를 의미한다.

이 시의 의미는 크게 화자가 처한 현실의 비관적인 상황이 나타나는 전반부와 그것을 운명적으로 받아들이고 희망적으로 살아나가려는 굳은 의지가 나타나는 후반부로 대별된다.

"쌀랑쌀랑 소리도 나며 눈을 맞을, / 그 드물다는 굳고 정한 갈매나

무라는 나무를" 백석은 생각하고 있다. 갈매나무는 주변인(周邊人, The margianl)을 상징한다. 갈매나무는 먼 산, 뒷 옆에서 눈을 맞고 있다. 여기에 희망을 노래하는 표현은 딱 한 줄 등장한다. **"그 드물다는 굳고 정한"**이라는 표현이다. 이런 환경 속에서도 자기의 굳센 정결을 잃지 않고 서 있는 갈매나무라는 표현 한 줄로 이 시가 반전된다. 서정적 화자는 **"나는 굳세고 정결하게 살고 싶다"**는 말을 한 마디도 하지 않으면서 갈매나무를 빌려 의지를 이야기한다.

　백석의 시에는 주변인이 많이 등장한다. 동상에 걸렸는지 감각이 없는 발가락이 모닥불에 타버려 몽둥발이가 된 이(「모닥불」), 응달진 곳에 누워 있는 가무락조개들(「가무래기의 樂」), 문밖으로 쓸어버린 거미와 거미 가족(「수라(修羅)」) 등은 갈매나무의 이미지와 겹친다. 주변인인 서정적 화자는 "거리 끝"(4행)에 있고, 마지막 32행에서 화자와 동일시되는 주변인인 갈매나무는 "먼 산"에 있다. 자신의 감정을 드러내지 않고 일정한 '미학적 거리(aesthetic distance)'를 둔다. 그것은 모더니즘의 영향이라는 해석이 있으나, 지나친 해석이 아닐까 싶다. 백석의 갈매나무는 멀 뿐만 아니라, 유명한 산도 아니고 "어니(어느)" 먼 산에 있고, 앞이 아닌 "뒷 옆"에 즐겁게가 아니고 "따로 외로이" 서 있는 주변부의 존재다.

윤동주가 본 주변인

　남쪽에 대한 동경, 혹은 남쪽을 자기 고향으로 표현하는 것은 윤동주의 동시 「오줌싸개 지도」에도 나타난다.

빨래 줄에 걸어 논
요에다 그린 지도
지난밤에 내 동생
오줌싸 그린지도

꿈에 가본 엄마게신,
별나라 지돈가?
돈벌러간 아바지게신
만주땅 지돈가?

— 1936년 초 집필, 《카톨릭 소년》, 1937년 1월호 발표, 22면

　본래 윤동주의 메모에는 "지도"가 "디도"로 표현되어 있다. 이 시가 《카톨릭 소년》에 발표될 때는 당시 표기법에 맞추어 "지도"로 교정되어 발표되었다. 식민지 시대 유민의 삶을 오줌으로 얼룩진 요에 그려진 지도를 통해 드러내는 회화적 소품이다. 엄마가 계신 별나라 지도냐고 묻는 낙천적인 질문에 **돈 벌러간 아버지 계신/ 만주땅 디도(지도)인가**라는 현실적인 질문이 충돌하고 있다. 이 충돌에 윤동주의 선조들이 겪었던 만주 개척자의 꿈과 현실이 담겨 있다.

　윤동주 자신이 화자로 드러난 이 시는 마치 윤동주 고향이 남쪽인 것처럼 보이게 한다. 이 시를 썼을 당시 윤동주는 모국인 한반도에서 태어나지도 않았고, 가본 적도 없다. 만주 명동마을에서 태어난 윤동주는 두 편의 시에서 남쪽 지역을 고향이라 한다. 그는 남쪽에 고향을 두고 만주로 온 사람들의 그리움에 자신을 일치시키고 있다. 현재 몸담고 있는 강 건너 쪽은 모국(「고향집」)으로, 또는 현재 화자가

살고 있는 남쪽 고향에서 이국으로 간 아버지를 그리는(「오줌싸개 지도」) 상황이 그려진다. 이것은 주목할 만한 시각이다. 이러한 태도는 당시 만주 지역에 있었던 조선인 시인들의 시에 나타나는 일반적인 고향의식의 나르시시즘이라는 의견도 있다.

우리는 두 가지를 확인할 수 있다. 첫째, 윤동주가 문학적 허구를 구상하기 시작했다는 점이다. 그는 첫 시 「초 한 대」에서 판타지적 상상력을 구상할 수 있다는 것을 보여주었다. 윤동주는 허구(虛構)를 통해 진실을 말하는 문학적 기법을 충분히 인지하고 있었다. 그래서 화자가 "나"이면서도 허구적 설정에 의해 그 "나"를 남쪽에서 태어나 만주에서 살면서 남쪽을 그리워하는 존재로 설정했다. 더욱이 심리학자 프로이트는 "말실수·농담·거짓말·욕설이야말로 무의식의 진실"이라고 했다. 프로이트의 말에 따르자면, 윤동주는 남쪽이 고향이라고 말하고 싶은 무의식이 충만한 것이다. 「오줌싸개 지도」를 보면 "지붕이랑 길이랑 밭이랑"으로 상징되는 주변인의 모습이 아빠 엄마 없는 아이가 살아가는 현실적인 모습으로 나타난다.

동생이 오줌 싸서 이불을 말리는 「오줌싸개 지도」 앞부분은 재미있지만, **"꿈에 가본 엄마 계신 / 별나라 지돈가? / 돈 벌러 간 아빠 계신 / 만주땅 지돈가?"**라는 2연을 읽으면 멈칫한다. 1연에서 오줌에 젖은 이불을 말리는 아이는 부모 없는 결손가족 꼬마인 것이다.

"슬퍼하는 자는 복이 있나니"(「팔복」)라고 윤동주는 썼다. 슬퍼하는 자는 왜 복이 있을까. 영원히 슬퍼하라니, 저주 아닌가. 그가 십대 때 쓴 동시들을 보면 "슬퍼하는 자는 복이 있나니"라는 문장 앞에 '슬퍼하는 자와 함께'라는 문장을 넣어 생각하게 된다. **"모든 죽어가는 것을 사랑해야지"**(「서시」 1941.11.20.)라는 구절은 관념으로 갑자

기 나온 그럴듯한 문구가 아니다. 5년 전 그가 십대 때 쓴 동시들을 보면 이미 그러한 자세가 충분히 보이고 있다. 윤동주의 동시 「눈」 (1936.12월)을 읽어보자.

지난 밤에
눈이 소-복이 왔네
지붕이랑
길이랑 밭이랑
추워 한다고
덮어주는 이불인가 봐

그러기에

시를 읽자마자 만나는 **"지난 밤"**이라는 표현은 단순히 서정적이고 따스한 밤을 뜻하지 않는다. 윤동주가 늘 시 말미에 습관으로 표기해온 창작날짜를 보면 12월에 지은 것으로 쓰여 있다. 북부지방, 만주에서의 12월 그 **"지난 밤"**은 누군가 죽지 않았을까 염려스러운 을씨년스러운 밤이다. 그런 밤에 내리는 눈이란 모든 사물을 얼려버리는, 생명을 죽이는 적대적 대상이다. 그런데 윤동주는 악한으로 상징될 눈을 **"소복히 왔네"**라는 표현으로 맑디맑게 표현한다.

싸늘한 **"지난 밤"**에 **"지붕이랑 길이랑 밭이랑 치워(추워)한다"**고 이불을 덮어준다는 것이다. 추워하는 약자들을 흰 눈이 이불처럼 덮어줬다고 윤동주는 상상한다. 그냥 눈 덮인 풍경화일까. 실은 사람들이 얼어죽은 "지난 밤"을 따스하게 덮어주는 이불을 그린 동시다.

중요한 것은 **"이불"**이다. 낮에 온돌방은 군불을 때니 훈훈하다. 그런데 밤에 온돌방에서 난방을 할 도구는 이불 외에는 따로 없다. 아랫목의 뜨거운 기운을 종일 이불로 덮어둔다. 전기밥솥이 없었던 시대에 이불은 공깃밥을 따스하게 보관하는 보온기구 역할도 했다. 그 이불 속에 들어가 몸을 훈훈히 덥히며 자면 머리 위로는 차디찬 외풍이 지나곤 했다. 이렇게 이 시에서 "이불"은 핵심적인 단어다. 그것을 제목으로 두면 시의 의도가 너무 빤히 드러나 암시(暗示)의 효과가 일어나지 않는다. 지금 남아 있는 원본 원고지를 보면 윤동주는 "이불"이라고 썼다가, 제목을 "눈"으로 바꾸어 놓는다. 본래 제목이 "이불"이었는데 지우고 "눈"으로 바꾼 것은 괜찮은 솜씨다.

2연은 "그러기에"로 시작한다. 이 단어는 "추워한다"고 하는 사물에 대해 "눈"이 어떤 역할을 하는지 원인과 결과를 이어주고 있다. 가령 서정주 시 「국화 옆에서」를 보면 "한 송이 국화꽃을 피우기 위해 봄부터 소쩍새는 그렇게 울었나 보다"라고 쓰고 있다. 국화꽃이 피는 결과를 위해, "그러기에" 봄부터 소쩍새가 우는 원인이 있었던 것이다. 그런데 윤동주의 경우는 다르다. 지붕이랑 길이랑 밭을 덮어주려는 결과를 위해 "그러기에" 눈은 추운 겨울에만 내린다는 것이다. 황당하고 귀여운 발상이기에 앞서 약자를 생각하는 따스한 마음이 그대로 느껴진다. 그의 따스한 마음은 이 시에만 있는 것이 아니다.

> 옇을 것 없어
> 걱정이던
> 호주머니는
>
> 겨울만 되면
> 주먹 두 개 갑북갑북
> ― 윤동주, 「호주머니」, 1936.12월~1937.1월 사이 추정

넣을 것이 없어 걱정하는 '호주머니'를 의인화한 동시도 재미있다. 시에서 주인공은 호주머니다. 호주머니는 채울 것이 없어 걱정한다. 가장 추운 겨울에 채울 것이 없다. 그런데 뭔가 채울 수 있는 것을 시인은 제시한다. 주먹 두 개다.

'갑북'은 '가득'이라는 의미의 평안도 방언이다. 먹을 것, 입을 것이 모자랐던 시대에, 게다가 추운 겨울에, 윤동주는 주먹 두 개가 있

다고 말한다. 갑북갑북이라 했으니 주먹 두 개로도 자긍심이 가득한 상태다. 넉넉하지 않은 일상을 주먹 두 개로 견뎌내는 자신감으로 시인은 독자를 위로한다. 염려도 절망도 "주먹 두 개 갑북갑북"이라는 해학으로 녹여버린다. 겨울철이면 주먹 두 개로 갑북갑북거린다는 그의 명랑성 덕분에 남루한 빈곤이 오히려 수군대는 듯이 보인다. 소유가 아니라 존재로 살아보겠다는 당찬 다짐도 느껴진다.

* 유튜브 〈백석 '흰 밤'과 동주 '슬픈 족속'의 흰 색〉 참조.

19

백석의 천희와
나타샤

– 백석 「나와 나타샤와 흰당나귀」

"만나는 것보다 그리워하는 편이 낫다."

중국어 고전 시였는데 어떤 책이었는지 기억이 안 난다. 문장으로 보면 멋진데, 과연 그럴까. 만나지 못하고 그리워만 하는 시간들이 얼마나 고통스러운지, 가족과 떨어져 오래 외국 생활을 한 사람들은 알 것이다. 사실 고통스러운 말이다. 만나면 즉시 사랑을 확인할 수 있어 맺고 끊을 수 있다. 만나지 않고 그리워하는 것은 고통스럽다. 만나지 못하니 그리워만 하는 것은 사랑을 오래 간직할 수 있는 잔혹한 방법이 아닌가.

백석 시는 사랑을 그리워하게 만든다. 우리에게 위로를 주는 백석

시는 사랑을 주제로 하는 시들이 아닐까. 흑백영화의 주인공을 닮은 사랑하고 싶은 여인이 시 속에 앉아 있다. 사랑하고 싶을 때 백석 시를 읽으면 위로가 된다. 백석 시를 읽으면 사랑을 할 것만 같다는 독자들이 적지 않다. 백석 시에는 여성이 나오는 작품이 적지 않다.

윤동주는 시집 『사슴』에 나오는 「통영」에서 백석이 자기 식으로 띄어쓰기를 무시하며 썼던 구절까지 그대로 필사했다. **"맞났다"**라고 쓴 '만났다'의 오자까지도 그대로 필사했다.

동주는 백석이 호흡의 길이대로 낭송하기 쉽게 붙여 쓴 문장을 필사하며 무엇을 배웠을까. 문장의 호흡을 살리는 법, 리듬 같은 음악성을 배우지 않았을까.

> 넷날엔 통제가(統制使)가있었다는 낡은항구(港口)의처녀들에겐 넷날이가지않은 천희(千姬)라는 이름이많다.
> 미역오리같이말라서 굴껍지처럼말없이 사랑하다죽는다는
> 이천희(千姬)의 하나를 나는어늬오랜객주(客主)집의 생선가시가 있는 마루방에서 맞났다.
> 저문유월(六月)의 바다가에선조개도울을저녁 소라방둥이붉으레 한마당에 김냄새나는비가날렸다.
> ─「통영」,《조광》1권 2호(1935. 12)에서

"넷날엔 통제가(統制使)가있었다는 낡은항구(港口)"라는 표현은 통영을 그대로 풀어 쓴 표현이다. 통영(統營)이란 1593년 이순신 장군이 3도 수군통제사를 맡으면서 이 지역에 '통제사 병영'을 두어, 그 이름을 줄여서 쓴 이름이다.

"천희(千姬)라는 이름"을 앞서 일본에서 팔자 사납게 살았던 '센히메' 공주일 수 있다는 가능성을 제시했다.

백석은 센히메를 **"미역오리같이말라서 굴껍지처럼말없이 사랑하다 죽는다는"**, 즉 미역줄기같이 마르고 굴껍질처럼 말없이 사랑하다 죽은 존재로 표현했다. 습기가 빠지면 뻣뻣하게 굳는 미역 줄기나, 딱딱하고 울퉁불퉁한 석굴 껍질의 이미지는 불행한 여인의 운명을 상징한다. 미역줄기와 굴껍질은 한 여인의 삶에 대한 탁월한 비유다. 뻣뻣하게 굳은 미역은 쓰레기로 버려지고, 말라붙은 굴껍질은 시간이 흐르면 부서져 바람에 날아갈 뿐이다.

말라붙은 미역줄기나 부서져버릴 굴껍질처럼 살아온 천희를 화자는 **"오랜객주(客主)집의 생선가시가있는 마루방"**에서 만난다. 객주집은 보부상들이 머무는 집인데, 그 집에 누군가 먹다 흘린 생선 **"가시가 있는 마루방"**이라니 물비린내가 전해지는 듯하다.

조개도 울어버릴 바닷가의 유월 어느 날 저녁, **"소라방둥이붉으레한마당에 김냄새나는비가날였다."**며 시는 마무리된다. '소라방등'은 소라로 만든 등잔을 말한다. 낡은 항구, 말라가는 미역줄기, 버려진 굴껍질, 생선 가시가 바닥에 뒹구는 마루방, 살짝 어둠을 몰아내는 소라방등은 모두 한 대상, 천희라는 여성의 삶을 꾸며주는 보조도구들이다. 다만 어두워가는 시간에 '소라방등'은 백석이 천희라는 여인에게 주는, 아직 남은 희망 같은 것이 아닐까.

백석의 시 중에 가장 사랑받는 시, 가장 아름다운 연시를 읽어보자.

가난한 내가
아름다운 나타샤를 사랑해서

오늘밤은 푹푹 눈이 나린다

나타샤를 사랑은 하고
눈은 푹푹 나리고
나는 홀로 쓸쓸히 앉어 소주를 마신다
소주를 마시며 생각한다
나타샤와 나는
눈이 푹푹 쌓이는 밤 흰 당나귀를 타고
산골로 가자 출출히 우는 깊은 산골로 가 마가리에 살자

눈은 푹푹 나리고
나는 나타샤를 생각하고
나타샤는 아니 올 리 없다
언제 벌써 내 속에 고조곤히 와 이야기한다
산골로 가는 것은 세상한테 지는 것이 아니다
세상 같은 건 더러워 버리는 것이다

눈은 푹푹 나리고
아름다운 나타샤는 나를 사랑하고
어데서 흰당나귀는 오늘밤이 좋아서 응앙응앙 울을 것이다.

– 「나와 나타샤와 흰당나귀」, 《여성》3권 3호, 1938.3. 밑줄은 인용자

1연 첫 행에서 "가난한"이라는 단어가 주목된다. '가난한 나'와
'아름다운 나타샤'는 이루어질 수 없는 사랑처럼 대비된다. 백석은

마르키스의 「죠이스와 애란문학」을 번역하고 체호프 문학을 번역 소개하기도 했다. "나타샤"는 러시아 문학을 공부했던 백석에게는 자연스러운 이름이었을 것이다. 1938년 12월 말에 백석이 결혼하고, 자야가 함흥을 떠나 청진동으로 왔다. 이 무렵 백석이 자야를 다시 찾아왔다는 배경이 있지만, 이 글에서는 백석이 주변인을 보는 태도에만 주목하려 한다.

"**나타샤를 사랑해서 / 오늘밤은 푹푹 눈이 나린다**"라는 인과관계가 재미있다. "~해서"라고 했으니, 오늘밤 눈이 푹푹 내리는 이유는 가난한 내가 아름다운 나타샤를 사랑하기 때문이다. 그렇다면 눈이 두 사람의 사랑을 축복하고 응원하고 있다는 뜻이다. 시의 첫 연이 재미있다 보니 "가난한"이라는 단어가 진지하게 느껴지지 않는다.

2연 끝에 "**흰당나귀를 타고**" 산골로 가서 "**마가리**"(오두막집)에서 살자는 말은 다소 낭만적 혹은 도피적으로 읽힌다. "**흰당나귀**"는 백석과 윤동주가 모두 좋아하던 프랑시스 잠의 시에 자주 나오는 동물이다. 그냥 당나귀가 아니라, '흰'당나귀라고 강조하고 있다. '흰' 눈이 내리는 산골에 '흰'당나귀를 타고 가는 환상적인 분위기를 만들고 있다. 중심이 아니라 변두리인 "마가리에 살자"는 표현도 능동성을 보여준다.

3연에서 세상의 중심에 속하지 못하고 소외감을 느끼는 화자의 마음은 "**산골로 가는 것은 세상한테 지는 것이 아니다 / 세상 같은 건 더러워 버리는 것이다**"라는 문장으로 표현된다. 대단히 능동적인 표현이다. 자신있게 "**나타샤는 아니 올리 없다**"고 판단한다. 나타샤가 "언제 벌써 내 속에 고조곤히(조용히) 와 이야기한다"라는 표현도 재미있다. 나타샤도 자기 생각과 같다는 생각이다. 세상의 중심이 아니라 능동적으로 주변인의 삶을 자처하는 '나'의 태도에 나타샤도 동의한다는 말이다.

4연에서 **"오늘밤이 좋아서 응앙응앙"** 우는 흰당나귀는 나와 나타샤의 사랑을 응원하는 존재다. **"응앙응앙"**이라는 의성어는 "세상 같은 건 더러워 버리"면서 주변인을 자처하는 두 사람의 사랑을 응원하는 축복송으로 읽힌다. 가난한 내가 나타샤를 사랑하고, 눈이 푹푹 나리듯 나타샤를 사랑하고, 세상을 버리는 자세, 게다가 당나귀까지 **"응앙응앙"** 축복하는 모두가 낙관적인 능동성을 보여준다.

* 유튜브 〈나와 나타샤와 힌당나귀〉 참조.

20

명랑성,
가무락조개와 반딧불

― 백석 「가무래기의 낙」, 윤동주 「반딧불」

1급 세계문학, 2급 세계문학이라는 구분이 있다면, 어떤 잣대로 나눌 수 있을까. 내가 좋아하는 1급 세계문학은 슬픔과 가난과 죽음을 넘어서는 골계미(滑稽美) 같은 명랑성이 배어 있는 문학이다.

가령 카프카의 거의 모든 작품은 너무 슬프면서도 너무 재미있다. 「변신」은 얼마나 슬프면서도 재미있는가. 카프카의 「변신」에서 변신하는 것을 주인공 그레고르 잠자로만 생각하는데, 사실 진짜 변하는 이들은 잠자의 가족들이다. 돈을 벌어오던 잠자가 벌레로 변하자 가족들은 잠자를 버린다. 돈 벌어오던 가족이 장애인이 되면, 가족에게 졸지에 버림받을 수 있다. 벌레로 변했던 아들이 죽자, 오빠가 죽자, 가족들이 햇살 내리는 좋은 날 여행 떠나는 장면은 얼마나 슬프고, 얼마나 우스운가. 그 모습이 인간의 본래 모습 아닌가.

백석과 윤동주 작품에도 비슷한 명랑성이 있다. 슬프면서도 엄청 웃기는 명랑성이 숨어 있다. 카프카는 벌레, 말, 두더지, 독수리 등 온갖 사물로 인간을 비유하는데, 백석은 가무락조개를 친구로 등장시킨다.

> 가무락조개 난 뒷간거리에
> 빚을 얻으려 나는 왔다
> 빚이 안 되어 가는 탓에
> 가무래기도 나도 모도 춥다
> 추운 거리의 그도 추운 능당 쪽을 걸어가며
> 내 마음은 웃즐댄다 그무슨 기쁨에 웃즐댄다
> 이 추운 세상의 한 구석에
> 맑고 가난한 친구가 하나 있어서
> 내가 이렇게 추운 거리를 지나온 걸
> 얼마나 기뻐하며 락단하고
> 그즈런히 손깍지벼개하고 누어서
> 이 못된 놈의 세상을 크게 크게 욕할 것이다

– 「가무래기의 樂」 전문

‘가무락조개가 나온(난) 가까운 거리(뒷간거리)’(1행)에 빚을 얻으려
고 백석이 찾아간다. 가무락조개의 ‘가무락’은 ‘까무락’에서 온 말
로, 새까맣고 동그란 모시조개를 말한다. 화자는 돈이 없어 돈을 꾸
러 갔다가 빚을 얻지 못하고, 추운 응달에 있는 가무래기를 본다. 여
기서 화자는 가무래기를 가난한 친구로 의인화하고, 자신의 처지를
가무래기와 비교한다. 화자와 가무래기는 모두 해가 들지 않는 그늘
진 ‘능당’(‘응달’의 오식)에 있다. 시인은 “이 추운 세상의 한 구석에 /
맑고 가난한 친구(=가무래기)가 하나” 있다며 ‘락단하고’(즐거워서 손뼉

을 치고) 위로를 받는다. 여기서 가무래기는 세상에서 중심인물이 되지 못한 주변인이다.

백석 시인은 시 「선우사」에서도 "우리들은 가난해도 서럽지 않다 / 우리들은 외로워할 까닭도 없다 / 그리고 누구 하나 부럽지도 않다 // 흰 밥과 가재미와 나는 / 우리들이 같이 있으면 / 세상 같은 건 밖에 나도 좋을 것 같다."(「선우사」,《조광》 3권 10호, 1937.10)라고 했다. "세상 같은 건 밖에 나도 좋을 것 같다"라는 말은 일종의 단독자(單獨者, singularity) 선언이다. "산골로 가는 것은 세상한테 지는 것이 아니다 / 세상 같은 건 더러워 버리는 것이다."라는 표현도 마찬가지다. 이러한 표현은 세상에 대한 도피라기보다는 통쾌한 응답이다.

자본주의가 강요하는 '수치의 구조'에 굴복하지 않고 '외롭고 높고 쓸쓸하니 살아가겠다'라고 단단해 보이는 의지를 보여준다. 게다가 백석이 살던 당시의 일본 자본주의는 창씨개명(이후에 창씨개명을 하지만)과 천황 중심의 교육칙어를 강요하는, 거부할 수 없는 초자아였다.

물론 이러한 태도에 대해서 다른 의견을 가질 수도 있다. 하지만, 일단 백석은 외부적 가난을 냉소하면서, 반대로 명랑성으로 영적인 풍요를 얻으려 했다.

윤동주의 명랑성

「반딧불」이라는 시는 더욱 적극적이다.

가자 가자 가자
숲으로 가자

달조각을 주으러
숲으로 가자

그믐밤 반딧불은
부서진 달조각

가자 가자 가자
숲으로 가자
달조각을 주으러
숲으로 가자

　- 윤동주, 「반딧불」(1937)

숲으로 '반딧불' 주으러 가자는 구절이 재미있지만, 2연에서 "그믐밤 반딧불은 / 부서진 달조각"이라는 표현은 섬뜩하다. 보름달이었던 달이 자기 몸을 쪼개 조각을 떨구면 반딧불로 변하여 세상은 아주 조금 밝아진다. 윤동주는 초생달이나 반딧불 같은 존재가 되기를 꿈꾸었을까. 그의 시는 슬픔에 잠겨 있지 않고, "가자 가자"라고 리듬있게 권하는 명랑성을 갖추고 있다. 좋아하던 『맹자』에 깔려 있는 여민동락(與民同樂)의 세계다.

"슬퍼하는 자는 복이 있다"는 구절은 이미 온갖 슬픔을 명랑하게 노래해온 그에게는 자연스럽다.

슬퍼하는 자는 복이 있나니
슬퍼하는 자는 복이 있나니

슬퍼하는 자는 복이 있나니

슬퍼하는 자는 복이 있나니

슬퍼하는 자는 복이 있나니

슬퍼하는 자는 복이 있나니

슬퍼하는 자는 복이 있나니

슬퍼하는 자는 복이 있나니

저희가 영원히 슬플 것이오.

– 윤동주, 「팔복 (八福) – 마태복음 5장 3~12」(1940.12) 전문

부제 "마태복음 5장 3~12(절)"에서 윤동주는 팔복의 여덟 구절 중 두 번째 복을 선택하여 여덟 번 반복한다. 1940년은 일본을 포함한 세계가 전쟁을 하기 직전, 야만의 시대였다. 이제까지 많은 연구자들이 이 시를 신앙을 회의(懷疑)하는 자세, 혹은 시대에 대한 풍자시로 풀었다. 시를 해석하는 가장 좋은 방법은 그 시를 쓴 시인의 다른 시를 열쇠로 삼아 여는 방식일 것이다. 같은 12월에 쓴 「위로」와 「병원」을 읽으면 이 시를 그렇게 해석할 수 없다. 「위로」와 「병원」을 읽으면, 「팔복」의 마지막 행은 "저희가 (슬퍼하는 자와) 영원히 (함께) 슬플 것이오"로 읽힌다. 슬픔과 동행하겠다는 「팔복」은 그 자체로 다짐이다. 그것은 타인의 고통과 피로를 함께 나눌 때 회춘(回春)을 만끽한다는, 탈진한 자아의 피로가 아니라 '우리-피로'(페터 한트케)이기도 하다. 「팔복」과 같은 시기에 발표된 「병원」을 보면 윤동주가 주변인의 슬픔을 함께하며 "영원히 슬플 것"이라는, 더욱 적극적인 태도가 나타난다.

나도 모를 아픔을 오래 참다 처음으로 이곳에 찾아왔다. 그러나 나의 늙은 의사는 젊은이의 병을 모른다. 나한테는 병이 없다고 한다. 이 지나친 시련, 이 지나친 피로, 나는 성내서는 안 된다.

여자는 자리에서 일어나 옷깃을 여미고 화단에서 금잔화 한 포 기를 따 가슴에 꽂고 병실 안으로 사라진다. 나는 그 여자의 건강 이 – 아니 내 건강도 속히 회복되기를 바라며 그가 누웠던 자리에 누워본다.

– 윤동주, 「병원」(1940년 12월) 2, 3연

이 시에서 '병원'은 그가 찾아갔던 공간일 수도 있으나 식민지 조 선으로 읽힌다. 식민지의 젊은 청년은 자신의 병을 모른다. "성내서 는 안 된다"는 말은 무슨 뜻일까. 식민지 통치에 대해 분노하거나 저 항해서는 안 되는 상황으로 이해할 수 있겠다. 강요된 침묵 속에서 살아갈 수밖에 없는 비탄스런 상황이다. 이런 시대를 어떻게 견뎌야 할지, 윤동주는 넌지시 밝힌다.

"화단에서 금잔화 한 포기를 따 가슴에 꽂고" 사라지는 모습은 절망 과 질병의 상황에서 작은 회복을 암시하는 희망으로 읽힌다. 이어 서 시적 화자는 여자와 자신의 건강이 속히 회복되기를 바라며, "그 가 누웠던 자리에 누워본다." 고통받는 주변인과 병을 모르는 또 다 른 주변인이 회복하는 방법은 다른 곳에 구원이 있는 것이 아니라, 주변인이 주변인 '곁으로' 다가가는 실천에 있음을 암시하면서 시는 마무리된다. 작은 행동이지만 '곁으로' 가는 실천은 '고통의 연대'를 통한 희망을 보여준다.

「팔복」「병원」「위로」(1940.12)를 쓰고 5개월 후에 쓴 「십자가」 (1941.5)에서 **"괴로웠던 사나이/행복한 예수·그리스도에게/처럼"**, 슬픔과 함께 살아왔던 예수는 괴로웠지만 행복했다고 본다. 이어서 십자가가 허락된다면 모가지를 내놓겠다고 한다. 모가지를 내놓는 태도야말로 "영원히 슬퍼하"겠다는 다짐이다. '늪을 기어가는 기쁨'이라는 쥬이상스(라캉)라는 말을 빌릴 것 없이, 동주는 괴로웠던 사나이가 선택했던 행복을 택한다.

> 모든 죽어가는 것을 사랑해야지
> 그리고 나한테 주어진 길을
> 걸어가야겠다.
> 오늘밤에도 별이 바람에 스치운다
>
> – 윤동주, 「서시」(1941.11)에서

「서시」에서 **"모든 죽어가는 것을 사랑"**하겠다며 함께 슬퍼하는 행복을 택한다. 「서시」에서 **"그리고"**라는 단어는 아마득하다. "모든 죽어가는 것을 사랑해야지"라고 쓰고, **"그리고"**라고 썼다. 산문이든 시든 접속사는 되도록 안 쓰는 게 좋다. 다만 특별한 의미가 있을 때만 써야 한다. 「서시」에서 "그리고"는 단순한 접속이 아니라, 시간의 흐름을 말한다. '그 다음에'라는 뜻이다. 순서로 보면 첫째 하늘을 우러러 부끄럼 없이 살아가리라는 자기성찰을 한 뒤, 둘째 "모든 죽어가는 것을 사랑"한 그 후에, 셋째 마지막으로 "나한테 주어진 길을 / 걸어가야겠다"고 다짐한다.

"한점 부끄럼 없기를" 바라는 자기성찰과 "모든 죽어가는 것을 사랑"한 이후에 **"그리고"** 나서 나한테 주어진 길, 가고 싶은 길을 가겠단다. 내게 주어진 길을 가기 전에 먼저 죽어가는 것을 사랑하겠다는 못 말릴 다짐이다. 함께 통곡하면 위로가 되고, 연대가 생기며, 힘이 솟는다. **"영원히"** 함께 슬퍼하고 함께 웃는 삶이 행복하다며 그는 축하보다 애도 곁으로 가려 한다. 영원히 슬퍼하는 행복한 몰락에 동의하지 않는 자에게 윤동주는 그냥 교과서에 실린 시, 혹은 팬시 상품일 뿐이다. 모든 죽어가는 것 곁에서 영원히 슬퍼하는 길, 이 짐승스런 시대에 긴급히 필요한 행복론이다.

시의 힘, 명랑성

백석 시 「가무래기의 낙」이나 윤동주 시 「오줌싸개 지도」는 제목부터 재미있다. 두 시인은 슬픈 현실을 명랑한 방식으로 전하려 한다.

명랑성이라는 단어가 미학의 관념으로 추앙받은 것은 니체가 28살 때 쓴 『비극의 탄생』 덕분이다. 비극을 많이 써낸 그리스인들이지만 그들은 늘 즐거운 명랑성을 갖고 있었다. 비극 속에서 웃으며 살 수 있는 힘, 이 명랑성은 우리 판소리 마당극에서도 발견할 수 있는 해학(諧謔)이기도 하다. 명랑성이란 이유없이 깔깔대는 방정맞은 개그가 아니다. 비극을 체험한 이들이 그 비극을 관통해서 자아내는 익살이며 유머다. 한국문학에서 비극적 명랑성은 김학철 소설 「발가락이 닮았네」(『항전별곡』)나 김수영의 풍자성 짙은 시에서도 만날 수 있다. 필리핀 결혼이주자인 어머니와 난쟁이 아버지 사이에서 태어난 꼴통 아들의 이야기 『완득이』에서도 명랑성을 품고 가난을 대한다.

니체는『비극의 탄생』에서 명랑성에 대해 여러 번 언급했고, 명랑성은 그의 평생을 관통하는 중요한 개념이다.

> 지금 '그리스의 명랑성'에 대해 말해도 좋다면, 그것은 어려운 것을 책임지지 않고 원대한 꿈을 추구하지 않으며, 지나간 것이나 미래에 올 것을 현재 있는 것보다 높이 평가하지 않는 노예들의 명랑성인 것이다.
>
> — 니체, 『비극의 탄생』, (책세상, 2005), 92면

> 이 명랑성은 과거 그리스인들의 멋진 '소박성'과는 정반대다. 이 소박성은 앞에서 교정했듯이 어두운 심연으로부터 자라나온 아폴론적 문화의 꽃이며, 그리스적 의지가 미의 거울을 가지고 고통과 고통에서 얻은 지혜와 대적하며 거둔 승리다. '그리스적 명랑성'과는 다른 형태의 명랑성 가운데 가장 고귀한 형태는 알렉산드리아적 명랑성인데, 이 명랑성은 이론적 인간의 명랑성이다.
>
> — 니체, 앞의 책, 133~134면

> 영원한 재발견의 명랑성, 적어도 그 순간에는 현실적이라고 상상할 수 있는 목가적 현실에 대한 쾌적한 즐거움이 그 모습에 서려 있다. 그러나 언젠가 한번은 이 상상의 현실이 환상적이고 어리석은 노닥거림에 불과하다는 것을 알게 될 것이다.
>
> — 니체, 앞의 책, 145면

니체가 초인으로 본 것은 '놀이할 수 있는 창조적 아이'였다. 부

조리한 삶이지만, 순간 순간의 운명을 사랑하는 아모르 파티(Amor Fati)를 즐기며 살아야 한다고 니체는 강변한다. 니체는 그가 거의 마지막에 쓴 『차라투스트라는 이렇게 말했다』(4부 87면)에 이렇게까지 썼다.

나는 웃음이 신성하다고 말했다. 그대들 보다 높은 인간들이여, 내게 배워라 - 웃음을!

백석은 「가무래기의 樂」에서 명랑성으로 빈곤의 순간을 잠깐이라도 잊거나 이겨내려 한다. 가장 힘들 때 춤을 추었던 탈춤의 해학, 끊임없는 전쟁의 비극 속에서 웃었던 그리스인들의 예술에 담겨 있는 힘이 명랑성이었다. 윤동주 시 「오줌싸개 지도」「호주머니」「반딧불」에서 나오는 힘의 근원에도 명랑성이 있다.

백석의 가난, 동주의 실천

윤동주는 주변인을 대상에 놓고 그것에 대해 '적극적인 다짐'을 암시(暗示)하고 있다. 윤동주의 시 「팔복」「병원」「위로」「십자가」에서 '고통과의 연대'를 읽을 수 있다. 동주는 "행복한 예수 그리스도에게 / 처럼 / 십자가가 허락된다면"(「십자가」,1941.5) 모가지를 드리우고 죽어도 좋다고 다짐하거나, "모든 죽어가는 것을 사랑해야지"(「서시」,1941.11)라고 다짐한다. 한편 백석은 모든 것을 잃은 자기 체험을 기반으로 '체험적인 심려'를 담아내고 있다. 고형진은 백석 시에 나타나는 형용사를 조사하여 다음과 같이 밝혔다.

백석 시에 나타난 의미 있는 고빈도 형용사 어휘는 '무섭다' '외롭다' '쓸쓸하다' '서럽다' '슬프다' '좋다' '가난하다' 등이다. '무섭다'는 17회, '외롭다'는 5회, '쓸쓸하다'는 22회, '서럽다'는 11회, '슬프다'는 5회, '좋다'는 25회, '가난하다'는 14회 등장한다 (이 빈도수는 형용사에 국한된 것이고, 같은 뜻으로 동사화된 것까지 포함하면 그 수는 훨씬 늘어난다). 이 중에서 '외롭다'와 '쓸쓸하다'는 거의 비슷한 뜻이며, '슬프다'와 '서럽다'도 비슷한 뜻이다. 전자가 추상성을 지닌 말이라면, 후자는 보다 구체성을 지닌 말이다. 그래서 백석은 '외롭다'보다는 '쓸쓸하다'를, '슬프다'보다는 '서럽다'는 말을 더 많이 쓰고 있다. 이렇게 볼 때 백석 시에서 가장 많이 구사된 형용사는 '무섭다' '쓸쓸하다' '서럽다' '좋다' '가난하다'는 말이라고 할 수 있다.

– 고형진, 「'가난한 나'의 무섭고 쓸쓸하고 서러운, 그리고 좋은」, 《批評文學》45, 한국
    비평문학회, 2012, 30면

백석과 동주의 시를 좋아하는 독자들 중에 가난하고 뿌리 뽑힌 주변인을 대하는 두 시인의 심려에 공감하는 이들이 적지 않을 것이다. 백석과 윤동주를 좋아하는 것이 단지 유행에 그친다면 안타까운 일이다. 주변인을 향한 두 시인의 마음이 각박한 이 시대에 절실하기에 두 시인을 더욱 절실히 호명하는 독자들도 적지 않을 것이다.

3부

어진 사람들, 디아스포라

1939년 정현웅이 잡지《문장》에 쓰고 그린 백석의 프로필. 정현웅과 백석은 서울 뚝섬에 이웃해 살았고, 조선일보 출판부에 책상을 나란히 놓고 일했다. 정현웅의 글을 현대어로 옮기면 아래와 같다.

이것은 청년 시인이고, 잡지 여성 편집자 미스터 백석의 프로필이다. 미스터 백석은 바로 내 오른쪽 옆에서 심각한 표정으로 사진을 오리기도 하고 와리쓰게(편집 배정)도 하고 있다. 그래서 나는 밤낮 미스터 백석의 심각한 프로필만 보게 된다. 미스터 백석의 프로필은 조상(彫像)과 같이 아름답다. 미스터 백석은 서반아 사람 같기도 하고 필리핀 사람도 같다. 미스터 백석도 필리핀 여자를 좋아하는 것 같다. 미스터 백석에게 서반아 투우사의 옷을 입히면 꼭 어울릴 것이라 생각한다. 현웅 《문장》, 1939년 7월호)

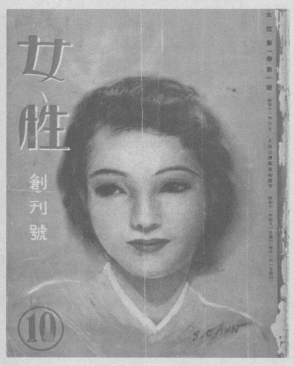

1936년 4월 창간한 《여성》 창간호 표지. 백석은 화려한 색도(色度) 인쇄에 문예와 가정생활 등을 주요 기사로 다룬 이 잡지의 편집을 담당했다.

21

만주,
신경이란 어떤 곳인가

살다가 지치면 아예 다른 곳, 다른 나라에 가서 살고 싶을 때가 있다. 단순한 여행으로 일탈하는 것이 아니라, 이 답답한 공간을 '탈출'하고 싶은, 참을 수 없는 마음이 든다. 아무도 나를 알아보지 못하는 땅, 뭔가 새로운 기운을 북돋을 것만 같은 공간에서 새롭게 인생을 살아보고 싶은 것이다.

29세의 백석은 1940년 1월 혹은 2월 초에 만주로 향한다.

갑작스럽다고 해야 할까. 중국 신경으로 떠나면서 20대의 남은 시절을 완전히 떠돌이로 지냈다. 백석이 만주 신경으로 언제 떠났는가에 대해서는 논의가 많다. 개인적인 증언이기에 확인이 필요하지만, 일단 백석의 연인이었던 자야 여사는 가장 확실한 시기를 알려주는 기록을 남겨 놓았다.

이 어이없는 독화살을 나의 가슴에 꽂아놓고, 당신은 그만 혼자서 쓸쓸히 만주의 신경으로 아주 떠나버렸다. 그때 보았던 당신의 초췌한 뒷모습이 내가 보았던 당신의 마지막 모습이자 우리 둘 사이의 영원한 이별이었다. (중략) 당신이 떠나시고 난 후 나는 갑자기 처참한 이별을 해버린 그 집에서 한시도 머무르고 싶은 생각이 없었다. 당장 종로 쪽으로 나와서 새로운 집을 구하려 다녔다. 그때가 마침 선달 그믐날, 마침 관수동에 마땅한 집이 하나 있다길래 급한 마음에 이것저것 확인하지 않고, 되는대로 짐부터 옮기고 말았다.

– 김자야 에세이, 『내 사랑 백석』(문학동네, 1995). 167~168면.

직장, 가족, 문우와 사랑하는 사람을 떠나 만주로 떠나는 연인에 대한 감정적인 서술로 일관되어 있는 이 자료에 대해서는 당연히 정치한 검토가 필요하다. 김자야 여사에게는 '영원한 이별'의 상처가 있는 날, 집을 이사한 날이 1940년 2월 7일이었다.

1939년 12월 10일에 인쇄납본한 1940년 1월호 《문장》에는 백석의 주소가 '경성부(京城府)'로 명확히 쓰여 있다. '조선일보사 출판부를 역임, 현재는 시작에 정진'(文章社編輯部編纂, 「朝鮮文藝家總攬」, 《文章》, 1940.1. 236면)이라는 문구를 보았을 때, 이미 백석은 1939년 12월 이전에 조

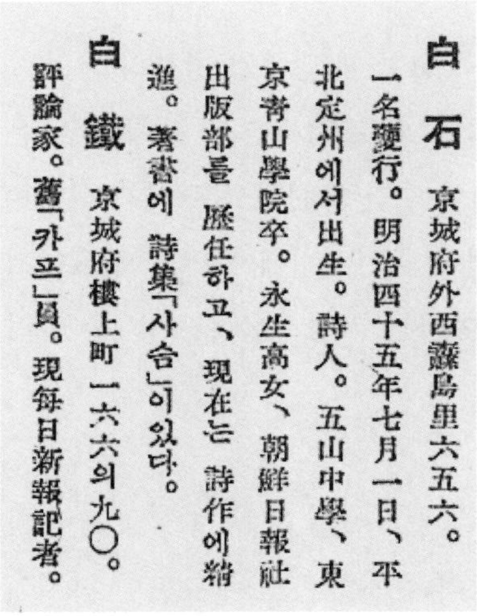

白石 京城府外西蘇島里六五六。一名夔行。明治四十五年七月一日、平北定州에서出生。詩人。五山中學、東京靑山學院卒。永生高女、朝鮮日報社出版部를 歷任하고、現在는 詩作에精進。著書에 詩集「사슴」이있다。

白鐵 京城府樓上町一六六의九〇。評論家。舊「카프」員。現每日新報記者。

1940년 1월호 《문장》에 기록된 백석의 주소

선일보사를 퇴사한 것으로 보인다. 1940년 3월 22일과 4월 5일부터 7회에 걸쳐《만선일보》에 연재된 「內鮮滿文學座談會」에서 백석 이름 옆 괄호 안에 '국무부 경제부' 소속 직원으로 소개되어 있기 때문에, 자야 여사의 증언은 객관적으로 가장 타당한 시기로 판단된다. 결국 백석이 신경으로 떠난 시기는 1940년 2월 7일에서 가까운, 1940년 1월말이나 2월초다.

1940년 '신경'의 디아스포라

끝없는 만주 벌판에서 왜 백석이 하필 신경을 택했는가는 다각적으로 검토할 수 있겠다. 김자야 여사는 "무언의 반항으로 그 지존하신 어버이에게 감히 등을 돌리고 머나먼 이국땅 북만주 황야로 떠나기로"(김자야, 앞의 책, 164면)했다고 하지만, 백석은 정처없이 떠난 것이 아니라, 신경을 목적지로 정해두었다.

역사적인 배경을 살펴보면 백석이 신경(현재 장춘)을 택한 이유를 이해할 수 있다. 신경은 당시 정치·문화·행정은 물론 지도를 보아도 만주의 중심지였다. 안수길의 『북간도』(《사상계》1959~1967년)는 당시 역사적 배경을 잘 설명하고 있다.

점령 일본군은 치안을 확보하는 한편 청제국(淸帝國)의 최후의 왕(王) 부의(溥儀)를 집정(執政)으로 삼는 정체(政體)를 마련했다가 그를 황제(皇帝)의 위로 올려놓고 만주국(滿洲國)의 독립을 선언했다. 1932년 3월의 일이었다.

민족협화(民族協和) 왕도정치(王道政治)를 건국이념으로 내세웠다.

장춘(長春)을 신경(新京)으로 개칭하고 수도(首都)로 정했다.

- 안수길, 『북간도·2』(미래의창, 2004), 321면

일제는 만주국(1934~1945)을 세운 후 장춘(長春)을 수도로 삼으면서, '새로운 수도'라는 뜻의 '신경(新京)'으로 호칭한다. 일제는 이 도시를 100만 인 규모로 설계하고 마치 런던과 같은 유럽풍 대도시를 건설하기 시작했다. 당시 신경을 다녀온 유진오는 「신경」(1942.10)에서 이렇게 쓰고 있다.

　그 기대하던 신경은 과연 철(유진오-인용자)의 예상에 어그러지지 않았다. 남신경(南新京) 근처부터 벌써 벌판 이곳저곳에 맘모스 같은 거대한 건축물이 우뚝우뚝 보이더니 이내 웅대한 근대도시가 벌어지기 시작했다. 아직도 건설도중이라는 느낌은 있었으나 갓 나온 연녹색 버들 사이로 깨끗한 콘크리트의 주택들이 깔리고, 멀리 보이는 큰 건축물들의 동양적인 지붕도 눈에 새로웠다.

- 유진오, 「신경」,《春秋》1942.10.

당시 지식인이라면 꼭 가보고 싶은 신경을 찾아간 소설가 유진오는 신선한 충격을 느낀다. 옛 장춘이 완전히 사라진 새로운 도시였던 것이다. 맘모스 같은 거대한 건축물을 세우면서도 동양적인 지붕을 올려놓는 것을 서양에서 벗어나려는 창조로 평가하기도 한다. 유진오와 함께 신경에 갔다가 1942년 5월에 사망한 이효석은 서울의 광화문과 비견되는 "대동대가(大同大街)의 인상은 서울에도 동경에도 또는 어느 도시에도 쉽사리 맛볼 수 있는 것이다. 어디에서든 있

이효석이 모방이라고 비평했던 신경의 중심도로인
길이 10킬로미터의 대동대가(大同大街)

는 이런 종류의 모방을 발견함이란 미를 찾는 사람에겐 무의미하기
짝이 없는 것이다. 대마로는 물론, 대동가에 영향됨이 없이 특색을
지키고 그 독자적인 쪽으로 늘려가야 할 터이다"(李孝石, 「新しいと古
さ」, 『滿洲日日新聞』 1940.11.26~27.)라고 비평하기도 했다. 이 대동대
가는 이후 '스탈린대가'로 불리기도 했다.

　일본의 관동군 사령부, 만주중앙은행, 골프장 등이 있었던 국제도
시 신경은 "내 차에도 신경행, 북경행, 남경행을 달고 싶다. 세계일
주행이라고 달고 싶다"(산문 「종시(終始)」,1939)고 말할 정도로 윤동주
에게도 북경이나 남경과 비견되는 큰 도시였다. 1940년 1월경 백석
이 신경으로 떠나고 석 달 후 박정희는 1940년 4월 만주 신경육군
군관학교에 입학, 1942년 3월에는 만주 신경육군군관학교를 졸업
하며, 황제 푸이에게 금시계 은사품을 받는다. 박경리 대하소설 『토

지』의 주요인물은 주로 신경에서 활동하고 있었다. 시인 김춘수는 보통학교 4학년 때 수학여행을 갔던 신경을 "글자 그대로 새로운 서울이다. 도로가 훤하게 넓게 뻗었고 신흥고층건물이 시가를 메우고"(김춘수, 『꽃과 여우』, 민음사. 1997. 88면) 있었다고 표현하고 있다.

당시 신경은 경성보다도 규모로 봐도 더 크고 새로웠던 유럽풍의 모던 도시였다. 유튜브에서 '新京'을 검색해 보면 〈満州国国都, 新京〉이라는 방송을 볼 수 있다. 이 방송을 보면, 제국 일본이 100만 명 규모의 도시로 계획하여 신경을 건설하는 과정을 볼 수 있다. 도쿄와 비슷한, 신경 긴자라고 하는 요시노[吉野] 거리, 니혼바시[日本橋]를 건너 비즈니스 거리, 38인 승차의 도시유람 관광버스, 도쿄제국호텔과 비견되는 대형 호텔 등도 볼 수 있다.

1940년 1월경에 신경으로 간 백석은 3개월 만에 신경에 있는《만선일보》의 좌담회에 참여한다. 백석이 '국무원 경제부' 소속으로 소개된 것을 보면 미리 일자리 정보를 알고 신경으로 떠난 것이 아닌가 싶다.

따라서 인구 25만 명의 대도시 신경을 택한 백석의 선택은 먹을 것이 없어 간도개척사업을 택한 유민(流民)과는 다른 것이다. 흔히 알려진 만주의 유이민 조선인과 신경의 중심부에 살던 부유한 조선인은 전혀 다른 삶을 살고 있었다. 백석은 나라 잃은 비애를 잊고 밤낮 실없이 웃고 떠드는 부유한 조선인들의 삶을 비판하기도 했다(백석, 「조선인의 요설(饒舌)」《만선일보》, 1950.5.25~26). 그러나 '백석과 만주'에 관해 연구한 논문들이 대부분 백석의 시를 기존의 농촌 개척과 궁핍을 상징하는 '유이민시'의 틀에 두고 분석하고 있다.

주의해야 할 것은 이 시기에 백석이 쓴 시가 아닌데 백석의 시로 알려진 경우다. '한얼生'이라는 전혀 다른 이를 백석으로 오인하여 분석한 논문들이 많다. '한얼生'의 시 「고독」 「설의」 「고려묘자」 「아까시야」 등을 백석 시로 분석한 논문이 있는데, 어처구니없는 노릇이다. 기초 자료가 부실한 논문은 헛된 영향을 끼친다. 그 목록을 나열하는 것은 자칫 연구자를 매장하는 격이 될 수 있기에 여기에 쓰지는 않겠다. 다만 한얼生의 시를 중심으로 백석을 분석하여 단행본으로 출판한 오양호의 『백석』(한길사, 2008)은 그 파급력이 심각하게 염려되어 명기한다.

이후 설명하겠으나 가령 백석의 「흰 바람벽이 있어」는 도시에 사는 경계인의 고뇌를 영상적 모더니티로 다루고 있다. 일반적으로 만주 개척을 위해 떠나던 궁핍한 유이민의 시와는 달리, 백석의 시는 만주국 시기 이른바 '시현실파'에 속했던 리수형, 강욱, 신도철, 함형수, 황민과 비교하는 편이 가깝지 않을까 싶다. 신경에서 발표한 백석의 시는 만주라는 큰 틀에서 한 단계 더 들어가, 도시적인 특수한 상황을 궁구(窮究)해야 할 것이다.

번화한 신경에서 발표한 백석 시는 기존의 유이민 시와 같은 계열에서 다루기 힘들다. 번화한 신경에서 백석은 작품활동을 계속했다. 만주에 머문 기간에 발표한 작품을 보면 다음과 같다.

「수박씨, 호박씨」, 《인문평론》 93, 1940.6

「북방에서-정현웅에게」, 《문장》 18호, 1940.7.

「허준」, 《문장》 21호, 1940.11.

「『호박꽃 초롱』 서시」, 『호박꽃 초롱』, 1941.1.

「조당에서」 「두보나 이백같이」, 《인문평론》 16호, 1941.4.

「국수」「촌에서 온 아이」「흰 바람벽이 있어」,《문장》26, 1941.4.
「귀농」,《조광》7권 4호, 1941.4.

물론 시 외에도《조광》이나《야담》에 러시아 작가의 소설을 번역 발표하고, 1940년에 조광사에서 토마스 하디의 소설『테스』를 번역하기도 했지만, 우리가 주목하는 것은 신경에 머무는 동안 발표한 시 10편, 1941년에 발표한 시가 7편이나 된다는 사실이다. 1941년은 백석이 실업자가 된 해였다. 자야 여사는 이렇게 증언한다.

그(송지영-인용자)는 만주에서 당신(백석-인용자)과 함께 같은 하숙에서 지냈다고 했다. 당신은 그때 신경에서 무슨 관청인가를 다니고 있었다는데 어느 날 느닷없이 창씨(創氏)를 하라는 일본인 상사의 명령이 있었다고 한다. 그러나 당신은 무엇으로 보나마나 호락호락 순순히 창씨를 받아들일 품성이 아니었다. 그래서 부득불 직장에 사표를 던지고 나오게 되었고, 그 후로도 아마 많은 고생을 겪었을 것이라고 했다.
– 김자야, 앞의 책, 177면

창씨개명을 거부한 사건으로 백석은 만주국 국무원 경제부의 관료생활을 1940년 3월에 시작하여 9월경에 사직했다. 그때부터 백석은 신경에서 '실업자 디아스포라'가 되었다. 한편, 그 무렵 백석보다 다섯 살 젊은 윤동주는 연희전문을 졸업하고 일본으로 유학을 준비하고 있었다.

두 사람 모두 1941년에 중요한 시들을 발표한다. 1941년에만 백석은 8편의 시를 발표하고, 1945년이 될 때까지 더 이상 시를 발표하지 않았다. 윤동주는 1941년 「무서운 시간」 「눈 오는 지도」 「새벽이 올 때까지」 「태초의 아침」 「또 태초의 아침」 「십자가」 「눈감고 간다」 「바람이 불어」 「못 자는 밤」 「간판없는 거리」 「또 다른 고향」 「길」 「별 헤는 밤」 「서시」 「간」 등 19편의 시를 발표한다.

역사적으로는, 평론은 거의 일본어로 쓰여진 친일어용잡지 《국민문학》 창간호가 1941년 11월 1일에 나오고 한 달도 채 안된 12월 8일 진주만 기습사건이 있던 해였다. 이들에게 1941년은 이른바 발터 벤야민이 말한 '메시아적 사건'이라는 '일회적 사건'이 일어났던 시기였을까.

* 유튜브 〈백석과 '신경'〉 참조.

22

만주국
경제부 직원

- 만주국 경제부, 백석 거주지, 조선인의 요설지역, 창씨개명

백석이 거주했던 만주국 수도 신경, 지금은 장춘으로 불리는 곳을
나는 두 번 찾아갔다. 당시 일본 제국이 만주국을 어떻게 축조했는
지 거리를 걸으며 체험한다. 장춘의 거리를 걷다 보면 마치 이탈리
아 로마 거리를 걷는 기분이다. 서양식 정원 안쪽에 석조전이 있거
나, 도로변에 거대한 석조전이 이어져 있다. 오랜 시간을 견뎌온 석
조전들은 묵묵하고 우중충한 색을 띠고 있다.

1940년 2월 29세의 백석은 만주국 수도 신경(新京)으로 향한다.
백석이 신경을 새로운 터전으로 정하고 향했던 이유는 세 가지로 생
각해볼 수 있겠다.

첫째, 사랑했던 자야와 자유로운 사랑을 나누지 못하게 하는 가족
의 방해에 대한 반감이다. 기생과는 결혼해서 안 된다는 봉건적 관
습을 백석은 받아들일 수 없었다. 자야와 만주로 함께 가자고 설득
하지만 자야가 받아들이지 않자 백석은 혼자 만주로 향한다.

둘째, 당시 새로운 신천지요 꿈의 도시로 홍보되었던 신경에 대한

동경이 백석을 만주로 이끌었을 것이다.

셋째, 백석이 품고 있었던 노마드적 성격도 한 요인이었다고 볼 수 있겠다.

만주, 중국 표기로는 '위만주국(僞滿洲國)', 약칭으로 '위만(僞滿)'으로 불리는 지역에서 백석은 내면의 고통을 겪으며 빼어난 작품들을 창작했다. 이 시기의 작품을 검토하려면 시에 대한 미세한 분석은 물론이요 그 시가 생산된 관련 지역에 대한 연구도 무시할 수 없다.

본래 신경은 몽골8기 궈어뤄스치(郭爾羅斯旗)가 지배하던 인구 8만 정도의 작은 진(鎭)이었다. 1931년 9월 18일 일본군은 만주사변을 일으켜 물이 많고, 토족 숫자가 적고, 넓은 평야인 장춘 지역을 점령하고 새로운 도시라는 뜻의 신경으로 이름을 바꾼다. 이곳을 수도 삼아 청나라 황실의 후예인 푸이(溥儀)를 꼭두각시 황제로 앉힌 후 섭정을 시작했다.

백석이 만주로 가서 발표했던 시에 관한 연구 중 주목할 만한 연구가 있다. 왕염려의 연구는 이제까지 잘못된 백석의 연보를 바로잡고, 시 「귀농」에 나오는 '백구둔(白狗屯)'의 실제 위치를 현장 답사하여 사실을 파악하는 등 뛰어난 자료 발굴과 현장 조사로 이루어진 논문이다. 근간에 나온 백석에 관한 논문 중에 주목을 요하는 논문으로 판단된다(王艷麗, 「백석의 '만주' 시편 연구-만주 체험을 중심으로」, 인하대학교 대학원, 2010).

백석이 신경에서 썼던 글의 배경이 되는 지역에 대해 조사해보고 싶은 마음이 있었다. 다롄민족대학 남춘애 교수와 충남대 박수연 교수의 도움으로 나는 두 차례 장춘으로 향했다. 백석이 신경에 도착하자마자 3월부터 근무했던 만주국 경제부, 백석이 거주했던 동네를 찾아갔다.

백석의 직장, 만주국 경제부

장춘은 걸어서 다니면 백여 미터 안에 옛 만주국 정부 건물들이 계속 이어져 있을 정도로 그대로 남아 있다. 장춘은 동서 도로를 '~로(路)', 남북 도로를 '~가(街)'라고 한다. 원래 주나라에서 시작된 동양 전통 때문에 그렇다고 한다. 그 길들을 중심으로 인민대가(최남선), 신민대가(백석), 동삼마로(백석), 서칠마로(백석), 동지가(《만선일보》 건물), 장춘역 맞은편 대화호텔(박팔양), 건국대 근처(최남선) 유적지를 답사했다. 백구둔(백석)도 확인하고 싶었으나 거리가 멀어 가볼 수 없었다. 마지막으로 만주국 황궁을 탐방했고, 황궁 안에 있는 책방에서 귀한 지도며 책자를 구할 수 있었다.

백석이 근무한 옛 만주국 경제부 건물. 지금은 길림대학 베쑨의과대학 건물로 쓰이고 있다.
© 김응교

《만선일보》는 1937년 7월 21일부터 1945년 상반기까지 신경에서 간행되었다. 전신은 《만몽일보》였다. 《만몽일보》는 1933년 8월 25일에 창간되어 1937년 10월 21일 제호를 《만선일보》로 바꾸었다.

'위만 경제부' 옛 사진은 쉽게 구할 수 있었다. 2016년에 갔을 때 옛 건물 형태가 그대로 보존되고 있는 것을 확인했다.

당시 백석의 사회 생활에 도움을 준 박팔양(朴八陽, 1905~1988)과 백석은 만주 생활 내내 연결되어 있었다. 1937년부터 만주로 이주했던 박팔양은 이른바 '오족협화회'와 《만선일보》 기자로 이미 안정된 삶을 살고 있었다. 당시 백석보다 일곱 살 많았던 박팔양은 《만선일보》 기자와 만주국협화회 중앙본부 홍보과 일을 겸직하면서 백석이 만주에 안착하도록 도왔다.

1940년 4월 5일부터 11일까지 6회에 걸쳐 「내선만문화좌담회(內鮮滿文化座談會)」가 《만선일보》에 실린다. 만주와 일본 문화를 연구하는 '만일문화협회(滿日文化協會)'에서 박팔양이 주재했던 《만선일보》 학예부 주최로 이루어졌던 모임이다. 일본인 대표자인 '내지인 측'은 만일문화협회 상무주석 등 4명, 만주인 대표자인 '만계측'은 작가 2명, 그리고 조선인 대표자인 '선계측'이 6명 자리했다. 조선계 측에는 협화회 홍보과의 박팔양, 국무원 경제부의 백석, 《만선일보》 기자 이갑기, 김영팔, 이마무라 에이지[今村榮治], 신언룡이 참여했다. 조선인 참여자 중 박팔양의 이름이 맨 앞에 있는 것은 그의 위상을 보여준다. 4월에 보도된 기사에서 백석은 '국무원 경제부' 소속으로 기록되어 있지만, 만주 문단의 경향을 묻는 질문 외에 좌담회에서 특별한 언급을 남기지 않았다.

1940년 5월 9일과 10일 두 차례에 걸쳐 「슬픔과 眞實-여수박팔양씨시초독후감」이란 백석의 글이 실린다. 이 글의 필자 소개에 "필자 백석 군은 전《조선일보》기자로서 조선시단의 최첨단에 서 있는 시인. 현재는 신경에 거주하야 경제부에 근무중"이라고 쓰여 있다.

1940년 5월 24일《만선일보》에는 학예면에 「박팔양 씨 저『여수시초(麗水詩抄)』記念會來廿七月大和 호텔에서」라는 뉴스인지 광고인지 판단하기 어려운 보도가 실려 있다. 여수(麗水)는 박팔양의 필명이다. 출판기념좌담회 발기인 10명의 이름으로는 만주국 고등문관 행정과고시에 합격하여 위만주국 개척총국의 관리로 있던 신기석, 조선총독부 기관지《매일신보》에 근무한 적이 있고 당시《만선일보》편집국장이었던 홍양명, 극작가이며 아나운서인 조선인협화회 문화부장 김영팔,《만선일보》예능부 부장 이갑기, 취재부장 신영우 등 신경에 거주하던 유명한 문인들의 이름이 나열되어 있는데, 그 명부에 '국무원 경제부 백석'의 이름이 쓰여 있다(최삼룡, 「박팔양의 두 얼굴과 표현」,『해방전 조선족 문학연구』, 연변 : 연변인민출판사, 2014, 15~16면).《만선일보》에 '국무원 경제부' 소속 백석의 이름이 네 차례 등장하는데에는 박팔양의 도움이 컸으리라.

기념좌담회가 열렸던 대화호텔은 현재 장춘역 바로 앞에 있는데, 2층에 가면 대화호텔과 관계된 수많은 정계와 역사적 인물들 사진이 걸려 있다. 만주국 지도자나 일본군 장교들의 사진은 있으나, 박팔양이나 백석의 사진은 없다.

백석이 근무했다던 국무원 경제부 건물은 현재 '길림대학 바이츄언(白求恩) 제3의원'으로 쓰이고 있다. '바이츄언'은 노먼 베쑨(Norman Bethune, 1890~1939)의 중국어 표기다(테드 알렌 지음,『닥터 노먼 베쑨』, 실천문학사, 2001). 캐나다에서 태어난 노먼 베쑨은 중국 공산당에 입당하여 여러 전선에서 의사로서 환자들을 치료하다가 사망했다. 본래 베쑨의과대학이 따로 있었는데 2000년에 구 길림공업대학 등과 합쳐져 길림대학교(吉林大学, 1946년 창립)로 통합되었다. 일본에서는 '계관양식'으로 불리는 양식으로 1939년에 지어졌으니 백석이 일하기 시작한 1940년 3월에는 그야말로 새 건물이었을 것이다.

저 좋은 건물에 백석이 취직했을 때 처음에는 수입이 좋아 매달 약간의 돈을 고향집에 송금할 수 있었다(왕염려, 앞의 논문, 22면)고 한다. 수입이 좋았던 경제부를 백석이 사임했던 이유는 첫째 경제부 내부에서 조선인에 대한 차별과 조선인이 만주인을 차별하는 꼴불견에 대한 불만, 둘째 창씨개명의 강요 특히 박팔양의 창씨개명을 견딜 수 없었기 때문이지 않을까.

경제부 건물에서 백석이 거주했던 동삼마로까지는 걸어서 갈 수 있는 거리였으며, 자전거로 가면 30여 분 내에 도착할 수 있는 거리라는 것을 확인했다. 이어서 백석이 거주했던 동삼마로로 가보자.

* 유튜브 〈백석과 '신경'〉 참조.

23

동삼마로와
조선인 지역

- 백석「조선인과 요설-西七馬路 단상의 하나로」

낯선 곳에서 그를 찾았다. 그가 머물렀을, 그가 아침에 출근하고 지쳐 돌아와 쉬었을 동네에서 이제 그를 기억하는 사람은 아무도 없다. 아니 당시에도 조선에서 온 볼품없는 디아스포라에 신경을 쓰는 중국인은 없었을 것이다. 한 사람의 삶을 다시 구성하려고 할 때는 그가 살았던 장소를 반드시 확인해봐야 한다. 그가 살았던 동네로 찾아가 그의 이름을 마음속으로 자꾸 호명해봤다. 백석, 백석, 백석.

백석의 거주지, 동삼마로

신경(현재 장춘)에서 백석과 관련된 장소에 관한 보고는《국민일보》 정철훈 기자가 쓴 기사가 있다. 이 신문 기사는 첫 현지 조사여서 도움이 된다. 짧은 기사문이지만 다양한 정보를 담고 있다. 다만 현재 주소와 다른 옛 주소지 약도가 나오지 않아 아쉽다. 이 기사의 내용

동삼마로(東三馬路)라고 써 있는 도로 게시판 ⓒ김응교

을 참고하면서 백석 시의 해석을 위해 도움이 될 만한 현지 정보를 소개한다.

1940년 1월 29세의 백석은 신경에 도착하여 머물 집을 찾는다. 3월부터는 경제부에 근무하기까지 친구들에게 도움을 받는다.

백석이 박팔양 외에 도움을 받았던 이는 《만선일보》 기자로 있던 이갑기(필명 이형주)였다. 백석은 이갑기와 함께 '시영주택 35번지 황씨 방'을 하숙으로 정했다. 이갑기는 '초형(楚荊)'이라는 필명으로 4월 16일부터 23일까지 《만선일보》에 연재한 「심가기(尋家記)」에 백석과 지냈던 집의 구조와 상황을 상세히 전하고 있다.

① 이 부엌간을 지나서 그 맞은편에 토굴 같은 방이 있으니 이것이 바로 나의 거처다. 나는 언제나 이렇게 부엌간을 지나는 것과

그 부엌간에서 욱덕거리는 여자들의 엉둥이에 스치지 않으면 들어가지 못하는 것이 지금도 불쾌하다.

② 그래서 어쨌든 집을 찾어야겠다. 이것은 백석의 말이다……방은 한 평은 되리라. 나의 키가 오척팔촌 될 듯 말 듯 한 것이 어느 편으로 누어도 겨우 발은 뻗칠 수 있으니 그러나 이런 곳에도 나 한 사람이 있는 것이 아니다. 그야 한 사람이면 그대로 못 견딜 것은 아니나 한 평이 못 되는 곳에 두 사람이 거처를 한다.

③ 나는 원체가 생활이 방만한 축이며 그렇게 결벽을 가지지 아니한 사람이라고 할 수 있으나 그래도 그 부엌간에서 우덕으리는 것을 여간 성가시린 것이 아니어든 매끔하게 몸차림을 하여야 사는 일종의 기벽을 가진 백석으로서는 더욱 말하지 못할 일인 모양이다.

– 이갑기, 「심가기(尋家記)」, 《만선일보》, 1940년 4월16일~23일.

5회에 걸친 이 글에 당시 신경 이주 조선인들의 생활고가 잘 나타나 있다. 밑줄 친 문장에서 볼 수 있듯이 백석은 어찌하든 방을 찾으려 했고, 또한 "일종의 기벽"을 가졌다고 보일 정도로 깔끔했다고 이갑기는 기록하고 있다.

정철훈 기자의 조사에 따르면, '황씨 방'의 황씨는 당시 만주국 특허국장을 지낸 황재락 씨다(정철훈, 「백석의 만주 유랑과 해방정국-(1)신경시 동삼마로 35번지 황씨 방(方)」, 《국민일보》, 2012.9.20). 황 씨는 자유당 시절 특허청장을 지낸 인물이었고, 아들 종률(자유당 시절 재무장관 역

동삼마로 시영주택 35번지 약도. 박수연 교수 제공

임)씨는 백석과 함께 '방응모 장학생'으로 뽑혀 일본에서 유학한 친구였다. 당시 종률 씨는 만주국 경제부 참사관으로 있었기에 백석을 여러모로 도와주었다.

당시 동삼마로의 약도를 보자. 편의를 위해 필자가 '시영주택(市營住宅)'과 '35'번지를 표시해 놓았다. 약도를 보면 알 수 있듯이 당시 약도를 보면 좁은 길에 빽빽하게 집이 밀집되어 있는 것을 볼 수 있다. 정철훈 기자는 여기에서의 거주에 대해 이렇게 쓰고 있다.

위치가 처음으로 확인됐다. 백석은 황씨 방에 세 들어 있던 친구 이갑기(필명 이형주)에게 얹혀살았다. 동삼마로 일대는 백석을 비롯, 1940년대 일제 탄압을 피해 장춘으로 건너간 최남선 안수길 염상섭 송지영 박팔량 박영준 김문집 이태준 등이 기거하던 곳으로 한국문학사의 '잃어버린 공간'이기도 하다.

지난 13일 찾아간 동삼마로 시영주택 35번지는 현 행정구역상 창춘시 남관구(南關區) 장통종합대시장(長通綜合大市場) 건물로 편입되어 있었다. 장통종합대시장은 동삼마로 33번지부터 42번지까지를 통합한 건물로, 33번지만을 대표 번지수로 외벽에 붙여 놓은 상태였다. 동삼마로 일대를 관리하고 있는 동대사(東大社) 구간 거주주민소조 쑨훼이리(孫慧莉· 57) 주임은 "이 지역은 10여년 전부터 재개발사업으로 인해 통합번지로 관리되고 있다"며 "옛 시영주택 35번지는 장통종합대시장으로 흡수되어 재개발됐다"고 말했다. 이 구간은 현재 0.5㎢ 면적에 26개 거주주민소조 2826가구로 구성된 총인구 9326명의 밀집지역이지만 당시엔 주택 사정이 더 열악해 가옥의 조밀함은 형용키 어려울 정도였다. 이런 사정은 지금도 마찬가지여서 동삼마로 반대편으로 뻗은 서삼마로 일대는 백화점과 은행이 즐비한 번화가인데 비해 <u>동삼마로 일대 빈민촌은 재개발 공사가 한창이었다.</u>

 — 정철훈, 「시인 백석, 만주 시절 거주하던 장춘 '동삼마로 35번지' 첫 확인」,《국민일보》, 2012.9.20.

정 기자는 "시영주택 35번지는 현 행정구역상 장춘시 남관구(南關區) 장통종합대시장(長通綜合大市場) 건물로 편입되어 있었다"고 하는데, 박수연 교수가 답사여행 뒤 보내준 지도에 따르면 아직도 일반 주택지로 보인다. 박수연 교수가 제공한 사진을 보면, 필자가 표시했듯이 '시영주택'이라는 뚜렷한 표시가 있고, 동삼마로 도로에서 들어가는 지역으로 표시되어 있는 옛 지도다. 필자가 확인해본 바로는 아직 주택지로 작은 집들이 붙어 있는 골목이었다.

조선인의 요설지역

외국에서 사는 조선인 중에는 별의별 사람들이 다 있다. 가난한 사람만 있는 것도 아니고 그렇다고 부자만 있는 것도 아니다. 특히 꿈의 도시 신경에는 돈 벌러 간 가난한 조선인이 있었고, 반대로 자녀를 교육시키려고 간 부자들도 있었다. 신경에서 사는 조선인의 삶, 그 빈부차는 극과 극이었다.

신경에 도착한 백석은 시에 앞서 독후감 「슬픔의 진실」(《만선일보》 1940.5.9.~10)과 '일가언' 코너에 산문 「조선인과 요설-西七馬路 단상의 하나로」(《만선일보》 1940.5.25.~26)를 발표한다.

백석은 「정주성」 「가즈랑집」 「정문촌」 「외가집」 「통영」 「북방에서」 「짜오탕에서」 「남신의주 유동 박시봉방」 등 장소 이름을 시 제목으로 정한 경우가 적지 않다. 산문의 부제로 적혀 있는 '서칠마로 (西七馬路)'는 현재도 사용하고 있는 지명이기에 쉽게 도로 표지판을 발견할 수 있다. 아침 9시 러시아워 시간에 찾아간 서칠마로 6차선 도로는 자동차로 막혀 있었다. 도로 여기저기에서 공사를 하고 있었다. 장춘의 다른 지역보다 비교적 번화가로 큰 빌딩이 두 채 서 있었다.

「조선인과 요설」에서 백석은 서칠마로에 사는 조선인의 모습을 비관적으로 표현했다. 신경에서 몇 달을 살면서 본 만주에 사는 동족의 모습은 백석에게 실망스럽기 그지없었다. 이 글은 여섯 개의 짧은 단상을 붙여놓은 글이다. 첫 번째 단상에서 백석은 "나는 조선인의 이 말 만흔(많은) 것을 미워한다"고 단언한다. 둘째 단락에서 백석은 미워하는 이유를 조금 구체적으로 설명한다.

조선인의 요설을 나는 안다. 그것은 고요히 생각할 줄을 모르는 것이다. 생각하기 싫어하는 것이다. 가슴에 무거운 긴장이나 흥분이 업는 것이다. 또 무엇인가 비애를 가슴에 지닐 줄 모르는 것이다. 조선인에게는 이렇케 비애와 적막이 없을 것인가. 분노가 없을 것인가. 이러케 긴장과 흥분을 모르는 것인가. 그리고 생각하는 것까지도 잃어버리는 것인가. 멸망의 구극(究極)을 생각하면 그것은 무감(無感)한 데 있을 것이다. 그것은 무감하야 나날이 지껄이고 밤낮으로 시시덕거리고 언제나 어데서나 실없는 웃음을 떠드는 데가 있을 것이다.

"비애(悲哀)와 적막"을 모르는 상태는 자신의 삶에 만족하고 있는 상태다. 밤낮으로 시시덕거린다는 말, 실없는 웃음을 웃는다는 말은 세 번째 단상에서 명확하게 나온다. 그 "허튼 웃음이란 아첨의 쟁기다. 그중에도 가장 비굴한 방편이다"라고 표현한다. 만주국에 거하는 조선인 중 일본인이 아닌데도 마치 일본인인 척하며 만족하는 부류가 있었다. 백석은 그러한 부류를 지적하고 있다.

근신과 분노와 비애다. 심각한 고통이다. 이것들이 조선의 혼을 꽉 붙잡는 것이다. 조선인이 고난 속에 있다는 것은 거짓말이다. 그들이 요설인 동안 이것은 거짓말이다. 조선인에게는 광명이 조요하는 것이다. 허나 이것에 감격하고 감사할 줄 모르는 것인지도 모른다. 그들이 요설인 동안 누가 이것을 거짓말이라 할 것인가.

백석은 신경의 조선인 사회에 대해 크게 실망한다. "조선인이 고난 속에 있다는 것도 거짓말"이라고 지적한다. 만주인들을 함부로 하대하고, 아첨만 하며 살아가는 조선인들의 모습에 백석은 더 이상 희망이 없다고 생각한다. 일본인들에게 아첨하는 일부 조선인들을 만주인들은 얼꾸즈(二狗子)라고 욕했다. 따꾸즈(大狗子)는 큰 강아지이고, 얼꾸즈(二狗子)는 두 번째 강아지를 말한다. 얼꾸즈는 곧 큰 개에 빌붙어 사는 '개 같은 인간', 곧 만주인을 괴롭히는 일본인 앞잡이(日本鬼子)라는 뜻이었다. 일부 조선인의 헛된 우월의식 이면에는 식민지에서 벗어나 대도시에서 산다는 '만주 유토피아니즘'의 환상이 있었던 것이다.

조심해서 보아야 할 것은, 백석의 글은 신경에 사는 조선인 전체에 대한 표현이 아니라는 점에 있다. 이 글의 부제인 '서칠마로'에는 과연 어떤 조선인들이 살았기에 이렇게까지 썼을까. 그 지역이 과연 어떤 지역이었기에 백석이 이렇게 표현했는지 알아보고 싶었다.

1940년 신경시 인구는 약 55만5000명. 이 가운데 조선인은 1만6000명(3%), 일본인은 약 11만 명(20%)이었다. 국제도시 신경을 찾아간 이들은 식민지 조선에서 새로운 세계를 꿈꿀 수 있는 경제적 여유가 있던 사람들이었다. 백석이 살고 있던 동삼마로에는 서민이나 빈민들이 살고 있던 반면, 건너편 서칠마로에 살고 있는 돈푼께나 있는 조선인들의 삶은 백석이 보기에 참을 수 없이 가벼운 모습이었다. 필자가 서칠마로 지역을 찾아갔을 때, 그 근처에 사는 중국인들 중 나이드신 분들은 서칠마로에 옛부터 조선인들 거주지가 형성되어 있었다고 증언했다.

서칠마로에는 조선인 학교가 있어, 방문하여 자료를 얻을 수 있었다. 1920년대부터 조선인 학교가 있었고, 조선반도에 건너온 조선인 자제들이 많이 다녔으며 지금까지도 훌륭한 인재들을 교육시키고 있었다.

지도에는 재일본 총영사관이 있고, 그 근처의 집들은 다른 지역의 중국인들 집보다 두세 배 큰 것을 볼 수 있다. 당시 조선인들이 살던 서칠마로는 부촌이었음을 지도로만 보아도 확연히 알 수 있다. 현재 서칠마로 지역은 한창 공사가 진행 중이며, 십여 층 이상의 큰 빌딩 두 채가 세워져 있다.

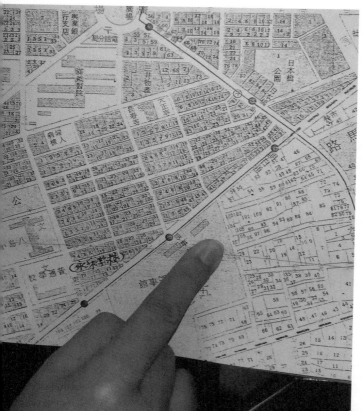

1920년대 서칠마로 약도. 손가락으로 가리키는 곳이 부촌 지역이다. 지도에 그려진 집의 넓이만 봐도 못 사는, 작은 집들과 비교가 된다.
ⓒ 김응교

마지막 여섯 번째 단상에 백석이 말하고자 하는 결론이 담겨 있다.

비록 몸에 남루를 걸치고 굶주려 안색이 창백한 듯한 사람과 한 민족에 오히려 천근의 무게가 업슬 것인가. 입을 담으는데 잇다. 입을 담을고 생각하고 노하고 슬퍼하라. 진지한 모색이 잇서 더욱 그러할 것이요 감격할 광명을 바라보아 더욱 그러한 것이다.

백석은 "비록 몸에 남루를 걸치고 굶주려 안색이 창백한" 민족을 위해 "생각하고 노하고 슬퍼하라"고 권한다. "감격할 광명을 바로" 보라고, 희망을 포기하지 않고 있다.

24

두 시인의
'창씨'개명

일제는 1939년 11월 창씨개명령을 공포한다. 조선 사람들이 잘 따르지 않자 1940년 4월부터 좀 더 적극적으로 밀어붙이기 시작한다.

성씨를 일본식으로 개명해야 한다는 것은 백석이나 윤동주에게 견디기 어려운 일이었다. 1940년 8월에는 《동아일보》, 《조선일보》가 폐간된다. 일본은 1940년 8월 17일부터는 아침 여섯 시에 기상해 정오에는 전승기원묵도(戰勝祈願黙禱)를 강요하며, 국민들과 식민지인들을 '순종적인 신체'(푸코, 『감시와 처벌』)로 길들이기 시작했다.

평안도 사투리를 시에 적극 사용하는 백석에게 창씨개명과 일본어 강요는 치욕적인 날벼락이었다. 백석은 늘 일본말보다 우리말을 쓰려고 애써왔다는 자야 여사의 증언을 한 번 더 인용한다.

그는 일본말을 써야 할 때, 거기에 바꿔 쓸 수 있는 우리말을 애써 생각하는 것 같았다. 보통 담화 때는 주로 표준말을 썼지만, 그의 억양은 짙은 평안도 말씨였다. 무슨 일로 기분이 상했거나 친구들과 담소를 나눌 때, 그는 야릇한 고향 사투리를 일부러 강하게 쓰는 습관이 있었다. 한 예를 들면 천정을 '턴정'으로, 정거장을 '덩거장', 정주를 '덩주', 질겁을 '디겁', 아랫목을 구태여 '아르굳' 따위로 쓰는 식이었다.

– 이동순, 앞의 글.

"우리말을 애서 생각하는 것 같았다"라는 표현처럼, 백석은 시인으로서 순간순간 평안도 사투리로 생각하고 말해보려 했다. 그것은 언어에 대한 치열한 훈련이었다. 창씨개명을 강요당하고 친한 문단 선배 박팔양의 창씨개명에 실망하여 만주국 경제부를 그만두었다는 자야 여사의 증언은 중요하다.

1940년 5월 9일과 10일 두 차례에 걸쳐 발표한 「슬픔과 眞實-여수 박팔양씨 시초 독후감」에서 백석은 박팔양을 "놉고 참되고 겸손한 시인"이며 "높은 시름"과 "높은 슬픔"을 읽어내는 시인으로 높게 평가했다. 이만치 높이 상찬했던 시인 박팔양이 지조를 버리고 창씨개명을 했던 것이다. 박팔양이 창씨개명했던 9월에 백석은 경제부를 그만두었기에, 당연히 백석은 창씨개명을 하지 않은 것으로 알려져 왔다.

1940년 9월 10일 《만선일보》 학예면에 「화제(話題)」라는 제목 아래 박팔양이 창씨개명했다는 소식이 보도되었다. 특정인이 창씨개명했다는 것이 유력신문에 보도된 것은 그가 얼마나 중요한 인물인가를 보여준다. 이후 1942년 신경의 만선학해사(滿鮮學海社)에서 만주국 건립 10주년을 기념하면서 종합논문집 『반도사화(半島史話)와

락토만주(樂土滿洲)』를 출판했는데, 이 책에 박팔양은 아오키 히소레[青木一夫]라는 이름으로 「서(序)」를 썼다. 이 글에서 박팔양은 만주국에서 일본군의 위상을 한껏 높이 치켜세운다.

> 때는 바야흐로 대동아전쟁이 아소향무적(我所向無敵)의 일본군의 세기적이고 이적(異的)인 대승리중(大勝利中)에 착착 그 성과를 걷우고 동방공영(東方共榮)의 성역(聖域)이 하로하로 개가(凱歌) 속에 일우워지는 오늘 그 북변(北邊)의 수호성(守護城)인 아만선(我滿鮮)에 관한 이 문헌(文獻)이 상재(上梓)됨이 어찌 우연이라 한 개의 숙명(宿命)이요 필연이라고 할 장거(壯擧)임에 틀림이 없다.
>
> ─ 최삼룡, 앞의 글, 17면 재인용. 한자를 한글로 풀어 써서 인용했다.

다섯 개의 민족, 곧 만주에 거주하는 일본·만주·조선·몽고·한족이 서로 협조해야 한다는 '오족협화(五族協和)'의 시국에 관한 명확한 입장이 서 있는 글이다. 이 책에 서문이나 주제문을 쓴 사람들은 대체로 만주국 특임참찬, 만주국 총리대신, 관동군 사령관, 연희전문학교 일본인 교장 등이었는데, 박팔양이 이들 사이에 이름이 올라 있다는 사실로 그가 신경에서 차지하던 위치를 가늠할 수 있다. 이에 비해 같은 시기에 신경에 거하고 있었던 백석의 마음은 그리 편하지 않았다. 창씨개명과 직접적인 관계는 드러나지 않으나, 역사를 바라보는 백석의 서글픈 마음은 이즈음에 쓴 시 「북방에서-정현웅에게」에 잘 나타난다.

아득한 옛날에 나는 떠났다

부여(夫餘)를 숙신(肅愼)을 발해(渤海)를 여진(女眞)을 요(遼)를 금(金)을 흥안령(興安嶺)을 음산(陰山)을 아무우르를 숭가리를

　범과 사슴과 너구리를 배반하고
　송어와 메기와 개구리를 속이고 나는 떠났다

　나는 그때
　자작나무와 이깔나무의 슬퍼하든 것을 기억한다
　갈대와 장풍의 붙드든 말도 잊지 않었다
　오로촌이 멧돌을 잡어 나를 잔치해 보내든 것도
　쏠론이 십리길을 따러나와 울든 것도 잊지 않었다

　나는 그때
　아모 이기지 못할 슬픔도 시름도 없이
　다만 게을리 먼 앞대로 떠나 나왔다
　그리하여 따사한 햇귀에서 하이얀 옷을 입고 매끄러운 밥을 먹고 단샘을 마시고 낮잠을 잤다
　밤에는 먼 개소리에 놀라나고
　아츰에는 지나가는 사람마다에게 절을 하면서도
　나는 나의 부끄러움을 알지 못했다

　그동안 돌비는 깨어지고 많은 금은보화는 땅에 묻히고 가마귀도 긴 족보를 이루었는데
　이리하여 또 한 아득한 새 옛날이 비롯하는 때
　이제는 참으로 이기지 못할 슬픔과 시름에 쫓겨

나는 나의 옛 한울로 땅으로— 나의 태반(胎盤)으로 돌아왔으나

이미 해는 늘고 달은 파리하고 바람은 미치고 보래구름만 혼자 넋없이 떠도는데

아, 나의 조상은 형제는 일가친척은 정다운 이웃은 그리운 것은 사랑하는 것은 우러르는 것은 나의 자랑은 나의 힘은 없다 바람과 물과 같이 지나가고 없다

— 백석, 「북방에서—정현웅에게」, 《문장》 2권 6호, 1940년 7월호

첫 행에서 "아득한 옛날에 나는 떠났다"는 느닷없는 문장은 독자에게 물음을 준다. '나'는 누구이고, '어디에서' 떠났다는 말인가. 미리 쓰자면, 백석은 이 시에서 '나'라는 화자를 통해 한민족의 역사를 일괄하는 시도를 한다. 한반도와 일본과 만주 등지에서 유랑하던 자신의 삶을 유랑하는 한민족의 역사에 비유한다. 이 시를 쓰려고 한민족과 북방의 고대사를 나름대로 공부했을 법하다.

1연에서는 '나'가 떠난 지역에 대한 설명이 나온다. '부여—숙신', '발해—여진', '요—금'이 짝을 이루고 있는데, 이 단어들은 중국 동북부에 있던 여러 옛 나라 이름들이다. 이 나라들은 모두 한반도 북부인 중국 동북부 만주 지역을 접했던 나라들이다. 연도로 보면 부여는 기원전 2세기경~494년 만주 지역을 장악했던 최초의 나라였다. 숙신은 기원전 6~5세기 산동반도에서 만주까지, 발해는 698~926년 고구려족과 숙신족의 후예인 말갈족을 통합한 나라였다. 발해가 멸망한 뒤 여진족이 만주 땅을 지배했고, 이어서 요나라

는 916~1125년, 금나라는 1115~1234년 동안 만주에 나라를 세웠다.

백석은 역사뿐 아니라 지리 공부도 상당히 했다. 짝을 이루는 '흥안령-음산'은 만주지역에 있는 산맥 이름이다. 흥안령은 고구려와 발해의 북쪽에, 음산은 서쪽에 있는 산맥이다. 역시 짝을 이루는 '아무우르-숭가리'에서 흑룡강(黑龍江)을 일컫는 러시아어가 아무우르(러시아어: Амур, 영어: Amur River)이고, 송화강(松花江)을 뜻하는 만주어가 '숭가리'다.

대구와 열거가 결합된 1연에서 디아스포라 백석이 만주 지역을 보는 시각은 가볍지 않다. 고대 역사와 산맥 그리고 강 이름을 열거하면서, 자신이 와 있는 만주 지역이 의미 깊은 지역이라는 것을 드러낸다. 디아스포라 백석이 유랑 공동체를 보는 큰 시각을 보여준다. 이쯤이면 첫 문장에 나오는 '나'는 백석 개인이 아니라 백석의 조상, 한민족이라는 것을 알 수 있다.

2연에서 '나' 곧 백석의 조상은 한민족의 고향에서 떠난다. **"갈대와 장풍의 붙드든 말도 잊지 않았다"**는 구절은 백석의 유랑이 가벼운 것이 아니라는 사실을 보여준다. 「모닥불」에서처럼 백석은 자신의 체험을 공동체의 문제로 확장시킨다. 「북방에서」에서 백석은 유랑을 신화적이고 영웅적으로 재현시킨다. 하얀 자작나무와 붉은 이깔나무(잎갈나무)가 이 시의 영웅을 붙들었다고 한다. 오로촌족(Orochon)이 멧돌(멧돼지)을 잡아 영웅을 배웅하고, 솔론족(solon)은 영웅이 떠날 때 십리 길을 따라와 울었다고 한다.

3연에서 **"나는 그때 / 아모 이기지 못할 슬픔도 시름도 없이 / 다만 게을리 먼 앞대로 떠나 나왔다"**고 한다. '앞대'는 평안도를 벗어난 남쪽 지방 곧 황해도 강원도부터 제주도까지를 말한다. 한민족은 고구려와 발해가 있던 땅을 떠나 좁은 한반도로 **"게을리"** 들어온 것이다. 백의민족이라는 말을 들으며 **"하이얀 옷을 입고 매끄러운 밥을 먹고 단샘을 마시고 낮잠을"** 자는 게으르고 수동적인 생활에 '나'는 취해 살고 있다. 가끔 **"밤에는 먼 개소리에"** 놀란다. 식민지가 되었다는 것을 말하는 문장일까. **"아츰에는 지나가는 사람마다에게 절을 하면서도 / 나는 나의 부끄러움을 알지 못했다"**는 구절은 주인에게 인사해야 하는 식민지 백성이 당하는 서러운 나날의 표정이다. 백석이 만주국 신경 경제부에 출근할 때마다 상관인 일본인에게 절을 하지 않았을까.

4연에서 '나'는 조상이 아니라, 조상의 피를 물려받은 백석으로 보인다. 백석은 **"나는 나의 옛 한울로 땅으로—나의 태반(胎盤)"**에 돌아왔다. 그러나 5연에서 그는 이제 **"해는 늙고 달은 파리하고"** 혼자 넋 없이 떠도는 상실(喪失)의 쓸쓸함을 기록하고 있다. 마침내 6연 마지막 구절에서 **"나의 자랑은 나의 힘은 없다 바람과 물과 세월과 같이 지나가고 없다"**고 감당하기 힘든 처지를 토로한다. 이 시에는 섣부른 위로나 주장이 없다. 오히려 철저한 내면 성찰을 통한 솔직한 몰락을 진술하게 드러내고 있다. 결국 「北方에서」는 디아스포라로서 자발적 노마드를 선택했던 화자가 이제 철저하게 소외와 고립을 겪고 있는 상황을 보여주는 작품이다. 부조리한 사회 속에서 철저한 몰락은 역설적으로 진지한 문학적 저항일 수 있다.

이런 시를 쓰는 백석에게, 창씨개명을 한 박팔양의 친일행위, 경제부에 출근할 때마다 절해야 하는 상황은 견딜 수 없는 것이다. 이후에 백석은 작가의 삶과 관계없는 측량기사니 세관 일을 하면서 절망스런 고생길을 택한다.

　창씨개명을 거부한 사건으로 백석은 만주국 국무원 경제부의 관료생활을 1940년 3월에 시작하여 9월경에 사직했다. 그때부터 백석은 신경에서 실업자가 되었다. 이런 상황에서 백석이 창씨개명을 했을 리가 없다는 것이 일반적인 평가였다.

　몇 년 전 『백석 평전』을 집필하고 있던 안도현 시인에게서 필자에게 전화가 왔다. 필자의 책에서 백석이 창씨개명한 명부를 보았다는 것이다. 졸저 『이찬과 한국근대문학』(소명출판, 2007, 131면)에 문인 창씨개명록이 나오는데 이 창씨개명록에서 백석의 이름을 안도현 시인이 찾아낸 것이다. 책을 냈던 저자인 나도 보지 못한 글자를 안도현 시인이 찾아냈다. 안도현 시인은 『백석 평전』에 이렇게 썼다.

　김응교가 공개한 '문인창씨록'에는 백석이 '시라무라 기코'로 창씨개명을 했다는 기록이 나온다. 1943년경에 작성된 것으로 보이는 이 문건대로라면 백석은 안둥세관에 창씨개명을 하는 조건으로 들어갔거나, 그 후에 어쩔 수 없이 현실과 타협을 한 것으로 볼 수 있다. 이 명단에는 친구 허준도 '기노시타 슌'으로 성씨를 바꾼 것으로 되어 있다. 자의에 의한 것이든 외부의 강압에 의한 것이든 백석이 창씨개명에 참여한 사실은 분명하다. 여기서 짚고 넘어가야 할 것은 백석이 이렇게 바꾼 일본식 이름으로 작품을 발표하거나 공식적인 자리에 나선 일이 전혀 없다는 점이다. 백석은 백석이고자 했다.

－ 안도현, 『백석 평전』(다산북스, 2014), 278면

'문인창씨록'에는 백석이 '시라무라 기코'로 창씨개명을 했다는 기록(화살표 부분)이 보인다.

　시라무라 기코(白村虁行), 백석의 본명 백기행의 성과 이름 사이에 무라[村]라는 한자를 넣은 창씨다. 자의로 창씨개명했다고 생각한 다면, 촌 공동체를 중시했던 백석의 의미가 창씨개명할 때 들어갔으리라 추측할 수도 있겠다. 그런데 하쿠무라[白村]라는 일본 성씨가 있다는 것을 생각하면 일본어 비슷하게 지었다고 생각할 수도 있겠다.

　백석의 창씨개명에 대해 안도현이 평가한 마지막 부분이 중요하다. 백석은 '시라무라 기코'라는 일본 이름으로 작품을 발표하지 않았다. 그런데 발견된다면 다른 평가가 나올 수도 있겠다.

윤동주 가족의 '창씨' 신고

윤동주는 창씨개명을 자진해서 했을까.

창씨(創氏)는 김 씨니, 박 씨니 하는 성을 바꾸는 것이다. 개명(改名)은 철수니 명희니 하는 이름을 바꾸는 것이다. 앞서 쓴 백석은 본명이 백기행인데, '시라무라 기코(白村夔行)'라고 이름은 그대로 살려 신고했으니 '창씨'만 한 경우다. 윤동주의 경우는 어떠했을까.

1939년 9월부터 1940년 12월 「팔복」을 발표하기까지, 1년 2~3개월의 침묵기를 지낸 윤동주는 1941년 11월 20일에 「서시」를 쓴다.

1939년에 이미 한글은 '죽어가는 언어'였고, 1940년에는 창씨개명이 전개되었으며, 친일 문학의 교과서라 할 잡지 《국민문학》이 1941년 11월에 창간된다. 그리고 한 달 뒤인 12월 8일에 일본은 진주만을 기습한다.

바로 이러한 시기에 쓰여진 「서시」를 단순히 개인의 서정으로만 보기는 어렵다. 더욱이 「서시」 이전에 쓴 「십자가」를 읽으면, 그의 다짐이 개인적인 다짐을 넘어섰다는 것을 알 수 있다.

"모가지를 드리우고 / 꽃처럼 피여나는 피를 / 어두워가는 하늘 밑에 / 조용히 흘리겠습니다"(「십자가」)라는 다짐은 **"나한테 주어진 길을 / 걸어가야겠다"**(「서시」)라는 다짐과 통한다. 윤동주에게 이런 다짐을 하게 한 배경에는 창씨개명이라는 피할 수 없는 과정이 있었다.

그러면 어느 운석(隕石) 밑으로 홀로 걸어가는
슬픈 사람의 뒷모양이
거울 속에 나타나 온다.

– 윤동주, 「참회록」(1942. 1. 24)에서

시인(詩人)이란 슬픈 천명(天命)인 줄 알면서도
한 줄 시(詩)를 적어볼까,

– 윤동주, 「쉽게 씌어진 시」(1942. 6. 3)에서

「참회록」에는 일본으로 유학 가기 전에 운석을 맞을지도 모를 운
명을 겪으며 '창씨'를 신고할 수밖에 없었던 '슬픔'이 배어 있고, 「쉽
게 쓰여진 시」에는 자신의 존재에 대한 부끄러움이 드러나 있다.

조선인 모두가 창씨개명을 희망해서 한 것은 아니었다. 자료에
따르면, 창씨개명을 시작한 6개월 동안 창씨계출(創氏屆出)을 신고
해야 하는데 처음 3개월간 계출 호수는 7.6퍼센트에 불과했다.

이때 개명을 거부하고 자결한 사람까지 있었고, 이 문제를 지적하
다가 옥에 갇힌 사람들도 있었다. 급기야 총독부는 소설가 이광수
등 유명인을 동원하여 1940년 8월까지 창씨율을 79.3퍼센트로 끌
어올린다. 윤동주가 「별 헤는 밤」을 쓴 때는 13개월이 지난 1941년
11월이다. 당시 창씨를 하지 않은 사람에게는 생활에 불편을 주는
제재 조치가 있었다(문정창, 『군국일본조선강점 36년사』, 백문당, 1966).

① 자녀에 대해서는 각급 학교의 입학과 진학을 거부한다.

② 아동들을 이유 없이 질책 구타하여 아동들의 애원으로 부모들
의 창씨를 강제한다.

③ 공·사 기관에 채용하지 않으며 현직자도 점차 해고 조치를 취
한다.

④ 행정기관에서 다루는 모든 민원 사무를 취급하지 않는다.

⑤ 창씨하지 않은 사람은 비국민·불령선인으로 단정하여 경찰 수

첩에 기입해서 사찰을 철저히 한다.

⑥ 우선적인 노무 징용 대상자로 지명한다.

⑦ 식량 및 물자의 배급 대상에서 제외한다.

⑧ 철도 수송 화물의 명패에 조선인의 이름이 쓰인 것은 취급하지 않는다.

1941년 12월 27일 연희전문학교를 졸업한 윤동주와 송몽규는 유학을 가기로 했으므로 ④번이 걸렸을 것이다. 행정기관에서 민원 사무를 취급해주지 않으면 유학에 필요한 서류를 작성하기 불편했을 것 같다. 게다가 유학을 가면서 책과 의류를 옮겨야 하는데, ⑦번 물자 배급 대상에서 제외되는 문제도 있었다. 가장 큰 문제는 '구니무라 무케이(宋村夢奎)'라는 개명된 창씨가 적혀 있는 송몽규의 재판 판결문제로 볼 수 있듯이 ⑤번이었다. 불령선인(不逞鮮人), 곧 '잠재적 범죄자'로 삼아 철저하게 감시하겠다는 것이다. 단 ⑤번을 보면 '개명' 즉 조선 이름은 그대로 두고 '창씨' 즉 성만 바꾸어도 되는 것으로 나온다. 1940년 이후 일본으로 유학을 가는 청년들은 '창씨'만 이라도 해야 편했을 것이라고 추측할 수 있다. 그래서 윤동주는 스스로 '창씨개명'을 했을까.

이제까지 송몽규나 윤동주가 스스로 창씨개명을 했거나, 유학 가려면 창씨개명을 하지 않아도 되었을 것이라고 흔히 생각해왔다. 미즈노 나오키 교수는 「일본 유학시절의 윤동주와 송몽규」(『윤동주와 그의 시대』, 혜안, 2018)라는 글에서 송몽규와 윤동주의 '창씨' 과정에서 잘못 추측해왔던 것들을 확실한 자료로 제시하며 지적했다. 이 논문은 송몽규의 창씨인 '宋村'를 이제까지 '소무라'라고 잘못 쓴 것(송우혜, 『윤동주 평전』, 서정시학, 2017. 307면)을 지적하며, 송몽규가 쓴 교토제국대학 선과입학원서에 쓰인 득음은 '구니무라'라는 사실도 밝혀 냈다. 또한 미즈노 나오키 교수는 이제까지 윤동주가 교토대학에 시험쳤다가 떨어져서 릿쿄대학으로 갔다는 내용(송우혜, 앞의 책, 319면)을 당시 수험생 이름이 나오는 교토대학 『쇼와 17년 1월 입학관계철』을 제시하며 사실이 아니라고 지적했다.

윤동주는 '히라누마 도주(平沼東柱)'라고, 성만 바꾼 '창씨' 신고서를 1942년 1월 29일 연희전문에 제출했다. 닷새 전 1월 24일에 쓰인 「참회록」은 '창씨'를 신고하기 전에 쓴 작품이다.

송몽규는 '구니무라 무케이'라는 이름으로 1942년 2월 12일에 '창씨'를 신고한다. 유학 가기 직전에 스스로 성씨를 바꾸었을까. 신학기가 시작되는 4월 전에 입국하려면 적어도 3월 초에는 일본에 가야 하는 상황이었다. 2월 12일은 송몽규가 얼마나 악착같이 창씨개명을 안 하려고 버텼는가를 미루어 알 수 있는 날짜다.

시인이 원고지에 쓴 모든 메모나 낙서, 흔적은 시를 해석하는 데 빼놓을 수 없는 종요로운 자료다. 특히 윤동주의 경우 시가 끝나는 부분에 시를 쓴 날짜가 기록되어 있어 시대적 배경에 따른 생각의 변화를 어느 정도 짐작할 수 있다.

「참회록」이 끝나는 부분에는 1942년 1월 24일이라고 적어놓았다. 윤동주가 창씨개명계를 제출한 날은 「참회록」을 쓰고 난 닷새 후였다. 창씨개명을 하지 않고서는 민원서류를 제대로 받을 수 없지만 그렇다고 유학을 못 가는 것은 아니었다. 미즈노 나오키 교수는 당시 조선인 이름으로 일본 대학에 입학한 학생들이 있었다고 한다.

미즈노 나오키 교수는 "윤동주 일가의 경우에도 아마 호주인 윤동주의 조부 윤하현(尹夏鉉)이 이 기간에 '히라누마(平沼)'라는 씨를 정해 신고한 것으로 보인다. 따라서 '히라누마'라는 성씨가 된 것은 윤동주의 의지에 따른 것이 아니었다."(미즈노 나오키, 앞의 책, 193면)고 썼다. 연희전문 졸업증명서 등은 창씨 이전의 이름인 윤동주, 송몽규로 쓰여 있는데, 일본으로 도항하고 대학 입학을 하는 과정에서 이름이 다르면 문제가 생길 수 있기에 윤동주 일가의 호주가 정한 창씨대로 윤동주는 따랐을 것이라고 미즈노 나오키 교수는 설명한다.

'개명'은 안 해도 '창씨'를 한다는 것만으로도 굴욕적인 상황이다. 답답한 상황의 심리를 묘사한 「참회록」에는 다른 어떤 시보다 더 부끄러움의 미학, 나아가 자학적인 표현이 숨어 있다. 「참회록」은 윤동주가 조국에 남긴 마지막 작품이다. 자아성찰의 가장 성숙한 단계를 보여주는 이 시에는 "나의 거울을 / 손바닥으로 발바닥으로 닦"으며 자신의 정체성과 만나고 싶어 하는 한 젊은 영혼의 노력이 보인다(아래 「참회록」 소개는 졸저 『처럼-시로 만나는 윤동주』에서 수정한 것이다).

파란 녹이 낀 구리 거울 속에
내 얼굴이 남아 있는 것은
어느 왕조(王朝)의 유물(遺物)이기에
이다지도 욕될까.

나는 나의 참회(懺悔)의 글을 한 줄에 줄이자.
— 만 이십사 년(滿二十四年) 일 개월(一個月)을

무슨 기쁨을 바라 살아왔던가

내일이나 모레나 그 어느 즐거운 날에
나는 또 한 줄의 참회록(懺悔錄)을 써야 한다.
— 그때 그 젊은 나이에
왜 그런 부끄런 고백(告白)을 했던가.

밤이면 밤마다 나의 거울을
손바닥으로 발바닥으로 닦아보자.

그러면 어느 운석(隕石) 밑으로 홀로 걸어가는
슬픈 사람의 뒷모양이
거울 속에 나타나 온다.

– 윤동주, 「참회록」 전문

이 시는 '과거→ 현재→ 미래→ 현재→ 미래'의 순서대로 이어진
다. 1연은 과거다. 과거를 돌아보니 가장 먼저 **"파란 녹이 낀 구리 거
울"**이 등장한다. 여기서 '녹(綠)'이란 사물을 산화시켜 쇠붙이의 표면
을 붉거나 더럽게 만드는 더께를 말한다. 녹이란 찬란한 역사를 더
럽히는 부정적인 상징이다.

침략국이라는 '녹'에 의해 본래의 역사가 더럽혀진 '비굴한 역사'
가 암시되어 있다. '구리 거울'은 '역사'를, '녹'은 '쇠망(衰亡)'을 뜻하
며, '얼굴'은 역사의 거울 속에 아직도 소멸하지 않고 남아 있는 욕
된 자아상을 의미한다. 그래서 시인은 자신의 처지를 망한 "왕조(王

朝)의 유물(遺物)"로 비유한다. 녹슨 구리 거울에 "내 얼굴이 남아 있는 것은" 당연히 치욕스럽고 비굴할 수밖에 없다. **"어느 왕조의 유물이기에/이다지도 욕될까"**라는 표현에는 망국민으로서 치욕스럽게 자기를 성찰하는 모습이 그려져 있다. 투쟁하지도 못하고 그저 의미 없게 살아가기에 시인은 '욕되다'고 표현한다.

여기서 '거울'이란 객관적 상관물이 대단히 중요하다. 이 시의 '거울'은 「자화상」에 나오는 '우물'과 같고, 「서시」에 나오는 '하늘'과도 유사하다. 사실 윤동주의 후기 시에서 가장 중요한 인식 방법 중의 하나는 '나를 본다'는 시선이다.

'거울'은 자신의 모습을 비추어주는 것으로 '자기성찰'의 상징적 의미를 지닌다. 여기서 '구리 거울'은 두 가지 의미를 지닌다. 첫째는 역사적 유물로서 과거를 비추어보는 역사의 거울이고, 둘째로는 시적 화자인 자신의 모습을 비추어보는 성찰의 거울이다.

그런데 '나를 본다'는 것이 부정적인 경우도 있다. 물에 비친 자기 모습에 반해 물에 빠져 죽은 그리스 신화의 미소년 나르키소스의 이야기에서 유래된 '나르시시즘'이 바로 그러한 경우다. '공주/왕자병' 따위의 자기도취 상태를 말한다.

윤동주의 경우는 어떨까. 윤동주의 「참회록」은 나르시시즘이 아니라 철저한 자기응시의 시선을 갖고 있다. 자신을 비판하고 반성하고 해체한다.

여기서 우리는 이상(李箱, 1910~1937)의 「거울」을 생각해볼 수 있다. 실제로 윤동주는 이상의 시를 많이 스크랩했고, 「투르게네프의 언덕」에서 한 아이, 둘째 아이를 호명하는 부분은 「오감도」에서 직접 영향을 받은 것으로 보인다.

거울속의나는왼손잡이오

내악수(握手)를받을줄모르는—악수를모르는왼손잡이오

거울때문에나는거울속의나를만져보지를못하는구료마는

거울이아니었던들내가어찌거울속의나를만나보기만이라도했겠소

나는지금거울을안가졌소마는거울속에는늘거울속의내가있소

잘은모르지만외로된사업(事業)에골몰할게요

거울속의나는참나와는반대(反對)요마는

또꽤닮았소

나는거울속의나를근심하고진찰할수없으니퍽섭섭하오

　　　　　　　　　　　　　　　　　　　　　　　　　　　　　　　— 이상, 「거울」에서

띄어쓰기를 전혀 안 하고 붙여 쓴 것이 특이한 작품이다. 이상의 시에 나타나는 '거울'은 요즘 우리가 쓰는 거울이지만, 윤동주의 '구리 거울'은 청동으로 된 역사적 유물이다. 이상이 거울을 보면서 자아의 분열된 상태를 보았다면, 윤동주는 거울을 통해 자아를 응시하면서 비굴한 역사적 상황에 놓인 자아를 부끄럽게 바라본다. 「참회록」에서 외부의 '구리 거울'을 보았던 시적 화자는 4연에서 **"밤이면 밤마다 나의 거울을/손바닥으로 발바닥으로 닦아보자"**라며 '나의 거울'을 철저하게 닦으며 성찰한다.

이상의 '거울'이 자아분열의 담론이라면, 윤동주의 '거울'은 식민지 역사 속에 괴로워하는 한 젊은이의 자기응시가 돋보인다. 두 시인은 자아를 찾으려는 욕망에서 함께 만난다.

「참회록」 4연에서 거울을 닦는 시간은 '밤'이다. 시인 내면의 어두운 자아를 말하기도 하며, 또한 어두운 시대를 상징하는 시간일 수도 있다. 기쁨이 없는데도 시인은 열심히 손바닥 발바닥으로 온 힘을 다해 닦는 성실한 자아를 드러낸다. "즐거운 날"을 그냥 꿈꾸는 게 아니라 **"밤이면 밤마다 나의 거울을/손바닥으로 발바닥으로 닦아보자"**는 일상적 노력으로 즐거운 날을 꿈꾸자고 다짐한다.

5연에서는 **"운석(隕石) 밑으로 홀로 걸어가는"** 고독한 단독자가 등장한다. "슬픈" 단독자의 모습이다. 고난 속에서 자신의 길을 가야만 한다는 결의가 보인다.

운석이란 유성이 대기 중에서 다 타지 않고 지구상에 떨어진 돌덩어리를 말한다. 운석 밑으로 걸어간다는 것은 대단히 위험한 운명을 뜻한다. 위험한 운명인 줄 알면서도 그 길로 걸어가는 인생은 현실적으로 보면 "슬픈 사람"이다. "슬픈 사람의 뒷모양"이라고 한 것은 현재의 시각에서 미래로 나아가는 실존을 상상하기 때문이다. 과학적 사실인데도 시인은 분명히 '뒷모양'이라고 했다. 이것은 현재에서 미래를 바라보는 것이 아니라 거꾸로 미래에서 현재를 바라본 것이다.

이 단독자는 **"우물 속에는 달이 밝고 구름이 흐르고 하늘이 펼치고 파아란 바람이 불고 가을이 있고 추억(追憶)처럼 사나이가 있습니다"**(「자화상」)에서처럼 추억의 사나이로 보이기도 한다.

마지막 연에 보이는 "슬픈 사람"이라는 표현은 패배적인 모습이 아니라 치열한 자기성찰의 자세를 보여주는 이미지라고 할 수 있겠다. 거대한 현실의 힘을 알기에 철저한 자기성찰의 시각에서 볼 때 이러한 현실과 맞서는 개인이란 너무나 작고 힘없는 존재에 불과하기 때문이다.

「참회록」의 원문을 보면 하단부에 다른 시와 비교할 수 없을 정도로 많은 낙서들이 있다. 작품을 연구할 때 연구자는 작가가 쓴 모든 자료의 도움을 받을 수 있다. 메모, 일기는 물론 낙서도 작품 분석의 실마리가 될 수 있다. 자기 검열 없이 맘대로 쓸 수 있는 낙서야말로 가장 솔직한 작가의 무의식의 표출 자체일 수 있다. 하물며 원고 바로 아래 쓰인 낙서는 작품으로 표현하지 못한 작가의 무의식을 끼적인 흔적으로 참고할 만하다.

맨 오른쪽은 낙서라는 글자를 일본어 한자인 라쿠가키(落書き, らくがき)로 표시한 듯 보인다. 그 왼쪽에는 **"시인(詩人)의 고백(告白)"**이라고 적혀 있다. 이 시가 윤동주 자신의 참담한 고백일 수 있다는 사실을 보여주는 표식이다. 그 옆에는 **"도항(渡航) 증명(証明)"**이라고 쓰여 있다.

1941년 1월 29일 '창씨' 신청서를 내기 전, 이 시가 바로 부끄러운 도항증명이라는 말이겠다. 여기서 증명(證明)이라는 한자를 일본식 한자인 쇼우메이(証明, しょうめい)로 쓴 것도 눈에 든다. 당시 조선어가 금지된 상황에서 악착같이 조선어를 고집하며 한글로 시를 쓰려 했던 윤동주의 무의식에도 이미 일본식 표기가 물들고 있다는 흔적으로 볼 수 있다. 그 옆에는 "상급(上級) 힘"이라고 쓰여 있다. 좋은 대학에 입학해야 현실적인 영향력을 끼칠 수 있다고 생각했던 것일까. 쉽게 해석하기 힘든 단어다.

원고지 가운데 아랫부분을 보면 "시(詩)란 부지도(不知道)"라고 쓰여 있다. 부지도(不知道)란 중국어로 '모른다'는 뜻이다. 반대말 '알다'는 쯔다오(知道)다. '알았다'는 '쯔다오러(知道了)'다.

어린 시절 중국인 학교를 일 년간 다녔던 윤동주는 중국어를 사용하는 용정 지역에서 이십여 년을 지냈다. 연희전문 성적표를 보면 중국어 점수는 늘 상위 등급이었다. 삶에 대해 일시적 혼란이 온 걸까. 왜 "시란, (무엇인지) 모르겠다"라고 썼을까. 바로 옆을 보면 "문학 생활 생존 생(生)"이라고 기록되어 있다. 시보다 중요한 것은 삶 자체라는 절박함이 표현된 낙서로 생각된다.

가장 절박한 부분은 원고지 하단부의 왼쪽에 있는 낙서다. '파란 녹이 낀 구리 거울'을 뜻하는 고경(古鏡)이라는 단어가 있다. 구석 모퉁이에 "비애(悲哀) 금물(禁物)"이라고 적혀 있다. 이미 태평양전쟁이 발발했고, 일본의 군국주의는 모든 청년들을 전쟁터로 내모는 말기적 악행을 거듭하는 상황이었다. '비애'라는 단어야말로 윤동주의 참담한 심경을 잘 나타낸다.

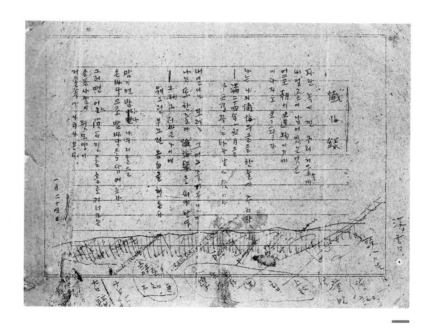

윤동주의 「참회록」 원고를 보면 하단부에 특히 많은 낙서들이 보인다.

여기에 '금물'이라는 단어에는 식민지의 한 청년이 어떻게든 이 짐승스런 상황을 이겨내며, 아니 그저 버티면서라도 살아보려 하는 안타까운 마음이 더해져 있다.

"내가 사는 것은, 다만/잃은 것을 찾는 까닭입니다"(「길」)라는 구절이 '내가 비애를 금하며 악착같이 사는 것은, 다만, 잃은 것을 찾는 까닭'이라고 읽혀지기도 한다. 또 비감한 그리스 비극의 한 구절처럼 느껴지기도 한다.

1942년 1월 24일에 쓴 「참회록」은 '창씨' 신고서를 내기 닷새 전에 쓴 "시인의 고백"이다. 이후 '히라누마 도주'로 이름이 바뀐 윤동주와 '구니무라 무케이'로 이름이 바뀐 송몽규는 일본 본토로 유학을 떠난다. 둘 다 미혼의 푸른 젊은이였다.

1948년 초판 『하늘과 바람과 별과 시』를 낼 때, 편집자들은 알았을까. 시 「참회록」은 유고시집에 실린 31편 중 맨 마지막 시편으로 실렸다. 윤동주가 쓴 시 중에 가장 아픈 성찰이 담긴 시가 아닐까.

25

스크린 몽타주,
흰 바람벽과 별 헤는 밤

-백석 「흰 바람벽이 있어」, 윤동주 「별 헤는 밤」

모닥불은 어려서 우리 할아버지가 어미아비 없는 서러운 아이로
불상하니도 몽둥발이가 된 슬픈 역사가 있다.

— 백석, 「모닥불」

시집 『사슴』에 보이는 공동체 정서는 고향 정취를 시인이 품고 있
었기에 가능했다. 공동체 이야기를 시로 썼던 백석, 그의 심정은 신
경으로 이주한 이후에 어떻게 변했을까. 만주에서 지내면서 정신적
몽둥발이를 경험하지 않았을까. 그가 만주국에서 실직하고 난 뒤 쓴
「흰 바람벽이 있어」를 읽어보자.

다음 쪽 사진을 보면 오른쪽에 '문장 제3권 제4호 폐간호(文章 第三
卷 第四號 廢刊號)'라고 적혀 있다. 이 책의 뒷면을 보면 판권 위에 "本
誌 『文章』은 今般, 國策에 順應하야 이 책 3卷 第4號로 廢刊합니다.
昭和16年 4月 15日 文章社"라고 쓰여 있다. 우리 잡지 《문장》은 이
번에, 국가정책에 순응하여 3권 제4호로 폐간합니다. 1941년 4월

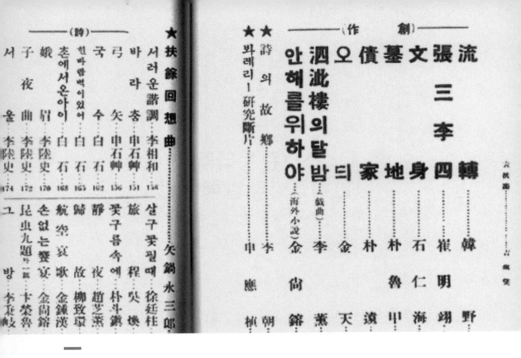

《문장》 폐간호(1941.4)의 목차 부분. 백석의 시가 목차에 보인다.

15일 문장사." 마지막까지 한글을 지켰던 잡지가 사라진다는 알림
이다.

　이상화의 「빼앗긴 들에도 봄은 오는가」 때문에 잡지 《개벽》이
1927년에 일시 발행금지 된 것과 비교될 만치, 백석이 《문장》의 마
지막 폐간호에 시를 발표한 목차를 보면 전율이 느껴진다. 윤동주에
게는 종말론적 시간이었던 1941년, 만주에 체류했었던 백석은 어떠
했을까. 「흰 바람벽이 있어」를 분석해본다. 조금 길지만 인용한다.

　　오늘 저녁 이 좁다란 방의 흰 바람벽에
　　어쩐지 쓸쓸한 것만이 오고 간다

이 흰 바람벽에

히미한 십오촉(十五燭) 전등이 지치운 불빛을 내어던지고

때글은 다 낡은 무명샤츠가 어두운 그림자를 쉬이고

그리고 또 달디단 따끈한 감주나 한잔 먹고 싶다고 생각하는 내

가지가지 외로운 생각이 헤매인다.

그런데 이것은 또 어인 일인가

이 흰 바람벽에

내 가난한 늙은 어머니가 있다

내 가난한 늙은 어머니가

이렇게 시퍼러둥둥하니 추운 날인데 차디찬 물에 손은 담그고

무이며 배추를 씻고 있다

· 또 내 사랑하는 사람이 있다

내 사랑하는 어여쁜 사람이

어늬 먼 앞대 조용한 개포가의 나즈막한 집에서

그의 지아비와 마조 앉어 대구국을 끓여 놓고 저녁을 먹는다

벌서 어린것도 생겨서 옆에 끼고 저녁을 먹는다

그런데 또 이즈막하야 어늬 사이엔가

이 흰 바람벽엔

내 쓸쓸한 얼골을 처다보며

이러한 글자들이 지나간다

   - 나는 이 세상에서 가난하고 외롭고 높고 쓸쓸하니 살어가

도록 태어났다

그리고 이 세상을 살어가는데

내 가슴은 너무도 많이 뜨거운 것으로 호젓한 것으로 사랑으

로 슬픔으로 가득 찬다

그리고 이번에는 나를 위로하는 듯이 나를 울력하는 듯이

눈질을하며 주먹질을 하며 이런 글자들이 지나간다

　－하늘이 이 세상을 내일 적에 그가 가장 귀해하고 사랑하는

것들은 모두

　가난하고 외롭고 높고 쓸쓸하니 그러고 언제나 넘치는 사랑

과 슬픔 속에 살도록 만드신 것이다

　초생달과 바구지꽃과 짝새와 당나귀가 그러하듯이

　그리고 또 「프랑시쓰·쨈」과 陶淵明과 「라이넬·마리아·릴케」

가 그러하듯이

　－백석, 「힌 바람벽이 있어」, 《문장》 26호, 1941.4. 165~167면

　시의 화자는 좁다란 방에 있다. 현실에서 실패한 화자는 상상 속
의 작은 방과 같은 더욱 비좁은 곳으로 도피한다.

　여기서 '바람벽'은 방이나 칸살의 옆을 둘러막은 벽을 말한다. "바
람벽에 돌 붙나 보지"라는 말은, 바람벽에 돌을 붙이려 하여도 붙지
아니한다는 뜻으로, 되지도 아니할 일이거나 오래 견디어 나가지 못
할 일이면 아예 하지도 말라는 말이다. 그만치 바람벽은 튼튼한 벽이
아니다. 고종석에 의하면 바람벽은 다의어다. "바람벽은 바람을 막
는 벽이라는 뜻이 아니다. 바람벽은 그저 벽이라는 뜻이다. 중세한국
어로 '바람'은 벽을 뜻했다. 예컨대 『훈몽자회』는 壁(벽)의 새김을 '바
람'이라 적고 있다. 그러니까 바람벽은 '벽벽'이자 '바람바람'인 셈
이다. 뜻을 또렷이 하기 위한 겹침말이라 할 수 있다. 새김과 소리의
순서를 뒤바꾸긴 했지만, '족발'이라는 말도 이런 식으로 만들어졌

다. (…중략…) 중세한국어에서 바람은 風과 壁의 뜻을 함께 지닌 동음이의어였다. 혹시, 바람(風)을 막는 구실을 한다 해서 벽을 바람(壁)이라 부르게 된 건 아닐까?"(고종석,「바람벽-허깨비가 노는 스크린」,《한국일보》2008. 5. 12) 속담을 보면 바람벽이란 외풍(外風)이 숭숭 드나드는 허술한 벽이다. 그래서 "바람벽에도 귀가 있다"고 했으니, 이 말은 외풍이 숭숭 통하듯이 몰래 한 말도 다 알게 된다는 뜻이다.

그런데 '흰 바람벽에 어쩐지 쓸쓸한 것만이 오고간다'에서, 백색[白色, 흰] 이미지는 어떤 의미를 갖는가. 흔히 떠올리는 순결함의 이미지만을 갖고 있는가.

> 달같이 하이얗게 빛난다 / 언젠가 마을에서 수절과부 하나가 목을 매여 죽은 밤도 이러한 밤이었다(「흰 밤」에서)
> 수리취 땅버들의 하이얀 복이 서럽다(「쓸쓸한 길」에서)
> 불을 끈 방안에 횃대의 하이얀 곳이 멀리 추울 것 같이(「머루밤」에서)
> 흰밥도 가재미도 나도 나와 앉어서/쓸쓸한 저녁을 맞는다(「膳友辭」에서)
> 눈은 푹푹 날리고 / 나는 혼자 쓸쓸히 앉어 소주를 마신다(「나와 나타샤와 흰 당나귀」에서)

인용시에서 볼 수 있듯이, 흰색 뒤에는 '목을 매여 죽은 밤', '서럽다', '춥다', '쓸쓸한', '쓸쓸히' 같은 정서와 이어지고 있다. 이처럼 백석은 흰색을 이용하여 서러움과 쓸쓸함의 정서를 표출했고, 이것은 이 시의 마지막 대목인 고결하여 **"높고 쓸쓸"**한 인생을 표현하기에 적합한 이미지였다.

　이렇게 '흰 바람벽'이라는 표현 하나만으로도 독자의 영상(映像)적 상상력은 가동되기 시작한다. 극장의 하얀 스크린을 연상시키는 '흰 바람벽'을 통해 화자는 자신의 삶을 투영(投映)한다. 물론 동양의 시에서 하늘이나 흰 바람벽에 화자의 마음을 담은 작품을 백석이 처음 시도한 것은 아니다. 가령 시마자키 도손[島崎藤村, 1872~1943]의 작품이 그러하다.

　누가 알까 꽃이 우거진(たれかしるらん花ちかき)
　높은 누각에 나는 올라가(高楼われはのぼりゆき)
　어지럽고 뜨거운 이 괴로움을(みだれて熱きくるしみを)
　비추리라 흰 바람벽에(うつしいでけり白壁に)

　침으로 쓰는 글씨이기에(唾にしるせし文字なれば)
　남 모를 새 말라버렸네(ひとしれずこそ乾きけれ)
　아아 흰 바람벽에(あゝあゝ白き白壁に)
　내 슬픔 있네 눈물 있네(わがうれひありなみだあり)
　－ 시마자키 도손, 「흰 바람벽[白壁]」, 『若菜集』(陽堂刊, 1897)

　소설가로도 유명한 시마자키 도손이 이 시를 발표한 때는 1897년이다. 일본의 전통적인 7·5조 시로서, 서구적인 세련미가 느껴지는 이 시가 실린 시집 『와카나슈[若菜集]』는 당시는 물론이고 지금도 고전으로 읽힌다. '와카나[若菜]'는 봄나물을 뜻하는데, '봄나물 시집'이라고 번역되는 저 시집 한 권으로 시마자키 도손은 일본 낭만

주의의 도래를 알렸다. 백석이 읽었을 시집이다. 그러나 '흰 바람벽'이라는 공통의 객관적 상관물이 나오고, 시름[愁]이나 슬픔[憂い]으로 번역되는 'うれひ'가 있지만, 그것만으로 백석 시가 이 시의 영향을 받았을 것이라는 단서는 충분치 않다. 시마자키 도손의 '흰 바람벽'은 달에게 마음을 투영시켰던 동양적 대상물이며 슬픔과 눈물로 끝나고, 백석의 '흰 바람벽'은 영상적인 스크린이며, **"언제나 넘치는 사랑과 슬픔"**으로 마무리한다.

'흰 바람벽' 스크린을 통해 백석은 추레한 현실을 몽상으로 이겨낸다. 흰 바람벽은 화자의 과거에서 현재까지 삶의 조각들을 잇는 객관적 상관물이며, 성찰을 위한 거울이다. 시를 읽는 독자는 오랜 습관에 따라 시인이 하는 '흰 바람벽' 그림자놀이에 동석(同席)하게 된다. 가장 중요한 것은 이 '흰 바람벽'을 통해 자기와 함께하는 이웃이 있다는 것을 자각하고, 이방인에게서 오히려 무한대의 향유를 받는 것이다.

이 시의 배경은 농촌이 아닐 것이다. 왕염려에 의하면 "중국 동북 지역의 농촌 집은 '만주국' 시기뿐만 아니라 해방 이후에도 오랜 동안에 보통 황토벽에다 신문지나 노란 색 마분지를 붙인 것이 대부분인데 작품의 배경으로 나온 '흰 바람벽'은 찾기 힘들었다"(王艶麗, 『백석의 '만주' 시편 연구-만주 체험을 중심으로』, 39면.)고 한다. 또한 백석이 신경에서 살던 주소지가 "舊市街 東三馬路 市營住宅 35번지 황씨 집"이었다가, 이후에 이사 간 곳도 같은 지역에 있는 국도의원(國道醫院) 1층에 살았다는 것을 볼 때, 이 작품의 배경이 되는 장소는 신경 시내일 가능성이 크다.

이 힌 바람벽에

희미한 십오촉(十五燭) 전등이 지치운 불빛을 내어던지고

때글은 다 낡은 무명샤츠가 어두운 그림자를 쉬이고

그리고 또 달디단 따끈한 감주나 한잔 먹고 싶다고 생각하는 내

가지가지 외로운 생각이 헤매인다.

"희미한 십오촉 전등", 15와트 전등은 당시 화려한 도시 신경에 있던 호텔의 샹들리에에 비하면 초라한 불빛이다. 여기서 아주 재미있는 것은 '십오촉'에 불과한 이 전등이 '지치운 불빛'을 던지는 대상이 '무명샤츠'라는 점이다. 그 하찮은 불빛 덕에 '때글은'(오래도록 땀과 때에 절은) 다 '낡은 무명샷쯔'가 어두운 그림자를 '쉬이고'(잠시 머물러 쉬게 하고) 있다는 표현은 이 시의 백미(白眉)다. 이 무명셔츠는 만주에서 제대로 뿌리 내리지 못하는 디아스포라의 신산(辛酸)한 나날을 상징한다. 그 고통을 위로할 것은 큰 빛이 아니라 십오촉 전등처럼 보잘것없는 존재들인 것이다. 한없이 쓸쓸해진 화자는 십오촉 전등처럼 위로가 되는 감주(식혜)를 먹고 싶어하며 **"그런데"** 하며 흰 벽에 펼쳐지는 세 가지 영상을 본다.

두 번째 영상(7~11행)은 **"내 가난한 늙은 어머니"**다. '그런데', 시인 앞에 '어머니'가 나타난다. 여기서 '그런데'는 '느닷없이', '갑자기'라는 뜻이다. '어머니'는 삶의 기원에 대한 그리움이다. 디아스포라의 무의식에는 언제나 원초적 고향을 향한 그리움이 있다. 그래서 이렇게 '느닷없이' 원초적 대상, 추운 날 무며 배추를 씻는 어머니를 상상하곤 한다.

세 번째 영상(12~16행)은 **"내 사랑하는 사람"**이다. '어머니'가 나오

는 장면과 '사랑하는 사람'이 나오는 장면은 자연스럽게 연결된다. 내 사랑은 어느 먼 '앞대'(멀리 해변가) 조용한 '개포가'(강이나 내에 바닷물이 드나드는 곳)의 나즈막한 집에서 그의 지아비와 마주앉아 대구국을 끓여놓고 저녁을 먹는다. 시적 화자는 추운 날 배추를 씻는 늙은 어머니와 아이를 옆에 끼고 지아비와 대구국을 먹는 여성을 흰 바람벽에 떠오른 상상 속에서 대비시키면서 자신의 운명에 체념하고 자기를 위로한다.

네 번째 영상(17~29행)은 '내 쓸쓸한 얼골'과 자막이다. "그런데 또 이즈막(이제까지에 이르는 가까운 때)하야 어늬 사이엔가"라는 표현은 독자를 몽상의 세계로 이끌어간다. 영상만 있는 것이 아니라 스크린 위에는 자막(subtitle) 같은 글자도 지나간다. '흰 바람벽' 위로 지나가는 '글자들'은 영화의 마지막 장면에 나타나는 움직이는 글자들을 연상시킨다. 자막처럼 화자의 서럽고 외로운 마음들이 지나간다.

"나는 이 세상에서 가난하고 외롭고 높고 쓸쓸하니 살어가도록 태어났다. 내 가슴은 너무도 많이 뜨거운 것으로 '호젓한'(무서운 느낌이 들 만큼 고요하고 쓸쓸하다) 사랑으로 슬픔으로 가득 찬다. 그리고 이번에는 나를 위로하는 듯이 나를 '울력'(여러 사람이 힘을 합하여 일함. 또는 그런 힘)하는 듯이 눈질을 하며 주먹질을 하며 이런 글자들이 지나간다."

이후 이어지는 이미지들은 쓸쓸하고 흩어진 삶을 사는 디아스포라의 형상들이다. 여기서 우리는 형태상 연 구분이 안 되어 있는 「흰 바람벽이 있어」에 내재적 연 구분이 있으며, 그것은 영화의 시퀀스(sequence)와 비슷한 것을 느낀다. 시퀀스란 서로 연관된 여러 개의 씬(scene)으로 구성된 내용적인 단위로 소설에서는 장, 시에서는 연과 비교할 수 있을 것이다. 이 시를 읽을 때 영화를 보는 듯한 느낌이 드는 이유는 '흰 바람벽'이라는 스크린이 있고, 시퀀스에 따라 내용이 구분되기 때문이다. 마치 영화를 보는 느낌이 드는, 영상 기법을 많이 이용한 일종의 시네포엠(cine-poeme)이라 할 수 있겠다. 영화의 많은 기법 중에 특히 장면 전환을 이용한 몽타주 기법이 연상된다. 몽타주는 "시간과 사건의 경과를 나타낼 때 사용하는 영상의 편집된 장면전환"(루이스 자네티, 김진해 옮김, 『영화의 이해』, 현암사, 1999. 518면.)을 말한다. 그러면 독자의 심적 표상(mental representation)이 어떻게 구성되는지 살펴보자.

S#	흰바람벽	행	영상의 서사	심적 표상
1	씬1	1~6	관객인 화자	시인 백석
2	씬2	7~11	어머니	어머니
3	씬3	12~16	사랑하는 사람	아내, 사랑하는 여인
4	자막 씬1	17~23	가난하고 외롭고 높고 쓸쓸하지만, 사랑과 슬픔으로 가득 찬 화자	시인 백석
5	자막 씬2 (초생달, 릴케 등)	24~29	초생달, 바구지꽃, 짝새, 당나귀, 프랑시쓰 · 쨈, 陶淵明, 라이넬 · 마리아 · 릴케가 그러하듯이 Nar 효과 가능	겹치며 흘러가는 다양한 이미지

이렇게 보면 「흰 바람벽이 있어」가 영화의 문법으로 쉽게 각색 (adaption)될 수 있다는 것을 확인할 수 있다. S#(scene number, 장면 번호)로 나누면 다섯 개의 씬으로 나누어진다. 특히 5번 씬에서는 다양한 쇼트(shot, 2~10초 영상) 이미지를 흐르게 놓거나 시인의 얼굴과 몽타주적으로 병치해놓아도 좋을 것이다. S#4, 5는 자막과 함께 NAR(=narration)로 처리해도 좋을 것이다. 이 자막은 S# '나'의 내성적인 목소리다.

카메라는 객관적인 입장을 취하면서 클로즈업(1번), 미디어 쇼트 (2,3번), 자막입력(4,5번), 몽타주 기법(5번)이 연상될 정도로 다양하게 움직이고 있다.

1940년 9월, 백석은 창씨개명에 대한 거부감 등으로 직장을 나와 실업자가 되고 만다. 만주국 경제부 하급공무원이었던 백석은 직장에서 만족할 수 없었다. 왕염려는 백석이 근무했던 만주국 총무청 인사에서 편찬된 『만주국 관리록』(1940~1941)에서 경제부에서 일한 3,000여 명 속에 백석의 이름이 없다는 것을 확인한다.

그는 "백석의 이름이 여기에 수록되지 않은 사실과, 문관시험을 통한 것이 아니고 '친구의 소개'로 취직한 것을 보면 백석은 시보(試補) 중에도 가장 낮은 지위에 있었을 것으로 판단된다"고 썼다(王艶麗, 앞의 논문, 30면).

만주국의 오족협화(五族協和)는 겉으로는 다문화주의 담론인 것처럼 보였으나, 사실은 주류민족(일본)과 비주류민족(조선인, 만주족)으로 서열화되어 있었다. 주류는 비주류에 대해 우월감에 도취되어 있고, 비주류는 주류에 일방적으로 압도당해야 했다.

만주족이 볼 때 조선인은 일본인과 비슷한 주류로 보였건만, 일본인에게 조선인은 완전한 비주류였다. 양쪽에서 모두 차별받는 위치에서 백석은 어느 쪽에도 동화될 수 없었다. 그래서 "나는 이 세상에서 가난하고 외롭고 높고 쓸쓸하니 살아가도록 태어났다"고 규정한다. "살아왔었다"라는 과거형이 아닌 "살아가도록 태어났다"라며 자신의 삶을 주변인적 운명론으로 규정한다. 그러면서도,

> ─ 하늘이 이 세상을 내일 적에 그가 가장 귀해하고 사랑하는 것들은 모두
> 가난하고 외롭고 높고 쓸쓸하니 그리고 언제나 넘치는 사랑과 슬픔 속에 살도록 만드신 것이다
> 초생달과 바구지꽃과 짝새와 당나귀가 그러하듯이
> 그리고 또 「프랑시쓰·쨈」과 도연명(陶淵明)과 「라이넬·마리아·릴케」가 그러하듯이

"가난하고 외롭고 높고 쓸쓸하니"라는 구절을 시인 안도현은 제목으로 하여 시집 『외롭고 높고 쓸쓸한』(문학동네, 1994)을 냈다. "언제나 사랑과 슬픔 속에" 산다는 표현은 자기 위안에 가깝다. 나의 삶이 이렇게 슬프고 힘들고 가난하고 외로운 것은 바로 '하늘이 나를 귀하게 여기기 때문'이라며 자조하고 있는 것이다. 서른 살 나이에 세상과 타협하지 못하고 패배를 맛본 백석은 주변적인 대상들과 벗하는 호명(呼名)으로 시를 마무리한다. 그리고 "프랑시쓰 쨈」과 도연명과 「라이넬·마리아·릴케」가 그러하듯이"라며, 스스로 위안이 될 만한 인물을 나열한다. 이 대목은 윤동주의 시와 우연한 일치로만 볼 수 없는 영향관계가 있다.

백석의 「흰 바람벽이 있어」와 윤동주의 「별 헤는 밤」은 매우 유사한 면이 있다.

첫째, 백석은 '흰 바람벽'을 스크린 삼아 인생을 논하는데, 윤동주는 '계절이 지나가는' '밤하늘'을 스크린으로 삼아 삶을 노래한다. 둘째, 백석은 어머니, 사랑하는 사람을 '흰 바람벽'을 통해 연상하는데, 윤동주는 어머니와 그리운 사람을 밤하늘의 '별'을 통해 호명한다.

별 하나에 추억과
별 하나에 사랑과
별 하나에 쓸쓸함과
별 하나에 동경과
별 하나에 시와
별 하나에 어머니, 어머니

셋째, 백석이 "「프랑시쓰·쨈」과 도연명(陶淵明)과 「라이넬·마리아·릴케」"를 호명하듯이, 윤동주도 같은 대상을 호명한다.

어머님, 나는 별 하나에 아름다운 말 한마디씩 불러봅니다. 소학교 때 책상을 같이 했던 아이들의 이름과 패(佩), 경(鏡), 옥(玉), 이런 이국소녀(異國少女)들의 이름과 벌써 애기 어머니가 된 계집애들의 이름과 가난한 이웃사람들의 이름과 비둘기, 강아지, 토끼, 노새, 노루, 프랑시스 쟘, 라이넬 마리아 릴케 이런 시인들의 이름을 불러봅니다.

설명이 필요 없을 정도로 분명한 영향관계를 보여주는 부분이다.

백석이 《문장》 1941년 4월호에 발표한 「흰 바람벽이 있어」의 한 구절이, 1941년 11월에 쓴 것으로 기록되어 있는 윤동주의 「별 헤는 밤」의 한 구절과 비슷하다. 백석의 **"가난하고 외롭고 높고 쓸쓸"**한 마음과 윤동주의 **"별 하나의 추억과 사랑과 쓸쓸함"**을 논하는 정조는 매우 닮아 있다. 아닌 게 아니라, 윤동주가 1935년 평양 숭실중학교로 옮길 때, "이즈음 白石詩集 『사슴』이 出刊되었으나, 百部 限定版인 이 책을 求할 길이 없어 圖書室에서 진종일을 걸려 正字로 베껴내고야 말았습니다"(윤일주, 「先伯의 生涯」, 『하늘과 바람과 별과 詩』, 정음사, 1955. 209~210면.)라는 증언을 보아도 알 수 있다.

윤동주는 백석의 시에서 디아스포라적 정체성을 발견했다. 물론 백석과 윤동주의 디아스포라적 정체성은 시각이 다르다. 백석의 시에 영향을 받은 윤동주는 **"어머님 / 그리고 당신은 멀리 북간도에 계십니다"**라는 표현을 써놓는다. 그 자신이 이제 일본으로 유학을 떠날 즈음에, 그는 멀리 북간도에 계신 어머니와 더욱 멀리 헤어지는 것을 안타까워했던 것이다. 백석이 갈매나무와 같은 도연명을 연상하며 궁핍과 함께했다면, 윤동주는 **"그러나 겨울이 지나고 나의 별에도 봄이 오면 / 무덤 위에 파란 잔디가 피어나듯이 / 내 이름자 묻힌 언덕 위에도 / 자랑처럼 풀이 무성할"** 내일을 꿈꾸며 절망의 시대를 넘으려 했다.

* 유튜브 〈백석 '흰 바람벽이 있어'와 동주 '별 헤는 밤'〉 참조.

26

백석의 모더니티와
영상미학

– 백석 「흰 바람벽이 있어」

분명히 시를 읽었는데, 영화를 본 이미지가 남는 경우가 있다.

앞서 백석의 「여승」은 한 편의 단편영화로 만들어도 손색이 없다고 소개했는데, 「흰 바람벽이 있어」 역시 그러하다.

이 시가 복합적 감정을 유발시키는 이유는 몽타주 기법으로 보여주기 때문이다. 몽타주(montage)는 프랑스어로 '조립(組立)하는 것'을 뜻한다. 프랑스의 무성영화(無聲映畵) 이론과 미국의 그리피스 등의 실험작품들을 세밀히 연구해서 이론을 체계화시킨 것은 러시아의 S.M.에이젠슈타인, 푸도프킨 등이다. 1920년 그들은 많은 논문과 저서를 발표해서 보급에 힘쓰는 동시에 영화 〈전함 포템킨〉(1925, 에이젠슈타인), 〈어머니〉(1926, 푸도프킨) 등에서 몽타주 기법을 보여주었다.

에이젠슈타인은 영화 〈전함 포템킨〉의 오뎃사 계단 장면에서 몽타주 기법을 실험했다. 황제의 군대에 의한 학살에 오뎃사 계단에서 민중들이 밀려 내려오는 장면이다. 사람들이 총에 맞고 쓰러지고 계단에서 구르는 쇼트와 계단을 위태롭게 내려오는 유모차의 아기 얼

영화 〈전함 포템킨〉의 오뎃사 계단 장면

굴 쇼트를 '충돌'시키면서, 긴장을 고조시켰다. 군중의 긴장과 아이의 천진난만을 '충돌'시켜 제3의 정동을 만들어내는 방식이다.

무성영화시대에는 이 이론이 많은 영화이론의 골격을 이루었다. 유성영화로 넘어오는 변혁과정에서도 지도적 구실을 하게 된 것은 음(音)과 화면과의 '조립'을 명시한 에이젠슈타인의 몽타주 이론이었다(수잔 헤이워드, 이영기 옮김, 『영화 사전』, 한나래, 1997. 58~103면).

백석의 시 「흰 바람벽이 있어」는 단순히 병렬적으로만 읽히지 않는다. 영화는 촬영하는 것이 아니라 '조립'하는 것, 다시 말해서 원래 따로따로 촬영한 필름의 단편을 창조적으로 접합(接合)해서 현실과는 다른 영화적 시간과 영화적 공간을 만들어 거기에 새로운 리얼리티를 구축한다. 이 과정에서 시각적 리듬과 심리적 감동을 '충돌'시켜 영화의 예술성을 성립시키는 방식이 몽타주 이론이다.

「흰 바람벽이 있어」를 읽을 때, 독자는 처음부터 끝까지 순서대로 병렬적으로 읽을 것이다. 씬1의 시인이 씬2, 씬3, 자막씬1, 자막씬2를 볼 수도 있다. 그런데 다시 읽게 되면 중간에 자막씬1에 등장하는 시인이 다시 씬1, 씬2, 씬3, 자막씬2를 볼 수 있는 복합 구조가 가능한 것이다.

몽타주를 연결 몽타주와 충돌 몽타주로 나누어 설명한다면, 연결 몽타주는 이미지들의 부가적인 덧붙임(A+B=AB)인 반면에, 충돌 몽타주는 쇼트와 쇼트의 충돌에 의해 쇼트의 경계를 넘어선 새로운 차원의 이미지 생성(AXB=C)이라고 할 수 있다. 백석의 「흰 바람벽이 있어」가 어떤 효과를 일으킬지는 수용하는 독자에 따라 다를 것이지만, 연결 몽타주적인 효과가 일어나지 않을까 싶다.

「흰 바람벽이 있어」는 '동일한 배우(시인)의 표정'이 바라보는 배열된 이미지에 따라 본래 화자의 표정이 각기 다르게 느껴진다. 이 시는 5개의 중심이 되는 씬을 중심으로 이루어진 영상 이미지로 다가와 인간이 갖고 있는 언어능력(language competence)과 영상능력(visual literacy competence)의 혼합을 통해 미적 만족감을 얻도록 장치되어 있는 것이다.

토속적인 단어만을 나열한다고 해서 민족적인 것은 아니다. 반대로 토속적인 단어를 나열하는 것이 모더니즘과 상치된다고만은 할 수 없는 것이다. 특히 시에서 용언은 표준어로 쓰면서, 체언은 낯선 평안도 단어를 골라 나열하는 '내적 발상법'은 '낯설게 하기'를 추구하는 모더니즘적 연상법과 닮아 있다고도 할 만하다. '낯설게 하기'란 러시아 형식주의자인 빅토르 쉬클로프스키의 개념으로, 여러 기법을 이용하여 '지각의 자동화'로부터 대상을 일탈시키는 방식을 말한다(빅토르 어얼리치, 박거용 번역, 『러시아 형식주의』, 문학과지성사, 1993).

이처럼 「흰 바람벽이 있어」는 '에그조티즘적(=오리엔탈리즘적)인 모더니티'를 넘어, 시에 영상 기법을 이용한 '낯설게 하기'와 영상이라는 모더니즘적 기법이 표현된 시네포엠(cine-poeme)이다. 백석이 시에 영상 기법을 이용할 수 있었던 몇 가지 배경을 살펴보자.

첫째, 백석의 아버지 백시박(白時璞)이 사진사였다는 사실이다. 1933년에 조선일보사를 사들인 계초 방응모 사장과 같은 정주 출신이었던 백시박은 《조선일보》에 취직한다. 이후 백석은 《조선일보》를 통해 문단 데뷔를 하고, 1929년 《조선일보》 유학생이 되고, 귀국해서 《조선일보》 출판부 직원이 된다. 이 시기에 그의 아버지가 《조선일보》의 사진 반장을 지냈다는 기록을 볼 때, 백석은 아버지를 통해 사진이나 영상물을 접할 기회가 적지 않았을 것이다. 이야기 시를 쓸 때 대상과 철저하게 거리를 두는 백석의 '객관주의적 정신'도 이와 비견될 것이다. 백석의 시를 읽으면, 마치 스크린을 보는 듯이 이미지화된 대상을 거리를 두고 '보게' 된다.

둘째, 백석이 일본 유학을 갔을 때, 모더니스트 중에 다케나카 이쿠[竹中郁]를 중심으로 한 영화시(시네포엠) 운동이 있었다는 사실을 참조할 수 있겠다. 일본에서는 제1차 세계대전 후 유럽에서 새로운 문학 형태와 정신을 모색하는 총체적인 문예운동인 모더니즘 운동이 확산되었으며, 일본에서 그 주역을 담당한 것이 1928년에 창간된 계간지 《시와 시론(誌と詩論)》이다. 이 잡지가 제시한 모더니즘 시의 주된 내용을 정리하면, 니시와키 준자부로[西脇順三郎]와 우에다 도시오[上田敏雄]를 중심으로 한 초현실주의(쉬르레알리즘), 하루야마 유키오[春山行夫]와 기타조노 가쓰에[北園克衛江]의 일행시(一行詩)로 대표되는 단시(短詩)와 신산문시(新散文詩)운동, 다케나카 이쿠의 영화시와 미요시 다쓰지[三好達治]의 이미지즘 계열 등이었다. 다케나카 이쿠와 기타가와 후유히코의 시는 마치 영화를 보는 것과 같은 느낌을 주는 시네포엠의 형식을 취하고 있다.

「흰 바람벽이 있어」는 신경에서 경계인(境界人)으로 존재했기에 쓸쓸한 디아스포라의 복합적인 문제를 영상미학으로 담아낸 역작이다. 이 시에서 백석은 경계인으로서 '사이'의 미학을 여실히 보여주고 있다. 모더니티와 리얼리티의 '사이', 쓸쓸함과 비판성의 '사이', 응축미와 확산미의 '사이'를 보여준다.

'사이'의 미학을 통해 이 시는 기존의 상투적인 유이민 시와는 전혀 다른 미적 실험을 보여주고 있다. 이 시를 썼던 서른 살의 백석은 피폐한 나날을 보냈으나. 그의 쓸쓸함은 이후 독자에게 위로로 전해졌다. 백석은 한국문학사에서 결코 패배하지 않았다.

* 유튜브 〈백석 '흰 바람벽이 있어'와 동주 '별 헤는 밤'〉 참조.

27

짜오탕,
공중목욕탕의 디아스포라

- 백석 「조당에서」, 윤동주 「거리에서」

백석이 살았던 동삼마로에는 따스한 햇살이 내렸고, 난닝구만 입은 몇몇 사내들이 장기판 둘레에 서서 훈수를 들거나, 무엇인가 구워 먹고 있었다.

웃통을 벗은 아저씨와 노인들이 길을 묻는 필자 앞에서 길을 안내했다. 돈을 드리려 했더니 손을 흔들며 사양했다. 신기하게도 백석이 살던 집 골목으로 들어가는 입구 바로 옆에 공중목욕탕이 있었다. 그 목욕탕이 언제부터 있었는지 확인하지 못하고 돌아온 것이 아쉽지만 목욕탕에 가서 그 풍경을 썼던 백석이 떠올랐다. 신경에 살던 사람들의 모습을 가장 직설적으로 묘사한 작품인

澡塘에서 (外一篇)

나는
支那나라사람들과 가치 목욕을 한다
무슨 殷이며 尙이며 越이며하는 나라사람들의 후손들과 가치
한물통안에 들어 목욕을 한다
서로 나라가 달은 사람인데
다들 쭉발가벗고 가치 물에 몸을 누히고 있는것은

시 한 편을 생각해보는 것도 의미가 있겠다.

　공중목욕탕은 중국어로 짜오탕[澡塘]이고, 한자로 조당이다. 짜오(澡)는 몸을 씻다, 탕(塘)은 연못이나 욕조라는 뜻이다. 백석은 서민들의 공중목욕탕에 가서 「조당(澡塘)에서」라는 시 한 편을 남겼다. 주의해야 할 것은 백석이 「조당에서」라고 쓰지 않고 발표할 때 「澡塘에서」라고 중국어 한자로 썼다는 사실이다. 당시 조선에도 공중목욕탕이 있었기에 '공중목욕탕에서'라고 쓸 수도 있었는데, 왜 중국어로 제목을 썼을까. 조선의 공중목욕탕에 없는 만주 나름의 특별한 정서를 느꼈기 때문일까. 백석이 이 시의 제목을 읽을 때 '조당에서'가 아니라 '짜오탕에서'라고 읽었을 가능성이 크다.

　　나는 지나(支那)나라 사람들과 같이 목욕을 한다

　　무슨 은(殷)이며 상(商)이며 월(越)이며 하는 나라 사람들의 후손들과 같이

　　한 물통 안에 들어 목욕을 한다

　　서로 나라가 다른 사람인데

　　다들 쪽 발가벗고 같이 물에 몸을 녹이고 있는 것은

　　대대로 조상도 서로 모르고 말도 제가끔 틀리고 먹고 입는 것도 모두 다른데

　　이렇게 발가들 벗고 한물에 몸을 씻는 것은

　　생각하면 쓸쓸한 일이다

　　이 딴 나라 사람들이 모두 이마들이 번번하니 넓고 눈은 컴컴하니 흐리고

　　그리고 길쭉한 다리에 모두 민숭민숭하니 다리털이 없는 것이

이것이 나는 왜 자꾸 슬퍼지는 것일까

그런데 저기 나무판장에 반쯤 나가 누워서

나주볕을 한없이 바라보며 혼자 무엇을 즐기는 듯한 목이 긴 사람은

도연명(陶淵明)은 저러한 사람이었을 것이고

또 여기 더운 물에 뛰어들며

무슨 물새처럼 악악 소리를 지르는 삐삐 파리한 사람은

양자(楊子)라는 사람은 아무래도 이와 같았을 것만 같다

나는 시방 옛날 진(晉)이라는 나라나 위(衛)라는 나라에 와서

내가 좋아하는 사람들을 만나는 것만 같다

이리하여 어쩐지 내 마음은 갑자기 반가워지나

그러나 나는 조금 무서웁고 외로워진다

그런데 참으로 그 은(殷)이며 상(商)이며 월(越)이며 위(衛)며 진 (晉)이며 하는 나라 사람들의 이 후손들은

얼마나 마음이 한가하고 게으른가

더운 물에 몸을 불키거나 때를 밀거나 하는 것도 잊어버리고

제 배꼽을 들여다보거나 남의 낯을 쳐다보거나 하는 것인데

이러면서 그 무슨 제비의 춤이라는 연소탕(燕巢湯)이 맛도 있는 것과

또 어느 바루 새악시가 곱기도 한 것 같은 것을 생각하는 것일 것인데

나는 이렇게 한가하고 게으르고 그러면서 목숨이라든가 인생(人生)이라든가 하는 것을 정말 사랑할 줄 아는

그 오래고 깊은 마음들이 참으로 좋고 우러러진다

그러나 나라가 서로 다른 사람들이

글쎄 어린아이들도 아닌데 쪽 발가벗고 있는 것은

어쩐지 조금 우스웁기도 하다

— 백석, 「조당(澡塘)에서」 전문, 《인문평론》3권 3호, 1941.4.

"나는 지나(支那, 중국) **나라 사람들과 같이 목욕을 한다"**라는 첫 행이 말해주듯, 이 시는 국제도시 신경의 공중목욕탕 풍경을 쓴 시다. 공중목욕탕을 시의 소재로 삼았다는 것은 우리 시사에서 아주 드문 일이다. 당시 조선에는 공중목욕탕이 없었을까. 당시 조선에도 공중목욕탕은 있었다.

1929년 2월 22일 《동아일보》에 실린 「지방잡신」 기사를 보면, "수원 종로욕장에 벌거벗은 일본인 남자가 여탕(女湯)으로 들어가서 일시 큰 괴동"이 있었다고 보도하고 있다. "벌거벗은 남자가 여탕에 들어간 이유는 자기 부인이 병으로 손을 못 써서 때를 밀어주기 위함이었다"고 한다.

1929년 2월 29일
《동아일보》에
소개된 목욕탕
관련 기사

당시 신경의 짜오탕은 무엇이 인상 깊었을까. 백석이 신경에 갔던 1940년 2월 같은 시기에 신경의 짜오탕을 경험했던 특파기자 안용순(安容純)은 재미있는 글을 남겼다.

> 다짜고짜로 들어가며 독탕을 청한다. 장방형으로 된 조그만 방에 안내되여보니 한 편에 사기로 만든 탁자 하나가 벽에 붙어 있다. (중략) 욕통에 들어갔다 나오니 몸을 닦는 것이 아주 굉장하다. 그냥 앉혀놓고는 목덜미와 팔을 닦고 자빠뜨려놓고는 가슴, 배, 다리를 닦고 엎치러놓고는 잔등, 볼기짝을 닦고 모로 눕혀놓고는 겨드랑이와 갈비뼈를 닦아준다. 도무지 처음이 되어 어색하기도 하거니와 우습기가 짝이 없다.
>
> — 안용순, 「北滿巡遊記」, 《조선일보》, 1940년 2월 28일.

다만 당시 조선에 세칭 때밀이라고 하는 세신사(洗身師)가 있다는 기사를 찾기는 어렵다. 한국 기자가 보기에 세신사 문화가 신기해서 기사로 썼던 것 같다. 백석은 때밀이보다는 다양한 종족들이 함께 목욕하는 순간이 이채로웠던 모양이다. 다인종 사회의 '쓸쓸한 타자'들이 함께 허름한 공중목욕탕에서 목욕하고 있다. 백석은 욕탕에서 만주땅의 역사를 생각한다. 중국 사람도 그냥 중국 사람이 아니라, "무슨 은이며 상이며 월이며 하는 나라 사람들의 후손들과 같이 / 한 물통 안에 들어 목욕"하고 있는 상황이다.

여러 종족들이 함께 목욕하는 광경이 낯설기도 해서 이런 시를 지었을 것이다. 비교컨대 《만선일보》 기자였던 이갑기는 국제도시 신경의 다인종 사회를 즐겁게만 묘사하지 않았다. 이갑기가 신경에서 버스를 탔을 때 역겨운 냄새로 견딜 수 없어 하는 모습을 보자.

> 지나인(支那人)의 마늘 냄새, 백로인(白露人)의 이상야릇한 노릿한
> 냄새, 이 조그마한 버스 안에서 몬지와 뒤섞여서 욱덕인다. 몸을
> 좀 음즉일내야 움즉일 재주가 없다 (중략) 그 안에 빠다 냄새나는
> 로서아의 여편네 람주에 싸린 만주사람 할 것 없이 서로 앉고 지
> 고 들석거린다.
>
> — 이갑기, 「심가기(尋家記)」, 《만선일보》 1940. 4.16~23.

여러 인종이 섞여 사는 신경에서 백석은 독특한 경험을 한다. 국
제도시 신경에서 '나주볕'(저녁 햇살)을 한없이 바라보는, 목이 긴 중
국인을 마주하고는 도연명(陶淵明)을 떠올린다.

문화적 공감만으로는 이방인과 동일하게 되기는 쉽지 않다. 화자
는 디아스포라의 쓸쓸함에서 벗어나려 한다. 그런데 그가 보는 타
자(중국인)는 방약무인, 자아도취하는 대상으로 보인다. "어쩐지 조금
우수움기도 하다"는 구절은, 서로 이질적인 것들이 난립, 혼재하고
있음에도 이른바 오족협화(五族協和)를 들먹이는 만주국의 허구성을
비판하는 구절로 읽을 여지도 남기고 있다. 그렇지만 그렇게까지 해
석하기는 충분하지 않다고 판단된다.

만주국에서 오족협화 이념을 선전하고 있던 상황에, 벌거벗은 상
태에 서로 완전히 하나가 될 수 없는 마음을 그린 이 시는 각기 다른
디아스포라의 쓸쓸함을 표현하고 있다.

디아스포라란 무엇인가

현해탄 위를 오가며 생활하는 나의 가슴 속에 전에 없던 새로운 변화가 생겼다. 한국에서 문학을 공부할 때, 한국문학이란 단지 한반도 내에 존재하는 한글문학을 의미했다. 일본에 유학가서 나는 새로운 문학을 접하기 시작했다. 디아스포라 문학이었다.

13년 동안 일본에서 살면서 내가 읽고 번역하고 만났던 '자이니치[在日] 작가들'을 연구하여 『일본의 이단아-자이니치 디아스포라 문학』(소명출판, 2020)을 냈다. 백석과 윤동주도 디아스포라를 체험했다. 디아스포라를 설명하기 위해, 위의 책 서론 부분을 간단히 요약해서 설명해본다.

디아스포라(diaspora, $\delta\iota\alpha\sigma\pi\text{o}\rho\grave{\alpha}$)는 "씨 뿌리다"($\Sigma\pi\text{o}\rho\grave{\alpha}$)라는 그리스어 'dia sperien'(a scattering of seeds)에서 유래되었다. 그리스인들에게 본래 긍정적인 의미였던 이 단어가 언제부터 유대인들에게 고통의 언어가 되었는지는 유대인 역사책에도 확실히 기록되어 있지 않다. 다만 유대인이 앗시리아의 포로가 되던 기원전 722년과 바벨로니아의 포로가 되던 기원전 586년, 두 가지 주요 사건(J. A. Sanders, "DISPERSION($\delta\iota\alpha\sigma\pi\text{o}\rho\grave{\alpha}$)", *The Interpreter's Dictionary of The Bible*, Vol1, ABINDON press, 1962. 854~856면.)으로 이 용어는 포로와 고통의 상징어가 되어버렸다. 성경에서 이 용어는 절대자의 말을 따르지 않는 이스라엘 공동체에 주는 저주스런 경고다.

25 : 여호와께서 네 적군 앞에서 너를 패하게 하시리니 네가 그들을 치러 한 길로 나가서 그들 앞에서 일곱 길로 도망할 것이며 네가 또 땅의 모든 나라 중에 흩어지고(thou shalt be a dispersion in

all kingdoms of the earth).

26 : 네 시체가 공중의 모든 새와 땅의 짐승들의 밥이 될 것이나 그것들을 쫓아줄 자가 없을 것이며(중략)

64 : 여호와께서 너를 땅 이 끝에서 저 끝까지 만민 중에 흩으시리니(scatter) 네가 그 곳에서 너와 네 조상들이 알지 못하던 목석 우상을 섬길 것이라

65 : 그 여러 민족 중에서 네가 평안함을 얻지 못하며 네 발바닥이 쉴 곳도 얻지 못하고 여호와께서 거기에서 네 마음을 떨게 하고 눈을 쇠하게 하고 정신을 산란하게 하시리니.

— 「신명기」 28장 25~65절, 밑줄은 인용자.

"야웨께서 너희들을 흩으실 것이다"(Yahweh will scatter you among all the peoples)라는 말 그대로 70년경 예루살렘이 두 번째로 붕괴되자 유대인들은 뿔뿔이 흩어졌고, 이 단어는 팔레스틴을 떠나 알렉산드리아 등지에 살게 된 유대인 공동체, 곧 조국에서 살지 못하고 '타국에 흩어져 사는 유대인'이란 뜻이 되었다. 끔찍한 포로기 때부터 쓰이기 시작한 '디아스포라'라는 용어는 고통의 상징어로 쓰였다. 2차 대전 때 유대인들은 "네 시체가 공중의 모든 새와 땅의 짐승들의 밥이 될 것"이라는 구절처럼 '벌거벗은 생명 호모 사케르(Homo Sacer)'(조르조 아감벤, 박진우 옮김, 『호모 사케르』, 새물결, 2008년, 49면)가 되는 홀로코스트(Holocaust)를 겪기도 했다. 유대인들은 공동체 생활, 회당 건립, 언어와 혈통, 현지 지도자 양성, 고국과의 밀접한 관계 유지를 통해 디아스포라 상황을 극복하려 했다.

포로, 고통, 언어, 극복 등으로 표상되는 이 용어는, 1990년대에

들어 이주노동자, 무국적자, 다문화가족, 언어의 혼종성 등 초국가적 (transnational)인 문제들이 일반화되면서, 다른 민족의 국제이주, 망명, 난민, 이주노동자, 민족공동체, 문화적 차이, 정체성 등을 아우르는 포괄적인 개념으로 사용되고 있다.

디아스포라 문제를 학술적인 수준으로 끌어올린 학자는 사프란 (William Safran)이다. 사프란은 디아스포라를 "국외로 추방된 소수 집단 공동체(that segment of people living outside the home land)"라고 정의하면서, 그 특성을 여섯 가지로 나누어 설명했다.

① 이산(離散)의 역사: 디아스포라는 특정한 기원지로부터 외국의 주변적인 장소로 이동한다.

② 모국에 대한 신화와 기억: 디아스포라는 모국에 대한 "기억, 비전 혹은 신화" 같은 집합적 기억을 보존한다.

③ 거주국에서의 소외: 디아스포라는 거주하는 나라에서 받아들여질 수 없다고 믿는다.

④ 결국 귀국을 원하는 희망: 디아스포라는 때가 되면 "돌아갈 곳"으로 조상의 모국을 그린다.

⑤ 모국에 대한 지속적인 지원: 디아스포라는 모국을 위해 정치적, 경제적으로 헌신한다.

⑥ 모국에 의해 만들어진 집단적 정체성: 디아스포라 의식은 모국과의 관계에 의해 중요하게 규정된다.

- Safran, William. "Diasporas in Modern Societies: Myths of Homeland and Return.", *Diaspora*, Volume 1, Number 1, Spring 1991. 83~89면

그렇지만 사프란의 디아스포라 개념은 모든 나라의 다양한 디아스포라 상황에 적용하기는 어렵다. 예를 들어 미국에서 성공한 유대인 중에 ④처럼 모국인 이스라엘로 귀환하려는 유대인은 그리 많지 않다.

우리의 경우, 중앙아시아 강제 이주나 일제 식민시기 때 재일한인의 도일(渡日)은 디아스포라라고 볼 수 있으나, 1970년대 이후 신분상승을 위하여 미국으로 이민간 재미한인은 디아스포라의 조건에 모두 맞지는 않는다. 사프란 자신이 디아스포라의 이념형이라 했던 유대인조차 여섯 가지 조건들을 모두 충족하지는 못하고 있으며, 우리의 경우도 여섯 가지 조건에 모두 맞지는 않는다.

한편 포스트식민주의(postcolonialism) 학자들은 디아스포라 이론을 정치적으로 해석하기도 했다. 이 용어에 대해 여러 표현이 있다. 원어 그대로 '포스트 콜로니얼리즘'이라고 번역해 쓰는 이들은 포스트(post)를 '이후(after)'로 해석하여 식민주의 '이후'의 식민지 상태를 표현하고자 한다. 이 표현은 '포스트'라는 애매모호한 표현 탓에 정치적 색깔을 묽게 한다. 한편 포스트(post)를 '초극(beyond)'으로 해석하는 이는 '탈(脫)식민주의'라고 써서 식민지 상태를 벗어나려는 적극적인 의지를 강조하려 한다. 필자는 두 가지 의미를 함축하여 '포스트식민주의'라는 표현을 사용하려 한다.

로버트 영(Robert J.C.Young)은 오늘날 포스트식민주의는 아프리카·남미·아시아에 세 대륙에 걸쳐 만연하고 있다며 '트리컨티넨탈리즘(tricontinentalism)'이라는 용어를 쓴다(*Postcolonialism-An Historical Introduction*, Blackwell, 2004). "더 근원적으로 포스트식민주의를 나는 차라리 트리컨티넨탈리즘으로 부르고 싶다"(앞의 책 56면)라고 쓴다. 2차 대전 이후 아프리카·남미·아시아인은 전세계로 흩어지면서 (diaspora), 트리컨티넨탈리즘이라고 불리는 포스트식민주의적 상황을 온존시키고 있다고 지적하고 있다.

> 포스트식민주의의 핵심적인 문제에는 서구사회와 트리컨티넨탈 사회 양쪽 모두에 있는 식민적이고 제국적이고 반(反)식민적인 과거, 포스트식민적인 현재, (아동 노동에서 시작되는) 국제분업, 민중의 권리와 문화적 권리, 이산과 이민, 강제적인 이전, 정착과 디아스포라(diaspora) 등이 포함된다.
> ― 로버트 영, 앞의 책, 66면.

로버트 영은 디아스포라 문제를 식민지에 이은 포스트식민주의와 계속 연결시키고 있다. 가령, 식민지 시대 때 독립운동을 위한 지도자들은 디아스포라의 망명지에서 활동을 했었고, 이후 포스트식민주의 시대에서 세계 각지에 흩어진 아프리칸 디아스포라들은 아프리카인들의 정치 사회 상황에 시종일관 똑같은 관심을 갖고 있다고 한다.

그가 쓰고 있는 '반식민주의(anti-colonialism)'라는 개념은 한국에서 쓰고 있는 '탈식민주의'라는 말보다 명확하다고 필자는 생각한다. 피식민지 경험이 없었던 일본에서는 탈식민주의라는 표현은 잘 쓰지 않고, 포스트 콜로니얼리즘(ポストコロニアリズム)이라고 한다(本橋哲也, 『ポストコロニアリズム』, 岩波書店, 2005).

시인 백석과 윤동주는 디아스포라 시인으로 볼 수 있다. 백석은 일본 유학을 다녀왔고 40년대에 만주에서 지냈다. 백석 시인을 좋아했던 윤동주는 반대로 만주에서 태어나고 자라서 40년대에 일본에서 지내다 옥사했다.

디아스포라 백석과 윤동주가 일본에서, 만주 신경과 명동마을 시절 어떤 책을 읽었는지 그리고 외국시인의 영향이 있었다면 어떤 미학을 보이고 있는지도 연구해야 할 것이다. 디아스포라로서 두 사람은 중국문학과 일본문학의 영향을 받았다. 두 시인에게서 공통적으로 나타나는 중국 한시의 영향, 그리고 동시의 세계에 대한 비교문학적 고찰이 이루어져야 할 것이다.

디아스포라인가, 노마드인가

「서시」에 나타나는 "모든 죽어가는 것"을 호모 사케르(Homo Sacer)에 비유할 수 있을까. 비슷하지만 각기 차이가 있는 용어로, 홀아비, 과부, 고아, 늙어서 자식 없는 사람을 이르는 맹자의 환과고독(鰥寡孤獨), 가야트리 스피박이 설명했던 '말하지 못하는 하위주체'인 서벌턴(Subaltern)을 생각해볼 수 있겠다. 가장 넓은 개념으로 주변인(周邊人, The marginal, The marginalized)을 생각해볼 수 있겠다 .

호모 사케르는 "어떤 인간적인 권리도 행사할 수 없는 무력한 상태"에 놓인 인간을 뜻한다. "살해는 가능하되 희생물로 바칠 수 없는" 상태의 인간을 말한다. 호모 사케르는 신의 법과 인간의 법에서 모두 배제된 자로서 희생물로 바치는 것은 허용되지 않고, 아무것도 가진 것이 없고 오로지 벌거벗은 생명 외에 지닌 것이 없는, 전적으로 권리를 박탈당한 자를 말한다. 'sacer'는 원래 '신성한', '저주받은'이라는 두 가지 뜻을 모두 가지고 있는데 권력은 이를 은폐한다.

주권권력은 법을 매개로 어떤 개인을 '예외'로 설정하며 '벌거벗은 생명'을 창출한다. 한 마디로 호모 사케르는 법의 기반을 둔 주권권력에 의해 배제당하여 살해당해도 무방한 존재이다. 아우슈비츠 수용소야말로 살해가 가능했던 주권자의 '예외상태'가 유지되었던 곳이다. 폭력적인 주권자가 있는 한 현대인도 "모두가 잠재적인 호모 사케르들"이다.

근래 백석과 윤동주를 '노마드(Nomad)'로 표현하는 논문을 가끔 본다. 들뢰즈의 저서를 많이 읽은 연구자들이 '노마드 백석', '노마드 윤동주'라는 용어를 쓰는가 싶다.

노마드라는 용어는 방랑이나 낭만으로 느껴진다. 백석이나 윤동주를 노마드라고 할 수 있을까. 박목월의 「나그네」를 노마드라고 할 수 있을까. 질 들뢰즈/펠릭스 가타리가 쓴 『천 개의 고원』 7장을 떠올리며 노마드를 생각해보자. 노마드라고 하면 다분히 자발적인 분열자, 탈주자(이진경 용어), 도주자(김재인 용어) 등을 떠올린다. 유리판 위에 떨어지는 물방울이나 구슬처럼 자유롭게 사는 단독자를 떠올린다.

『천 개의 고원』 7장에 따르면, 노마드와 달리 파인

1934년, 한자, 로마자, 키릴 문자가 써 있는 신경역 간판, 당시 신경은 국제도시였다.

홈을 따라 살아가는 인간의 삶은 견고한 삶이며, 그램분자적 삶이며, 몰(Mole)적 삶이기도 하다. 이러한 들뢰즈의 생각은 다분히 니체가 나눈 말종인간, 낙타형 인간, 사자형 인간, 위버멘쉬 같은 아이형 인간을 떠올리게 한다.

백석이 평북 정주에서 태어나 경성으로 가고, 통영을 중심으로 기행시를 쓰고, 일본 유학 가서 이즈 반도 같은 관광지를 여행하며 판타지 시를 남겼으니 노마드라고 표현할 수 있을까. 또 만주국의 수도인 신경으로 향한 것을 노마드라는 용어로 표현할 수 있을까. 백석의 삶은 초기에 노마드를 즐기는 삶이었다가, 만주로 가면서 디아스포라 난민의 처지로 살지 않았을까.

윤동주가 숭실중, 연희전문, 릿쿄대학과 도시샤대학을 간 것은 노마드적 삶일까. 자유로워서 엘리트 코스를 택했을까. 오히려 당시 재력이 있고, 공부할 수 있는 능력이 있는 엘리트들이 가는 '홈 패인 이력'이 아닐까. 지금 외고, 일류대, 미국 유학을 가듯이, 비싼 창문이 홈 파인 레일에 따라 움직이듯 말이다. 이 코스를 밟은 윤동주가 살아서 귀국했다면 대학 교수나 고위관리가 되었을 수도 있다. 그야말로 들뢰즈가 언급했던 분자적 삶, 견고한 삶, 그램분자적 삶의 전형이지 유목민의 삶은 아니다. 윤동주의 「거리에서」에서 드러난 사유를 살펴보자.

달밤의 거리
광풍(狂風)이 휘날리는
북국(北國)의 거리
도시의 진주

전등 밑을 헤엄치는,
쪼그만 인어 나,
달과 전등에 비쳐
한 몸에 둘셋의 그림자,
커졌다 작아졌다.

괴롬의 거리
회색(灰色)빛 밤거리를
걷고 있는 이 마음
선풍(旋風)이 일고 있네
외로우면서도
한 갈피 두 갈피,
피어나는 마음의 그림자,
푸른 공상이
높아졌다 낮아졌다.

　　　– 윤동주, 「거리에서」(1935. 1. 18) 전문

　시의 화자는 **"광풍이 휘날리는/ 북국의 거리"**에 있다. 시를 쓴 때가
1935년이고 '북국의 거리'이니 윤동주가 나고 자란 북국 간도땅이
다. 이 시에서 중요한 이미지는 '바람'이다. '달/전등', '커졌다/작아
졌다'. '높아졌다/낮아졌다'라는 대립적 구도 사이를 바람은 선풍(旋
風)으로 회오리치며 화자의 불안한 심리를 보여준다. 화자는 밝은 대
낮이 아니라 '달밤'의 거리를 걷고 있다. '달밤'이거니와 '광풍'이 날
리는 '북국'의 어느 거리다. 화자는 거리의 전등 밑을 지나간다.

화자인 '나'는 전등 밑에서 헤엄치는 작은 인어(人魚)에 불과하다. **"한 몸에 둘셋"**으로 분열된 자아로 불안한 거리를 걷고 있다. 자신의 정체성을 찾지 못한 분열된 자아의 표상일 것이다. 그래서 화자는 거리를 걸으며 **"휘날리"**고 **"헤엄치는"** 수동적 삶을 살아간다. **"휘날리고" "헤엄치는"**이라는 표현은 정주할 수 없는 난민상태이다. **"마음에 선풍(旋風)"**이 인다는 표현에 나타나듯, 마음속에 회오리바람이 부는 상태다. 앞서 광풍과 대립되는 바람으로 선풍을 들 수 있겠다. 광풍과 달리 선풍은 자신의 마음속에서 일어나는 어떤 바람이다. 정주할 수 없는 상태에서도 화자는 **"푸른 공상"**을 언급하며 희망을 꿈꾸려 한다.

이러한 윤동주의 모습을 일러 어떤 연구자는 '비자발적 노마드 윤동주'라는 용어를 쓰고 있다. 가능한 표현일까. 자발적 노마드였던 아버지를 따라 어쩔 수 없이 비자발적으로 살아야 하는 '대물림 노마드'라 할 수 있겠다.

2014년 여름 필자가 몽골 고비사막에 갔을 때, 양고기 노린내 질펀한 게르에서 '대물림 노마드' 청년들을 만났었다. 자신은 울란바토르에 있는 대학을 졸업했고, 회사에도 입사했는데 부모님이 사막 게르에서 계속 생활하고 싶어하셔서 다시 고비사막으로 왔다는 이들이 있었다.

최근 경기침체로 자신의 집을 처분하지 못하고 세입자로 살아가는 이들을 '비자발적 하우스 노마드'로 분류하기도 한다. 높은 수입과 생계를 위해 국경을 넘어온 외국인 노동자도 개인마다 '자발/비자발'의 성격이 있을 것이다. 윤동주에게 '비자발적 노마드'라는 용어를 적용할 수 있을까. '디아스포라 백석', '디아스포라 윤동주'라

고 한다면 받아들일 수 있으나, '노마드 백석', '노마드 윤동주'라는
용어는 받아들이기 쉽지 않다.

1938년 12월 시인 백석과 화가 이인성 등이 함께 어울려 찍은 사진.
맨 오른쪽부터 백석, 이인성, 무용가 조택원, 의사이자 수필가 정근양이다.
〈화가이인성기념사업회〉 대표 이채원 씨 제공.

28

백석의 도연명,
동주의 맹자

– 백석 「수박씨, 호박씨」, 윤동주 「서시」

백석의 도연명

맹자를 자주 언급하는 윤동주와 달리 백석은 중국 시인 도연명을 언급하고 있다. 중국 한시에 대한 백석의 교양은 신경으로 가서 갑자기 생겨난 것은 아니다. 일본 아오야마 학원에서 영어사범과를 다니던 시절에도 백석은 부지런히 한시를 공부했다고 알려져 있다(「한시를 배운 시인 백석의 日유학생활」,《연합뉴스》, 2010.3.18). 특기사항에 '미식축구'라고 적혀 있는 것도 이채롭다. 이 경력으로 귀국하여 축구부 지도교사가 되었던 듯싶다.

백석이 들었던 수강과목을 분석해보면 "1학년 과정에서는 한문 과목을 모두 60시간 이상 수강해야" 했고 "이 과정에서 백석은 중국의 이백(李白)과 두보(杜甫)의 시 정신을 경험할 수 있었고 노장사상에 대한 남다른 관심을 가졌을 것"이라고 추정되고 있다. 시 「두보나 이백같이」에서는 **"넷날 두보(杜甫)나 이백(李白) 같은 이 나라의 시인"**도 라는 말이 4번 등장한다. 특히 도연명에 대한 인용이 여러 편에서 나타난다. 백석의 시 「호박꽃초롱-서시」 「흰 바람벽이 있어」 「수박씨, 호박씨」 「조당에서」 「귀농」 등에서 도연명의 흔적이 보인다.

어진 사람이 많은 나라에서는
오두미(五斗米)를 버리고 버드나무 아래로 돌아온 사람도
그 옆차개에 수박씨 닦은 것은 호박씨 닦은 것은 있었을 것이다

— 「수박씨, 호박씨」, 《인문평론》9호. 1940.6.

도연명이란 이름은 나오지 않으나, 이 시에서 수박씨와 호박씨를 오물거리며 먹는 **"어진 사람"**은 도연명이다. 얼마 안 되는 봉급인 다섯 말의 쌀 **"오두미(五斗米)"** 때문에 허리를 굽힐 수 없다며, 오두미를 거절하고 도연명은 집으로 돌아와 다섯 그루의 **"버드나무"**를 심는다.

그래서 『고문진보』11장의 「오류선생전(五柳先生傳)」에서는, 도연명에 대해 "집 주변에 버드나무 다섯 그루가 있었으니, 그것으로 호(號)를 삼았다. 한가롭고 조용하여 말이 적었으며, 명예나 실리를 바라지 않았다.(중략) 방은 좁아 쓸쓸하고 조용하였으며, 바람과 햇빛을 가리지도 못했고, (중략) 가난하고 천함을 근심하지 않으셨고, 부하고 귀한 것을 애쓰지 않으셨다"("先生, 不知何許人, 亦不詳其姓字, 宅邊有五柳樹, 因以爲號焉, 閑靖少言, 不慕榮利,(중략)環堵蕭然, 不蔽風日(중략)不戚戚於貧賤, 不汲汲於富貴", 「오류선생전(五柳先生傳)」, 『古文珍寶 · Ⅲ』, 명지대출판부, 1979. 704면)고 쓰여 있다.

명예를 거절하고 낙향하여 허리에 차는 주머니인 **"옆차개"**에 수박

씨 호박씨를 넣어 땅콩처럼 오물거리며 먹었던 도연명은 부잣집 아들이 아니었다. 29세 때 첫 관직으로 말직인 주(州)의 제주(祭酒)가 되었지만 곧 사임하고, 세파에 시달리며 한직에 머물다 41세에 늘 그리던 전원생활로 돌아간다. 이때 사임사로 발표한 도연명의 「귀거래사(歸去來辭)」의 전원정신이 백석의 시 「귀농」(《조광》7권 4호. 1941.4)에서도 발견된다. 명예를 멀리하고 좁은 방에서 쓸쓸하게 지냈던 도연명의 삶은, '좁다란 방'에서 가난하고 외로웠지만 '높은 것'을 지향했던 백석의 삶과 너무도 유사하다.

그런데 저기 나무판장에 반쯤 나가 누워서
나주볕을 한없이 바라보며 혼자 무엇을 즐기는 듯한 목이 긴 사람은
도연명(陶淵明)은 저러한 사람이었을 것이고
또 여기 더운 물에 뛰어들며
무슨 물새처럼 악악 소리를 지르는 삐삐 파리한 사람은
양자(楊子)라는 사람은 아무래도 이와 같았을 것만 같다
나는 시방 옛날 진(晉)이라는 나라나 위(衛)라는 나라에 와서
내가 좋아하는 사람들을 만나는 것만 같다
이리하여 어쩐지 내 마음은 갑자기 반가워지나
그러나 나는 조금 무서웁고 외로워진다
그런데 참으로 그 은(殷)이며 상(商)이며 월(越)이며 위(衛)며 진(晉)이며 하는 나라 사람들의 이 후손들은
얼마나 마음이 한가하고 게으른가
더운 물에 몸을 불키거나 때를 밀거나 하는 것도 잊어버리고

제 배꼽을 들여다보거나 남의 낯을 쳐다보거나 하는 것인데

– 백석, 「조당에서」부분, 《인문평론》3권 3호, 1941.4.

도연명은 하급관리직을 그만두고 고향에 돌아가 자연 속에서 지낸 사람이다. 도연명의 「귀거래사(歸去來辭)」를 보면 "때로는 고개 들어 먼 곳을 바라본다 / 무심한 구름은 산골짝을 돌아 나오고 / 날다 지친 저 새는 둥지로 돌아온다 / 해는 뉘엿뉘엿 넘어가려 하는데 / 외로운 소나무 쓰다듬으며 홀로 서성거린다"(時矯首而遐觀 / 雲無心以出岫 / 鳥倦飛而知還 / 景翳翳以將入 / 撫孤松而盤桓" - 陶淵明, 「歸去來辭」, 『古文珍寶·Ⅰ』, 명지대출판부, 1979.40~41면)라는 구절이 나온다. 뉘엿뉘엿 넘어가는 나주볕을 보는 중국인을 보며 도연명을 떠올리는 백석은 **"내가 좋아하는 사람들을 만나는 것만"** 같아 호감을 느끼고 반가운 마음을 가지다가도 **"조금 무섭고 외로워진다"**. 그네들과 함께 목욕하는 것이 **"쓸쓸한 일"**이 되는 것은 그 자신이 그들과 함께할 수 없는 이방인으로서의 거리가 존재하기 때문이다. "어쩐지 쓸쓸한것만이 오고간다"(「흰 바람벽이 있어」)는 도연명과 백석에게 모두 통하는 표현이다.

양자(楊子)를 예로 든 구절도 재미있다. 그는 중국 전국시대(BC 475~221) 때 초기 도가철학자로서 현실 문제와 거리를 둔 철저한 개인주의자였다. "무슨 물새처럼 악악 소리를 지르는 삐삐 파리한 사람은" 공중목욕탕에서 타인을 배려하지 않는 이기주의자로 보인다. 곧 다음 행에서 "양자(楊子)라는 사람은 아무래도 이와 같았을 것만 같다"고 잇는다. 양자가 "털 하나를 뽑아 온 천하가 이롭게 된다 하더라도 그렇게 하지 않는다"(拔一毛而利天下不爲)고 주장했기 때문이

다. 나라를 위해서 내 털 하나를 쓰지 않겠다는 뜻이다.

　도연명과 양자를 예로 들면서, 짜오탕에서 벌거벗고 함께 목욕하는 이국인들은 어느덧 동아시아의 보편적 감성을 공유하는 이웃으로 바뀌어 보인다. 이방인이 갖는 이질감이 어느덧 문화적 공감으로 바뀌는 것이다.

　도연명과 백석은 중심에 적응할 수 없었던 쓸쓸한 주변인이었다. 그런데 도연명에게서 느끼는 백석의 감정은 단순히 쓸쓸함만은 아니다. 그것은 "그 드물다는 굳고 정한 갈매나무라는 나무"(「남신의주 유동 박시봉방」)를 도연명에게서 발견했기 때문이 아닐까.

윤동주의 맹자

　당시 동양사상을 공부하는 과정은 거의 이십 년에 가까운 교육 프로그램이었다. 요즘 여덟 살 때 초등학교에 입학해서 이십 대 중반에 대학을 졸업하듯, 한학(漢學)을 공부하는 과정도 이십여 년이었다. 이 과정에서 시를 배운 흔적이 윤동주 시와 메모와 삶에 나타난다.

　윤동주는 14세부터 한학자이자 목사인 외삼촌 김약연(金躍淵, 1868-1942)에게서 한학을 배웠다. 김약연의 이름 '약연(躍淵)'은 『시경』의 시구인 "솔개는 날아서 하늘에 이르고, 물고기는 연못에서 뛰어오른다(鳶飛戾天, 魚躍於淵)"에서 따온 것이니 가문의 품격을 짐작케 한다. 김약연은 그의 스승 남종구가 '맹판(孟板)'이라고 칭할 만큼 『맹자』에 정통한 한학자였다.

　옛날 분들은 보통 예닐곱 살 정도에는 『사자소학(四字小學)』과 『천자문』을 배웠다. 『사자소학(四字小學)』이란 네 글자로 이루어진 명구를 말한다. 살아가면서 꼭 알아야 할 아주 기본적인 내용이다. 지금 학기로 초등학교 고학년이나 중학생쯤 되면 『추구(推句)』라는 책을 배웠다. 『사자소학』과 달리 『추구』는 다섯 자씩 구성된 명구다. 윤동주 시에는 이 책을 읽은 흔적이 있다.

「개」(1936년 12월 추정)라는 짧은 시가 있다.

눈 위에서
개가
꽃을 그리며
뛰오

아주 짧지만 읽자마자 머리에 그림이 그려질 만치 선명하다. 이 시는 바로 『추구』에 나오는 "개가 달리니 매화꽃이 떨어지고, 닭이 다니니 대나무 잎이 무성하다"(狗走梅花落 鷄行竹葉成)라는 구절에서 착상한 것이다. 일부러 패러디로 썼을까. 읽었던 문장이 무의식에 남아 자기도 모르게 썼을까.

지금 학제로 고등학생쯤 되면 사서(四書)를 읽었다. 보통 15세 이후에 『대학』 『논어』 『맹자』 『중용』 이렇게 네 권을 읽는다. 똑똑한 아이는 15세 이전에 모두 독파했다고 한다. 길지 않은 『대학』에는 그 유명한 수신제가(修身齊家)와 격물치지(格物致知)가 나온다. 『대학』을 읽은 다음 『논어』 『맹자』 『중용』 순으로 읽는다.

연세대 중앙도서관 4층 윤동주 자료실에 가면, 유품 중에 그가 보던 『예술학(藝術學)』이라는 두꺼운 책이 있다. 이 책 표지 오른쪽 하단에 『맹자』 「이루(離婁)」 장의 구절이 윤동주 친필로 쓰여 있다. 어

떤 잘못이 있을 때는 모두 내 자신을 돌아보라는 '반구저기(反求諸
己)'로 유명한 구절이다. **"잎새에 이는 바람에도 / 나는 괴로워했다"**는
구절이야말로 '반구저기'라는 명구와 통한다.

윤동주는 빠르면 십대 후반이나 이십 대 초반에 『시경』『역경』
『주역』 등 삼경(三經)을 읽었다. 물론 이외에도 다양한 책을 읽었다.

> 늘 말이 없는 편이지만 훤칠하니 큰 키와 미남형이면서 다정해
> 보이는 그의 용모와 인품은 주위에 늘 친구를 모았다. 방학이면
> 외지에서 돌아온 같은 또래의 유학생들이 우리 집에 모여서 화제
> 의 꽃을 피웠고, 친척 여학생들이 글을 배운다는 구실로 그 주위
> 에 모이곤 하였다. 방학이면 대개 틈을 내어 외삼촌에게서 한문을
> 배웠는데, 『시전(詩傳)』을 끼고 다니던 어느 방학 때의 일과 연희전
> 문 3·4학년 때에 불어를 독습하던 일이 기억된다.
>
> – 윤일주, 「윤동주의 생애」, 《나라사랑》23집, 1986. 158면.

외삼촌이란 유학에 정통했던 김약연 목사를 말한다. 『시전(詩傳)』
은 주희(朱熹)가 『시경』에 대해 주를 붙인 『시경집전(詩經集傳)』일 것
이다. 이 책을 읽는다는 말은 『맹자』 등 사서를 다 읽고, 『주역』 등
삼경을 읽기 시작했거나 다 읽었다는 말이다.

호연지기와 "괴로워했다"

윤동주의 대표작 「서시」는 여러 시각에서 해석할 수 있는 작품이
다. 「서시」에는 윤동주 시인의 거의 모든 것이 들어 있다 해도 과언

이 아니다.

　　죽는 날까지 하늘을 우러러
　　한 점 부끄럼이 없기를,
　　잎새에 이는 바람에도
　　나는 괴로워했다.
　　별을 노래하는 마음으로
　　모든 죽어가는 것을 사랑해야지
　　그리고 나한테 주어진 길을
　　걸어가야겠다.

　　오늘밤에도 별이 바람에 스치운다.

　이 시는 『맹자』의 핵심사상으로 이해할 수 있는 작품이다. 맨 처음 생각할 수 있는 사상은 '호연지기(浩然之氣)'이다. 『맹자』에서 공손추가 맹자에게 묻는 장면이 나온다.

　"선생님은 40대부터 부동심(不動心)을 가지셨다 했는데 부동심이란 어떤 장점이 있는지요?"
　"말을 알아듣는 일, 지언(知言)과 호연지기(浩然之氣)를 기르는 데 있습니다."
　"그럼 호연지기란 무엇인지요?"
　"한 마디로 설명하기 어려워요. 호연지기란 지극히 크고 강한 것이니, 정직함으로써 잘 기르고 해침이 없으면 호연지기가 천지간에 꽉 차게 됩니다. 이 호연지기는 의리를 많이 축적해서 생겨나는 것이죠, 하루아침에 벼락처럼 갑자기 생겨나는 것이 아니예요. 그러니까 반드시 호연지기를 끊임없이 키울 수 있도록 착한 의를 쌓아야 하고, 그 효과를 미리 성급하게 기대해서는 안 돼요."

是集義所生者(시집의소생자), 非義襲而取之也(비의습이취지야)
行有不慊於心(행유불겸어심), 則餒矣(즉뇌의)

원문에서 시(是)란 '그것'으로 바로 호연지기를 말한다. 호연지기란 집의(集義)라고 정의한다. 집의란 행동마다 의(義)를 실천하며 축적하는 삶을 말한다. 호연지기의 첫째 조건은 의(義)를 차츰 축적하여 나가는 것이다. 끊임없이 선을 쌓아나가는 적선(積善)의 과정, 호연지기란 의로움을 쌓아나가는 지난한 과정이다.

다음 문장 '非義襲而取之也(비의습이취지야)'에서, 부정사 비(非)는 부정문을 만든다. 곧 의란 갑자기 찾아와 얻을 수 있다는 '의습이취지(義襲而取之)'를 '아니라'[非]라며 부정하는 것이다. 호연지기란 갑자기 엄습(掩襲)해오는 것이 아니라는 말이다.

다음 문장은 行有不慊於心(행유불겸어심)이면 則餒矣(즉뇌의)이다.

겸(慊)은 뜻이 많은 한자인데, 만족스럽다는 뜻이다. '行有不慊於心'이란 자신이 했던 행동이 마음에 만족스럽지 않으면, 즉뇌의(則餒矣) 즉 스스로 목마른[餒, 주릴 뇌] 상태가 된다는 뜻이다. 예수가 말한 "의에 주리고 목마른 자는 복이 있나니"와 그대로 통하는 말이다. 제대로 행동하지 않으면 스스로 마음이 주리고 목마른 상태, 뭔가 좋은 일을 찾아 끊임없이 애쓰는 자세가 바로 호연지기라는 것이다. 윤동주가 "죽는 날까지 하늘을 우러러 / 한 점 부끄럼이 없기를 / 잎새에 이는 바람에도 / 나는 괴로워했다"(「서시」)고 썼을 때 "나는 괴로워했다"라는 부분이 바로 '즉뇌의(則餒矣)'의 상태다.

끊임없이 일상 속에서 집의(集義) 적선(積善)을 하지 않는다면 호연지기를 느낄 리 만무하다. 예수가 말했던 "가난한 자에게 좋은 소식을, 포로된 자에게 자유를, 눈 먼 자에게 눈뜸을, 눌린 자에게 자유를"이라는 사회적 영성이 호연지기의 출발점이다. "의에 주리고 핍박받는 자는 복이 있나니"라는 말과 비슷한 상태이기도 하다. 예수가 자주 사용했던 "불쌍히 여기사(I have compassion)"의 원뜻인 스플랑크니조마이(splanchnizomai) 곧 "오장육부(五臟六腑)가 찢어지는 아픔을 느낀다"는 표현이야말로 호연지기의 상태다. 「서시」 1행부터 4행까지의 상태가 호연지기의 상태다.

맹자의 앙불괴어천, 윤동주의 「서시」

「서시」 첫 구절 끝의 "하늘을 우러러 한 점 부끄럼이 없기를"은 『맹자』의 앙불괴어천(仰不愧於天)을 그대로 인용한 구절이다. 『맹자』 「진심(盡心)」장 군자삼락(君子三樂) 중 "하늘을 우러러 부끄럽지 않고(仰不愧於天) 사람을 굽어보아 부끄럽지 않은 것이(俯不怍於人) 두 번째 즐거움이다(二樂也)"라는 부분을 우리말로 번역한 표현이다.

『맹자』 「진심장」에는 **"사람이 부끄러움이 없어서는 안됩니다. 부끄러워할 줄 모르는 마음을 부끄러워하면, 결국 부끄러움이 없을 겁니다"**(人不可以無恥 無恥之恥 無恥矣)라는 구절도 있다. 맹자는 "자신의 잘못을 부끄러워하고, 남의 잘못을 미워하는 것을 의로움의 단서"라고 했다. 인간은 누구나 이런 마음 즉, '수오지심(羞惡之心)'을 가지고 있다고 맹자는 말했다. 부끄러워할 줄 알면 결국 스스로 '개과천선(改過遷善)'하여 부끄러움 없이 살 수 있을 것이다. 그 단계가 '무치(無恥)' 즉, '부끄러워할 줄 모르는 것'을 부끄러워하면, 참으로 부끄러움이 없게 되는 단계다.

바로 사단(四端)의 하나로서 '의롭지 못함을 부끄러워하고 착하지 못함을 미워하는 마음'인 수오지심(羞惡之心)의 상태다. 羞惡之心 義之端也(수오지심 의지단야) 곧 '부끄러워하는 마음은 바로 의(義)의 단서'라고 했다. 수오지심이야말로 윤동주의 인생관을 보여주는 핵심단어다.

별을 노래하는 마음으로
모든 죽어가는 것을 사랑해야지

"모든 죽어가는 것"을 사랑하는 마음, 측은지심(惻隱之心)의 가장 극적인 표현을 윤동주는 썼다. 살아 있는 것이 아니라 죽어가는 것을 사랑하겠다는 마음이다. 어짊[仁]을 최대의 덕목으로 강조했던 유교 사회의 선비상(像)이 투영되어 있는 구절이다.

「서시」를 쓰기 1년 전, 윤동주는 조선 사회를 「병원」(1940.12)이라 생각했고 시 속의 화자(話者)도 환자로 설정했다. 의사는 화자에게 "병이 없다"고 했으며, 화자는 사나이를 위로하기 위해 거미줄을 헝클어버린다(「위로」). 「투르게네프의 언덕」을 보면 맹자의 4덕 중 인(仁), 측은지심(惻隱之心)을 볼 수 있다. 맹자는 인(仁)을 인간이라면 누구나 가지고 있다고 했다. '남의 불행을 좌시하지 못하는 동정심의 발로'로 인을 설명했다. 「해바라기」 「슬픈 족속」 「병원」 「투르게네프의 언덕」 등에서 우리는 윤동주가 품고 있는 안타까운 측은함, 동정심을 공감할 수 있다.

그리고 나한테 주어진 길을
걸어가야겠다.

오늘밤에도 별이 바람에 스치운다.

선을 행하지 않으면 괴로운 "주어진 길"을 윤동주는 택한다. 행복은 인생 전반에 걸친 '활동'이어야 하는 것이다. 행복은 호연지기처럼 '과정'이다. 아리스토텔레스는 행복이란 아레테(Arete)의 계발을 통해 얻어질 수 있다고 믿었다. 아레테는 '덕(德)'으로 번역되나 본래 '탁월함'이라는 뜻이다. 아레테를 지닌 성인은 신체와 정신과 영혼의 모든 잠재력을 극대화시켰다. 패배하고 난제에 부딪혀도 아레테를 갖고 모든 역량을 발휘했다. 충분하지 못한 조건을 충분하게 만들면 더 많은 행복감을 느끼며 살아갈 수 있는 아레테 곧 덕을 끊임없이 쌓는 것이 행복이다. 맹자가 말했던 집의적선(集義積善)과 가까운 의미다.

호연지기, 수오지심, 측은지심은 바로 윤동주가 명동마을에서 성경과 함께 배웠던 인간이 걸어야 할 길[道]이었다. 그 길을 윤동주는 자신에게 "주어진 길" 곧 사명으로 받아들인다. 마지막 행에서 "별"은 그 자신의 표상이기도 하고, "모든 죽어가는 것"의 상징물일 수도 있겠다.

맹자의 반구저기, 윤동주의 메모

윤동주가 『맹자』를 읽었다고 직접 밝힌 적은 없지만, 윤동주가 갖고 있던 책 케이스 앞면 아래에 『맹자』의 한 구절이 적혀 있다. 특히 윤동주는 3학년 되던 1940년 여름방학에 고향 용정으로 돌아와, 외삼촌 김약연 목사에게 『시전(詩傳)』을 배웠다. 명동학교 교장이었던 김약연은 명동학교가 1929년에 사회주의자들에게 장악되어 인민학교로 개편되자 학교를 내놓고 평양신학교에 입학했다가, 1년 만에 목사안수를 받고 명동교회로 돌아와 목회하고 있었다.

"『시전(詩傳)』을 배웠다는 증언을 참조할 때 단순한 한문 학습이 아니라 주자(朱子)의 주(註)까지 배울 정도로 수준이 높았던 듯하다"고 허경진 교수는 평가한다(허경진, 「연희전문의 문학 교육에서 보여진 동서고근 화충의 실제」, 2014). 4학년 때 윤동주가 쓴 최고의 시들이 집중적

윤동주 모교 명동학교에 세워진
김약연의 동상 ©김응교

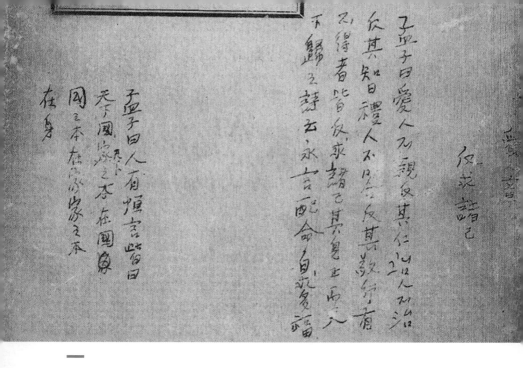

윤동주가 소장한 『예술학』 케이스 앞면 아래에 『맹자』 「이루장」의 한 구절이 쓰여 있다.

으로 창작되는데 김약연에게 『시전』을 배우고 연희전문에서 '화충 (和衷, 진정으로 화목함)'의 교육을 배운 것이 큰 밑힘이 되었으리라 추론한다. 또한 『시전(詩傳)』을 배우기 전에 사서(四書)인 『맹자』를 읽는 것이 상식이고, 연희전문에서 4년 동안 한문을 배웠으니, 『맹자』를 읽었을 것으로 추측된다.

孟子曰。愛人不親。反其仁。治人不治。反其智。禮人不答。反其敬。行有不得者。皆反求諸己。其身正而天下歸之。詩云。永言配命。自求多福。

328

맹자가 말했다. "남을 사랑했건만 가까워지지 않으면, 자기의 어진 마음씨가 모자라지는 않았는가 반성하라. 남을 다스렸건만 잘 다스려지지 않았으면, 자기의 지혜가 모자라지나 않았는가 반성하라. 남에게 예의를 지켰는데도 그가 예로써 답하지 않으면, 자기가 공경스레 대하지 않았는가 반성하라. 행하고도 기대했던 결과를 얻지 못하게 되면, 그 까닭을 모두 자기 자신에게서 찾으라. 자기의 몸가짐이 올바르면 천하의 사람들이 그에게 모여든다. 『시경』에서도 '길이 길이 천명을 받들어 스스로 많은 복을 구하라'고 하였다." (허경진 역)

이 글의 앞에 '반구저기(反求諸己)'라는 제목을 썼는데, 『맹자』에는 이 구절이 두 차례 나온다. 「공손추(公孫丑)」 장에서는 활을 쏘아서 맞지 않으면 실수한 까닭을 자신에게서 찾으라는 뜻으로 썼다.

활쏘기야말로 나와 바람이 1:1로 대결하는 결투다. 나 자신과의 투쟁이다. 화살이 과녁에서 벗어나면 오직 내 수련이 부족했기 때문인 것이다.

> 仁者如射 어짊이란 활 쏘는 것과 같다
> 射者正己而後發 활 쏘는 이는 자신을 바르게 한 다음 활을 당기는데
> 發而不中 쏘아서 적중하지 못하면
> 不怨勝己者 자신을 이긴 사람을 원망하지 않고
> 反求諸己而已矣 되돌아 자신에게 허물을 찾을 따름이다.

윤동주가 베껴놓은 「이루(離婁)」 장에서는 남을 사랑해도 가까워지지 않으면 그 이유를 자신에게서 찾으라는 뜻으로 썼다. 애(愛)와 인(仁)을 함께 쓴 것만 보아도 알 수 있는 것처럼, 기독교의 박애정신과 통하는 구절을 유교 경전에서 찾아 쓴 것인데, "잎새에 이는 바람에도 / 나는 괴로워했다."는 구절과 절묘하게 이어진다.

'반구저기(反求諸己)'는 모든 일을 우선 자신에게 허물이 없는지 성찰해본다는 뜻이다. 윤동주 시인은 이 구절을 좋아해서 『예술학』이라는 책 케이스 앞면 아래에 적어놓았다. '반구저기' 정신을 그대로 표현한 시가 「자화상」 「참회록」이라 할 수 있겠다.

'반구저기'를 하는 사람과 안 하는 사람은 큰 차이가 있다. '반구저기' 하는 사람은 철저히 자신을 돌아보며 오류를 고쳐 나간다. '반구저기'를 안 하는 사람은 모든 문제를 외부로 돌리고, 자신만 옳다고 우긴다. 우기는 사람하고는 대화가 통하지 않는다. 남의 말을 듣지 않으면서 남의 탓만 하고 자기를 반성하지 않기 때문이다. 요즘 문제 있는 이들의 가장 큰 문제는 자기가 완벽하다고 고집하는 데서 온다.

* 유튜브 〈맹자와 동주〉 참조.

29

만주,
디아스포라 윤동주

- 윤동주 「이런 날」

아, 고(故) 시인 윤군 동주는 본관이 파평이다. 어릴 때 명동 소학교를 졸업하고, 다시 화룡현립 제1교 고등과에 들어가 배웠고, 룡정 은진중학에서 3년을 배운 뒤, 평양 숭실중학에 전학하여 학업을 쌓으면서 1년을 보냈다. 다시 룡정에 돌아와 마침내 우수한 성적으로 광명학원 중학교를 졸업하고, 1938년 서울 연희전문학교 문과에 진학하여 4년 겨울을 보내고 졸업했다. 공부 이미 이루었어도 그 뜻 오히려 남아 다음해 4월에 책을 짊어지고 일본으로 건너가 교토 도지샤 대학부에서 진리를 갈고 닦았다. 그러나 어찌하랴. 배움의 바다에 파도 일어 몸이 자유를 잃으면서 배움에 힘쓰던 생활 변하여 조롱에 갇힌 새의 처지가 되었고, 거기서 병까지 더하여 1945년 2월 16일에 운명하니 그때 나이 스물 아홉. 그 재질 가히 당세에 쓰일 만하여 시로써 장차 사회에 울려퍼질 만했는데 춘풍무정하여 꽃이 피고도 열매를 맺지 못하니, 아아 아깝도다. 그는 하현 장로의 손자이며 영석 선생의 아들로서, 영민하여 배우기를 즐긴데다 신시(新詩)를 지어 작품이 많았으니 그 필명을 동주(童舟)라 했다.

1945년 5월 14일

해사 김석관 짓고 쓰다.

아우 일주, 광주 삼가 세우다.

원래 한문으로 새겨진 비문을 필자가 번역했다. 짧은 글이지만 윤동주에 대한 중요한 정보가 정확히 담겨 있다. 묘비에 적혀 있듯이 '밝은 동쪽 마을' 혹은 '동쪽(한반도)을 밝힌다'는 뜻을 지닌 명동촌(明東村)에서, 1917년 12월 30일, '해환'이라는 아명(兒名)의 윤동주는 조선인 이주민 4세로 태어났다. 인용된 비문에 밑줄 그은 부분이 증언하듯, 명동촌에서 소학교와 중학교에서 공부하고, "동주(童舟)"라는 필명으로 동시(童詩)를 많이 발표했다. 그런데 "병까지 더하여 1945년 2월 16일" 사망했다는 기록을 볼 때, 장례식을 치른 1945년 5월 14일까지 윤동주가 인체실험으로 죽은 것을 가족들은 몰랐던 것 같다.

윤동주는 만주에서 태어나고 자라 '평양 숭실→용정→경성 연희전문→일본(릿쿄대학, 도시샤대학, 후쿠오카 형무소)' 그리고 죽어서 만주로 돌아온다. 윤동주는 만 27년 2개월, 햇수로는 29년 생애를 살았는데 그중 20년 8개월을 연변에서 보냈다. 당연히 "시종 민족의 독립과 자유를 위하여 자기의 시와 삶을 바친 재능있는 저항시인이며 인도주의시인"인 윤동주는 '조선족 작가'(조성일, 권철 편, 「제5장 김창걸, 윤동주」, 『중국조선족문학사』, 1999)로서 중요하게 평가되고 있다. 조선족

문학사의 시각에서 보면 윤동주는 '조선족의 아들'이다.

이외에 평양숭실중학교 7개월, 서울 연희전문학교 33개월, 일본 도쿄 릿쿄대학 문학부와 도시샤대학 영문학과 3년, 곧 중국 이외의 지역에서 산 것은 모두 합쳐 6년 4개월이다. 1945년 2월 16일 일본 후쿠오카 형무소에서 옥사하기까지, 28년 남짓한 생애 중 중국에서 20년 8개월, 한국에서 4년, 일본에서 3년을 산 윤동주는 전형적인 '조선인 디아스포라'이다.

윤동주는 20년 8개월을 지냈던 만주를 어떻게 생각했을까?

상실의 아픔을 치유하는 힘을 일으키는 원동력을 품고 있는 장소를 인간은 희구한다. 장소(Topo)와 사랑(Philia)의 합성어를 장소애(場所愛, Topophilia)라고 한다. 힘과 사랑과 눈물을 주는 고향, 조국, 어머니의 자궁 같은 장소를 인간은 사랑하고 회감(回感)하는 것이다. 장소(topos)를 쓰는 것(graphein)이 지형학(topography)의 원래 뜻인 것처럼, 작가들은 고향을 그리는 '장소애'에 따라 '마음의 지형학'을 기록으로 남긴다.

여기서는 디아스포라 연구의 시각에서, 만주 명동마을과 용정(龍井)이라는 공간을 윤동주 시인은 어떻게 상상하고 있는지, 그의 고향의식을 살펴보려 한다.

1948년 『하늘과 바람과 별과 시』(정음사)가 출판되고, 1954년 고석규가 「윤동주의 정신적 소묘」(『超劇』, 三協文化社, 1954)를 발표한다. 1960년대 말 백철이 『신문학사조사』(신구문화사, 1968)에서 윤동주에 의해 "한국문학의 암흑기가 저항의 시대로" 바뀌었다는 평가를 한다. 이후 윤동주는 민족시인의 아이콘으로 그의 시는 고전(古典)으로 널리 읽히고 분석되기 시작했다.

윤동주를 길러낸 만주와의 관계에 대한 깊은 연구는 주로 조선족 연구자들에 의해 행해졌다. 비교컨대 윤동주와 일본에 관해서는, 일본 유학 시절에 쓴 시에 관한 연구나, 일본인이 보는 윤동주 시인에 관한 연구 등이 있으나, 만주와 윤동주에 대한 관계 연구는 그리 많지 않다.

사실 만주 지역에서도 윤동주라는 존재를 알지 못했다. 한국과 중국에서 '윤동주 시인과 만주'의 관계는, 와세다 대학의 오오무라 마스오[大村益夫] 교수가 윤동주의 묘지를 찾아내면서 비로소 널리 알려졌다. 윤동주의 이름조차 몰랐던 연변에 오오무라 마스오 교수가 방문하면서 윤동주가 알려지기 시작했다.

김호웅 교수는 1985년 4월 12일 오오무라 마스오 교수가 연변대학 일본어 교수 신분으로 연변에 체류하면서 윤동주 묘지를 발견하는 과정과 연변에 윤동주가 알려지는 과정을 상세히 다루고 있다(김호웅, 「어둠 속에 빛나는 한 줄기 빛-윤동주론」, 『在滿朝鮮人文學研究』, 국학자료원, 1998).

연변의 문인들은 1985년 11월 12일에 발행된 《문학과 예술》(1985년 제6기)에 「윤동주 시 10수」를 실었다. 윤동주의 모교인 용정중학교에서는 학생들이 자발적으로 '윤동주 시연구회'를 결성하고, 시낭송회, 묘소참배 등을 하며 활발하게 활동하고 있고, 연변학자들의 윤동주 연구도 본격화하고 있다. 1992년에 용정중학교 대성중학에 윤동주 시비를 건립했다. 이어 1994년 6월 14일 용정에서 '민족시인 윤동주 50주기 기념학술연구회의'가 개최되었고, 1994년 8월에는 용정시 지신진 명동촌에 윤동주의 생가가 원 모습 그대로 복원되었다. 연변협회 기관지 《연변문학》에서는 1999년부터 시인을 기리고 민족문학을 발전시키기 위하여 조선문단에서 권위 있는 '윤동주문학상'을 세웠다. 지금까지 연변대학교를 중심으로 많은 윤동주 논문이 발표되고 있다. 이어 윤동주 시집은 한족에게도 중국어로 번역되어 알려졌다.

윤동주의 고향의식은 어떠했는지 그가 발표한 시를 읽으며 따라가보자.

"윤동주 시 검토에서 결코 간과해서는 안 될 점은 거의 정확하게 기입되어 있는 발표연대"(김윤식, 「윤동주론의 행방」, 『心象』, 1975, 93면)이다. 발표연대는 윤동주 고향의식의 변화를 해명하는 열쇠다. 그가 고향에 있었을 때 어떻게 고향 만주를 인식하고 있는지, 고향을 떠나 조국인 한반도에 와서 연희전문에 있는 동안 고향 만주를 어떻게 인식했는지, 고향을 떠나 더 멀리 식민지 본토 일본으로 갔을 때 고향 만주를 어떻게 인식했는지 살펴보자.

출생지 만주(1917~1938)

– 「고향집」(1936) 「오줌싸개 지도」(1936) 「이런 날」(1936)

명동촌은 1899년 만주지역의 대표적인 항일운동가 김약연 선생을 비롯해, 문병규, 남종구 등 여섯 가족 141명이 새로운 공동체를 이루기 위해 집단 이주하여 형성된 마을이다. 명동이란 "조선을 밝게 하자"는 의미로서 10여 개 마을을 합친 총칭이었다. 명동촌은 1905년 거의 완성되어 선바위골, 장재촌, 수남촌 등 명동을 중심으로 한 50리 안팎에 잇따라 마을이 형성되었다. 그들은 집단적으로 토지를 사들여 제일 좋은 토지를 학교 밭으로 떼 놓고 서당을 차렸는데 그 서당이 바로 후일 간도의 명문 명동학교였다.

> 우리 집안이 만주 북간도의 자동(紫洞)이란 곳에 이주한 것이 1886년이라 하니, 증조부 43세, 조부 12세 때에 해당한다. 그때부터 개척으로써 가산을 늘려 할아버지가 성가(成家)했을 때에는 부자 소리를 들을 만큼 소지주였다고 한다. 1900년에는 같은 간도 지방의 명동촌(明東村)이란 마을에 이주하여 정착하게 되었다. 1910년에는 할아버지께서도 기독교를 믿게 되고, 같은 무렵에 입교한 다른 몇 가문과 더불어 규암 김약연 선생을 도와 과감히 가풍을 고치고 신문화 도입에 적극 힘쓰셨다고 한다. 그리하여 우리 집안은 유교적 구조를 유지하면서도 술 담배를 일체 끊고 재래식 제사도 폐지하였다.
>
> – 윤일주, 「다시 동주 형님을 말함」, 『심상』, 1975

"어머님, 그리고 당신은 멀리 북간도에 계십니다"(「쉽게 씌어진 시」) 라고 쓴 윤동주는 간도 이민 조선인 4세대 출신이었다. 윤동주의 외삼촌 김약연은 간도 간민회의 초대 회장으로, 간도 조선인들의 정신적 지주였다. 연변 각지에 명동촌과 명동학교의 경험을 보급하던 그는 각지 사립학교를 민족인재양성의 요람지로 건설하기 위해 혼신의 힘을 다했다. 그중 와룡동의 창동학원, 후동촌의 정동중학, 소영촌의 길동학교 등은 당시 연변지역의 명망 높은 민족 학교가 되었다.

윤동주의 아버지 윤영석은 불과 18세에 북경에 유학갔다가 돌아와 명동학교 교원이 되었고, 1923년에는 도쿄로 유학 가서 영어를

만주국을 선전하는 포스터.
"(만주국) 왕도의 빛은 전 지구를
비춘다"(위)와 "대만주제국만세"
(아래)라는 문구가 쓰여 있다.

배우다가 '관동대진재'를 경험하기도 했다. 이때 조선인 학살이 일어났는데 "네버 마인도(Never Mind)"라고 일본식 발음으로 엽서를 써서 보냈다고 한다. 게다가 교회에서 공중 기도할 때 특출한 언어 감각을 발휘하는 시인적인 기질이 있었다고 회고하고 있다. 이를 보면 윤동주의 인문학적 식견은 인텔리 아버지의 토양에서 비롯된 듯 싶다.

아주 궁핍한 곳이 아니었던 명동촌의 명동소학교를 1931년(15세)에 졸업한 윤동주는 명동에서 20리, 그러니까 8킬로미터 정도 떨어진 대랍자(大拉子)의 중국인 학교에 편입해 계속 공부했다. 소학교 6학년의 나이로는 먼 등교길이었다. 그런 아들의 처지를 안타까이 여기던 윤동주의 부친 윤영석은 자식에게 더 좋은 교육환경을 마련해주기 위해 당시 연변지역 사람들이면 누구나 선망하던 용정으로 이사를 결심했다. 윤동주의 친동생 윤일주는 "1931년에 윤동주는 북쪽으로 30여리 떨어진 용정이라는 소도시에 와서 캐나다 선교부가 설립한 은진(恩眞)중학교에 입학했다. 그것을 계기로 우리는 농토와 집을 소작인에게 맡기고 용정으로 이사하였다"(윤일주, 「윤동주의 생애」, 《나라사랑》, 1976 여름, 외솔회)고 밝히고 있다.

그해 늦가을, 윤동주 일가는 1919년 3.13만세운동으로 유명한 북간도 용정으로 이사한다. 명동에서 힘써 이룬 터전을 버린 것은 당시 36세의 아버지 윤영석에게는 쉽지 않은 결정이었을 것이다. 파평 윤씨 가문의 장남이었던 윤동주에게 더 좋은 환경을 마련해주기 위한 결정이었다. 막상 이사를 했지만 환경은 크게 변했다. 윤동주 일가가 이사 온 용정 집은 '용정 가 제2구 1동 36호'로 20평방미터 정도의 초가집이었다. 명동에서 타작마당, 깊은 우물과 작은 과

수원까지 있고, 마을에서 제일 큰 기와집에서 한껏 넉넉하게 살다가 작은 초가집으로 이사한 것이다. 할아버지, 할머니, 아버지와 어머니 그리고 윤동주, 일주, 광주 3형제, 거기에다 큰 고모의 아들인 송몽규까지 합류한 8명의 식구가 20평방미터의 작은 초가집에서 옹색하게 붐벼야 하는 환경 속에서 윤동주의 은진중학교 시절이 시작되었다.

1932년(16세) 3월 만주국이 신경을 수도로 건국된다. 조선인 디아스포라들은 일제의 신민(臣民)이 아니고, 중국에 얹혀 사는 '유이민(遊移民)도 아닌 '만주국'의 국민이 되어 표면적으로 디아스포라 상태에 벗어날 수 있었다. 반대로 강경애의 소설에서 볼 수 있듯이 만주는 '반일투쟁의 현장'이기도 했다. 윤봉길 의사가 의거를 일으켰던 이 해 4월 윤동주는 용정의 미션계 교육기관인 은진중학교에 송몽규, 문익환과 함께 입학한다.

이 시기에 윤동주는 최초의 작품 「삶과 죽음」 「내일은 없다」 「초한 대」 세 편을 1934년 12월 24일에 쓴다. **"삶은 오늘도 죽음의 서곡을 노래하였다 / 이 노래가 언제나 끝나랴"**(「삶과 죽음」)라는 첫 시 이후 윤동주는 삶과 죽음을 시의 중요한 주제로 적극 수용한다. 그리고 바로 이 날 1934년 12월 24일부터 그는 작품 말미에 창작날짜를 적어놓는다. 윤동주가 시 말미에 날짜를 쓰기 시작한 "1934년 12월 24일'이란 날짜와 송몽규의 신춘문예 당선 작품이 신문에 게재된 '1935년 1월 1일'은 불과 1주일 간격이다. 이것은 송몽규의 신춘문예 당선과 그의 작품이 《동아일보》에 실려 온 나라 방방곡곡에 널리 알려진 것에 크게 자극"(송우혜, 『윤동주 평전』, 열음사, 1988. 319~320면)받았기 때문이라는 송우혜의 연구는 참고할 만하다.

1935년(19세) 9월 1일 은진중학교 4학년 1학기를 마친 윤동주는 문익환과 함께 평양 숭실중학교로 전학했지만, 편입시험에 실패하여 3학년에 들어간다. 그렇지만 일제가 강제로 지시하는 신사참배를 견딜 수 없었다. 이 학교 저 학교를 전전하던 무렵 그의 시에는 디아스포라 이민자의 모습이 등장한다.

헌짚신짝 끄을고
　나여기 왜왔노
두만강을 건너서
　쓸쓸한 이땅에

남쪽하늘 저밑에
　따뜻한 내고향
내어머니 계신곳
　그리운 고향집

　- 童詩, 「고향집-만주에서 부른」, 1936.1.6. 20~21면

이 시에는 두만강을 건너 북간도로 온 선조들의 이야기가 담겨 있다. 그런데 화자의 고향은 "남쪽 하늘 저 밑"에 있는 "따뜻한 내 고향" "내 어머니가 계신 곳"이다. "헌 짚신짝 끄을고" 여기에 온 화자 "나"는, 이민 4세대인 윤동주가 아니라 윤동주의 선조 이주민들이다. 윤동주는 이렇게 생존을 위한 이주를 단행하고, 현재 이민지에서 또 다른 정체성을 형성하면서 살려고 애쓰는 디아스포라들의 그리운 고향집을 노래한다. 이어서 쓴 동시가 「오줌싸개 지도」다.

빨래줄에 걸어 놓은

요에다 그린 지도

지난밤에 내 동생

오줌싸 그린 지도

꿈에 가본 엄마계신,

별나라 지돈가?

돈벌러간 아바지 계신

만주땅 지돈가?

— 1936년초 집필, 《카톨릭 소년》 1937년 1월호 발표.

　　현재 만주에서 살지만 그는 조선인의 정체성을 벗어날 수 없었다.
"大同江 물로ㄲ린국, / 平安道 쌀로지은밥, / 朝鮮의 매운고추장"(「食券」,
1936.3.20.25면)처럼 그의 혀까지도 강 건너 조선반도로 향하고 있었
다. 맛뿐만 아니라, 그의 고향의식은 고향에 대한 기억을 회감(回感)
시키는 여러 사물에 의해 되살아난다.

　　1936년(20세) 3월 숭실중학교에 대한 일제의 신사참배 강요에 대
한 항의 표시로 7개월 만에 자퇴하고, 용정으로 돌아온다. 돌아온
윤동주는 광명학원 중학부 4학년에, 문익환은 5학년에 편입한다.
그의 이러한 일관된 고향의식이 강압에 의해 해체되는 상황을 그해
6월에 쓴 시 「이런 날」이 보여준다. 이 시를 원문 그대로를 소개한
다. 원문 그대로 소개하는 이유는 윤동주가 얼마나 언어혼동을 겪었
는지 볼 수 있기 때문이다.

사이 좋은正門의 두돌긔둥끝에서
五色旗와 太陽旗가 춤을추는날,
금(線)을 끟은地域의 아이들이즐거워하다,

아이들에게 하로의乾燥한學課로
해ㅅ말간 倦怠가 깃들고
'矛盾' 두자를 理解치 못하도록
머리가 單純하였구나,

이런 날에는
잃어버린 頑固하던 兄을,
부르고 싶다. -1936년 6월 10일

— 윤동주, 「이런 날」 전문

오색기(五色旗)는 1932년 만주국이 일본인, 조선인, 한족(漢族), 만주족, 몽골족 등 오족(五族)이 협화(協和)하여 건국되었다는 것을 의미하는 깃발이다. 태양기는 일본의 국기다. 운동회라도 벌어진 모양이다. 남의 나라 국기가 휘날리는 운동장에서, 깃발과 상관없는 아이들을 보며 윤동주는 "'모순(矛盾)' 두 자를 이해(理解)치 못하도록 / 머리가 단순(單純)하였구나"라고 탄식한다.

이 시를 쓰기 한 해 전인 1935년 9월, 윤동주는 평양의 숭실학교에 편입학했다. 일본의 신사참배 강요를 미션스쿨 숭실학교는 용케 버텨나갔으나, 바람벽이 되어주었던 서양 선교사들이 평양을 떠나게 되었다. 1936년 봄, 어쩔 수 없이 한국을 떠날 수밖에 없게 된 교장 윤산온(George McCune)을 보며, 그를 사랑했던 학생들은 동맹퇴학을 감행했다. 퇴학자 명단에는 윤동주를 비롯하여 그와 용정에서 함께 온 문익환, 송몽규 등도 들어 있었다. 1936년 3월, 윤동주와 문익환은 자퇴하고 귀향하여 그곳의 광명중학에 편입학한다. 바로 이 즈음에 위 시가 쓰인 것이다. 그런데 돌아와 입학한 광명중학교는 조선인 자제들을 일본 천황의 신민으로 황민화하려는 목표를 갖고 세워진 학교였다. 자기의 정체성을 지킬 수 없고, 자기 정체성이 아닌 깃발 아래 뛰어놀아야 하는 상황이 윤동주에게는 '모순'이었던 것이다.

한편, 송몽규는 바로 중국으로 가 독립운동에 투신한다. 그러나 그 기간은 길지 못했다. 곧바로 일경에 체포돼 함북 웅기경찰서로 압송되고, 9월까지 모진 고문 속에 고초를 당한다. 시의 마지막 연은 탄식 끝에 이렇게 맺어진다. **"이런 날에는 / 잃어버린 완고(頑固)하던 형(兄)을 / 부르고 싶다"**에서 형은 송몽규를 지칭한다.

이쯤에서 윤동주의 시를 문화적 혼종성의 시각에서 보려는 데에 몇 가지 문제점을 지적하고자 한다. 앞서 만주 지역의 특성을 '문화적 혼종성'이라 썼지만, 그것을 일반화하는 것은 또 다른 일반화의 오류를 낳는다. 명동마을은 유교적이고 기독교적 민족주의가 강화되어 있는 지역이었다. 윤동주는 명동마을의 기독교적 민족주의에 영향받지 않을 수 없었을 것이다.

30

경성과 일본에서의
윤동주

- 윤동주,「또 다른 고향(故鄉)」「별 헤는 밤」

경성에서 보는 만주(1938~1942)

1938년(22세) 2월 17일 광명중학교 5학년을 졸업한 윤동주는 4월 9일에, 대성중학교 4학년을 졸업한 송몽규와 함께 연희전문 문과에 입학한다. 연희전문 기숙사 3층 지붕 밑 방에서 송몽규, 강처중과 함께 한 방을 같이 쓴다.

고향(故鄕)에 돌아온 날 밤에
내 백골(白骨)이 따라와 한방에 누웠다.

어둔 방(房)은 우주(宇宙)로 통하고
하늘에선가 소리처럼 바람이 불어온다.
어둠 속에서 곱게 풍화작용(風化作用)하는
백골(白骨)을 들여다보며
눈물짓는 것이 내가 우는 것이냐

백골(白骨)이 우는 것이냐
아름다운 혼이 우는 것이냐

지조(志操) 높은 개는
밤을 새워 어둠을 짖는다.

어둠을 짖는 개는
나를 쫓는 것일 게다.

가자 가자
쫓기우는 사람처럼 가자
백골(白骨) 몰래
아름다운 또 다른 고향(故鄕)에 가자.

－「또 다른 故鄕」(1941.9) 전문

1연에서 나오는 '고향'은 실존적 고향인 '명동촌'이다. 당시 일본식 학제를 생각할 때 4학년 여름방학 때 명동촌에 갔다가 돌아온 것을 알 수 있다. 여기서 "또 다른 고향"을 경성이라고 단정하는 것은 시를 너무 단순하게 해석하는 것이다. "또 다른 고향"은 '두 길로 몰고 간다'는 애매모호성(ambiguity)에 닿아 있다. 애매모호란 한 가지 말에 양자택일, 혹은 여러 생각을 일으킬 차이를 주는 기능을 말한다. 뻔한 주제를 깊이 감추고, 모든 것을 다 말하지 않고 절반은 비워둬서 '고향'의 의미를 독자가 상상하게 만드는 작품이다.

이때 "또 다른 고향"은 어느 한 곳이라고 정할 수 없는, 뿌리 뽑히고 표류하는 디아스포라의 상황을 보여주고 있다. 고향에 돌아왔는데 제 백골이 따라와 한 방에 눕는다. 삶이 죽음과 함께 한 방에 누운 것이다. 자기 안의 분신(分身)을 느끼는 대목이다. 그 아득한 타자성이 시인의 분신으로 다가오는 것이다. 이미 윤동주 의식 속에는 고향 만주보다 더 크게 다가오는 타자로서의 고향이 아득한 저편에 있는 것이다.

4학년 때 쓴 긴 시「별 헤는 밤」은 디아스포라 윤동주의 어린 시절을 담고 있다. 문장을 현대어 표기로 바꾸어 인용해본다. (원 번호는 인용자).

① 계절(季節)이 지나가는 하늘에는
가을로 가득 차 있습니다.

② 나는 아무 걱정도 없이
가을속의 별들을 다 헤일 듯합니다.

③ 가슴속에 하나 둘 새겨지는 별을
이제 다 못 헤는 것은
쉬이 아침이 오는 까닭이오,
내일(來日) 밤이 남은 까닭이오,
아직 나의 청춘(靑春)이 다하지 않은 까닭입니다.

④ 별하나에 추억(追憶)과
별하나에 사랑과

별하나에 쓸쓸함과

별하나에 동경(憧憬)과

별하나에 시(詩)와

별하나에 어머니, 어머니,

⑤ 어머님, 나는 별 하나에 아름다운 말 한마디씩 불러봅니다. 소학교(小學校)때 책상(冊床)을 같이 했던 아이들의 이름과, 패(佩), 경(鏡), 옥(玉) 이런 이국소녀(異國少女)들의 이름과 벌써 애기 어머니된 계집애들의 이름과, 가난한 이웃사람들의 이름과, 비둘기, 강아지, 토끼, 노새, 노루, '프랑시스 잠''라이너 마리아 릴케' 이런 시인(詩人)의 이름을 불러봅니다.

⑥ 이네들은 너무나 멀리 있습니다.

별이 아슬히 멀듯이,

⑦ 어머님,

그리고 당신은 멀리 북간도(北間島)에 계십니다.

⑧ 나는 무엇인지 그리워

이 많은 별빛이 나린 언덕 위에

내 이름자를 써보고,

흙으로 덮어버리었습니다.

⑨ 딴은 밤을 새워 우는 벌레는

부끄러운 이름을 슬퍼하는 까닭입니다.

– 1941.11.5

⑩ 그러나 겨울이 지나고 나의 별에도 봄이 오면

무덤 위에 파란 잔디가 피어나듯이

내 이름자 묻힌 언덕 위에도

자랑처럼 풀이 무성할 게외다.

윤동주는 이 시를 연희전문 졸업을 몇 달 앞둔 시기에 창작했다. "어머님 / 그리고 당신은 멀리 북간도에 계십니다"라는 표현으로 볼 때 이 시의 화자는 북간도에서 멀리 떨어진 곳에 있다. 연표를 살펴보면 윤동주는 서울에 있었다. 시에서 간간이 적어내린 **"추억"**과 **"쓸쓸함"** 그리고 **"어머니"**는 고향에 대한 향수를 드러내고 있다.

윤동주는 2연 2행에 본래 없던 '가을 속의'를 삽입했다. **"나는 아무 걱정도 없이 /** (가을속의) **별들을 다 헤일듯합니다"**라고 원고가 수정된 흔적이 보인다. '가을'을 1연 1행에만 넣었더니 뭔가 허전했던 모양이다. 윤동주에게 '가을'이란 어떤 의미가 있는가?

윤동주가 당시 스스로 깨닫지는 못했겠지만, 후세 연구자의 입장에서 판단해 볼 때, 그 가을은 윤동주와 민족에게 중요한 의미를 갖는 '일회적 가을'이었다. 윤동주는 이 시를 1941년 11월 5일에 썼다. 그가 서울 연희전문학교의 4학년 마지막 학기의 하루, 졸업을 기념해서 자선 시집 출판을 준비하던 무렵이었다. 또한 일본이 진주만을 기습하던 1941년 12월 8일의 한 달 전이다. 또한 《국민문학》 창간호가 1941년 11월 1일에 나오고 며칠 뒤다. 이 시가 쓰여진 시기는 운명적이고 '일회적 가을'이었다.

윤동주가 겪었던 1941년의 가을을 '일회적 가을'이라 쓴 이유를 졸고 「일본에서의 윤동주 연구」에서 조금 밝힌 바 있고, 이 글을 읽고 필자의 생각을 들은 MBC PD가 다큐멘터리로 제작하자 하여 2011년 11월 4일 MBC스페셜 〈가을, 윤동주의 생각〉이 방송되었다. 유튜브에서 검색해 볼 수 있다.

알랭 바디우(Alan Badiou)는 하나의 '사건'을 통해 진리에 눈 뜨는 시간을 '진리사건'이라고 명명했다. 사울이 바울로 변했던 다마스커스 사건(알랭 바디우, 『사도 바울』)은 바울에게 진리사건이었다. 어떠한 사건이 닥칠지 몰라 두려워도 계속하는 것, 사건에 충실한 것이 어떤 결과를 불러올지 장담할 수 없어도 계속하는 것. 그것이 알랭 바디우가 말하는 윤리다. '용맹정진(勇猛前進)'이라는 선가(禪家)의 언표가 떠오르는 윤동주의 가을은, 일본의 진주만 상륙 사건과 도쿄 유학을 앞둔 진리사건으로서의 '계시적인 가을'이었다.

4연의 별 '하나'에 여러 추억이 얽힌다. 별이라는 하나의 단독자에 다양한 복수(複數)의 존재들이 얽혀 있다. 윤동주의 시에는 늘 외로운 단독자 안에 복수의 분신이 겹쳐 있다.

그리고 한 사나이가 있습니다.
어쩐지 그 사나이가 미워져 돌아갑니다.

돌아가다 생각하니 그 사나이가 가엾어집니다.
도로 가 들여다 보니 사나이는 그대로 있습니다.

다시 그 사나이가 미워져 돌아갑니다.

돌아가다 생각하니 그 사나이가 그리워집니다.

- 윤동주, 「자화상」 부분

시인은 우물 속에 비친 고독한 자신, '그'의 모습을 본다. 나의 분신인 '그'는 가엾고 그립고 추억 같은 복수의 사나이다. 고독한 단수(單數)의 존재 안에 복수(複數)의 타자가 존재한다. 윤동주 시를 읽는 첫 감동은 이렇게 철저한 단수로서의 자기인식이 복수적인 타인으로 확대되면서 발생한다. 윤동주는 백석처럼 도스토예프스키를 좋아했다. 한 인물에 다성(多聲)의 존재성을 투여하는 도스토예프스키의 인물 표현은 윤동주에게도 잘 드러난다. 윤동주가 그린 복수적인 타인으로서의 존재들은 끊임없이 움직이고 떠난다. 에마뉘엘 레비나스(Emmanuel Levinas)가 말하는 존재는 '떠날 것'을 주장한다. 레비나스의 존재론은 다른 사람을 향해, 타자성 즉 이웃을 향해, 타자라는 무한성(無限性)을 향해 나아간다. 윤동주의 시에 나오는 나그네들은 구름이 흐르는 동적 공간에서 끊임없이 움직인다.

그런데 「별 헤는 밤」의 5연은 왜 산문시로 썼을까.

어릴 적 기억이 펼쳐지고 있다. 북간도 명동촌에는 윤동주 일가들이 모여 살았는데, 옆에 용정이 커져 윤동주 일가도 용정으로 이사를 간다. 명동촌에서 용정으로 이사를 가는 그 사이, 1년 동안 중국인 초등학교를 다닌다. 명동촌에서 중국 사람을 만날 기회가 없었던 동주는 소학교 6학년 때 처음으로 중국인 학교(조선인 학교였다는 주장도 있다)를 다니면서 패, 경, 옥이라는 이국의 아이들을 만났던 것 같다. 그 순간의 그리운 마음을 도저히 짧은 행갈이나 암시적 기법으로 담아낼 수 없었다. 그 마음은 이야기로 풀어내야 했던 것이다.

판소리에서 정서로만 해결되지 않아 상황을 설명하는 '아니리'라는 대목이 있다. 아니리를 통해 시간의 흐름, 배경 등을 설명한다. 랩(rapping)에서도 감정을 실은 노래 부분이 있고, 구체적인 이야기를 할 때는 랩으로 해결한다. 판소리의 아니리나 랩의 서술부분처럼, 윤동주는 구체적인 정서를 전달하는 형태로 산문을 선택했던 것이다. 물론 여기서 백석 시의 영향도 발견된다. 특히 프랑시스 잠과 라이너 마리아 릴케가 인용되는 부분은 백석 시의 영향을 구체적으로 드러내고 있다.

> 그리고 이번에는 나를 위로하는 듯이 나를 울력하는 듯이 / 눈질을 하며 주먹질을 하며 이런 글자들이 지나간다 / …… / 초생달과 바구지 꽃과 짝새와 당나귀가 그러하듯이 / 그리고 또 '프랑시스 잠'과 '도연명'과 '라이너 마리아 릴케'가 그러하듯이

윤동주는 앞에 여러 동물과 사물을 나열하고 백석의 시 「흰 바람벽이 있어」의 한 구절, 프랑시스 잠과 라이너 마리아 릴케를 옮겼다.

4연에서 시인은 어머니를 두 번 연달아 부르고, 5연에서 산문시로 나가면서 다시 부른다. 그리고 7연에서 다시 어머니를 부른다. 이렇게 간절히 부른 시구(詩句)가 또 있었을까. 어머니와 한꺼번에 달려드는 이미지는 어린 시절의 풍경이었다. **"꿈에 가본 엄마 계신 / 별나라 지도인가"**(「오줌싸개 지도」)처럼 윤동주 시 중에는 어머니를 호명하는 시가 적지 않다. 그것은 어머니를 향해 영원한 평안을 얻고 싶어하는 일종의 모성회귀본능(母性回歸本能)에 비견된다.

그러면서 **"별이 아슬히 멀듯이"**, "이네들은 너무나 멀리 있습니다" 라고 북받치는 향수를 털어놓는다. 그는 그때 만난 모든 이름을 부른다. 어릴 적 친구들의 이름, 가난한 이웃 사람, 존경하는 시인의 이름, 그러다가 비둘기, 강아지, 토끼 같은 짐승들에게까지, 도달할 수 없는 거리만치 까마득히 그립다.

연희전문 기숙사 옆 언덕 혹은 북아현동 언덕길에서 별을 헤아보는 윤동주, 곧 졸업을 앞두고 전쟁이 예감되는 가을에 도쿄 유학을 준비하는 젊은이에게 지금까지의 추억과 사랑과 쓸쓸함이 절절히 다가왔을 것이다. 언덕 위에서 청년은 여기까지 쓰고, 마지막으로 자신의 이름을 쓴다. 그리고 흙으로 덮어버린다. 가을이 깊어가는 언덕 위에서 먼 어린 시절과 고향을 생각하고, 그들의 이름을 하나하나 불러주고는, 마지막에 자신의 이름을 쓴 다음 흙으로 덮어버리는 청년은 9연에서 그 같은 의식(儀式)의 이유를 **"밤을 새워 우는 벌레는 / 부끄러운 이름을 슬퍼하는 까닭"**이라고, 슬그머니 벌레 한 마리로 자기를 비유하여 마친다.

시의 원본 원고를 보면, 이 9연의 끝에 '1941. 11. 5'라고 쓰여 있다. 작품 아래 늘 쓴 날짜를 적어놓았던 동주는 여기서 시를 일단 끝낸다. 그렇다면 10연은 추가했다는 말이 된다. 왜 10연을 추가했을까. 자기 자신을 벌레로 비유한 것에 만족할 수 없었기 때문일까.

여기서 10연이 보태진 것은 연희전문학교의 한 후배에게 받은 조언 때문이었다. 시를 읽어본 후배 정병욱은 뭔가 아쉽다고 말했다고 한다. 이에 윤동주는 후배의 지적에 따라 원고를 가필한다. 원고를 수정한 것인지, 정병욱에 대한 예의로 메모한 것인지 분명치 않다. '겨울이 지나고'와 '봄이 오면' 사이에 '나의 별에도'를, 마지막 줄 앞에 '자랑처럼'을 써넣는다. 그렇게 해서 10연이 첨부된다.

> 그러나 겨울이 지나고 나의 별에도 봄이 오면
> 무덤 위에 파란 잔디가 피어나듯이
> 내 이름자 묻힌 언덕 위에도
> 자랑처럼 풀이 무성할 게외다.

그것만이 아니다. 앞 연의 "밤을 새워 우는 벌레는" 앞에 "따는(딴은)"을 집어넣는다. '지 딴에는'이라는 말을 넣는다. 이것으로 벌레 따위도 딴에는 중요한 존재가 된다. 이리하여 윤동주의 감상은 다짐으로 바뀐다. 박두진이 「묘지송」에서 다가올 태양을 그리워했듯이, 윤동주도 '자랑처럼 무성할 풀'을 자신하고 있었다.

이런 과정을 거쳐 「별 헤는 밤」은 탄생한다. 이 시에는 이렇게 계시적인 가을, 사랑해야 할 얼굴들과 이름들, 그리고 윤동주의 다짐이 담겨 있다. 이 다짐은 **"어두워 가는 하늘 밑에/ 조용히 흘리겠습니다"**(「십자가」), **"나에게 주어진 길을 가야지"**(「서시」)라고 하는 식민지 젊은이의 당찬 다짐이었다.

일본에서 보는 만주, 1942~1945

윤동주는 일본으로 유학 가면서 고향과 가장 먼 거리에 떨어지게 된다. 멀리 떨어져 있는 그에게 고향은 어떤 의미를 지닐까. 정 반대의 경우는 고향을 벗어나 완전한 자유인 혹은 이방인으로 자기정체성을 확인하는 경우다.

으스럼히 안개가 흐른다. 거리가 흘러간다.

저 전차, 자동차, 모든 바퀴가 어디로 흘리워 가는 것일까? 정박할 아무 항구도 없이, 가련한 많은 사람들을 싣고서, 안개속에 잠긴 거리는,

거리 모퉁이 붉은 포스트 상자를 붙잡고, 섰을라면 모든 것이 흐르는 속에 어렴풋이 빛나는 가로등, 꺼지지 않는 것은 무슨 상징일까? 사랑하는 동무 박이여! 그리고 김이여! 자네들은 지금 어디있는가? 끝없이 안개가 흐르는데,

'새로운날 아침 우리 다시 정답게 손목을 잡아보세' 몇자 적어 포스트 속에 떨어뜨리고, 밤을 새워 기다리면 금휘장에 금단추를 삐었고 거인처럼 찬란히 나타나는 배달부, 아침과 함께 즐거운 내림(來臨).

이 밤을 하염없이 안개가 흐른다.

– 윤동주, 「흐르는 거리」 전문

이 시는 디아스포라적 삶을 살아가는 낯선 사람들의 고달픈 심연을 투시하고 있다. 윤동주는 낯선 거리에서 만난 일본인들을 **"정박할 아무 항구도 없이, 가련한 많은 사람들"**이라고 부른다. 고향을 떠난 윤동주가 전혀 다른 나라에서 자신의 정체성을 상실한 상황을 타자에 비추어 보고 있다. 이 상황은 **"내가 사는 것은, 다만 / 잃은 것을 찾는 까닭입니다"**(「길」)의 상황인 것이다.

이와 반대로 고향에 대한 집착의식을 지닌 경우도 있다. 본래 조선인 디아스포라들에게 '만주'는 특별한 의미를 갖고 있다. '만주'는 고구려와 발해의 고토(故土)였다. 일종의 고토의식(故土意識)이 한국인의 의식 속에 있었던 것을 볼 수 있다. 가령, 이런 시구가 있다.

> 나는 나의 옛 하늘로 땅으로-나의 태반으로 돌아왔으나
> 이미 해는 늙고 달은 파리하고 미치고 보래구름만 혼자 넋없이 떠도는데
> — 백석, 「북방에서」 부분

베네딕트 앤더슨(Benedict Anderson)은 『상상의 공동체』에서 민족주의가 생기기 전에, 언어·활자·책·신문에 의해 유지되는 '대중적 언어민족주의'가 '상상의 공동체'를 증폭시켜 왔다고 주장한다(윤형숙 옮김,『상상의 공동체』, 나남, 2007. 147면). 이 개념을 빌리면, 조선인 디아스포라들에게 만주는 인쇄물과 책을 통해 '상상의 고향'으로 인식되어 왔다. '상상적 공동체'라는 담론에 기대어 말하면, 우리 민족주의는 근대 이전의 역사적 전통과 '한민족'이라는 에쓰니(ethnie)에 기반을 둔 문화적 독자성을 갖는다. 한민족이라는 말은 근대 이전에 이미 역사책을 통해 '민족/타자'라는 구분을 반복·확인해왔으며, 지속적인 생활양식을 집단적으로 공유해왔던 것이다. 그러한 반복 중에 '만주'는 '상상의 고향'으로 우리 내면에 살아 있다. 그렇지만 윤동주에게 이제 만주는 아득한 곳이고 잊힌 곳이다. 그의 고향의식을 알 수 있는 「쉽게 씌어진 詩」를 보자.

창(窓) 밖에 밤비가 속살거려
육첩방(六疊房)은 남의 나라.

시인(詩人)이란 슬픈 천명(天命)인 줄 알면서도
한 줄 시(詩)를 적어볼가.

땀내와 사랑내 포그니 품긴
보내주신 학비봉투(學費封套)를 받어

대학(大學)노-트를 끼고
늙은 교수(敎授)의 강의(講義) 들으려간다.

생각해보면 어린때동무를
하나, 둘, 죄다 잃어버리고

나는 무얼 바라
나는 다만, 홀로 침전(沈澱)하는것일까?

인생(人生)은 살기 어렵다는데
시(詩)가 이렇게 쉽게 쓰여지는 것은
부끄러운 일이다.

육첩방(六疊房)은 남의 나라.
창(窓) 밖에 밤비가 속살거리는데

등불을 밝혀 어둠을 조금 내몰고,

시대(時代)처럼 올 아침을 기다리는 최후(最後)의 나,

나는 나에게 적은 손을내밀어

눈물과 위안(慰安)으로 잡는 최초(最初)의 악수(幄手)

– 윤동주, 「쉽게 씌어진 시」(1942.6.3.) 전문

　유학생이 살기에 다다미 여섯 장이 깔린 "육첩방"은 아늑한 방
이다. 다다미 한 장의 크기는 종류에 따라 다르다. 혼마(本間)는 약
191cm×95.5cm, 에도마(江戶間)는 약 176cm×88cm, 단지마(団
地間)는 약 170cm×85cm라고 하는데, 일반적으로는 180cm×
90cm이다. 한 평은 3.3평방미터 즉, 크기가 181.8cm×181.8cm
이므로 다다미 2장이 1평이 된다고 볼 수 있다. 보통 6조라 하면 3
평이 조금 모자라는 크기다. 그렇다고 아주 크지도 않은 공간이지만
시인은 '육조방'을 한자로 표기하여 "남의 나라"와 함께 어떤 특혜
를 입은 상황을 말한다.

　이 시의 핵심은 1연과 8연에 반복되는 "六疊房은 남의 나라"라
는 표현이다. 1연과 8연을 행의 순서만 바꾸어 중복시킨 의도는 변
이를 통해 공간적 상황을 강조하려는 의도로 보인다. '남의 나라'인
일본에 와 있는 자신이 '살기 어려운' 처지가 되어야 하는데, 이러한
고통 속에서도 시를 쉽게 쓴다는 상황에 부끄러움을 느끼는 것이다.
'육첩방=남의 나라(日本)'이다. 이것은 '잃어버린 어린 때 동무들'과
대비된다. '잃어버린 어린 때 동무들'은 '남의 나라'와 대비되는 '한
민족'이라는 에쓰니(ethnie)다. 히라누마 도주[平沼東柱]로 창씨개명

한 그는 '남의 나라'인 일본을 조국으로 인정하지 않겠다고 다짐하면서, 사라져가는 어린 때 동무들을 그리워한다.

게다가 "보내주신 학비 봉투"를 받은 시인은 평안하게 수업을 들으면서도 부끄러워한다. 연희전문을 다닐 때도 좋은 학교에 다니는 티를 내지 않으려고 학생모를 구겨서 뒷주머니에 넣고 다녔던 윤동주는 다른 유학생들이 고학할 때 "보내주신 학비"로 공부하는 것이 부끄러웠던 모양이다. 이케부쿠로[池袋]에서 지내면서 노동판을 찾든가(이기영), 요코하마[横浜] 인쇄소에 다니거나(염상섭), 타바타[田端]에서 우유와 신문배달(김용제)을 했던 다른 작가들에 비해 고향에서 학비를 받는 윤동주는 행복한 편이었을 것이다. 그런데 바로 이러한 부유함이 그를 곤혹스럽게 한다. "시대처럼 올 아침을 기다리는" 그는 "시가 이렇게 쉽게 쓰여지는" 상황에 대해 부끄러워 자책한다. 고향 만주와 조국 조선과 멀어진, 공간과 시간적으로 고립된 자아에 대한 깊은 성찰은 6연에서 '홀로 침전'한다로 이어진다. 바로 이러한 침전(沈澱)을 통해 그는 자기의 정체성을 확인한다.

등불을 밝혀 어둠을 조금 내몰고,
시대(時代)처럼 올 아침을 기다리는 최후(最後)의 나,

나는 나에게 적은 손을 내밀어
눈물과 위안(慰安)으로 잡는 최초(最初)의 악수(握手)

그의 부끄러움은 **"어린 때 동무를/ 하나, 둘, 죄다 잃어버리고"**, 창씨개명된 '히라누마 도주'의 어두운 현실에서 비롯된다. 아침을 기

다리는 '최초의 나'는 그 침전, 바로 그 절망의 빈 곳에서, 오히려 "나는 나에게 적은 손을 내밀어" 자기의 정체성을 확인하는 '최초의 악수'를 한다. 불행하게도 "나는 나에게 적은 손을 내밀어 / 눈물과 위안으로" 정체성을 확인했던 그 순간의 기록이 윤동주가 남긴 마지막 시가 된다.

1943년 7월 14일 윤동주는 끝내 현실 속에서 그의 영원한 고향과 합일을 이루지 못하고 검거된다. 일본 교토 재판소의 「치안유지법 위반 피고 사건에 관한 판결문」(昭和19.3.31)에는, 윤동주가 "만주국 간도성(滿洲國 間島省)"에서 "다이쇼[大正] 7년"에 태어났고, 본적은 "조선 함경북도"이며, "반도(半島) 출신"의 "선계일본인(鮮系日本人)"이며 히라누마[平沼東柱]라고 적혀 있다. 그는 완전한 일본인도 아니면서 일본 이름을 쓰고 있는, 만주 출신이 아닌 반도 출신이었다. 마지막까지 그의 정체성은 모두 부정되고 있었다.

세 층위의 디아스포라

「별 헤는 밤」을 쓰며 고향을 그리워했을 윤동주에게 북간도는 **"어머니가 계시는 고향"**이며 동시에 **"돈 벌러 만주로 떠난 아버지"**가 계시는 곳이었다. 연변이 낳은 시인 윤동주에게 만주는 시인의 고향인 동시에 영원한 집, 무덤이기도 했다.

그러나 겨울이 지나고 나의 별에도 봄이 오면
무덤 위에 파란 잔디가 피어나듯이 내 이름자 묻힌 언덕우에도
자랑처럼 풀이 무성할 게외다

1945년 3월 6일 눈보라가 몹시 치는 날 집 앞뜰에서 윤동주의 장례가 치러졌다. 윤동주의 절친한 친구 문익환의 부친 문재린 목사가 영결을 집도했다. 장례식에서 연희전문에서 낸 잡지 《문우》에 실린 「자화상」과 「새로운 길」이 낭송되었다. 봄이었지만 추위가 가시지 않고 눈보라가 몹시 날려서 동주를 보내는 사람들의 마음을 더욱 춥게 했다고 한다.

묘비에는 "조롱에 갇힌 새의 처지가 되었고, 거기서 병까지 더하여 1945년 2월 16일"에 귀천한 사실이 쓰여 있다. 외롭고 거기다 병까지 더해, 그러니까 가족들은 병사(病死)한 것으로 알고 있었던 모양이다. 가족들까지도 사망의 원인을 모르는 상황에서 그는 죽음으로 고향에 돌아왔다.

윤동주의 만주 고향에 대한 인식을 출생지·경성·일본이라는 세 층위에서 살펴본 내용을 정리하면 다음과 같다.

첫째, 그는 만주에서 태어났지만 그곳이 완전한 고향은 아니었다. 디아스포라로서 공동체의 원래 고향인, 강 건너 남쪽을 그리워한다.

둘째, 경성에 온 그는 반대로 조국은 아니지만 자신이 태어난 만주 명동마을을 그리워한다. 다른 작가의 경우에는 만주에 대해 고토의식(故土意識)이 작용하기도 했으나, 윤동주의 시에는 그렇게 나타나지 않는다. "어머니는 북간도에 계십니다"와 같은 나르시시즘적 모성회귀본능(母性回歸本能)이 나타난다.

셋째, 일본에 온 그는 "남의 나라"와 대비되는, 조국과 만주가 혼종된 공동체를 그리워한다. 그러나 그 공동체로의 복귀는 안타깝게

	년도	시	만주를 표현/ 상징하는 시어	고향의식
출생지에서 보는 만주	1917.12.30 ~1938. 2.	고향집 (1936.1.6)	"두만강을 건너서"	오히려 남쪽이 고향이다
		오줌싸개 지도 (1936.초)	"돈 벌러 만주땅에 간 아버지"	남쪽 고향에서 만주땅을 본다
		이런 날 (1936.6.10)	"五色旗와 太陽旗가 춤을 추는 날"	만주국도 일본도 '모순'된 상황
경성에서 보는 만주	1938.2 ~1942.3	또 다른 고향 (1941.9)	"또다른 고향"	추상적인 고향
		별 헤는 밤 (1941.11.5)	"어머니는 북간도에"	모성회귀본능 두고 온 만주
일본에서 보는 만주	1942.3~ 1945.2.19	흐르는 거리 (1942.5.12)		정체성에 대한 집착이 사라진 상황
		쉽게 씌어진 시 (1942.6.3)	"육첩방은 남의 나라"	자기정체성에 대한 확인

도 이루어지지 못했다.

결론적으로, 출생지인 만주에서는 '뿌리 뽑힌'(uprooted) 디아스포라로서 두만강 남쪽의 조선반도를 그리워하고, 경성에 와서는 모성회귀본능으로 어머니가 계신 만주를 그리워하고, 일본에 가서는 "남의 나라"가 아닌, 만주와 조선반도를 모두 포괄하는, 총체적이고 추상적인 조국을 그리워하는 심상을 보여준다. 더욱 간단히 말하자면, 주변부였던 간도에서 당시 제국의 중심지였던 일본으로 향하면서 오히려 그의 고향의식은 구체화된다. 결국 현실 속에서 일본은 중심일지 모르나, 윤동주의 의식 속에서는 더욱 확실한 고향과 조국을 깨닫게 하는 헛것(Simulacre)이었던 것이다.

31

그 드물다는
굳고 정한 갈매나무
- 백석 「남신의주 유동 박시봉방」

일자리를 잃고, 번역일감이나 글감도 뚝 끊어져 하릴없이 거리를
걷는 일 외에는 다른 일이 없었던 백석은 어떻게 하루를 견뎠을까.

모은 돈은 없고, 이룬 가족도 없는 자신을 뒤돌아보며 막걸리 쉰
냄새가 슬픔과 함께 물큰 밀려왔을 것이다. 힘없이 쓰러져 자다가
희뿌옇게 비추는 햇살인지 달빛인지, 가까스로 몸을 일으켜 일하는
백석을 떠올려본다.

백석의 「남신의주 유동 박시봉(朴時逢)방」(이후 「남신의주」로 줄임)은
그의 시가 대부분 유년기에 대한 회상을 대상으로 하고 있는 데 반
하여 1930년대 후반기의 자기 삶을 반추하고 있는 시다. 이 시는 여
러 평론가와 작가에게 최고의 시로 상찬을 받아 왔다. 유종호는 "이
시에서 이 나라 역사의 굵은 주름살을 본다"(유종호, 「한국의 페시미즘」,
《현대문학》 통권81호, 1961.9)고 했고, 김현이 "한국시가 낳은 가장 아름
다운 시의 하나"(김윤식·김현, 『한국문학사』, 민음사, 1973. 219면)라고 격찬
했던 작품이다. 시인 신경림은 젊은 시절 이 시를 읽었을 때 "「남신

의주 유동 박시봉방」이라는 시를 읽었다. 그 감동이 얼마나 강했던지 나는 책을 그 자리에 떨어트리고 말았다"(신경림,「다시 책읽기에 재미를 붙이기까지」,《창작과 비평》, 1994. 겨울호. 201면)고 썼다.

백석의 시를 초기문학 시대(1930-36)와 중기문학시대(1936-재북 이전), 후기문학시대(재북-1995)까지 나눈다면, 이 시는 백석 시의 중기에 해당되는 작품이다. 1948년《학풍》에 발표된 이 시를 윤동주가 읽었을 리는 없다.

어느 사이에 나는 아내도 없고, 또,

아내와 같이 살던 집도 없어지고,

그리고 살뜰한 부모며 동생들과도 멀리 떨어져서,

그 어느 바람 세인 쓸쓸한 거리 끝에 헤메이었다.

바로 날도 저물어서,

바람은 더욱 세게 불고, 추위는 점점 더해오는데,

나는 어느 木手네 집 헌 삿을 깐,

한방에 들어서 쥔을 붙이었다

이리하여 나는 이 습내나는 춥고, 누긋한 방에서,

낮이나 밤이나 나는 나 혼자도 너무 많은 것 같이 생각하며,

딜옹배기에 북덕불이라도 담겨오면,

이것을 안고 손을 쬐며 재위에 뜻없이 글자를 쓰기도하며,

또 문 밖에 나가지두 않고 자리에 누워서,

머리에 손깍지베개를 하고 굴기도 하면서,

나는 내 슬픔이며 어리석음이며를 소처럼 연하여 쌔김질 하는 것이었다.

내 가슴이 꽉 메어올 적이며,

내 눈에 뜨거운 것이 핑 괴일 적이며,

또 내 스스로 화끈 낯이 붉도록 부끄러울 적이며,

나는 내 슬픔과 어리석음에 눌리어 죽을 수 밖에 없는 것을 느끼는 것이었다

그러나 잠시뒤에 나는 고개를 들어,

허연 문창을 바라보든가 또 눈을 떠서 높은 천정을 쳐다보는 것인데,

이때 나는 내 뜻이며 힘으로, 나를 이끌어 가는 것이 힘든 일인 것을 생각하고,

이것들보다 더 크고, 높은 것이 있어서, 나를 마음대로 굴려 가는 것을 생각하는 것인데,

이렇게 하여 여러날이 지나는 동안에,

내 어지러운 마음에는 슬픔이며, 한탄이며, 가라앉을 것은 차츰 앙금이 되어 가라앉고,

외로운 생각만이 드는때쯤 해서는,

더러 나줏손에 쌀랑쌀랑 싸락눈이 와서 문창을 치기도 하는 때도 있는데,

나는 이런 저녁에는 화로를 더욱 다가끼며, 무릎을 꿇어보며,

어니 먼 산 뒷옆에 바우섶에 따로 외로이 서서

어두어 오는데 하이야니 눈을 맞을, 그 마른 잎새에는

쌀랑쌀랑 소리도 나며 눈을 맞을,

그 드물다는 굳고 정한 갈매나무라는 나무를 생각하는 것이었다.

— 백석, 「南新義州 柳洞 朴時逢方」 전문, 《학풍》(1948. 10)

유동(柳洞)은 우리말로 풀어 쓰면 '버드나뭇골'로서, 남신의주 남쪽에 자리하고 있다. 박시봉(朴時逢)은 백석이 살고 있는 집 주인 이름이다. "나는 어느 木手네 집 헌 샷을 깐, 한방에 들어서 쥔을 붙이었다"(7,8행)에서 보듯이 박시봉이란 사람은 목수였을 것이고, "쥔을 붙이었다"는 말은 '세를 들었다'는 사투리이니 백석은 그 집 문간방에 세 들어 살고 있는 것이다. 박시봉 끝에 붙은 '방'(方)은 일본식 주소 표기방법으로 '~에서, ~집에서'라는 뜻이다 . 곧 '南新義州 柳洞 朴時逢方'은 남신의주 버드나뭇골에 있는 박시봉의 집에서 보낸다는 뜻이다. 원래 이 시에는 제목이 없고 이 시를 발표할 때 편지 겉봉에 있는 주소를 제목으로 삼았다고 한다.

이 시를 쓰던 무렵, 우리가 확인할 수 있는 백석의 주소는 1939년경 만주로 가서 기거한 "新京市 東三馬路 시영주택 35호 황씨방"이다. 그 뒤 1940년 잠시 서울을 다녀갔으며 1941년경에는 생계가 어려워 측량서기도 하고 소작인 생활도 하다가, 해방과 더불어 신의주에 와서 무직으로 고생했다.

이 시는 백석이 북한에 머물던 1948년 10월 《학풍》에 실렸다. 이 시를 쓴 연대에 대해서 최두석은 「산」「적막강산」「마을은 맨천 구신이 돼서」 등과 같이 태평양 전쟁 전에 씌어졌으나 발표는 일제 강점기가 끝난 뒤에 되었을 것이라 추정한다(최두석, 「백석의 시세계와 창작방법」, 김윤식, 정호웅 외, 『한국근대리얼리즘 작가연구』, 문학과지성사, 1988). 다만 이 시는 백석이 써두었던 것을 허준이 갖고 있다가 발표했다는 의견이 있다. 이에 대해 이숭원은 "조풍연의 편집후기를 보면 신석초와 백석의 해방 후 신작을 얻었다고 적어놓았는데, 창간호에는 백석의 작품만 실리고 신석초의 작품은 다음호에 실렸다"(이숭원, 『백석 시의 심층적 탐구』, 태학사, 2006. 143면)하여, 이 작품은 '해방 후 신작'이라고 주장한다.

전체적으로 세 단락으로 구분된다. 첫 번째 단락(1-8행)은 가족들과의 이산, 쓸쓸한 거리에서 외톨이가 된 적막한 디아스포라의 처지가 전개되어 있다. 극단적으로 절박한 방랑의 심정이 나타나 있다.

첫 행의 **"어느 사이에"**라는 첫 단어는 충격이다. 모던 보이에 곱슬머리 미남인 백석이 '어느새' 처량한 떠돌이가 된 것이다. 게다가 가족들도 없다. "명절날 나는 엄매아배 따라 우리집 개는 나를 따라 진할머니 진할아버지가 있는 큰집으로 가면"(「여우난곬족」)이라고 했고, 거미새끼 한 마리 쓸어버리면서도 "이것의 엄마와 누나나 형이 가까이 이것의 걱정을 하며 있다가 / 쉬이 만나기나 했으면 좋으련만 하고 슬퍼한다"(「수라(修羅)」)며 더불어 살아가는 가족적인 공동체를 꿈꾸고 있었던 시인에게 가족이 없다는 상실감은 더욱 깊었을 것이다. 자기도 모르는 사이에 낯선 슬픔의 거리로 내몰리고 있는 화자, 거리도 그냥 거리가 아니라, **"쓸쓸한 거리 끝"**이다.

두 번째 단락(9행-19행)은 습기로 가득 찬 목수네 집 문간방에서 많고도 많은 시간과 싸워가면서 고독과 대결하는 갈등 심리가 나타난다. **"이리하여"**에는 운명론적 체념이 나타난다. 음습한 냄새에 냉기가 감도는 방안에서 **"딜옹배기"**(작은 옹기)에 담긴 **"북덕불"**이라는 임시방편으로 마련된 보온수단에 의지한 화자의 처지는 매우 고되다. 화자는 화로의 재 위에 무의미한 글자를 써보기도 하고 방안을 뒹굴며 자신의 슬픔과 어리석음을 되새김질해보기도 한다.

세 번째 단락(20-32행)은 "그러나"로 시작한다. 이 연결어 하나로 시는 극적 전환을 이루고 갈매나무라는 상징물로 향한다. 화자에게 감내하기 어려운 일들을 돌이켜 가만히 생각해보니 이러한 일들이 단순히 극복할 수 없는 어떤 절대의 대상이 아닌, "내 뜻이며 힘으로, 나를 이끌어가는 것이 힘든 일인 것과 더 크고, 높은 것이 있어서 마음대로 굴려가는 것이 있다"는 운명론에 봉착한다.

이 시의 전체적인 의미는 크게 화자가 처한 현실의 비관적인 상황이 나타나는 전반부와 그것을 운명적으로 받아들이고 희망적으로 살아나가고자 하는 굳은 의지가 나타나는 후반부로 대별된다.

'~이며', '~해서', '~인데'와 같은 나열 혹은 연결어미나 '것이었다'라는 종결어미 등의 반복이 내뿜고 있는 독특한 산문적 리듬이야말로 이 시의 백미다. 우리는 여기서 '-다'로 끝나는 행(1-19행)과 '-데'로 끝나는 행(20-28행)의 차이가 확연히 내용을 단락 짓고 있는 것을 본다. 전반부는 확실한 이야기이기에 '-다'로 끝내지만, 후반부에서는 감정이 불확실한 대목이기에 말을 끝내지 못하고 자꾸 늘여 붙인다. 원망이나 아쉬움 등의 감정이 다소 불확정적인 '-데'로 마무리되고 있다.

특히 이 시에 쉼표가 많은 것도 이것과 연관될 것이다. 내면적인 갈등을 쉽게 말할 수 없을 때, 답답한 심정을 나타낼 때 쉼표가 많이 사용된다. 그러면서도 한 행 한 행이 잦은 쉼표로 짜이면 마치 기둥에 못을 박은 듯, 강하고 밀도 있는 아름다운 내공을 전할 수 있다. 이 시에서 쉼표가 잦은 것은 바로 내면적인 답답함과 더불어 슬픔을 초극하려는 단단한 의지를 뜻하기도 한다.

불완전 명사로서 '것'은 일반 문장에서도 기피하는 표현이다. 그러나 이 시에서는 오히려 자주 사용되고 있다. 글 쓸 때 '것'이라는 단어가 자주 나오면 좋은 표현이 아니다. 명확하게 지시하는 단어이기에 시가 논문처럼 되기 때문이다. 적절하게 잘 쓰면 힘이 나지만, 남발하면 문장이 공허해진다. 이 시에서는 남용하고 있다. 그럼에도 불구하고 '것'이라는 글자가 거슬리지 않는 것은 잘 배치해 놓았기 때문이다.

이밖에 **"슬픔이며 어리석음이며를 소처럼 연하여 쌔김질"**한다는 표현은 단순히 슬프다는 말이 아니다. 소가 새김질한다는 말은, 삼킨 먹이를 다시 게워내어 씹는 것을 말한다. 소나 염소 등 소화가 힘든 섬유소가 많이 들어 있는 식물을 먹는 포유류는 새김질을 한다. 거친 식물을 소화시키기 위한 본능적 노력이다. 백석이 슬픔과 어리석음을 **"소처럼 연하여 쌔김질"** 한다는 것은 그 아픔을 반추하며 결국 나에게 좋도록 소화시키는 노력을 한다는 뜻이다.

이외에도 **"내 슬픔과 어리석음에 눌리어 죽을 수밖에 없"**다는 직설, **"나는 나 혼자도 너무 많은 것 같"**다는 역설 등 사무치는 구절이 이어진다.

백석 시에는 **"생각한다"**라는 동사도 많이 나오는데 특히 이 시에 자주 나온다.

① 이 산골에 들어와서 이 목침(木枕)들에 새까마니 때를 올리고 간 사람들을 <u>생각한다</u>

　그 사람들의 얼굴과 생업(生業)과 마음들을 <u>생각해본다</u>

－「산숙(山宿)」, 《조광》(1938.3) 부분

② 내 손에는 신간서(新刊書) 하나도 없는 것과

　그리고 그 '아서라 세상사(世上事)' 라도 들을

유성기도 없는 것을 생각한다

그리고 이러한 생각이 내 눈가를 내 가슴가를

뜨겁게 하는 것도 생각한다

― 「내가 생각하는 것은」, 《여성》(1938.4) 부분

①에서 생각하는 대상은 산골의 광산촌이나 만주 등지로 떠돌아다니는 1930년대 후반 우리 이웃의 삶이다. ②에서 생각하는 대상은 자기 내면의 여러 갈등이다. **"나 혼자도 너무 많은 것 같이** 생각하며"(10행), **"나는 내 뜻이며 힘으로, 나를 이끌어 가는 것이 힘든 일인 것을** 생각하고" (22행), **"나를 마음대로 굴려 가는 것을** 생각하는 **것인데"**(23행), **"그 드물다는 굳고 정한 갈매나무라는 나무를** 생각하는"(32행) 것이다.

"외로운 생각만이 드는 때쯤 해서는"(27행)이라는 변주도 있으나, 백석은 '생각하다'라는 서술어를 다섯 번 반복한다. 분명히 산문적인 서술어인데 이상하게도 백석 시에서는 대단히 신선해 보인다. 그 신선함의 정체는, 바로 이 단어가 독자를 시로 끌어 들어가기 때문일 것이다.

백석의 중기시를 읽노라면 한 인간이 끝 간 데 없이 빠져 있는 지극한 슬픔의 나락을 함께 체험하게 되는데, 그 손짓이 바로 '생각하다'이다. 그 핵심적인 단어는 "나는 내 슬픔이며 어리석음이며를 소처럼 연하여 쌔김질 하는 것이었다"(15행)의 '쌔김질(反芻)'이라는 단어다. 그리고 슬픔을 가져온 운명을 딛고 일어서는 초극적 의지를 감지하게 하는 것도 바로 '생각하다'이다.

* 유튜브 〈백석 '남신의주 유동 박시봉방'의 갈매나무와 윤동주의 '나무'〉 참조.

32

백석의
간저송

– 백석 「남신의주 유동 박시봉방」

「남신의주 유동 박시봉(朴時逢) 방」의 핵심적인 형상은 마지막 32행의 '갈매나무'이다. 갈매나무(학명 : Rhamnus davurica Pall)는 전국의 산골짜기와 산기슭에서 자생하는 낙엽수이다. 높이가 약 2~3m 정도 되고, 가지에 가시가 있고 긴 알꼴 또는 버들잎 모양의 잎이 핀다. 이른 여름 노란 풀색의 작은 꽃이 피며 열매는 가을에 둥글고 검은 색으로 여문다. 열매를 '서리자'라 하여 가을에 여문 것을 따서 햇볕에 말려 설사, 이뇨제로 쓴다. 이러한 갈매나무가 어떻게 서 있는가를 백석은 여러 표현을 이용해서 형상화시키고 있다.

"쌀랑쌀랑 소리도 나며 눈을 맞을, / 그 드물다는 굳고 정한 갈매나무라는 나무를" 백석은 생각하고 있다. 갈매나무는 먼 산, 뒷 옆에서 눈을 맞고 있다. 여기에 희망을 노래하는 표현은 딱 한 줄 등장한다. **"그 드물다는 굳고 정한"**이라는 표현이다. 이런 환경 속에서도 정결함을 잃지 않고 굳세게 서 있는 갈매나무라는 표현 한 줄로 이 시 전체가 반전된다. 서정적 화자는 "나는 굳세고 정결하게 살고 싶다"는

"굳고 정한" 모습의 갈매나무

말을 한 마디도 하지 않으나, 갈매나무를 빌려 의지를 이야기한다.

이 시에서 갈매나무의 역할은 첫째, 시인의 정서를 구체화해주는 '객관적 상관물(objective correlative)'이다. 객관적 상관물이란 '어떤 특별한 정서를 나타낼 때 공식이 되는 한 떼의 사물, 정황, 일련의 사건으로서, 바로 그 정서를 곧장 환기시키도록 제시된 외부의 사물들'을 말한다. 갈매나무라는 객관적 상관물로 인해 시인의 의지는 드러난다.

둘째, 이 시는 갈매나무로 의미를 응축(凝縮)하여 장광설의 넋두리에 불과할 독백적 진술을 하나의 초점으로 모은다. 만약 갈매나무라는 객관적 상관물이 없다면, 이 시의 작가는 응어리진 감정을 모두 쏟아내 후련할지 모르나, 독자들은 거부감을 가졌을 것이다. 그러나 서정적 화자가 갈매나무와 동일시되면서, 동시에 독자 또한 갈매나무가 되어 보는 체험적 상상의 공간이 이루어지면서 이 시는 훌륭하게 끝을 맺는다.

셋째, 갈매나무는 **"드물다"**(32행)고 했지만, 사실 전국 어디에서나 볼 수 있는 나무이다. 사실 백석 시에서 나무는 자주 등장한다.

산골집은 대들보도 기둥도 문살도 자작나무다

밤이면 캥캥 여우가 우는 山도 자작나무다
그 맛있는 모밀국수를 삶는 장작도 자작나무다
그리고 甘露같이 단샘이 솟는 박우물도 자작나무다
山 너머는 平安道 땅도 뵈인다는 이 山골은 온통 자작나무다

– 백석, 「白樺」 전문

백석 시에 나무가 등장하는 것은 아주 자연스러운 일이다. 자작나무가 등장하는 시 「白樺」를 보면 그가 얼마나 나무를 좋아했는지 알 수 있다. 모든 사물이 나무와 관계하고 있음을 형상화하고 있다. 그런데 자작나무보다 갈매나무는 한반도 전국에서 더 흔한 나무다.

왜 흔한 나무를 드물다고 했을까. 자기의 의지를 확인한 "굳고 정한 갈매나무"는 드물다는 표현이 아닐까.

"정한"을 '정(淨)하다'로 해석하여 '맑디맑은'으로 해석하는 논문들이 많다. 그런데 이 '정'을 바를 정(正)이나 '곧을 정'(貞)으로 번역하면 뜻이 달라진다. 이렇게 번역하면 동양의 많은 시에 나오는 '간저송'(澗底松), 곧 굳고 곧은 나무가 되는 것이다. 간저송이란 산골짜기 시내(澗) 낮은 곳(底)에서 어둠과 그늘과 추위를 견디는 소나무(松)를 말한다. 당나라 때 백거이(白居易, 772~846년)도 '간저송'을 표제로 아래와 같이 작품을 지었다 한다.

백 척 되는 소나무 굵기만도 열 아름. 냇가 아래 자리 잡아 한미하고 비천하다. 냇가 깊고 산은 험해 사람 자취 끊기어, 죽기까지 목수의 마름을 못 만났네. 천자의 명당에 대들보가 부족해도, 제

있는 것 에서 찾아 서로 알지 못하네. (有松百尺大十圍 坐在澗底寒且卑 澗深山險人路絕 老死不逢工度之 天子明堂欠梁木 此求彼有兩不知).

– 정민 번역

백거이뿐 아니라 많은 중국 시인들이 간저송에 대해 썼고, 조선에서도 많은 시인들이 간저송에 대해 시를 썼다. 일본 시인들도 칸테이노마츠(澗底の松, かんていのまつ)라는 시를 많이 썼다. 성북구에 있는 간송미술관을 지은 간송 전형필 선생의 호가 여기서 나왔다 한다. 간송(澗松), 골짜기에서 견디고 있는 소나무이다. 일제시대에 어렵게 우리 보물을 모았던 그 자신이 서러운 간저송으로서 때로 눈물도 흘렸겠다. 고려후기 승려 혜심이 선종의 화두를 정리한 「선문염송(禪門拈頌)」에도 간저송이 나온다.

바람 불어도 하늘의 달을 움직이지 못하고,
눈이 쌓여도 계곡의 소나무를 부러뜨리기 힘들다.
(風吹不動天邊月 雪壓難摧澗底松)

만주국 신경으로 가서 경제부 말단 직원으로 지내다가 난민 생활을 전전했던 시인 백석도 간저송이었다. 산꼭대기의 거목으로 살기보다는 말단의 지위를 전전하는 인재들도 간저송이라 하겠다.

사실 갈매나무과에는 수많은 종이 있다. 따라서 갈매나무라고 하더라도 어떠한 갈매나무를 말하는지 쉽게 지목할 수 없다. 결국 이 "갈매나무라는 나무"는 하나의 나무가 아니라, 갈매나무과의 셀 수 없이 다양한 나무를 뜻한다. 갈매나무는 자기 자신에게만 끝나지 않고, 다양한 독자들에게 확산되어 자기의 현재성을 반추하게 한다. 갈매나무는 굳고 정한, 곧 굳고 '맑은' 혹은 굳고 '곧은' 주변인을 상징한다.

* 유튜브 〈백석 '남신의주 유동 박시봉방'의 갈매나무와 윤동주의 '나무'〉 참조.

33

동주의
행복한 나무

– 윤동주 「나무」, 산문 「별똥 떨어진 데」

가장 행복한 나무, 윤동주가 본 나무

나무는 꽃과 풀과 대화했던 윤동주에게는 너무도 귀한 대화 상대였다. 연희전문에 입학하기 전에도 나무는 등장한다. "나무 가지 위에 하늘이 펼쳐 있다"('소년'), "눈 내리는 저녁에 나무 팔러 간 / 우리 아빠 오시나 기다리다가"('창구멍') 등에서 나무는 늘 그의 곁에 있다.

> 나무가 춤을 추면
> 바람이 불고
> 나무가 잠잠하면
> 바람도 자오
> – 윤동주, 「나무」(1937) 전문

이상하지 않은가. 사실 바람이 불면 나무가 춤을 추고, 바람이 자면 나무가 잠잠해야 하지 않는지. 동주는 거꾸로 생각한다. 원인과

376

결과를 바꾸었다. 바람이 아니라 나무가 세상의 중심이며 주인이란다. 내가 세상을 바꿀 수 있다는 것이다. 내가 정신없으면 만사가 엉망이고, 내가 태연하면 만사가 잘된다는 식으로 볼 수도 있겠다.

관점을 바꾸면 세상이 다르게 보인다. 우리집에는 닭도 없는데, "다만 애기가 젖 달라 울어서 새벽이 된다", 우리집에는 시계도 없는데 "다만 애기가 젖 달라 보채어 새벽이 된다"('애기의 새벽')고 한다. 닭이나 시계 대신 새벽을 끌어오는 이 '애기'야말로 바람을 춤추게 하고 잠잠케 하는 나무, 곧 강력한 단독자 아닌지.

광명중학교 시절 습작노트 '나의 습작기의 시 아닌 시' 뒤표지 안쪽에 적힌 메모, 3·4·5조가 반복되는 빈틈없는 '나무'는 이토록 많은 생각을 이끈다. 윤동주는 산문 「별똥 떨어진 데」에서도 나무에 대해 짧지 않은 묵상을 남겼다.

나무가 있다.

그는 나의 오랜 이웃이요, 벗이다. 그렇다고 그와 내가 성격이나 환경이나 생활이 공통한 데 있어서가 아니다. 말하자면 극단과 극단 사이에도 애정(愛情)이 관통(貫通)할 수 있다는 기적적인 교분(交分)의 한 표본(標本)에 지나지 못할 것이다.

나는 처음 그를 퍽 불행한 존재(存在)로 가소롭게 여겼다. 그의 앞에 설 때 슬퍼지고 측은(惻隱)한 마음이 앞을 가리곤 하였다. 마는 오늘 돌이켜 생각건대 나무처럼 행복한 생물은 다시 없을 듯하다. 굳음에는 이루 비길 데 없는 바위에도 그리 탐탁지는 못할망정 자양분(滋養分)이 있다 하거늘 어디로 간들 생의 뿌리를 박지 못하며 어디로 간들 생활의 불평이 있을쏘냐. 칙칙하면 솔솔 솔바람이 불어오고, 심심하면 새가 와서 노래를 부르다 가고, 출출하면 한 줄기 비가 오고, 밤이면 수많은 별들과 오순도순 이야기할 수 있고, 보다 나무는 행동의 방향이란 거추장스러운 과제(課題)에 봉착(逢着)하지 않고 인위적(人爲的)으로든 우연(偶然)으로써든 탄생(誕生)시켜 준 자리를 지켜 무궁무진(無窮無盡)한 영양소(營養素)를 흡취(吸取)하고 영롱(玲瓏)한 햇빛을 받아들여 손쉽게 생활을 영위(營爲)하고 오로지 하늘만 바라고 뻗어질 수 있는 것이 무엇보다 행복스럽지 않으냐.

윤동주에게 나무는 오랜 이웃이요 벗이다. 사실 그는 자신을 나무에 빗대고 있다. "픽 불행한 존재로 가소롭게 여겼"던 것은 그 자신일 수도 있겠다. 측은해 보이던 자신은 나무를 보고 행복의 의미를 깨닫는다. "칙칙하면 솔솔 솔바람이 불어오고…밤이면 수많은 별들과 오손도손 이야기"하는 나무의 일상은 행복 자체다.

나무는 세상과 대립하는 명령자가 아니다. 세상과 더불어 움직이는 존재다. "나무가 잠잠하면 / 바람도 자오"라는 구절처럼 내 마음이 태연하면 세상도 평안하다. 이제 앞서 잠깐 복선처럼 숨겨놓았던 행복에 대한 답을 할 차례다. 나무가 '행복'한 이유는 인용문 아래 이어 나온다.

보다 나무는 행동의 방향이란 거추장스러운 과제(課題)에 봉착(逢着)하지 않고 인위적(人爲的)으로든 우연(偶然)으로써든 탄생(誕生)시켜 준 자리를 지켜 무궁무진(無窮無盡)한 영양소(營養素)를 흡취(吸取)하고 영롱(玲瓏)한 햇빛을 받아들여 손쉽게 생활을 영위(營爲)하고 오로지 하늘만 바라고 뻗어질 수 있는 것이 무엇보다 행복스럽지 않으냐.

우리말로 '더욱'이나 '더'라고 써야 하는데, **"보다"**(もっと)라고 쓴 것은 일본어의 영향이겠다. 윤동주가 고민했던 것은 **"행동의 방향"**이다. 나무가 행동하는 방향은 명확하다.

여기서 나무가 행복한 이유가 나온다. 첫째, 거추장스러운 과제로부터 자유롭다. 둘째, 어찌 태어났든 나무는 "탄생시켜 준 자리"를 지킨다. 나무를 탄생시킨 땅이 개천 옆이든, 쓰레기 많은 지저분한 곳이든, 멋진 정원이든 아랑곳없이 나무는 뿌리 내린 곳에서 자신을 키운다. **셋째, "영롱한 햇빛을 받아들"**인다. 오로지 하늘, 궁극적 관심(Ultimate Concern)으로 향한다. 나무의 행복은 늘 하늘을 바라보는 향일성(向日性)에 있다. 아무리 힘들어도 나무는 밝은 햇살을 바라본다.

윤동주는 디아스포라이며, 비자발적 노마드이며, 난민이었고, 호모 사케르 같은 주변인을 사랑하겠다고 했다. 그가 좋아했다는 흑인 노예의 노래 〈내 고향으로 날 보내 주(Carry Me Back To Old Virginny)〉는 난민인 그 자신의 노래이며 호모 사케르를 사랑하려 했던 그의 마음이 담긴 노래였다.

오랫동안 유학생활을 하느라 타지를 떠돌던 오빠가 고향 북간도와 부모형제를 그리면서 자주 부르던 노래였죠. 서울과 일본에서 유학생활을 하다 방학을 맞아 북간도에 돌아오면 동생과 동네 아이들을 모아놓고 '아리랑' '도라지' 등의 민요와 함께 그 노래를 가르쳐주었습니다. 조무래기들을 빙 둘러앉혀놓고 위인들의 얘기를 들려주거나 함께 노래 부르던 동주 오빠의 모습이 지금도 눈에 선합니다.

– 윤필립, 「윤동주 서거 60년, 알려지지 않은 이야기들」, 2005.

윤동주 시인의 여동생 고 윤혜원 씨는 "오빠와의 행복했던 기억을 추억하면서 오빠와 함께 불렀던 흑인영가 '내 고향으로 날 보내주오'를 흥얼"(윤필립, 「북간도의 별 헤던 동주 오빠─시드니 거주 윤동주 시인 여동생 혜원씨」, 2005)거리곤 했다고 한다.

　내 고향으로 날 보내주 오곡백화가 만발하게 피었고
　종달새 높이 떠 지저귀는 곳 이 늙은 흑인의 고향이로다
　내 상전 위하여 땀흘려가며 그 누런 곡식을 거둬들였네
　나 어릴 때 놀던 내 고향보다 더 정다운 곳 세상에 없도다.

한 늙은 노예가 그의 고향인 버지니아를 잊지 못해 불렀다는 노래로, 윤동주 사후 그를 기리는 모임이 있을 때마다 여러 모임에서 사람들이 합창하곤 한다.

이 노래는 미국의 '백인 민스트럴'(Minstrel-음유시인)인 제임스 앨런 블랜드(James Alan Bland 1854~1911)가 1911년에 작곡했다. '백인 민스트럴'이란 1820~1830년 사이 미국 남부에서 발생하여 19세기 중반 미국 사회를 풍미한 버라이어티 쇼에서 흑인처럼 얼굴을 검게 칠하고 흑인 노래와 춤을 연출한 가수를 말한다. 노래를 부르면 디아스포라 백석을 좋아하던 디아스포라 윤동주의 마음이 가까이 다가오는 듯하다.

미국의 '백인 민스트럴'인 제임스 앨런 블랜드의 앨범 표지

사라지지 않는 것들

이제 백석과 동주의 긴 이야기를 여기까지 쓰려 한다.

1945년 이후 백석은 고향 평안도 정주로 돌아가 지냈다. 오산중학교 다닐 때 교장이었던 조만식은 평양에서 조선민주당을 이끌고 있었다. 조만식 선생을 존경하던 백석은 통역 겸 비서로 선생을 도왔다. 두 사람의 바람대로 남쪽에서 미군이 철수하고 북쪽에서 소련군이 철수하여 통일 민주공화국이 되는 날은 오지 않았다.

백석 시집을 필사하며 많은 것을 배웠던 윤동주는 1945년 2월 16일 일본 후쿠오카 형무소에서 사망했다.

두 시인은 이제 이 땅에 없으나, 두 시인이 남긴 시집 『사슴』과 『하늘과 바람과 별과 시』는 지구인에게 큰 선물로 남아 있다.

두 시인이 사랑했던 것들이 너무 많았다. 두 시인은 변두리를 사랑했다. 형편없이 무너진 정주성을 백석은 사랑했고, 윤동주는 물리적 고향이 아닌 순례자로서 고향을 헤매며 추구했다.

두 시인은 사투리를 사랑했다. 백석은 평안도 사투리를 윤동주는 함경도 사투리를 시에 넣었다.

무엇보다도 두 시인은 보잘것없는 것들을 무시하지 않고 사랑했다. 생태주의라는 말을 할 필요 없이 이들은 자연과 우주를 자신과 한 몸으로 여겼다. 백석은 갈매나무 같은 존재들을 사랑했고, 윤동주는 죽어가는 모든 것을 사랑했다고 했다. 두 시인은 하늘과 땅의 모든 자연과 동물을 사랑했다. 두 시인의 시에는 별과 바람과 구름이 지나갔고, 토끼, 사슴, 소 등이 끊임없이 살아 꿈틀거렸다.

두 시인의 폐허, 사투리, 그들이 사랑했던 사물들, 동물들은 가뭇없이 사라지지 않았다. 그들이 사랑했던 폐허와 사투리와 그 보잘것없는 것들을 공감한 분들, 여기까지 읽으신 분들의 마음속에 두 시인의 시는 영원히 살아 있다.

1

영화 〈동주〉와
윤동주 아우라

아우라란 무엇인가? 그것은 공간과 시간으로 짜인 특이한 직물로서, 아무리 가까이 있더라도 멀리 떨어져 있는 어떤 것의 일회적인 현상이다. 어느 여름날 오후 휴식 상태에 있는 자에게 그늘을 드리우고 있는 지평선의 산맥이나 나뭇가지를 따라갈 때—이것은 우리가 산이나 나뭇가지의 아우라를 숨 쉰다는 뜻이다.

— 발터 벤야민, 「기술복제 시대의 예술작품」(1936)

유명한 연예인을 눈앞에서 실제로 본다면 그 아우라(Aura) 앞에 종교적인 숭고한 마음이 들 수 있다. 아우라는 일회적으로 진실이 나타나는 순간이다. 일회적 아우라를 체험하는 순간 인간은 마치 신을 만난 듯한 숭고한 제의가치(祭儀價値, Kultwert)를 느낀다. 아우라는 단 한 번밖에 없는 유일무이한 가치다.

반면에 아우라를 복제한 그림이나 사진이나 영상이나 상품을 볼 때가 있다. 택시 운전사가 안전을 기원하기 위해 백미러에 걸어놓은 '기도하는 다니엘'이나 불상을 보면 그냥 전시물을 보는 기분이 든다. 아우라를 복제한 키치는 단순히 전시가치(展示價値, Ausstellungwert)를 지닐 뿐이다. 1920년대 프롤레타리아들이 고급 예술품을 살 수 없어 복제하기 시작한 값싼 복제물들을 키치(Kitch)라고 한다. 키치야말로 아우라를 복제한 전시가치의 상품들이다.

발터 벤야민은 사진과 영화에서 진보적인 가치의 새로운 가능성을 제시하고 있다. "예술작품의 기술적 복제 가능성은 예술을 대하는 대중의 태도를 변화시켰다. 이를테면 피카소와 같은 회화에 대해서 가졌던 가장 낙후된 태도가 채플린과 같은 영화에 대해 갖는 가장 진보적 태도로 바뀐 것이다"(앞의 책, 80면)라며 소비에트 영화와 채플린 영화의 집단적이고 진보적인 특성을 예로 들면서 복제예술의 가능성을 제시하고 있다. 탈(脫)아우라의 과정을 거친 영화나 사진예술 등 나름의 복제물들도 재(再)아우라의 가치를 가질 수 있다는 말이다.

발터 벤야민의 생각을 떠올리며 시인 윤동주를 소재로 한 문화콘텐츠들을 생각해본다. 윤동주와 명동마을이라는 아우라는 이제 더 이상 체험할 수 없는 "멀리 떨어져 있는 어떤 것의 일회적인 현상"이다. 2016년 들어 영화, 다큐 등 '윤동주 열풍'이라 할 만치 특이한 현상이 일어났다. 지금까지는 윤동주 아우라를 우리는 시를 통해 접근해볼 뿐이었다. 2017년 윤동주 탄생 100주년 이후에는 윤동주라는 아우라에 다가가려는 많은 문화콘텐츠들이 생산되었다. '윤동주 아우라'에 어떻게 접근해야 하는가는 우리에게 숙제가 아닐 수 없다.

이에 대해 지난 2016년 5월 13일, 연세대학교 문과대학 주최로 〈윤동주 기념 심포지엄〉도 있었다. 이 날 발표자는 영화 〈동주〉의 시나리오를 쓰고 제작했던 신연식 감독, 『윤동주 평전』을 저술한 소설가 송우혜, 가무극 「윤동주, 달을 쏘다」를 연출했던 권호성 연출가 등이었고, 필자는 토론자로 참여했다. 내용은 '윤동주'를 주제로 만들어진 여러 문화콘텐츠를 검토하는 것으로, 「윤동주, 시대의 초상: 장르적 경계를 넘어 대화의 창으로」라는 주제였다. 여러 문화콘텐츠들은 윤동주를 다시 알린 역할을 했는데, 특히 2016년 윤동주 시인의 기일인 2월 16일에 상영되기 시작한 영화 〈동주〉는 크게 주목받았다. 5억이라는 저예산으로 만든 흑백영화지만, 2020년 2월 15일 현재 영화진흥위원회 영화관입장권통합전산망에 따르면 관람자가 1,176,468명으로 기록되어 있다.

영화는 제목이 나오기에 앞서 **"영화 '동주'는 시인 윤동주의 삶을 토대로 만든 순수 창작물이며 일부 내용은 역사적 사실과 다를 수 있습니다"**라는 언급으로 시작한다.

아우라를 강조하는 위험보다는 '순수 창작물'이라는 사실을 강조하는 것이다. 영화는 픽션이기에 사실과 달라도 된다는 전제(前提)다. 사실 실제인물이었던 윤동주의 삶 27년 2개월을 러닝타임 110분에 담는 것은 불가능하다. 영화 제작자로서는 실제 시간을 재료로만 쓰고 부분절취(部分截取)하는 것이 당연하다. 물론 사실과 같지 않더라도 잘 만든 영화는 사실에 근접한 체험을 할 수 있도록 도와줄 것이다. 이 영화는 윤동주뿐만 아니라, 과연 한 사람의 '인물 아우라'를 어떻게 영상에 담을 수 있는가라는 문제를 던져준다. 영화 〈동주〉를 이용하여 어떻게 '윤동주 아우라'에 접근할 수 있을까, 하는 문제가

이 글의 목표다.

영화를 통한 문학교육에 대한 연구는 이미 많은 성과가 축적되어 있다. 영화 속의 문학 작품을 분석한 연구들도 있고, 또한 영화를 이용한 인문학 혹은 글쓰기 교육에 관한 연구도 축적되어 있다.

특히 시인은 여러 영화에서 등장하는 단골 유형이다. 파블로 네루다 시인이 등장하는 〈일 포스티노〉(마이클 래드포드, 1994)처럼 시인이 등장하거나, 〈봄 여름 가을 겨울 그리고 봄〉(김기덕, 2002)처럼 시적인 영화, 패터 한트케의 시 「어린 시절의 노래」가 중요하게 삽입된 영화 〈베를린 천사의 시〉(빔 벤더스, 1987), 그리고 영화 〈햄릿〉처럼 대사 자체가 시의 성격을 갖는 경우도 있다.

발터 벤야민이 채플린과 소비에트 영화의 가능성을 제시했듯이, 과연 영화 〈동주〉는 윤동주 아우라를 부분이라도 공감할 수 있는 새로운 가능성을 보여주었을까. 영화 〈동주〉를 이용해 '윤동주 아우라'에 어떻게 다가갈 수 있을까.

러닝타임, 선택된 다섯 가지 인물

사실과 다른 부분이 있기에 아쉬울 수는 있으나 사실의 재편집을 통해 영화는 더욱 새로운 감동을 만들어낼 수 있다. 그래도 사실을 재료로 할 때 영화를 만든다 해도 70% 정도의 실제 사실은 지켜야 하지 않을까. 러닝타임(running time, 上映時間)이란 영화의 상영 길이를 말하며 극장에서 상영하는 영화의 상영시간은 대개 90분에서 120분 정도다. 영화 〈동주〉의 러닝타임 110분 안에 윤동주의 생애 27년 2개월을 모두 담는 것은 불가능하다. 성공적인 창작물을 위해 시간과 인물을 선택할 수밖에 없다.

첫째, 이 영화에서 가장 중요한 인물 선택은 일본인 고등형사(김인우 분)였다. 판결문에 적혀 있는 기소 사항으로 영화를 시작한 설정은 과감하다. 형사는 윤동주의 본적 등을 확인한 뒤 "송몽규와 언제부터 알고 지낸 건가?"라고 묻는다. 자막에는 "송몽규의 독립운동에 개입을 했나?"라고 번역되어 있는데, 배우가 말하는 일본어는 "결국 송몽규의 군사활동에 참가했는가(つまり·宋夢奎の軍事活動に関わったのか)"이다(1분 40초, 이후 '1:40' 식으로 표기하겠다). 송몽규의 '군사활동'이라는 용어가 너무 앞서 나간 것이 아닌가 하여, 시사회 이후 '군사활동'을 자막에는 '독립운동'으로 변형시킨 것이 아닐까. 이 부분은 〈윤동주 판결문〉에 나오는 부분이다.

> 조선에서 실시하는 징병제도를 비판하고 조선인은 애초 무기를 잘 모르지만 징병제도의 실시로 인해 새로운 무기를 가지고 군사지식을 체득하게 되면 장래 대동아전쟁에서 일본이 패배에 봉착(逢着)할 때, 반드시 우수한 지도자를 얻어 민족적 무력 봉기를 결행해 독립 실현을 가능케 해야 한다는(朝鮮に於ける徵兵制度を批判し朝鮮人は従来武器を知らざりしも徵兵制度の実施により新に武器を持ち軍事知識を体得するに至り将来大東亜戦争に於て日本が敗戦に逢着する際、必ずや優秀なる指導者を得て民族的武力蜂起を決行し独立実現を可能ならしむべき旨)
> ─「윤동주에게 내려진 판결문」(1944. 3 31), 김응교, 『처럼─시로 만나는 윤동주』(문학동네, 2016), 444면.

연구자들이 조심스러워 쉽게 해석하지 않는 부분이다. 영화는 과

감히 '군사활동'으로 해석하는데 충분히 개연성이 있어 보인다. "군사활동"이라는 물음에 괄호를 치고, 그 괄호의 의미를 묻는 식으로 영화는 전개된다. 고등형사가 윤동주를 심문하고, 마지막에는 송몽규도 심문하면서 두 사람의 과거가 드러난다.

> 분석가는 한 눈에 보기에도 인간 심리에서 가장 불합리하고 애매한 층위에 속하는 현상을 그들의 합리적인 근거로 환원시키려 하는 어떤 사람으로 이해된다. 다른 한 편으로 분석가는 신비로운 천리안을 가진 사람의 계승자로, 과학적 증명을 허용하지 않는 '숨겨진 의미들'을 낳는 불가해한 징표들의 해독자로 나타난다.
>
> ─ 지젝, 김소연 옮김, 『삐딱하게 보기』(시각과언어, 1995), 108면

마치 탐정 셜록 홈즈, 혹은 정신분석가 프로이트처럼, 영화 〈동주〉에서 일본인 고등형사는 분석가의 자리에 위치한다. 전지전능한 주체처럼 모든 것을 알고 있는 양 두 사람을 심문한다. 고등형사는 윤동주를 심문하며, 조롱하며, 회유하면서 마조히즘적 쾌감을 얻는다. 고등형사 없이 두 인물이 직접 자신을 회상하는 식이었다면 긴장감은 거의 없었을 것이다. "징집령을 이용해 무장봉기를 계획한 건 자네의 생각인가? 송몽규의 생각인가? 송몽규와 언제부터 알고 지냈는가? 대답해"(2:20)라는 물음으로 영화는 자연스럽게 어린 시절로 플래시백(Flashback)하며 송몽규를 등장시킨다.

둘째, 송몽규(박정민 분)의 존재를 알린 점이 영화 〈동주〉의 큰 성과다. 어린 시절 송몽규는 과대망상으로 들떠 있는 듯이 보인다. 송몽규의 아버지는 윤동주 가문에 데릴사위로 들어왔는데, 더부살이 아

이처럼 열등감이 있었고, 그것이 송몽규에게 평생 추동력을 주지 않았을까. 영화는 이후에 계속 송몽규를 투쟁적인 인물 유형으로 만든다. 윤동주와 송몽규 사이의 갈등과 믿음은 절묘한 시퀀스를 엮어냈다. 두 인물의 대비는 두 인물 각자의 개성을 돋보이게 한다.

명희조 선생이 송몽규에게 수업 시간이 끝나고 오라 한다. 그리고 송몽규는 정미소에서 잡지를 만들고 있던 윤동주와 문익환에게 "이 형님은 중국으로 간다. 전세계 인민을 하나로! 니들 이 형님 돌아올 때까지 공부 열심히들 해라"(17:10~17:25)라며 남경으로 간다.

> 1935년 4월 은진중학교 3학년 때 19세의 나이로 (송몽규는-인용자) 당시 남경(南京)에 잠복하고 있던 조선독립운동단체인 김구(金九) 일파를 찾아가 독립운동에 참가할 목적으로 동년 11월까지 그곳에서 교육을 받았었다. 그러나 김구 일파의 내부사정으로 말미암아 목적 달성이 어려울 것을 알게 되자 다시 제남시(濟南市)에 있는 이웅(李雄)이라는 독립운동가를 찾아가 함께 독립운동을 펴려고 하였으나 사찰(査察) 당국의 압박으로 목적을 이루지 못하고 1936년 3월 출생지의 부모 곁으로 돌아왔다.
>
> ─「윤동주에 대한 일경극비조사문서 전문」, 《문학사상》, 1977. 12. 303면

윤동주가 숭실중학으로 향했을 때 송몽규는 남경에 있는 김구에게 가서 독립운동을 교육받고 참가했다가 일경에게 체포된다. 급기야 인력거 뒤에서 요인을 암살하는, 확인되지 않은 장면(19:39)까지 넣는다. 숭실시대(1935.9~1936.3)를 러닝타임에 넣으면 이야기가 복잡해지기 때문일까. 7개월 정도의 숭실시대지만 신사참배를 반대했

으며, 17편의 시를 썼던 중요한 시기다. 숭실시대를 삭제했지만 송몽규의 적극적인 투쟁을 영화에는 담아야 했기에, 송몽규의 투옥을 연희전문 시절에 있던 일로 편집한다. 윤동주가 제남시 옹기경찰서까지 면회 가는, 허구적인 사건을 설정한다(46:12).

송몽규는 연희전문 입학 전에는 어딘가 들떠 보이는데, 이후에는 비교적 안정된 모습을 보인다. 일본에 가는 이유도 명확히 무장투쟁을 위한 것이고, 유학생들을 결집해 군사활동을 계획하다가 체포되는 것으로 설정되어 있다.

셋째, 윤동주(강하늘 분)는 송몽규와 대비되는 여린 인물로 묘사되어 있다. 남을 배려하는 윤동주의 조심스러운 태도에 대한 충실한 묘사도 돋보인다. 사소한 장면일지 모르나 연희전문학교로 입학하기로 하여 경성으로 떠나는 길에 윤동주는 모자를 쓰지 않는다. 아버지가 "야, 동주야, 그 연희전문 모자 바로 쓰라"(24:29)고 한다. 윤동주는 학생이라는 특별한 지위를 나타내는 학사모를 잘 쓰지 않았다. 동생 윤혜원의 증언을 보자.

> 첫 여름방학에 오빠가 귀향해서 교회고 어디고 여러 어른들께 인사드리러 다닐 때 사각모자를 안 쓰고 나가면 아버지는 냅다 소리 지르시는 거예요. "모자 쓰고 가라!" 하고요. 그러면 오빠는 마지못해 쓰고 나가서는 길에서 벗어 담 안으로 던져버리고 가거나 바지 뒷주머니에 찔러넣고 가더군요.
>
> – 송우혜, 『윤동주 평전』(서정시학, 2014), 236면

좋은 학교를 다닌다는 혜택을 숨기고 싶었을까. 학사모를 쓰지 않

거나 뒷주머니에 찔러넣고 다녔다는 증언이다. 그 장면은 영화 포스터에 잘 담겨 있다. 학사모를 쓰지 않으려 했던 윤동주의 모습은 2초도 안 되는 짧은 장면이지만 인상 깊다. 이때부터 교복 옷깃에 'L'이라는 배지(badge)가 붙어 있는 것은 당시 대학 과정에서 문과대를 모두 'Literature'의 약자 'L'로 표시했기 때문이다. 그런데 연희전문 시절의 윤동주는 때로 너무 나약하게 그려져 있다(31:55~34:12).

송몽규 : 자기 생각 펼치기에는 산문이 좋지. 이제 시는 가급적 빼라. 인민을 나약한 감성주의자로 만드는 것은 문학이 아니다…(중략)…이광수, 최남선 같은 변절자 따라하는 글들 다 내다버려.

윤동주 : 이광수 선생 작품만 봤었잖아.

송몽규 : 거이, 어렸을 때 얘기지.

윤동주 : 지금도 마찬가지지. 관습과 이념에 사로잡혀 함부로 단정 짓는 거.

송몽규 : 관습과 이념을 타파하자고 하는 일이야. 와, 시를 빼자 그래서리. 내레 이 문예지를 하고자 하는 이유가 있고 목적이 있어. 시를 무시해서 하는 이야기가 아니야.

윤동주 : 시도 자기 생각 펼치기에 부족하지 않아. 사람들 마음 속에 있는 살아 있는 진실을 드러낼 때 문학은 온전하게 힘을 얻는 거고 그 힘이 하나하나 모여서 세상을 바꾸는 거라고.

송몽규 : 그런 힘이 어떻게 모이는데? 그저 세상을 바꿀 용기가 없어 문학 속으로 숨는 것밖에 더 되니?

윤동주 : 문학을 도구로밖에 이용하지 않는 사람들 눈에 그렇게 보이는 거겠지. 문학을 이용해서, 예술을 팔아서, 뭐 어떻게 세상

을 변화시켰는데? 누가 그렇게 세상을 변화시켰는데? 애국주의
니 민족주의니 뭐 공산주의니 그딴 이념을 위해 모든 가치를 팔아
버리는 거 그거이 관습을 타파하는 일이야? 그것이야말로 시대의
조류에 몸을 숨기려고 하는 썩어빠진 관습 아니겠니?

"시는 가급적 빼라. 인민을 나약한 감성주의자로 만드는 건 글이
아니지"(31:52)라는 말을 당시 시를 발표했던 송몽규가 했을 리 없
다. 연희전문 시절 송몽규는 자신이 편집장으로 있던 《문우》에 시
「하늘과 더부러」를 꿈별이라는 필명으로 발표했다. 윤동주 또한 문
학으로 세상을 변화시키는 일에 저렇게까지 부정적으로 말했을 리
가 없다. 그가 십대 때 쓴 동시들을 보면 이미 그 이유가 적혀 있다.

동시 「눈」에서 싸늘한 "지난밤"에 "지붕이랑 길이랑 밭이랑 추워"
해서 흰 눈이 이불처럼 덮어줬다고 그는 상상한다. 실은 사람들이
얼어죽을 "지난밤" 따스하게 덮어주는 이불을 그린 동시다. 본래 제
목이 "이불"이었는데 지우고 「눈」으로 바꾼 것은 괜찮은 솜씨다.

동시 「오줌싸개 지도」는 동생이 이불에 오줌 싸서 말리는 1연이
"꿈에 가본 엄마 계신 / 별나라 지돈가? / 돈 벌러 간 아빠 계신 / 만
주땅 지돈가?"라는 2연에서 멈칫한다. 오줌에 전 이불을 말리는 아
이는 부모 없는 결손가족 꼬마다.

넣을 것이 없어 걱정하는 '호주머니'를 의인화한 동시 「호주머니」
(1937)도 재미있다. "겨울만 되면/주먹 두 개 갑북갑북"이란다. 갑북
갑북이란 가득가득의 함경도 사투리다. 가진 돈이 없어도 주먹이라
도 있으니 힘내라는 동시다.

동시 「반딧불」(1937)에서 반딧불을 주으러 가자는 구절은 재미있

지만, 2연에서 "그믐밤 반딧불은/부서진 달조각"이라는 표현은 섬뜩하다. "그믐밤"에는 달마저 잘 보이지 않는다. 보름달이었던 달이 자기 몸을 쪼개 조각을 떨구면 반딧불로 변하여 세상은 아주 조금 밝아진다. 윤동주는 반딧불 같은 존재가 되기를 꿈꾸었을까.

「팔복」(1940.12) 이후 5개월 후에 쓴 「십자가」(1941.5)에서 "괴로웠던 사나이/행복한 예수·그리스도에게/처럼", 슬픔과 함께 살아왔던 예수는 괴로웠지만 행복했다. 이어서 십자가가 허락된다면 모가지를 내놓겠다고 한다. 모가지를 내놓는 태도야말로 "영원히 슬퍼하"겠다는 다짐이다. 윤동주는 괴로웠던 사나이가 선택했던 행복을 택한다.

윤동주가 연희전문에 입학하기 전에 쓴 동시만 보아도 영화에 나오는 대화를 나눴을 리가 없다. 이미 윤동주의 문학관은 주변인을 위하고자 했고, 동시 「나무」처럼 주체적인 단독자들이 등장한다. 윤동주의 일상도 그렇게 폐쇄적이거나 관념적이지 않았다.

① 가난한 사람을 보면 그대로 지나치지를 못하였고, 손수레를 끌고 가는 여인을 보면 그 뒤를 밀어주었다…(중략)…봄이 되면 개나리 진달래와 더불어 이야기를 나누고, 여름이 되면, 느티나무 아래에 서 나뭇잎과 대화를 하였습니다. 가을이 되면 연희동 논밭에서 결실을 음미하면서 농부들과 사귀었습니다.

– 박창해, 「윤동주를 생각함」, 《나라사랑》, 1976. 130~131면

② 대학생 신분이면서도 방학 때 집에 오면 할아버지의 삼베 한복을 척 걸쳐 입고는 할아버지를 도와 소먹이 닭모이 등을 만들기도 하고, 산으로 소를 먹이러 가기도 했지요…(중략)…할머니와 어머

니가 두부를 만들려고 콩을 맷돌에 가는 걸 같이 도와드리기도 했
지요. 힘든 일을 어른들이 하고 계시는 걸 그냥 보고 넘기지 못해
서 그런 거예요.

– 송우혜, 앞의 책, 235면

손수레를 끄는 여인을 뒤에서 밀어주고 농부와 사귀었다는 ①은
후에 연세대 교수가 되는 후배 박창해의 증언이고, 어른들이 힘든
일을 하면 외면하지 않았다는 ②는 여동생 윤혜원의 증언이다. 그런
데 영화에서 윤동주는 방 안에 틀어박혀 시만 쓸 것 같은 나약한 모
습으로 그려져 있다. 그러나 증언에 따르면 윤동주는 늘 적극적으로
살아가던 인물이었다.

「서시」를 읽을 때 많은 해설자들이 대부분 "한 점 부끄럼 없기를
/ 잎새에 이는 바람에도 괴로워했다"에 주목하고 강조한다. 이 문장
으로 윤동주를 자아성찰의 시인으로 단정해버린다. 윤동주는 자아
성찰에서 그치지 않았다. 바로 그 문장 아래 "별을 노래하는 마음으
로 / 모든 죽어가는 것을 사랑해야지"라고 쓰여 있다. 순서대로 말하
자면 "모든 죽어가는 것을 사랑"하기 위해 "잎새에 이는 바람에도
괴로워"했던 것이다. 실천하기 위해 자아성찰했던 것이지, 자아성찰
에 갇혀 있던 인물이 아니었다. 더욱 무서운 것은 "그리고"라는 단어
에 있다. 자아성찰과 "모든 죽어가는 것을 사랑"한 뒤 "그리고 나한
테 주어진 길을/걸어가야겠다"라고 했다. 즉 자신이 가고 싶은 길은
맨 뒤에 걸어가겠다는 말이다. 보통 사람이라면 내가 하고 싶은 일을
제일 먼저 하고, 나에게 주어진 길을 가고 나서 마지막에 시간이 남
으면 죽어가는 걸 사랑하는 흉내를 내지 않을까. 그래서 윤동주 삶의

핵심은 "모든 죽어가는 것을 사랑해야지"(「서시」)라는 문장에 모아져 있다.

다행히 작가는 윤동주를 기투(己投)하는 인물로 변화시킨다.

> "그냥 끌려갈 거냐? 조선인 유학생들 규합하자. 니가 하는 일에 나도 끼워줘."(79분)

이 말에 송몽규는 놀라서 담배 한 대 피우겠다고 한다. 이 한 마디는 어린 시절부터 데릴사위의 아들로 더부살이 아이처럼 살아온 송몽규와 그의 그림자처럼 살아온 윤동주가 한 마음으로 만나는 계기가 된다. 연희전문 시절 윤동주를 너무 나약하게 묘사하여 취조받을 때 "그럴 리 없다(そんなことはあり得ない)"(19:43)며 탁자를 치며 일어나는 장면이나, "지금 조작하는 것입니까? 송몽규가 암살자로 보입니까?"(22:47)라는 항변도 조금 갑작스럽게 보인다. 극적 효과를 위해 송몽규를 액티브하게 그려내다 보니 윤동주를 지나치게 감상적인 인물로 등장시킨 것이 아닐까. 심문 과정에서 당차게 형사에 응대하지만, 나약한 청년에서 시대의식을 갖고 결단하는 인물로 변하는 과정이 너무도 급작스럽다.

넷째, 연희전문 시절에 등장하는 이여진(신윤주 역), 그리고 일본 유학 시절에 등장하는 후카다 쿠미(최희서 역)이라는 가상의 여성은 시퀀스를 잘 연결시키는 역할을 하고 있다. 특히 이여진은 강처중과 정병욱의 증언 등을 참고할 때 충분히 개연성이 있다.

> 그는 한 여성(女性)을 사랑하였다. 그러나 이 사랑을 그 여성에게도

친구들에게도 끝내 고백(告白)하지 안했다. 그 여성(女性)도 모르는 친구들도 모르는 사랑을 회답(回答)도 없고 돌아오지도 않는 사랑을 제홀로 간직한 채 고민(苦悶)하면서도 희망(希望)도 하면서 — 쑥스럽다 할까 어리석다 할까? 그러나 이제 와 고쳐 생각하니 이것은 하나의 여성(女性)에 대(對)한 사랑이 아니라 이루어지지 않을 "또 다른 고향(故鄕)"에 대(對)한 꿈이 아니었던가. 어쨋던 친구들에게 이것만은 힘써 감추었다.

   – 강처중, 「발문」, 윤동주 시집, 『하늘과 바람과 별과 시』(정음사, 1943), 70면

  그분의 따님이 이화여전 문과의 같은 졸업반이었고, 줄곧 협성교회와 케이블 목사 부인이 지도하는 바이블 클래스에도 같이 참석하고 있었다. 동주 형은 물론 아니 어린 나에게 그 여자에 대한 심정을 토로한 적은 없었다. 그러나 그 여자에 대한 감정이 결코 평범하지 않았다는 것만은 피부로 느낄 수 있었다.

   – 정병욱, 「잊지 못할 윤동주의 일들」, 《나라사랑》 23집(외솔회, 1976), 138면

  정지용을 등장시키기 위해 이여진을 옥천 출신으로 설정하고, 정지용 집에 함께 간다. 다만 윤동주와 중요한 관계가 있는 김약연이나 정병욱이 등장하지 않아 아쉽다.

  다섯째, 주요인물이 아닌 부차적 인물들은 영화를 보는 관객들로 하여금 끊임없이 사실(史實)을 생각하게 한다. 윤동주의 외삼촌 김약연이 등장하지 않는 대신, 도쿄제대를 졸업하고 은진중학교의 교사를 했던 명희조 선생이 등장한다(13:46). 영화에서 1935년 교실에서 명희조 선생이 "춘원 이광수는 민족을 배반한 사람이다"(14:45)라고

말하는 디테일도 돋아 보인다. 춘원 이광수(李光洙, 1892~1950.10.25.)는 「민족개조론」(월간 《개벽》, 1922)을 발표하면서 친일의 맹아를 보이기 시작한다. 1937년 6월 일제는 안창호, 이광수, 주요한 등 동우회 관계자 181명을 체포하고 그 중 41명을 기소하여 재판에 회부했다. 일제는 동우회 관계자들을 회유, 전향시키는데 춘원은 6개월 만에 병보석으로 석방되었다. 이때부터 본격적인 친일에 들어서 1938년 사상전향서를 법원에 제출해 친일을 공식화 했고, 1940년 고야마 미타로[香山光郎]라고 창씨개명했다. 영화에서 명희조 선생이 1935년에 춘원의 친일을 언급한 것은 관객들이 전체적인 시대상황을 상상하게 한다.

문익환은 정미소에서 잡지를 만들 때 송몽규가 "익환이 니 시 한 번 써봐라"(13:35)라며 등장하고, 송몽규가 "우리 익환이는 신학대를 갈 거구"(17:00)라고 말한다. 시사회에서 이준익 감독은 문익환을 등장시키지 못하여 아쉬운 마음에 아들인 배우 문성근씨에게 정지용으로 출연해달라고 부탁했다고 말했다.

저예산 영화였기에 배우들을 충분하게 기용할 수 없어 대여섯 명의 '앙상블 보조배역'들이 분장하면서 계속 등장했다고 한다. 영화 〈동주〉의 제작자 신연식 감독은 〈동주〉에서 자신도 다섯 번 엑스트라로 출연했다고 2016년 5월 13일 연세대학교에서 말했다. 또 영화를 본 조선족들은 배우들의 함경도 사투리가 너무 생경해서 영화에 몰두할 수 없었다고 했다. 일본어의 경우 재일교포가 나왔고 주인공의 일본어 발음도 좋았지만, 한국 배우들이 구사했던 함경도 사투리가 어색했다고 한다.

* 유튜브 〈영화 '동주'와 윤동주 아우라〉 참조.

2

영화 〈동주〉와
시14편

고정점, 14편의 시와 시퀀스

이 영화에서 시를 어떻게 적절하게 배치하고 있는가 하는 점은 중
요한 문제였을 것이다. 시의 선택과 배치가 크게 어긋날 때도 있었
다. 현재 남아 있는 윤동주의 첫 시 「초 한 대」 「내일은 없다」 「삶과
죽음」은 1934년 12월 24일에 쓴 것으로 시 말미에 적혀 있다. 그
날은 송몽규가 《동아일보》 신춘문예에 당선되었다는 소식이 온 날
로 송우혜는 추론하고 있다. 그런데 영화 자막에는 1934년이 아닌
"1935년 북간도 용정"(2:29)이라고 쓰여 있다. 송몽규에게 신춘문예
통지가 온 때는 1934년 12월 24일경이기에 1935년이라고 쓴 것
은 사실과 다르다. 1931년 늦가을(송우혜, 위의 책, 107면)에 명동마을
에서 용정으로 이사갔기에 "용정"이라고 쓴 부분은 맞지만, 이후 많
은 사실들이 영화 속에서 뒤죽박죽 섞이고 만다. 이어 등장하는 『정
지용 시집』과 백석 시집 『사슴』은 실제 출판시기가 영화와 다르다.

동네 사람들 앞에서 송몽규가 연설하고 뛰어들어간 정미소에서

윤동주의 사인이 쓰여 있는 『정지용 시집』

송몽규가 "야, 동주야, 내 너한테 보여줄 게 있다. 주세요. 형님, 해보라"라며 다락에서 시집을 넘긴다(5:3~5:28). 윤동주는 "정지용 선생 시집, 이거 어디서 났니? 이야, 이거 진짜 갖고 싶었는데"라며 기뻐한다. 이어 문익환이 송몽규가 신춘문예에 당선됐다는 소식을 전하는데 그날은 1934년 12월로 추측되고 있다. 그런데 『정지용 시집』은 1935년 10월 시문학사에서 간행되었고, 윤동주가 책 속지에 장서로 기입한 날은 1936년 3월 19일로 영화 장면의 날짜에서 15개월 이후다.

그날 밤 송몽규는 자기 방에서 시집 하나를 빼어든다. 백석 시집 『사슴』이다(10:13). 그 시집을 송몽규는 시를 쓰고 있는 윤동주 방에 건넨다(11:00). 윤동주가 쓰고 있는 시는 역시 그날 1934년 12월 24일에 썼던 「내일은 없다」이다. 그런데 『사슴』은 1936년 1월 선광인 쇄주식회사에 출판되었다. 그러니 영화 장면의 때인 1934년 12월에서 13개월 이후다.

〈동주〉에서 윤동주의 시는 14편이 나온다. 중요한 시들이 많이 빠져 아쉽다는 이들이 있다. 신연식 제작자는 "원래 〈동주〉 앞부분에 「십자가」를 넣었는데, 영화의 흐름과 맞지 않아 뺄 수밖에 없었다"고 했다. 영화에 시가 등장하려면 무엇보다도 영화의 흐름을 위해 도움이 되어야 하고, 영화에 삽입되어야 할 시가 시대와 맞아야 하고, 윤동주의 시들 중 잘 알려진 대표작이어야 하는데 이런 기준에 맞지 않으면 과감히 뺐다고 한다. 영화에 나온 순서대로 번호를 붙여 보며 시가 적절하게 소개되고 있는지 생각해보려 한다.

① 「내일은 없다」는 1934년 12월 24일에 쓴 시이고 발표된 기록이 없다. 원고지에만 남아 있는 작품이다. 영화에서는 문예지 《신명동》에 실린 작품으로 나온다. "학생 잡지 만들고 있습다. 교장 선생님께서 《신명동》이라는 제목도 붙여주시고"(12:18)라고 아버지에게 말했으나, 아버지에게 의과에 가지 않고 글 따위를 왜 쓰냐는 야단만 맞는다.

② 「흰 그림자」는 명희조 선생과 대화한 이후 송몽규가 새벽을 틈타 중국으로 넘어가는 장면에서 1~2연이 낭송된다(17:50). 실제 이 시를 윤동주가 썼던 때는 1942년 릿쿄대학 시절로 영화에서의 시간인 1935년과 차이가 있다.

황혼(黃昏)이 짙어지는 길모금에서
하루 종일 시든 귀를 가만히 기울이면
땅거미 옮겨지는 발자취 소리,

발자취 소리를 들을 수 있도록
나는 총명했던가요

    영화 속 시간인 1935년과 실제 시를 발표했던 1941년은 6년의 차이가 난다. 그런데 "발자취 소리"를 송몽규로 상징되는 시대의식으로 연결지어, 형사가 "발자취 소리라. 누구의 발자취 소리를 의미하는가"(18:32)라고 묻게 만든 편집은 절묘한 상상력으로 보인다.

    ③「쉽게 씌어진 시」는 영화에서 여러 번 나뉘어 등장한다. 동주를 심문할 때 "등불을 밝혀 어둠을 조금 내몰고, / 시대처럼 올 아침을 기다리는 최후의 나"라는 구절을 읊으며, 형사는 "세상에 대한 너의 태도가 분명히 읽혀진다"(23:16)고 압박한다.

    후반부에서는 비 내리는 날 송몽규는 결사모임에 윤동주를 떼어 놓고 떠난다. 창밖에 비가 내리고 홀로 남은 윤동주, 화면이 바뀌어 결사모임에 유학생들이 모이는 장면에서 1, 2연이 낭송된다(84:00).

창 밖에 밤비가 속살거려
육첩방(六疊房)은 남의 나라,

시인이란 슬픈 천명(天命)인 줄 알면서도
한 줄 시를 적어 볼까,

    유학생들이 혁명과 투쟁을 결의하는 장면에서 윤동주는 6연까지 원고지에 써내려 간다. 결사모임에서 송몽규가 "민중 하나하나가 폭탄이 되어 불합리한 세계를 타파하고, 국가가 또 다른 국가를 수탈

하지 못하게, 몸을 날리는 것이다"라는 말이 끝나자마자, 장면이 바뀌며 비 내리는 창밖을 보는 윤동주는 "인생은 살기 어렵다는데 / 시가 이렇게 쉽게 씌어지는 것은 / 부끄러운 일이다"라고 낭송한다. 이어서 취조실에서 형사 앞에서 수갑 찬 두 손을 굳게 잡고 고개 숙인 윤동주의 내면에서 울리듯 마지막 연이 낭송된다.

인생은 살기 어렵다는데
시가 이렇게 쉽게 씌어지는 것은
부끄러운 일이다.

육첩방(六疊房)은 남의 나라
창밖에 밤비가 속살거리는데,
등불을 밝혀 어둠을 조금 내몰고,
시대처럼 올 아침을 기다리는 최후의 나,

영화 〈동주〉에서 「쉽게 씌어진 시」는 시퀀스와 너무도 잘 맞게 배치되어 있다. 형사 앞에서 "나는 나에게 작은 손을 내밀어 / 눈물과 위안으로 잡는 최초의 악수"라며 이제 짧지 않은 생애에 자기정체성을 깨닫는 장면(97:00)은 상찬할 수밖에 없는 명장면이다.

④ 「병원」은 동주가 후쿠오카 형무소 안에서 이름 모를 주사를 맞으러 늙은 의사 앞에 앉을 때 낭송된다. "늙은 의사는 젊은이의 병을 모른다. 나한테는 병이 없다고 한다. 이 지나친 시련, 이 지나친 피로, 나는 성내서는 안 된다"(23:30)는 2연의 한 부분이다.

이 시를 1940년 12월에 썼지만, 영화에는 1942년 후쿠오카 감옥에 갇혀 있는 상황에서 연상하는 식으로 배치되어 있다. 절룩이며 끌려가 늙은 의사 앞에 앉는 장면에서 낭송이 흘러나오는데 충분히 개연성이 있어 보인다. 이 장면에 "그 정도 비싼 돈이 들면 의사나 될 것이지"(24:00)라는 아버지의 대사와 어머니의 모습이 오버랩(over lap)되면서 시 구절은 더욱 애잔하게 들린다. "늙은 의사는 젊은이의 병을 모른다"는 식민지 청년은 울증(鬱症) 같은 '식민지적 병'에 걸려 있는 상황이다. 식민지적 병은 다양하게 나타날 수 있다. 비교하자면 알베르 까뮈의 『이방인』(1942)을 생각해볼 수 있겠다. 알제리에서 살던 프랑스 청년 뫼르소가 단지 이글거리는 태양빛이 너무 낯설어 알제리인을 살해하는데, 우리로 말하자면 일제 식민지 때 일본인이 갑자기 조선인을 살해한 모양새다. 삶에 의욕을 잃은 무기력한 식민지의 청년들, 반대로 절망하여 판단력을 잃는 제국의 청년들이 겪었을 '이름 모를 병'이 식민지적 병이 아닐까.

⑤ 「새로운 길」은 경성에 있는 연희전문학교에 향하는 기차 안에서 송몽규와 도시락을 먹을 때 낭송된다.

내를 건너서 숲으로
고개를 넘어서 마을로

어제도 가고 오늘도 갈
나의 길 새로운 길

한글학자 최현배 교수를 좋아했고, 그의 수업을 들었던 윤동주가 한자를 사용하지 않고 순우리말로 쓴 시다. 내(냇물)나 숲이나 고개를 장애물이 아니라 넘어갈 수 있는 과정으로 표현하고 있다. 희망을 갖고 연희전문에 입학하는 윤동주의 마음을 잘 표현한 시다. 1948년 4월 연희전문에 입학하자마자 한 달이 지난 5월 10일에 쓴 시다. 실제 창작한 시기와 같은 적절한 시기로 영화에서도 그대로 잘 배치되었다.

⑥ 「별 헤는 밤」 1~4연의 낭송은 영화 〈동주〉에서 비극적 아름다움을 가장 잘 영상화한 부분으로 평가하고 싶다. 후쿠오카 형무소에서 까닭 모를 주사를 맞고 병들어 버린 윤동주(30:58)가 감옥 철창 밖을 바라본다. 철창 밖에 별이 쏟아지는 듯한 밤하늘은 확대되면서, 밤하늘 아래로 카메라가 내려가면서 시퀀스는 연희전문 시절로 바뀐다.

계절이 지나가는 하늘에는
가을로 가득 차 있습니다.

나는 아무 걱정도 없이
가을속의 별들을 다 헤일 듯합니다.

가슴속에 하나 둘 새겨지는 별을
이제 다 못 헤는 것은

쉬이 아침이 오는 까닭이요
내일 밤이 남은 까닭이요
아직 나의 청춘이

다하지 않은 까닭입니다.

감옥에서 죽어가는 가장 비극적인 순간에 객관적 상관물인 '별'을 매개로 작은 하숙방에서 송몽규, 강처중, 이여진과 《문장》을 편집하는 연희전문 시절로 플래시백한다. 이어서 송몽규와 윤동주가 문학관의 차이로 목소리를 높이고 나서, 윤동주가 이여진을 배웅하며 밤길을 거닐 때 「별 헤는 밤」 5~6연이 다시 낭송된다(35:55).

프란시스 잠, 라이너 마리아 릴케, 이런 시인의 이름도 불러 봅니다.

이네들은 너무 멀리 있습니다.
별이 아슬히 멀 듯이

이 구절은 이여진이 윤동주에게 "좋아하는 시인이 누구야?"라고 물을 때 윤동주의 내면에서 울리는 혼잣말처럼 낭송된다. 이어서 "별 하나의 추억과 / 별 하나의 사랑과 / 별 하나의 쓸쓸함과 / 별 하나의 동경과 / 별 하나의 시와"(4연)를 다시 이어 넣는다. 「별 헤는 밤」을 영화 〈동주〉에 배치시킨 방식은 윤동주의 시가 가장 아름답게 영상화된 명장면이 아닌가 싶다.

⑦ 「아우의 인상화」는 아버지에게 교토대학으로 진학하겠다고 말한 윤동주가 동생 윤혜원 윤일주와 얘기 나누는 방에서 낭송된다. 윤동주가 누워 있는 남동생 윤일주에게 "공부가 그리 힘들면 커서 뭐가 될 텐데"(52:00)라고 묻자 어린아이인 윤일주는 "사람이 되지요"라고 대답한다. 그러자 여동생 윤혜원이 "공부를 해야 사람이 되

지"라고 말한다.

붉은 이마에 싸늘한 달이 서리어
아우의 얼굴은 슬픈 그림이다

발걸음을 멈추어
살그머니 앳된 손을 잡으며
"늬는 자라 무엇이 되려니"

"사람이 되지"
아우의 설운 진정코 설운 대답이다

동생들이 잠에 들자 윤동주는 곧바로 방금 있던 대화를 시로 기록
한다. 윤동주가 「아우의 인상화」(《조선일보》 1938.10.17)를 어떻게 썼
을지 마치 현실을 재현하듯 자연스럽게 표현하고 있다.

⑧ 「바람이 불어」는 연희전문학교 졸업을 앞두고 기차 옆자리의
송몽규가 졸고 있는 장면에서 "바람이 어디로부터 불어 와 / 어디
로 불려가는 것일까 // 바람이 부는데 / 내 괴로움에는 이유가 없
다"(1,2연)고 메모하며 낭송된다.

⑨ 「참회록」은 창씨개명을 해야 하는 괴로운 상황 이후 일본 유학
을 가려고 부두에서 기다리는 장면에서 낭송된다. 부산항에서 일본
으로 향하는 배 이름이 케이후쿠마루[景福丸]라고 쓴 당시 고증이
뛰어나다(57:00). 갑판 위에 선 두 사람의 어깨 뒤로 일장기가 펄럭
인다. 단, 57분경에 윤동주가 교토대학에 시험 쳤다가 낙방하는 장

면이 나오는데 이는 사실과 다르다. 미즈노 나오키 교수는 「일본 유학시절의 윤동주와 송몽규」(『윤동주와 그의 시대』, 혜안, 2018)에서 송몽규와 윤동주의 '창씨' 과정에서 잘못된 추측을 확실한 자료로 제시했다. 이 논문은 송몽규의 창씨인 '宋村'를 이제까지 '소무라'라고 잘못 쓴 것(송우혜, 『윤동주 평전』, 서정시학, 2017. 307면)을 지적하여, 송몽규가 쓴 교토제국대학 선과입학원서에 쓰여 있는 득음은 '구니무라'라는 사실도 밝혀냈다. 또한 미즈노 나오키 교수는 이제까지 윤동주가 교토대학에 시험쳤다가 떨어져서 릿쿄대학으로 갔다는 내용(송우혜, 319면)을 당시 시험생 이름이 나오는 교토대학 『쇼와 17년 1월 입학관계철』을 제시하며 사실이 아니라고 지적했다. 영화에서 송몽규를 일본어로 '소무라 무케이'로 부르는 것이나, 윤동주가 교토대학에 시험쳤다는 장면은 사실에 맞지 않는다는 지적이다.

⑩ 「봄」은 릿쿄대학 교실에서 영문학 수업을 듣다가 창밖에 떨어지는 벚꽃을 보고 릿쿄대학 편지지에 제목과 첫줄을 쓰는 것만 나온다. 낭송은 없다.

⑪ 「사랑스런 추억」은 릿쿄대학의 다카마쓰 교수가 소개해준 쿠미 양과 전차를 타고 가는 중에 낭송된다. 이 시는 조선에서 떠나기 전 상황을 쓴 시다. 쿠미 양은 윤동주의 시를 영문으로 번역하겠다고 말한다.

⑫ 「공상」은 최초로 활자화된 윤동주의 시로 1935년 10월에 발간된 《숭실활천(崇實活泉)》지에 실려 있다. 송몽규가 교토에 있는 유학생 앞에서 연설하다가 일경에게 발각되는 순간 장면이 바뀌면서 "나는 말없이 탑을 쌓고 있다"며 낭송된다. 다른 유학생들은 발각되어 위험한 상황인데 시집 출간을 생각하는 동주의 마음은 "무한

(無限)한 나의 공상(空想) ― / 그것은 내 마음의 바다"라고 표현된다 (89:00). 암울한 시대에 대한 윤동주의 죄책감을 드러낸 시다.

⑬「자화상」은 밤길에 윤동주 곁을 떠나는 송몽규의 뒷모습이 나올 때 낭송된다(91:00). 일경을 피해 도망친 송몽규가 윤동주를 찾아와 같이 가자고 한다. 쿠미 양과 만나기로 했던 윤동주는 내일 시모노세키에서 만나자고 하고 송몽규는 밤길을 떠난다.

한 사나이가 있습니다.
어쩐지 그 사나이가 미워져 돌아갑니다.

돌아가다 생각하니 그 사나이가 가엾어집니다.
다시 그 사나이가 미워져 돌아갑니다. 돌아가다 생각하니 그 사나이가 그리워집니다.

우물 속에는 달이 밝고 구름이 흐르고 하늘이 펼치고 파아란 바람이 불고
가을이 있고 追憶처럼 사나이가 있습니다.

지금까지 이 시를 윤동주 내면의 다성적(多聲的)인 면을 드러낸 작품으로 해석해왔다. 그런데 영화에서는 「자화상」에 나오는 사나이가 송몽규일 수 있다는 새로운 해석을 제시한다. 이제까지 윤동주의 분신으로만 해석했던 "사나이"를 송몽규로 새롭게 해석한 것이다. 윤동주에게서 떠나 골목길을 따라 피신하던 송몽규의 얼굴에 일경이 플래시를 비추는 순간 "그 사나이가 그리워집니다"라는 구절이

절묘하게 겹친다.

⑭ 「서시」는 가장 마지막 장면에 낭송된다. 영화에서는 동주의 시신을 윤동주와 송몽규의 아버지가 확인하는데, 사실은 시체를 가져가라는 사망통지 전보를 받고 윤동주의 아버지가 신경에 들러 거기 있던 당숙 윤영춘 선생과 함께 윤동주의 시신을 가지러 일본에 간다. "죽은 오빠의 얼굴이 꼭 자는 것처럼 곤더래요"(송우혜, 앞의 책, 448면)라는 윤혜원의 증언처럼, 후쿠오카 형무소에서 고요히 잠든 윤동주 얼굴을 클로즈업하고, 감옥에서 각혈하며 '괴로워하는' 윤동주 모습과 함께 오버랩된다(105:00).

확인해봤듯이, 구성단위를 이루는 시퀀스(Sequence)마다 대표적인 시가 배치되어 있다. 시 전문을 인용하지 않고 최대한 핵심적인 구절만 시퀀스에 맞추어 낭송하거나 원고지에 쓰는 방식으로 결합시키는 데에 성공하고 있다. 만약 이 부분에서 실패했다면 이 영화는 '시'에 관한 영화가 아닌 위인전 영화가 될 뻔했다. 이 영화에서 시는 흩어진 구슬들을 꿰는 실의 역할을 한다. 시편들은 내러티브 전개(narration)에 있어서 "소파 등받이의 고정점(point de caption)이 어떻게 기능하는가를 완벽하게 보여"(지젝, 앞의 책, 145면)주고 있다. 관객들은 시의 구절과 내러티브의 전개를 '자연스럽게' 환영(幻影)하며 받아들인다.

다만 아쉬운 점은 동시가 전혀 소개되지 않았다는 점이다. 영화에서 삭제된 숭실시대 때 윤동주가 동시를 많이 썼기에 동시가 소개되지 않는 점도 있겠다. 그런데 영화뿐만 아니라 뮤지컬이나 소설 등에서도 동시는 소개되지 않았다. 동시에 대한 무관심은 윤동주에 관한 모든 문화콘텐츠에서 나타난다.

마지막 부분에서 윤동주가 영어판 시집을 내려는 과정이 나온다. 본래 시나리오에서는 윤동주가 일본어로 시집을 내고 싶어했다는 설정이었다고 한다. 일본어로 전혀 시를 쓰지 않았고, 한글이 금지된 상황에서 한글로 시집을 내려 했던 윤동주가 일본어 시집을 내려고 했다는 설정은 정말 위험한 설정이었다.

필자는 지난 2016년 5월 13일 연세대학교에서 열린 〈윤동주 기념 심포지엄〉에서 송우혜 선생에게 이 이야기를 들은 바 있는데, 이에 대해 윤동주 시인의 조카인 윤인석 교수는 아래와 같은 내용을 말했다.

> 이준익 감독이 저예산으로 여러 시도를 하며 시사회를 7회나 여는 것을 보고 감탄했습니다. 유족 입장에선 시인의 명예만 먹칠하지 않는다면 어느 정도 픽션이 가미되더라도 관계없다고 생각해요. 『윤동주 평전』을 썼던 송우혜(宋友惠) 선생이 시나리오 작가가 일본어 시집을 낸다고 설정하자 펄펄 뛰는 바람에 시를 영국으로 보내 영역시집으로 내는 것으로 수정했습니다."
> – 윤인석 교수 인터뷰, 「아버지, 동주 형 이름에 누가 될까 시집도 안 내고 돌아가셔」, 《월간 조선》, 2016년 5월호.

다행히 영문본 시집으로 바뀌었으나 현실성이 없는 설정이다. 일본인 교수나 쿠미 양이 일본어 번역본 없이 어떻게 윤동주의 한글 시를 공감할 수 있었을까. 또한 전쟁 시기에 출판사와 우편물을 적극 주고받는 설정은 가능하지 않다. 〈동주〉를 일본에서 상영한다면 전시 사정을 아는 일본인 관객들은 실소할 수 있는 대목이다.

네 가지 기법 – 추리, 플래시백, 흑백영화, 시집 구성

영화기법으로 네 가지를 생각해볼 수 있겠다. 첫째는 추리 혹은 심리소설 기법이 사용되었다. 가령 도스토예프스키의 『죄와 벌』은 살인자가 누구인지 아는 상황에서 살인자의 심리에 주목한 범죄심리소설이고, 『카라마조프가의 형제들』은 살인자가 누구인지 모르는 상황에서 살인자가 누구인지 추적해가는 소설이다. 영화 〈동주〉는 『죄와 벌』처럼 이미 결과를 모두 알고 있는 상황이다. 따라서 감독은 이야기의 흐름보다 형사가 윤동주와 송몽규를 취조(取調)할 때 윤동주와 송몽규의 심리 변화에 관객이 집중하도록 만들었다.

둘째, 형사에게 취조받는 현재 시점에서 과거를 반추하는 플래시백(Flashback) 기법을 사용하고 있다. 플래시백을 자주 반복하면 영화의 속도감이 떨어져서 몰입하기 어렵고, 구성이 난삽해질 수 있다. 관객 입장에서는 신경써서 인과관계를 맞추어야 하는 부담이 생긴다. 영화 〈역린〉(2014)이 잦은 플래시백으로 지적받았다. 구로사와 아키라 감독의 영화 〈라쇼몽〉(1950)은 추리극의 형식을 빌려 4개의 플래시백을 사용하면서 인간의 실존을 생각하게 만든다. 반면 히치콕의 공포영화나 헐리우드 블록버스터(blockbuster) 액션영화들은 플래시백을 쓰지 않고 막힘없이 빠르게 시간의 흐름을 압박한다. 영화 〈동주〉에서 플래시백에 거부감이 없었던 이유는 이미 윤동주의 삶을 알고 있고, 인과관계를 이미 추론하고 있기 때문이다. 오히려 어떻게 플래시백을 엮어 나가는가에 대한 흥미가 붙는다. 처음 취조 장면으로 시작하여, 어린 시절부터 감옥생활에 이르게 되는 과정을 구성해낸 〈동주〉의 플래시백은 적절한 효과를 이루었다고 평가할 수 있겠다.

셋째, 〈동주〉의 장점은 흑백영화라는 사실이다. 이준익 감독은 저 예산 영화였기에 흑백영화로 찍었다고 하지만 오히려 컬러보다 흑백영화가 더 좋은 효과를 자아냈던 것으로 보인다.

흑백 영화로 찍었기에 과거를 회상하게 하고 차분한 분위기를 준다. 컬러였다면 스토리보다 아름다운 영상에 취할 수도 있겠지만, 흑백영화였기에 오히려 먹먹한 마음으로 몰입할 수 있었다. 영화가 시작하는 순간부터 흑백이었기에 다행이라는 안도감이 들었다. 단순히 암울한 시대를 상상하게 한다. 영화 〈쉰들러 리스트〉도 흑백영화였다. 흑백영화는 선/악의 대립구도를 선명하게 드러내기도 한다.

흑백영화의 진가는 클로즈업하는 장면에서 발휘된다. 카메라가 배우 얼굴을 흑백으로 찍어낸 강렬함은 큰 매혹이었다. 특히 체포된 송몽규 얼굴에 희멀겋게 퍼진 피부병 버짐이나, 감옥에서 점점 병들어 가는 윤동주의 얼굴은 흑백영화에서 더욱 강렬하게 돋아 보였다. "얼굴, 얼마나 소름끼치는가. 자연스럽게도 얼굴은 모공들, 평평한 부분들, 뿌연 부분들, 빛나는 부분들, 하얀 부분들, 구멍들을 가진 달의 풍경이다."(들뢰즈·가타리, 김재인 옮김, 「7. 얼굴성」, 『천 개의 고원』, 2003, 새물결, 362면) 흑백영화가 얼굴을 클로즈업할 때는, 사람의 얼굴만이 아니라 어떤 사물의 '얼굴'이든 클로즈업할 때는, 그 얼굴이 처한 권력관계나 분노 등 온갖 심리를 드러내기 마련이다.

플래시백과 흑백영화를 써서 감독은 제국주의에 시달리는 한 시인의 실존을 돋아 보이게 한다. 영화 후반부에서 형사와 윤동주가 나누는 격론(激論)에 제작진이 제시하고 싶은 메시지가 명확하게 담겨 있다(77:00~79:10).

윤동주 : 아시아 해방이란 게, 도대체 무슨 말입니까. 수십 만 명이 희생되고 있는데 … 그게 무슨 희망입니까.

형사 : 인류 발전을 가로막는 너희 같은 나약한 자들이 전쟁의 의미도 모르고 승리의 열망도 없기 때문에, 아시아는, 아시아는, 아시아는! 서구 열등감의 2등 국가로 전락할 수밖에 없는 거다.

후반부로 갈수록 제국주의에 대립하는 갈등은 격하게 진행된다. 동생 윤동주가 위험에 처하지 않도록 송몽규는 혼자 결사모임으로 떠나고(84:00), 윤동주와 송몽규가 체포되고 기소문에 서명하라는 형사에게 두 사람이 교대로 화면이 바뀌어가며 답하는 몽타주 기법(96분)이 이용된다. 진술서에 서명하라는 말에 송몽규는 절규한다.

송몽규 : 니들이 허울 좋은 명문을 내세우는 이유가 뭔지 아나? 그것은 열등감 때문이지. 비열한 욕망을 숨길 자신이 없어서 명분과 절차에 기대는 거지.

형사 : 문명국이기 때문에 국제법에 따른 절차를 밟는 것이다.

송몽규 : (책상을 치며) 국제법? 여기 국제법에 따른 정당한 재판을 받고 들어온 사람이 있나? 그 열등감을 숨기려고 서구식 사법제도를 흉내내면서 문명국이라 부르는 건가?"(95:00)

말이 끝나자마자 형사는 송몽규의 따귀를 때린다. 이 부분은 국가폭력을 자행하는 제국주의 권력에 대한 저항이며, 제작진의 의도가 가장 강하게 드러난 대사다. 시사회에서 이준익 감독은 "윤동주와 송몽규를 통해 일본을 깨닫게 해주고 싶었다"고 말했다.

"정말 부끄러운 생각이 들어 못하겠습니다. 이런 세상에 태어나서 시를 쓰기를 바라고, 시인이 되기를 원했던 게, 너무 부끄럽고, 앞장 서지 못하고 그림자처럼 따라다니기만 한 게 부끄러워서 서명을 못 하겠습니다"라고 자책하며 윤동주는 서명하지 않고 진술서를 찢는 다(101:00). 송몽규의 그림자였던 윤동주가 이 순간 오히려 자유로워 진 것이 아닐까. 찻집에서 윤동주가 체포되려는 최정점에서 모든 시 퀀스를 한 마디로 함축하는 단어는, 체포되기 직전에 윤동주가 나직 한 목소리로 "하늘과 바람과 별과…시!"라고 말하는 마지막 장면이 다. "시!"라는 강한 발음과 함께 관객은 그의 삶과 죽음이 의미 있는 '살리는 죽음'(김응교, 『처럼-시로 만나는 윤동주』, 432면)이었다는 것을 확 증하게 된다.

넷째, 영화 전체를 시집처럼 구성했다는 점이 주목된다. 〈동주〉의 엔딩 크레딧은 또다른 묘수다. 흔히 종영 자막, 엔딩 크레딧(Ending credits) 혹은 클로징 크레딧(Closing credits)이라 하는 마지막 부분에 는 주제곡과 함께 프로덕션, 스텝, 출연자 등 참여한 사람들의 명단 (credits)이 포함된다. 파블로 네루다의 삶을 소재로 한 영화 〈일 포 스티노〉의 엔딩 크레딧은 네루다의 시 「시」였다. 성룡(成龍)의 액션 영화는 NG모음을 엔딩 크레딧에 볼거리로 넣기도 한다. 〈동주〉에서 는 윤동주와 송몽규의 생애가 실제 사진과 함께 비교되며 올라가는 하나의 시퀀스를 이룬다. 오프닝 크레딧부터 생각한다면, 감독이 영 화를 한 권의 시집으로 만들었다는 것을 깨닫게 된다. 오래된 시집 을 열 듯 "동주"라는 영화 제목과 세로쓰기로 오프닝 크레딧이 열린 다. 시집 뒤에 시인의 약력이 나오듯이 두 인물의 연표로 닫는 엔딩 크레딧 형식이다.

학교 사진, 가족 사진, 묘비 사진 등을 통해 이준익 감독은 "이 영화가 사실에 근거한 영화라는 것을 말하고 싶었다"라고 시사회에서 말했다.

엔딩 크레딧에 기록된 두 사람의 삶이 있기까지 함께 기억해야 존재들이 많다. 영화 〈동주〉에 나타난 윤동주와 송몽규의 삶을 보며 파시즘에 저항했던 인물들을 생각해보는 것도 의미 깊은 공부일 것이다. 〈동주〉에는 정지용, 백석, 문익환, 이광수, 이웅, 강처중, 윤치호, 정병욱 등 동시대의 인물들이 등장한다. 시사회에서도 이준익 감독은 "영화를 보면서 그 시대를 생각할 수 있게 하고 싶었다"고 말했다.

발터 벤야민 등 제국주의에 저항했던 인물들을 비교해 생각할 수 있겠다. 가령 독일 나치의 히틀러 정권에 대항했던 본회퍼(Dietrich Bonhoeffer, 1906~1945)를 비교해서 생각하는 시간도 있었다.

2016년 5월 13일 신촌의 영화관 '필름포럼'에서 영화 〈동주〉 상영후 필자는 〈윤동주와 본회퍼〉라는 제목으로 시네토크를 했다. 본회퍼는 독일의 신학자로, 히틀러를 암살하려는 쿠데타 서클에 가입하여 39세에 사형당한 목사다. 본회퍼도 윤동주처럼 시를 썼으며 감옥에서 2년간 쓴 『옥중서신』에 시 20여 편이 남아 있다. 「자유에 이르는 정거장」「고난」「나는 누구인가」 등 본회퍼가 쓴 시는 윤동주의 시처럼 여리고도 의연한 감수성을 갖고 있다.

* 유튜브 〈영화 '동주'와 윤동주 아우라〉 참조.

백석과 동주가 있어,
이 작은 나라에

쿰쿰한 공기가 이국의 시간을 자극했다. 장춘역 앞에는 셀 수 없이 많은 사람들이 오가고 있었다. 동유럽풍의 우중충한 구도시를 걸었다. 중국의 시골에는 아직 나무를 실은 소달구지가 지나지만, 도시는 새로운 건축물로 딴 세상이다. 신도시에는 어디든 공사장으로 시끄러웠다. 장춘의 주택가 길목에서 사내 둘이 장기를 두고 있었다. 그 둘레에 웃통을 벗고 배가 불룩 나온 중국 사내들이 훈수를 두고 있었다. 길을 물으면 여럿이 앞서 안내해주었다. 백석이 살았던 장춘의 동네 사람들은 모든 어진 사람들로 보였다. 처음 백석이 살았던 집으로 들어가는 길목에서 나는 무언가 얻어맞은 기분이 들었다.

2016년 8월 25일 찌는 여름날, 왜 내가 장춘까지 왔는지, 장춘에 오기 전에 셀 수 없이 용정과 명동마을을 오가곤 했다. 이제 장춘의 백석과 용정의 동주를 써야 하지 않을까. 내 속에 멀리 떨어져 잠복해 있던 백석과 동주가 불현듯 만나는 순간이었다.

이제 가지, 동행이 부를 때까지 나는 백석이 살던 집터 앞에 한참

서 있었다.

바로 그 자리에서 이 책을 쓰기로 다짐했다.

잊을까 봐, 거기서 책의 목차를 대강 끄적였다.

책을 내는 일은 고단하지만 즐거운 일이다. 고단한 이유는 논문을 새로 풀어 쓰는 시간이 적지 않게 들기 때문이다.

처음엔 논문을 모아 책으로 내려 했다. 발표한 논문을 정리하다가, 어려운 논문 형태로 낸다면 과연 몇 사람이 읽을지 아뜩했다.

학술 용어를 쉬운 문체로 쓰면 더 많은 사람이 읽을 수 있다. 중고등학생, 대학생, 교사, 시민들에게 어려운 논문을 억지로라도 읽으라고 권하는 것은 어쩌면 현학적 폭력이 아닐까. 시를 써오면서, 논문 외에도 에세이, 소설, 동화, 르포 등 다양한 글쓰기도 할 수 있어야 한다고 생각해왔다. 본래 논문으로 읽고 싶으신 분은 RISS나 KISS 등에서 검색하여 다운받아 읽으면 된다. '~습니다' 체로 쓴 『처럼-시로 만나는 윤동주』 정도는 아니지만, 누구나 쉽게 읽을 수 있도록 최대한 풀어 썼다.

논문 십여 개를 풀어서 새로 목차를 정하고, 한글을 아는 분이라면 누구나 쉽게 읽을 수 있게 문장 하나하나 새로 기워내는 일은 거의 새로 쓰는 고역이다. 코로나 바이러스가 창궐한 역병시대에 나는 수락산 서재에 갇혀 이 책을 마무리했다.

백석 시집 『사슴』에는 33편의 시가 실려 있다. 그 33편에 따라 논문을 완전히 풀어서 33장의 강의 형태로 새로 정리했다. 윤동주 시인 덕분에 여러 공부를 하며, 세 번째 책을 낸다. 새로운 자료와 해석을 내놓아야 한다는 부담이 나의 뇌리를 맴돌곤 했다.

『처럼-시로 만나는 윤동주』(문학동네, 2016)
『나무가 있다-윤동주 산문의 숲에서』(아르테, 2019)
『백석과 동주』(아카넷, 2020)

이 책을 쓰는 데 결정적인 도움을 준 계기들이 있다. 2011년 한국연구재단 신진교수연구기금으로 '디아스포라 백석과 윤동주 연구'가 선정되어 3년간 연구에 몰두할 수 있었다. 한국연구재단은 이 책 내용을 누구든 무료로 들을 수 있도록 영상 강의(http://www.kmooc.kr)할 기회도 주셨다. 이 책에 실린 글은 먼저 여러 학술지에 발표해왔다. 그 목록은 이 글 뒤에 있다. 등재 논문집에 실리려면 전문가 세 명 이상의 심사를 받아야 한다. 백석과 윤동주에 관계된 졸고 십여 편을 심사해주신 선생님들께 감사드린다.

특히 만주에서의 백석에 관한 연구는 2016년 8월 23일 중국 따롄민족대학교에서 열린 〈2016 중국 조선족문학의 대부 김학철과 소수자문학 세미나〉에 참여하지 않았다면 완성할 수 없었다. 세미나를 마치고 연구팀과 함께 8월 25일부터 1박 2일간 장춘 현장 답사에 동행했다.

2017년 12월 17일에도 양진오·최현식·오창은 교수님과 함께 다시 장춘을 찾았다. 이후 2018년 8월 17일 김명인 교수님과 그 자리를 다시 찾았다.

세 번의 장춘 기행은 모두 중국 따롄민족대학교 남춘애 교수님과 귀한 벗 박수연 교수님(충남대)이 계셨기에 가능했다. 특히 말수 적은 박수연 교수는 이 책을 쓰도록 결정적인 계기를 주었다. 아둔하여 해망쩍기 이를 데 없는 서생을 받아주고 동행해주신 글벗들에게 감사드린다.

말하기란 입으로 하는 메모다. 숙명여대, 숭실대 교육대학원 수업과 학부 수업 〈세계문학과 철학〉, 〈시 창작론〉에서도 이 내용으로 강의한 적이 있다. 백석과 윤동주에 관한 시민강연도 큰 도움이 되었다. 강연을 마치면, 즉시 강연록을 다듬었다.

특히 2019년 가을 서울시민대학에서 열린 〈백석과 윤동주〉 6회 연속 강연은 이 책 원고를 그대로 읽으며 진행했다. 수강생이 주신 여러 질문을 들으며 어떤 부분을 궁금해하는지 알 수 있었다. 어떤 시민은 대학원생보다 날카로운 질문을 하셨다. 그 질문들이 이 책을 마무리하는 데 소중한 잉걸불이 되었다.

2011년 한국연구재단 신진교수연구기금으로 시작한 백석과 동주 비교 연구는 2020년에는 한국출판문화산업진흥원 우수출판콘텐츠 제작 지원 사업에 선정되면서 단행본 출판을 서둘러야 했다.

마지막으로 백석의 기행시를 연구하신 숙명여대 김진희 선생님, 대학원 시절 나의 수업을 듣고 백석과 윤동주 시를 사랑하게 되었다는 고려대학교 박사 수료 조은영 선생님, 두 분이 최종 원고를 검토해주셨다. 졸저 『곁으로-문학의 공간』, 『처럼-시로 만나는 윤동주』, 『나무가 있다-윤동주 산문의 숲에서』를 검토해주신 최유진 선생님께서 세 번째 졸저를 또 교정해주셨다. 특히 내가 앞선 책에 쓴 내용을 다시 자기표절하지 않도록 내용을 꼼꼼히 검토해주셨다. 세 분께 마음 깊이 감사드린다.

마무리하는 과정에서 연세대 윤동주기념사업회에서 시 3편의 윤동주 필사본 이미지 사용을 허락해주셨다. 도움을 주신 연세대 국문과 김현주 교수님, 윤동주기념관 김성연 실장님, 김나래 연구원님께 감사드린다. 아울러 1938년《여성》4월호에 실린 백석 시「내가 생각하는 것」과 옛 통영 사진을 소명출판 박성모 대표께서 허락해주셨다. 큰 마음을 베풀어주신 박 대표님의 은혜에 감사드린다.

표지를 제작하는 과정에서 『백석 평전』을 내신 안도현 시인과 백석에 관한 장편소설 『일곱 해의 마지막』을 펴낸 김연수 소설가가 귀한 추천사로 졸저에 마음을 얹어주셨다. 얼마나 고마운 일인지, 마음 깊이 감사의 말씀을 드린다.

논문 쓰는 과정에서 10여 년, 쉽게 풀어 책 한 권으로 만드는 데 거의 3년이나 걸렸다. 원고를 기다려주신 도서출판 아카넷 김정호 대표님과 김일수 부장님께 감사드린다. 김 부장님은 저자가 모르는 사진 자료까지 수소문하여 넣어주셨고, 작품 사진을 최대한 많이 넣어야 한다는 저자의 번거로운 당부를 모두 들어주셨다. 답사해야 할 곳도 많고, 읽어야 할 책도 많고, 써야 할 이야기도 많은데, 시간이 없다. 이제 다음 책을 쓰기 시작한다.

재미없는 아빠가 좋아하는 백석과 윤동주 시인 카툰을 대학교 1학년 때 그려준 큰아들 김재민 영화감독, 아빠가 윤동주 시로 노래를 만들면 미디로 녹음해준 막내 김재혁 뮤지션과 근사한 식사라도 해야겠다. 모자란 서생이 종일 글을 쓸 때, 생강차나 사과 깎은 접시를 말없이 책상에 놓는 손길이 있다. 세상에서 가장 맛있는 된장국,

돼지고기 김치찌개로 백석 시에 나오는 음식 못지않은 호사를 누리
게 하는 안해 김은실 선생에게 이 책을 드린다.
　백석과 윤동주 시를 읽을 수 있는 이 나라는 아름답고 굳셉니다
　백석과 윤동주 시를 사랑하는 독자들이 있어 이 나라는 다사롭습
니다.

　　　　　　2016년 8월 25일 중국 장춘에서 쓰기로 하여,
　　　　　　2020년 11월 수락산 서재에서 마무리한다.

　　　　　　　　　　　김응교 손모아

◈ **이 책을 집필하면서 풀어쓴 필자의 논문**(년도순)

「「모닥불」의 열거법 연구」,《한국현대문학연구》, 제24집, 2004. 11.

「「가즈랑집」의 평안도와 샤머니즘」, 한국문학연구학회,《현대문학의 연구》, 2005.11.

「백석·일본·아일랜드」,《민족문학사연구》, 44호. 2010.

「신경(新京)에서, 백석「흰 바람벽이 있어」」, 성균관대학교 인문과학연구소,《인문과학》, 48권, 2011.

「만주, 디아스포라 윤동주의 고향」, 한민족문화학회,《한민족문화연구》, 2012. 2.

「릿쿄대학 시절, 윤동주 유작시 5편」, 한민족문화학회,《한민족문화연구》41권, 2012.

「백석의 일본 기행시와 환상」, 한민족문화학회,《한민족문화연구》, 제44집, 2013.

「백석 '가무래기'와 윤동주 '오줌싸개'의 주변인」, 한국언어문화학회,《한국언어문화》, 61권, 2016.

「신경(新京)에서, 디아스포라 백석 관련지」, 한국외국어대학교,《외국문학》, 2017. 2.

「영화 〈동주〉와 윤동주 아우라」, 사고와표현학회,《사고와표현》 제9집 제2호, 2016.8.

지은이 김응교

시인, 문학평론가. 연세대학교 신학과와 동 대학원 국문학과에서 문학박사 학위를 받았다. 이후 도쿄외대, 도쿄대 대학원에서 비교문학을 공부하고 와세다 대학 객원교수로 임용되어 10년간 강의했으며, 현재 숙명여자대학교 기초교양대학 교수, 신동엽 학회 학회장으로 있다. 2019년 캐나다 트리니티웨스턴대학 VIEW대학원에서 객원교수로 〈윤동주가 만난 영혼들〉을 봄학기 수업으로 12회 강의했다.

시집으로 『씨앗/통조림』, 『부러진 나무에 귀를 대면』을 비롯해 『김수영, 시로 쓴 자서전』, 『좋은 언어로—신동엽 평전』, 『나무가 있다—윤동주 산문의 숲에서』, 『처럼—시로 만나는 윤동주』, 『곁으로—문학의 공간』, 『그늘—문학과 숨은 신』, 『일본적 마음』, 『일본의 이단아—자이니치 디아스포라 문학』, 『박두진의 상상력 연구』, 『이찬과 한국근대문학』, 『韓國現代詩の魅惑』(東京:新幹社. 2007), 장편실명소설 『조국』 등을 냈다. 옮긴책으로는 다니카와 슌타로 『이십억 광년의 고독』, 양석일 장편소설 『어둠의 아이들』, 『다시 오는 봄』, 오스기 사카에 『오스기 사카에 자서전』, 일본어로 번역한 고은 시선집 『いま、君に詩が來たのか:高銀詩選集』(사가와 아키 공역, 東京:藤原書店 2007) 등이 있다.

《동아일보》에 〈동주의 길〉, 《서울신문》에 〈작가의 탄생〉을 연재했다. CBS TV 〈크리스천 NOW〉, 국민TV 인문학 방송 〈김응교의 일시적 순간〉을 진행했으며, KBS 〈TV 책을 읽다〉 자문위원을 지냈다. MBC TV 〈무한도전〉, CBS TV 〈숲 아카데미〉 등에서 윤동주의 시와 삶을 주제로 강연했다. 유튜브 〈김응교 TV〉, 아트앤스터디, K-mooc 등에서 여러 강연을 볼 수 있다.

서른세 번의 만남

백석과 동주

1판 1쇄 펴냄 2020년 11월 30일
1판 4쇄 펴냄 2024년 7월 3일

지은이 김응교
펴낸이 김정호
펴낸곳 아카넷

출판등록 2000년 1월 24일(제406-2000-000012호)
주소 10881 경기도 파주시 회동길 445-3 2층
전화 031-955-9510(편집) · 031-955-9514(주문) **팩스** 031-955-9519

전자우편 acanet@acanet.co.kr
홈페이지 www.acanet.co.kr

책임편집 김일수

© 김응교, 2020
백석 및 윤동주 일러스트 © 김재민

ISBN 978-89-5733-715-8 03810

이 도서는 한국출판문화산업진흥원의 '2020년 우수출판콘텐츠 제작 지원' 사업 선정작입니다.